ケン・フォレット/著
戸田裕之/訳

火の柱（上）
A Column of Fire

JN250269

扶桑社ミステリー
1534

四十九年の太陽、エマニュエルに

火の柱（上）目次

主は、昼は、途上の彼らを導くため、雲の柱の中に、夜は、彼らを照らすため、火の柱の中にいて、彼らの前を進まれた。彼らが昼も夜も進んでいくためであった。

——出エジプト記 13:21（日本聖書刊行会）

火の柱（上）

登場人物

本当はこの登場人物表を見返す必要がないのが一番いいのだが、ある登場人物を忘れる可能性があると思われる状況では、それがどういう人物であったかを思い出せるよう、さりげなく策を施したと考えている。それでも、途中で巻を置いた読者が次にページを開くまでに一週間かそれ以上間があく場合があることも、私もそういう読者の一人だから、わかっている。というわけで、万一を考慮し、一度以上登場する人物を一覧表にしておくことにした。

イングランド

ウィラード家

ネッド・ウィラード
バーニー……ネッドの兄
アリス……ネッドとバーニーの母
マルコム・ファイフ……馬番
ジャネット・ファイフ……家政婦
アイリーン・ファイフ……マルコムとジャネットの娘

フィッツジェラルド家

マージェリー・フィッツジェラルド
ロロ……マージェリーの兄
サー・レジナルド……マージェリーとロロの父
レディ・ジェーン……マージェリーとロロの母
ナオミ……メイド
シスター・ジョアン……マージェリーの大叔母

シャーリング家

バート……シャーリング子爵
スウィシン……バートの父　シャーリング伯爵
サル・ブレンドン……家政婦

プロテスタント

フィルバート・コブリー……海運業者

ダン……フィルバートの息子
ルース……フィルバートの娘
ドナル・グロスター……事務員
ジェレマイア神父……ラヴァーズフィールドのセント・ジョンズ教会の牧師
ポラード未亡人

その他

ムルド修道士……巡回説教師
スザンナ……ブレクノック伯爵夫人　マージェリーとネッドの友人
ジョナス・ベーコン……〈ホーク〉船長
スティーヴン・リンカーン……聖職者
ロドニー・ティルベリー……判事

歴史上実在した人物

メアリー・チューダー……イングランド女王
エリザベス・チューダー……メアリー・チューダーの異母妹　後にイングランド女王

サー・ウィリアム・セシル……エリザベスの側近
ロバート・セシル……サー・ウィリアム・セシルの息子
ウィリアム・アレン……迫害を逃れたイングランドのカトリックのリーダー
サー・フランシス・ウォルシンガム……駐フランス大使　エリザベス女王の情報機関の長

フランス

パロ家

シルヴィー・パロ
イザベル・パロ……シルヴィーの母
ジレ・パロ……シルヴィーの父

その他

ピエール・オーモンド
ヴィルヌーヴ子爵……ピエールの仲間の学生
モワヌ神父……ピエールの教官
ナート……ピエールのメイド

ジュネーヴのギョーム……巡回伝道師
ルイーズ……ニーム侯爵夫人
ルク・モーリアック……海運ブローカー
アフロディーテ・ボリュー……ボリュー伯爵の娘
レネ・ドゥブーフ……仕立屋
フランソワーズ・ドゥブーフ……レネの若い妻
ラニー侯爵……プロテスタントの貴族
ベルナール・ウス……国王アンリの若い廷臣
アリソン・マッケイ……スコットランドのメアリー女王の女官

ギーズ家に関わる架空の人物

ガストン・ル・パン……ギーズ家の警備隊長
ブロカールとラストー……ガストンの部下
ヴェロニク・ド・ギーズ……ギーズ兄弟の姪
オデット……ヴェロニクのメイド　後にピエール・オーモンドの妻
ジョルジュ・バイロン……スパイ

ギーズ家に関わる歴史上実在した人物

フランソワ……ギーズ公爵
アンリ……フランソワの息子
シャルル……ロレーヌ枢機卿　フランソワの弟

歴史上実在した人物――ブルボン家とその盟友

アントワーヌ・ド・ブルボン……ナヴァラ国王
アンリ……アントワーヌの息子
ルイ……コンデ公　アントワーヌの弟
ガスパール・ド・コリニー……フランスの提督

歴史上実在した人物――その他

アンリ二世……フランス国王
カトリーヌ・ド・メディシス……アンリ二世の妃
アンリとカトリーヌの子供たち：

フランソワ二世……フランス国王
シャルル九世……フランス国王
アンリ三世……フランス国王
マルゴ……ナヴァラ国王の妃

メアリー・ステュアート……スコットランド女王
シャルル・ド・ルヴィエール……暗殺者

スコットランド

歴史上実在した人物

ジェイムズ・ステュアート……スコットランドのメアリー女王の非嫡出の異母兄
ジェイムズ・ステュアート……スコットランドのメアリー女王の息子　後にスコットランド国王ジェイムズ六世となり、さらにイングランド国王ジェイムズ一世となる

スペイン

クルース家

カルロス・クルース

ベッツィ叔母

ルイス家

ヘロニマ

ペドロ……ヘロニマの父

その他

ロメロ助祭長

アロンソ神父……審問官

ゴメス船長……〝鉄の手（アイアンハンド）〟の異名を持つ

ネーデルラント

ウォルマン家

ヤン・ウォルマン……ネッドとバーニーの父であるエドマンド・ウィラードの従兄弟

イムケ……ヤンの娘

ウィレムセン家

アルベルト

ベツィエ……アルベルトの妻

ドリケ……アルベルトとベツィエの娘

エヴィ……アルベルトの妹　未亡人

マトゥス……エヴィの息子

ほかの国々

エブリマ・ダボ……アフリカのマンディンカ出身の奴隷

ベラ……イスパニオーラのラム酒製造者

プロローグ

われわれはキングズブリッジ大聖堂の前で彼を縛り首にした。普通、刑の執行はそこで行なわれる。神の目の前で殺すことができないのであれば、おそらく、殺すべきではまったくないからだ。

ギルド会館の地下にある牢《ろう》から連れ出された彼は、後ろ手に縛られていたが、背筋《せすじ》はまっすぐに伸び、青白い顔は昂然《こうぜん》として、恐れの色はまったくなかった。

群衆が彼に向かって野次を飛ばし、悪態をついた。彼は群衆など眼中にない様子で私のほうを見た。目と目が合い、一瞬の表情のやりとりで互いのすべてが語られた。

彼が死ぬことになったのは私のせいであり、彼はそれを知っていた。

私は何十年も彼を追いつづけた。野放しにしておけばわれわれの国の支配者の半分——そこには王族のほとんどが含まれている——を、たった一度の残忍かつ野蛮な行為で爆殺したであろうテロリストだった。

私はそういう殺人者予備軍を追跡し、捕らえて処刑することに人生を費やしてきた。

絞首刑だけでなく、最も凶悪な罪人にふさわしいもっと恐ろしい死に方をさせるべく、手足を一本ずつ繋《つな》いだ四頭の馬を走らせて四つ裂きにするという方法を使ったこともある。

そう、私はこれと同じ状況に数え切れないほど立ち会っている。この悪党が正当な、しかし、おぞましい罰を受けることになったのは、ほかのだれでもなく私がいたからだと自覚しながら、その男が死ぬのを見てきたのだ。それはすべて私の国のためだ。それこそが私にとってかけがえのないものだからだ。私が仕える国王のため、そして、もう一つの大事なもの、すなわち、人は神について自らが決める権利を有するという原理、信念のためだ。

彼は私が地獄送りにした最後の一人だが、思い出してみれば、最初の一人は……

第一部　一五五八年

1

ネッド・ウィラードはキングズブリッジへ帰ってきた。故郷は吹雪《ふぶき》だった。

彼がいるのはコーム・ハーバーを出てゆっくりと川を上る、アントワープの反物《たんもの》とボルドーのワインを積んだ平底荷船の船室だった。そろそろキングズブリッジが近いと考えた彼は、フランス仕立てのマントでしっかりと身体を覆い、フードを深くかぶって露天甲板《かんぱん》に出た。

前方に目をやってがっかりしたことに、見えるのは降りしきる雪ばかりだった。が、町を見たいという痛切な思いは消し去れず、願いが叶《かな》うことを祈りながら白い幕の向こうを凝視しつづけた。しばらくすると、祈りが届いたのか雪の勢いが衰えはじめ、思いがけないことに青い空が顔を覗《のぞ》かせた。木々のてっぺんの向こうへ目を凝《こ》らすと、大聖堂の尖塔《せんとう》が見えた。その高さは四百五フィート、キングズブリッジ・グラマースクールの生徒なら知らない者はいなかった。今日、尖塔の上から町を見守っている石造りの天使の翼は雪に縁取られ、羽根の先端は鈍い灰色から輝く白に変わっていた。

一瞬祝福するかのように陽光が天使を照らして雪をきらめかせたが、雪がふたたび空を覆い、天使を視界から消してしまった。

しばらくは岸しか見えなかったけれども、頭のなかは想像で溢《あふ》れていた。もうすぐ、一年ぶりに母と再会できる。しかし、どんなに会いたかったかを口に出しては言わないぞ。男も十八になれば、精神的にも自立していなくてはならないのだから。

しかし、母を差し置いても会いたいのが、マージェリーだった。彼女に恋をしたのだが、それはタイミングが最悪で、イングランドが支配しているフランスの北の港、カレーで一年を過ごすためにキングズブリッジを発《た》つ、わずか数週間前のことだった。サー・レジナルド・フィッツジェラルドの娘で、お茶目で頭のいい彼女をネッドは子供のころから知っていて、好ましく思っていた。成長するにつれてそのお茶目さに新たな魅力が加わり、ネッドは教会で、彼女から目を離せなくなり、口が渇き、呼吸が速くなっている自分がそこにいることに気がついた。とはいえ、見つめる以上のことをするのはためらわれた。それは彼女が三つ年下だったからだが、彼女のほうはそんな自制心と無縁だった。二人はキングズブリッジ墓地で、四百年前に大聖堂を建てるために尽力した、キングズブリッジ修道院のフィリップ分院長の墓に隠れてキスをした。それは子供っぽいどころではない、長くて情熱的なキスで、そのあと、彼女は恥ずかしそうに笑いでごまかして走り去った。

しかし、次の日も、彼女はネッドにキスをした。そして、彼がフランスへ発つ前日の夜、二人は愛し合っていることを確認した。

最初の何週間かはラヴレターのやりとりがあった。二人ともまだ時期尚早だと思って両親に気持ちを伝えていなかったから、公然と手紙のやりとりをするわけにはいかなかったが、ネッドは兄のバーニーにだけはマージェリーへの思いを打ち明けて、仲介役を引き受けてもらっていた。そのあと、バーニーはキングズブリッジを出てセビーリャへ行くことになった。マージェリーにもロロという兄がいたが、彼女はネッドがバーニーを信頼するようにはロロを信頼していなかったから、結局文通は途絶えることになった。

想いを伝え合うことができなくなっても、ネッドの気持ちはほとんど変わらなかった。若い愛について世間が何と言っているかは知っていたし、いつか気持ちが変わるのではないかと考えて、それを常に自分に問いつづけた。だが、それは杞憂《きゆう》だった。カレーにきて何週間かが経ったころ、従姉妹《いとこ》のテレーズに大好きだと告白され、してほしいことは何でもしてあげると誘われたが、ほとんどその気にならなかった。胸の豊かな美人とのキスの機会を逃したことは過去になかったから、われながら意外だった。

しかし、いまは別のことが気になっていた。テレーズを拒絶したことで、離れているあいだもマージェリーへの想いが変わることはないと確信することはできた。だが、再会したらどうだろう？　記憶のなかにいるのと変わらない魅力を、現実にも湛《たた》えてくれているだろうか？　再会しても、おれの愛は生きつづけるだろうか？

それに、彼女のほうはどうなんだろう？　十四歳の女の子にとって一年は長い——もちろん、いまは十五歳だが、それでも長いことに変わりはない。手紙のやりとりが途絶えたあと、気持ちが色褪《あ》せたかもしれない。フィリップ分院長の墓の陰で、だれかほかの男とキスをしているかもしれない。そっけなくされたら、ひどくがっかりすることになる。それに、彼女がいまも愛してくれているとしても、いまのおれは彼女の記憶のなかで光り輝いているままのおれだろうか？

雪がふたたび小止《こや》みになり、平底荷船はいま、キングズブリッジの西の外《はず》れにいることがわかった。両岸には大量に水を使う染色、布地の縮絨《しゆくじゆう》、紙漉《す》き、食肉処理といった作業場が軒《のき》を連ねている。

前方に、スモール・アイランドが見えてきた。その島の手前の端に、黒死病から町を救った修道女、カリスが建てた施療所がある。平底荷船がさらに島に近づくと、施療所の向こうで優雅に二つの弧を描き、島の北と南を本土と繋いでいるマーティンの橋が現われた。カリスとマーティンの愛の物語は、冬、煖炉《だんろ》を囲んで何世代にもわたって語り継がれてきた地元の伝説の一つだった。

平底荷船はゆっくりと停泊位置に入っていった。波止場の一帯は混雑していた。町は一年前とほとんど変わっていないように見えた。キングズブリッジのようなところは変化が遅いんだ、とネッドは思った。聖堂や橋や施療所は長持ちするように造られているんだから。

雑嚢《ざつのう》を肩に掛けると、それ以外には一つしかない荷物を平底荷船の船長が渡してくれた。小さな木のトランクである。そこに服が数着、拳銃《けんじゅう》が一挺《ちょう》、本が何冊か入っていた。ネッドは木製トランクを手に船を降り、港に立った。

まずは岩壁に沿って建つ大きな石造りの倉庫——家業の司令部——を目指したが、何歩も歩かないうちに聞き憶えのあるスコットランド訛《なま》りが聞こえた。「まあ、もしかしてネッドさまじゃありませんか、ようこそお帰りなさいませ！」

声の主は母の家政婦のジャネット・ファイフだった。彼女を見た喜びに、ネッドは思わず大きく頰《ほお》が緩んだ。

「お母さまのディナーのために魚を買いにいこうとしていたところなんです」ジャネットが言った。彼女は杖《つえ》でできているのではないかと思われるほど瘦《や》せていたが、料理をして人々に食べさせるのが大好きなのだった。「あなたもお食べになりますよね」そして、頭のてっぺんから足の先まで、好もしげな目でネッドを検《あらた》めた。「お変わりになって。顔は細くなったようですけど、肩は逞《たくま》しくなられました。ブランシュ叔母上にはきちんと食べさせてもらっていらっしゃいますか?」

「叔母さまにはしっかり食べさせてもらっていたんだけど、ディック叔父の人使いが荒くてね」

「あの方は学生の本分をご存じないんじゃありませんか?」

「まあ、いいんだけどね」

ジャネットが声を張り上げた。「マルコム、マルコム! ちょっときてよ、だれだと思う?」

マルコムはジャネットの夫で、ウィラード家の馬番だった。その彼が波止場を脚を引きずりながら——昔、まだ若くて未熟だった時代に馬に蹴《け》られた後遺症だった——やってきて、心のこもった握手をしたあとで言った。「老いぼれアコーンが死にました」

「兄のお気に入りの馬だったな」ネッドは口元が緩みそうになるのを何とかこらえた。人間より動物のことを優先して話すところがいかにもマルコムらしかった。「母は元気かな?」

「主《しゅ》のおかげで、お元気そのものですとも」マルコムが答えた。「それにお兄さまも、この前聞いたところではお変わりないようです。まあ、あまり筆まめな方ではありませんし、スペインからだと手紙が届くのにひと月やふた月はかかりますからね。荷物をお持ちしましょう、ネッドさま」

ネッドはまっすぐ家に帰りたくなかった。別の計画があった。「トランクだけ持って帰ってもらおうか」彼はマルコムに言い、その場で理由をでっち上げた。「母には、無事の旅を神に感謝するために大聖堂へ寄ると伝えておいてくれ。それがすんだらすぐに帰るからって」

「承知しました」

マルコムがふたたび脚を引きずって歩き出し、ネッドはその後ろをもっとゆっくりと歩きながら、そこに建ち並ぶ建物、ともに育って目に馴染《なじ》んでいる景色を堪能《たんのう》した。いまも小雪が舞い、屋根はすべて白かったが、通りは人や荷車で賑《にぎ》わっていて、足元は踏まれた雪が半分解けてぬかるんでいた。ネッドは土曜の夜は決まって喧嘩《けんか》騒ぎが起こるという悪名高い居酒屋、〈ホワイトホース〉の前を通り過ぎ、上り坂になっている中心街を大聖堂広場へと歩きつづけた。司教館を過ぎ、グラマースクールの前で足を止めて、束の間の郷愁に浸《ひた》った。幅の狭い尖《とが》った窓が並んでいて、その向こうにランプの明かりで本棚が見えた。彼はそこで読み書きと計算を習い、戦うときと引くとき、鞭《むち》打ちの罰を受けても涙をこらえる術《すべ》を覚えたのだった。

大聖堂の南側は修道院だった。国王ヘンリー八世が修道院を解散したせいで、キングズブリッジ修道院もひどく荒れ果ててしまっていた。いまは現市長、マージェリーの父親のサー・レジナルド・フィッツジェラルドの所有になっていたが、彼はその建物を放置したまま何もしていなかった。

幸いにも大聖堂はきちんと手入れがされ、昔と変わることなく高く力強くそびえ立って、生ある町の石造りの象徴でありつづけていた。ネッドは西の大扉から身廊《ネーヴ》に入った。無事に旅を終えられたことを神に感謝し、マルコムについた嘘《うそ》を本当のことにするつもりだった。

昔と変わらず、教会は祈りの場であると同時に商売の場でもあった。フライアー・マードは盆にパレスチナのガラス瓶を並べて本物だと保証し、ネッドの知らない男は一ペニーで手を温めないかと熱した石を差し出して、パス・ラヴジョイは赤い服を着て震えながら、彼女がいつも売っているものを売っていた。

ネッドは丸天井を支えている肋材《リブ》を見上げた。まるで大勢の人々が天に届けとばかりに腕を差し伸ばしているかのようだった。ここへくるといつも、この大聖堂を建てた男たち、女たちを思わずにいられなかった。彼らの多くは『ティモシーの書』に名前が記され、讃えられていて、修道院の歴史として学校で教えられてもいた。建築職人のトム・ビルダー、その継子のジャック、プライアー・フィリップ、マーティン・フィッツジェラルド、彼の手になる橋と中央の塔。そして、石工全員、左官の役割を果たした女性たち、大工、ガラス職人、貧しい環境に打ち克《か》ち、並々ならぬことをして、永遠の美を造り上げた普通の人々。

ネッドは一分間、祭壇に向かってひざまずいた。旅の無事は感謝に値することだった。フランスからイギリスへ渡るのは、距離こそ短かったが、船が困難に遭遇し、人々が死ぬ可能性があった。

しかし、長居はしなかった。次に向かうのはマージェリーの家だった。

大聖堂広場の北側、司教館の向かいが〈ベル・イン〉で、その隣りに新たに家が建てられつつあった。その土地は修道院が所有していたから、建てているのはマージェリーの父親だろうと思われた。ネッドが見るところでは、張り出し窓とたくさんの煙突のある、キングズブリッジで一番立派なものになるはずだった。

大通りをさらに上って十字路に出た。マージェリーのいまの家はその一方の角、ギルド会館からの道の向かいだった。いま建てられつつある新しい家が約束されているほど立派ではなかったが、それでも木造の大きな屋敷で、町で地価が最も高い一エーカーを占めていた。

ネッドは玄関の前の階段に立って間を置いた。一年のあいだ、この瞬間を心待ちにしていたが、いざそのときがきてみると、不安で胸がいっぱいになっていることがわかった。

それでも、ノックをした。

年配のメイドのナオミがドアを開け、広い玄関ホールへ招き入れてくれた。彼女は昔からネッドを知っていたが、不審者でも見るような目で困惑を顔に表わし、マージェリーに会いたいのだと告げられると、返事を聞いてくると言って奥へ戻っていった。

ネッドは煖炉の上に掛かっている十字架のキリストの絵を見た。キングズブリッジでは、絵は二種類だった。聖書に書かれている場面と、貴族の形式張った肖像である。ネッドが驚いたことに、フランスの裕福な家には、たとえばヴィーナスとヴァッカスといった異教の神が、いまにも脱げ落ちてしまいそうなローブを羽織った姿で森にいる絵が飾られていた。

だが、ここには普通でない何かがあった。十字架の向かいの壁にはキングズブリッジの地図が貼《は》られていた。ネッドはそういうものを目にするのが初めてで、興味津々《しんしん》でそれに見入った。そこでは町が東西に伸びるハイ・ストリートと南北に伸びる大通りではっきり四つに分かれていた。南東側は大聖堂とかつての修道院、南西側は悪臭を発して清潔とは言い難い工場などの産業地帯で、すべての教会と何軒かの家――そこにはフィッツジェラルド家とウィラード家が含まれていた――の印がつけられていた。川が町の東の境を形成し、犬の脚のように折れ曲がって流れていた。かつては南の境もあったのだが、マーティンの橋のおかげで町が川の向こうへ拡張していって、いまや向こう岸は広い郊外になっていた。

いかにもマージェリーの両親らしいな、とネッドは思った。政治家である彼女の父親が地図を掛け、敬虔《けいけん》なカトリックである母親が十字架のキリストの絵を掛けているのだ。

玄関ホールに姿を現わしたのはマージェリーではなく、彼女の兄のロロだった。ネッドより背が高くハンサムで、髪は黒かった。学校が一緒だったが、仲がよかったことは一度もない。ロロのほうが四つ年上で、学校一成績がよく、下級生の世話を任せられていた。だが、ネッドはロロの言いなりになることを拒否し、その権威を受け容れることもしなかった。さらに悪いことに、間もなくネッドが、少なくともロロと同じぐらいには成績がよくなることが明らかになった。そして、ロロがオックスフォードのキングズブリッジ学寮《カレッジ》へ入学して町を出ていくまで、口喧嘩と殴《なぐ》り合いがつづいた。

ネッドは嫌悪を隠し、苛立《いらだ》ちを抑え込もうとしながら、丁寧《ていねい》な口調で訊いた。「〈ベル・イン〉の隣りの建築現場だけど、父上が新しい家を建てておられるんだろうか？」

「そうとも。この家はかなり古くなってるからな」

「きっとコームの仕事がうまくいってるんだな」サー・レジナルドはコーム・ハーバーの関税管理官で、それはメアリー・チューダーが女王になったとき、支援の褒美《ほうび》として保証してくれた、富をもたらす地位だった。

ロロが言った。「カレーから戻ってきたのか。どうだった?」

「多くのことを学んだよ。父があそこに桟橋《さんばし》と倉庫を造ってディック叔父に管理を任せていて」ネッドの父のエドマンドは十年前に他界し、以来、母が事業を引き継いで経営していた。「コーム港からイギリスの鉄鉱石、錫《すず》、鉛をカレーへ積み出して、そこでヨーロッパ各地へ売却しているというわけだ」カレーの事業はウィラード一族の家業の礎《いしずえ》になっているのだった。

「戦争の影響はないのか?」イギリスはフランスと戦争をしていたが、ロロの懸念は見え透いていて、実はウィラード家の富が危険にさらされることを願っているのだった。

ネッドは本気で取り合いたくなかったから、本心よりも自信のある口調で答えた。

「二百年前にイギリスの一部になって以来、カレーはいくつもの要塞《ようさい》に取り巻かれてしっかり護られている」そして、待ちきれなくなって訊いた。「マージェリーはいるかな?」

「妹に会う理由があるのか?」

無礼な質問だったが、ネッドは気づかない振りをした。「フランスからプレゼントを持ってきた」そして雑嚢を開け、注意深く畳んだ、藤《ふじ》色にきらめいている布地を取り出した。「彼女にぴったりの色だと思うんだ」

「妹は会わないんじゃないかな」

ネッドは眉《まゆ》をひそめた。どういうことだ？　「いや、絶対にそんなことはないはずだ」

「絶対にそんなことはないなんて、どうして言い切れるんだ？」

ネッドは慎重に言葉を選んだ。「おれはきみの妹を敬慕しているんだ、ロロ。彼女もおれを憎からず思っていてくれるはずだ」

「いずれわかるだろうが、おまえがいないあいだに状況が変わったんだよ、青二才のネッド」ロロが見下したように言った。

ネッドはそれをまともには受け取らなかった。底意地の悪い冗談を言っているだけだと思ったのだ。「そうだとしても、彼女に訊いてみてくれないか」

ロロが笑みを浮かべ、ネッドはそれが気になった。なぜなら、学校時代、下級生に体罰を与える許しをもらったときの笑みと同じだったからである。

ロロが言った。「マージェリーは婚約したんだ」

「何だって？」ネッドはロロを凝視した。いきなり後ろから殴られたかのような衝撃と痛みを感じた。マージェリーの気持ちが変わっていないという絶対の自信があるわけではなかったが、それでも、これはまるっきり予想外だった。

ネッドは最初に頭に浮かんだ言葉を口にした。「だれと？」

「シャーリング子爵だ」

ネッドは言った。「バートか」信じられなかった。州の若者のなかでもとびきり頭が悪く、面白くもないバート・シャーリングが、マージェリーの心をつかみ得る可能性などあるはずがない。いずれシャーリング伯爵になるという見通しは、多くの娘にとって結婚相手として充分かもしれないが、マージェリーは違う。それは確かだ。というか、少なくとも一年前はそう断言することができた。

ネッドは言った。「おまえの作り話じゃないのか？」

愚かな質問をしたと、ネッドはとたんに後悔した。ロロは意地が悪くて狡猾《こうかつ》かもしれないが、馬鹿ではない。事実がわかったとたんに笑いものになるような嘘をつくはずがない。

ロロが肩をすくめた。「明日には婚約が公《おおやけ》になる、伯爵のパーティでな」

明日はクリスマスの十二日目、顕現日だった。シャーリング伯爵がそれを祝うとしたら、ネッドの一家も招かれているに違いなかった。ロロの話が本当で、そこで婚約が発表されれば、ネッドも自分の耳でそれを聞くことになる。

「彼女は彼を愛しているのか？」ネッドは思わず訊いた。

ロロはその質問を想定していなかったから、今度は彼が驚く番だった。「どうしてそんなことをおまえと話さなくちゃならないんだ」

どうとでも取れる返事を聞いて、ネッドは疑った——〝愛してない〟ってことじゃないのか。「どうしてそんな曖昧《あいまい》な顔をしているんだ？」

ロロが声を強ばらせた。「帰れよ、さもないと、おまえに体罰を与えなくちゃならなくなる、昔のようにな」

「学校はとうの昔に卒業してる」ネッドは言った。「おまえのほうが痛い目に合ってびっくりすることになるかもしれないぞ」実際、ロロを叩《たた》きのめしたかった。腹立ちのあまり、どっちが勝つかなど気にもならなかった。

だが、ロロは用心深かった。玄関のドアを開け、それを押さえて言った。「じゃあな」

ネッドはためらった。マージェリーに会わないまま帰りたくなかった。彼女の部屋がどこにあるかわかっていれば、階段を駆け上がったかもしれない。しかし、他人の家の部屋を手当たり次第に開けて回るという愚かな真似をする度胸はなかった。

彼は手にしていた布地を雑嚢に戻して言った。「またくる。おまえだっていつまでも彼女を閉じ込めておくことはできないだろうからな。おれは彼女と話すつもりだ」

ロロはその言葉を無視し、開けたままのドアを辛抱強く押さえていた。

思わずロロに拳《こぶし》を食らわせてやろうかと思ったが、何とかその衝動を抑えた。もう子供ではないのだから、こんな些細《ささい》な挑発に乗って殴り合いを始めるわけにはいかなかった。してやられたと思いながら、ネッドはしばらく動けなかった。どうすべきかがわからなかった。

結局、玄関を出た。

ロロが言った。「急いで戻ってくることはないぞ」

ネッドは大通りを引き返した。生まれた家までは、歩いてもいくらもなかった。

ウィラード家は大聖堂の西面の向かいにあった。長い年月のあいだに気ままに増築が重ねられ、いまや数千平方フィートまで不規則に拡大していた。が、大きな煖炉、宴会用の広い食堂、上等な羽毛マットレスのベッドが備わって、住み心地はよかった。そして、アリス・ウィラードと彼女の二人の息子、ネッドのいまは亡き父の母《グランマ》の住まいだった。

ネッドが入っていくと、母は表に面した客間――港の倉庫にいないときはそこをオフィスに使っているのだった――でライティングテーブルに向かっていたが、息子に気づくや跳び上がるように立ち上がり、抱擁してキスをした。母が一年前より肥《ふと》っているのがすぐにわかったが、ネッドは黙っていることにした。

部屋を見回したが、何も変わっていなかった。母のお気に入りの絵もそのままだった。キリストと姦婦《かんぷ》が、石もて彼女を殺そうとしている、偽善的なパリサイ人《びと》の群れに囲まれているところを描いたものである。アリスはイエスの言葉を引用するのが好きだった――〝あなたたちの中で罪を犯したことのない者が、まず、この女に石を投げなさい（日本聖書協会新共同訳）〟。それは女の胸が露わになっていて、エロティックでもあった。ネッドは若いころの一時期、それを夢で生々しく再現していたことがあった。

客間の窓の向こうを見ると、マーケット広場の向こうに、鋭尖窓と尖ったアーチが何列にも長く並んでいる、大聖堂の優雅なファサードがあった。それはネッドが生まれてから毎日そこにあって、その上の空が季節ごとに変わるだけだった。そして、漠然とではあったが、力強い安心感を与えてくれた。人は生まれて死に、町は興って廃《すた》れる、戦争は始まって終わる。だが、キングズブリッジの大聖堂は裁きの日までそこにある。

「大聖堂へ行って、感謝を捧《ささ》げたんですってね」母が言った。「いい子ね」

母を偽ることはできなかった。「フィッツジェラルドの家へも行ったよ」母の顔にちらりと失望がよぎるのがわかったが、ネッドはつづけた。「うちより向こうを優先したのを気にしないでくれるといいんだけど」

「ちょっとはがっかりだけど」母は認めた。「若いこと、恋をしていること、それがどんなものかを、わたしは思い出すべきでしょうね」

母は四十八歳だった。夫のエドマンドが世を去ったあと、だれもが再婚を勧めた。

そして、八歳だったネッドは怖い継父の出現を恐れた。だが、あれ以来十年、母は寡《か》婦《ふ》を通していて、これからもずっと独りでいるつもりのようだった。

ネッドは言った。「ロロが言っていたけど、マージェリーはバート・シャーリングと結婚するんだって」

「何てことかしらね。わたしはそれを恐れていたの。可哀相に、ネッド、本当に残念だわ」

「どうして娘の結婚相手を選ぶ権利が父親にあるんだろう?」

「父親というのは程度の差こそあれ、支配したがるものなの。あなたのお父さまとわたしはその心配をする必要はなかったけどね。娘がいないから……生きている娘だけど」

そのことはネッドも知っていた。母はバーニーを生む前に二人の娘を生んでいた。キングズブリッジ大聖堂の北側の墓地にある小さな二つの墓石はネッドにも馴染みがあった。

ネッドは言った。「女性は自分の夫になる男性を愛していなくちゃならないんだ。バートのような野蛮人との結婚を娘に強《し》いたりは、まっとうな人間ならしないはずでしょう」

「そうね、わたしならそんなことはしないわね」

「そういうことをする人たちは、どうしてそんな間違ったことをするのかな？」

「サー・レジナルドは階層《ヒエラルキー》と権威を信じているの。市長として、長老参事会員の仕事は物事を決め、それを守らせることだと考えているのね。あなたのお父さまが市長だったときは、長老参事会員は奉仕することで町を治めるんだって、そうおっしゃっていたけどね」

ネッドは辛抱強く言った。「一つのことを見るのに、二つの異なる見方があるみたいだね」

「そうじゃないの」母が言った。「異なる二つの世界があるのよ」

「わたし、バート・シャーリングなんかと結婚しませんからね！」マージェリー・フィッツジェラルドは母に言った。

マージェリーは動揺し、腹を立てていた。一年間、ネッドの帰りを待っていた。毎日彼を思い、悪戯《いたずら》っぽい笑顔と金褐色の目を見たいと願っていた。それなのに、いま使用人から知らされたのは、ネッドがキングズブリッジへ帰ってきてここに立ち寄ってくれたのに、そのことをだれも教えてくれず、彼を帰してしまったという事実だった。彼女は自分を騙《だま》した家族に激怒し、思うにまかせないもどかしさに泣いていた。

「今日、シャーリング子爵と結婚してくれと言っているわけではないわ」レディ・ジエーンが言った。「彼と会って話をしてほしいだけよ」

母と娘はマージェリーの寝室にいた。一方の隅に祈禱台《きとうだい》があり、マージェリーは一日に二回、壁の十字架に向かい、彫りを入れた象牙《ぞうげ》の数珠《じゅず》の助けを借りて祈りの数を数えた。それ以外の調度はみな豪華で、ベッドは四柱式で羽毛のマットレス、掛かっているものはみな高価で色とりどりだった。オーク材の大きなチェストは彫刻が施され、たくさんのドレスが収められていたし、森の景色を描いたタペストリーが飾られていた。

この部屋では、長年、娘と母の言い合いが数え切れないほど勃発《ぼっぱつ》していた。しかし、マージェリーはいまや大人だった。小柄ではあったが、性分の激しい母より多少は背が高くて体重もあったから、レディ・ジェーンの勝利とマージェリーの敗北に終わると、戦う前から結論することはもはやないと感じてもいた。

マージェリーは言った。「それはどういうことなの？　彼はわたしの気を惹《ひ》くためにここへきてるんでしょ？　もしわたしが会ったら、彼は脈があると思うはずよ。そして、そのあとで本当のことを知ったら、彼はもっと腹を立てることになるんじゃないの？」

「失礼のないようにすればいいのよ」

マージェリーが話したいのはバートのことではなかった。「ネッドがここへきたことを、よくも黙っていてくださったわね」彼女は言った。「不誠実だわ」

「わたしは彼がきたことを知らなかったの。ロロしか会っていないのよ」

「ロロはお母さまの意志を実行していたのよ」

「子供は両親の意志を実行すべきでしょう」母が言った。「あなたも戒めを知っているはずよ。〝汝《なんじ》の父と母を敬え〟、神に対する義務よ」

短い人生ながら、マージェリーはずっとそれと苦闘していた。神が従順を求めているのはわかっていたが、人からもたびたび言われているとおり、頑固で反抗的に生まれついていて、いい子でいるのが尋常でなく難しいことに気づいてもいた。しかし、それを指摘されたときは、常にその本性を押し殺して従順でありつづけた。神の意志はほかの何よりも大事だとわかっていた。「ごめんなさい、お母さま」彼女は謝った。

「さあ、バートのところへ行きなさい」

「わかりました」

「髪を整えるのを忘れないのよ」

マージェリーに残っていた最後の反抗心に火がついた。「髪のことなんかほっといてちょうだい」彼女は吐き捨て、母に反論の隙《すき》を与えることなく部屋を出た。

バートは広間にいた。黄色のタイツを穿《は》いていて、ハムを差し出し、最後の瞬間に引っ込めることを繰り返して犬をからかっていた。

マージェリーのあとから階段を下りてきたレディ・ジェーンが言った。「シャーリング卿《きょう》を図書室へご案内して、本を見せて差し上げたらどう？」

「本に興味を示すような人じゃないわ」マージェリーは母の提案を一蹴《いっしゅう》した。

「マージェリー！」

バートが言った。「見せてもらいたいな」

マージェリーは肩をすくめた。「そういうことなら、ご案内します」彼女は言い、先に立って隣りの部屋へ入った。ドアは閉めなかったが、母はついてこなかった。

父の蔵書は三つの棚に整理されていた。「いや、ずいぶんたくさんあるんだな！」バートが声を上げた。「全部読んだら、人生の浪費だろうに」

五十冊ほどだったが、大学や大聖堂の図書館を別にすれば多いほうで、富の印でもあった。フランス語やラテン語で書かれたものも混じっていた。

マージェリーはどう相手をしたものか困ったあげく、一冊の本を手に取った。「これは『歓びの余暇《ザ・パスタイム・オヴ・プレジャー》』という本だけど」彼女は言った。「あなた向きかもしれませんよ」

バートが彼女を横目で見ながら身体を寄せてきた。「喜びは偉大な余暇だからね」

本人は洒落《しゃれ》たつもりらしかった。

マージェリーは後ずさった。「騎士の教育についての長詩ですけど」

せ、卓上の時計が眼に入らなくなっていたのである。

「そうなんだ」バートがとたんに興味を失い、それでも棚を見渡したあとで『料理法《ザ・ブック・オブ・クッカリー》』を取り出した。「これはいい本だ」彼は言った。「妻は夫にうまい料理を提供しなくちゃならないからな、そうだろ？」

「そうですね」マージェリーは何か話題はないかと頭を絞った。バートは何に興味があるんだろう？　戦争かもしれない。「世間はフランスとの戦争について女王を非難していますよね」

「なぜ彼女が責められなくちゃならないんだ？」

「スペインとフランスの戦争はイタリアの支配を巡るものであって、イングランドとは何の関係もない、イングランドがそれに関わっているのは、われらがメアリー女王がスペインのフェリペ国王と結婚しているからでしかない――世間はそう言っていますけど」

バートがうなずいた。「妻は夫に従うべきだからな」

「だから、女性は慎重に夫を選ばなくてはならないんです」バートの耳はこの意味深長な指摘を聞き流し、マージェリーはつづけた。「われらが女王は外国の君主と結婚すべきではないと言っている人もいますね」

バートはこの話題に飽きたようだった。「ここで政治の話をすべきではないな。そういうことは、女は夫に任せておけばいいんだ」

「女性は夫に対してずいぶんたくさんの義務があるんですね」バートにわかるはずはなかったが、マージェリーは皮肉な口調で言った。「夫のために料理をし、夫に従い、政治のことは夫に任せる……わたし、夫がいなくてよかったわ。だって、そのほうがよっぽど生き方が簡単ですもの」

「だが、例外なく女には男が必要だ」

「ほかの話をしましょう」

「これから私が言うことは本心だ」バートが目を閉じて集中し、練習してきた短いスピーチを始めた。「きみは世界一美しい女性だ、私はきみを愛している。どうぞ、私の妻になってくれ」

マージェリーは本能的に、しかし、腹の底から答えた。「お断わりします！」

どう対応すべきかわからない様子で、バートの顔に戸惑いが浮かんだ。逆の答えが返ってくると期待していいと、明らかに言われていたようだった。一瞬の間があって、彼は言った。「しかし、私の妻になったら、いつかは伯爵夫人になれるんだぞ！」

「それなら、心底そうなりたいと願っている女性と結婚なさらなくちゃね」

「きみは違うのか？」

「ええ、違います」強い言い方はしたくなかったが、難しかった。控えめな言い方をしても彼には通用しない。「バート、あなたは強くてハンサムだし、絶対に勇敢でもあるでしょう。それでも、わたしはあなたを愛せないんです」ネッドが頭に忍び込んできた。彼となら、話題探しに苦労することなどあり得ない。「わたしが結婚するのは頭がよくて思慮深く、妻が召使い頭《がしら》以上の存在であってほしいと考える男性です」ここまで言えば、さしものバートだってわかるんじゃないの。

バートが驚くほどの素速さで動き、彼女の腕をがっちりとつかんだ。「女は支配されるのが好きなんだ」

「だれがそんなことを言ったの？　誓ってわたしは違いますからね！」マージェリーは腕を振りほどこうとした。が、できなかった。

バートは彼女を引き寄せてキスをした。

今日でなければ、マージェリーは顔を背けたかもしれない。そうすれば、唇を汚されずにすむ。だが、ネッドに会わせてもらえなかったことがいまも悲しかったし、傷ついていた。会っていたらどうだったか、頭にはそのことしかなかった。どんなふうにキスをし、どんなふうに髪に触れ、どんなふうに彼を引き寄せただろう？　想像上とはいえネッドの存在があまりに強く、バートに抱かれているという嫌悪にパニックになる寸前だった。彼女は無意識のうちに、バートの股間《こかん》を力任せに膝《ひざ》で蹴り上げていた。

バートが痛みとショックに大声を上げ、マージェリーの腕をつかんでいた手を放した。そして、身体を二つ折りにし、苦悶《くもん》の呻《うめ》きを漏らしながら固く目を閉じて、両手で股間を押さえた。

マージェリーは部屋を飛び出そうとした。が、ドアへたどり着くより早く、レディ・ジェーンが図書室に入ってきた。廊下で聴き耳を立てていたに違いなかった。

彼女はバートを見て何があったかを即座に理解し、マージェリーに向き直って言った。「何て馬鹿な子なの」

「わたし、この野蛮人とは結婚しません！」マージェリーは叫んだ。

マージェリーの父が現われた。黒髪で背が高いところはロロと同じだが、そばかすだらけのところが違っていた。その父が冷ややかに言った。「娘は父親の選んだ相手と結婚するんだ」

不気味なその言葉を聞いて、マージェリーは怯《おび》えた。両親の決意を甘く見過ぎていたのではないかという疑いが頭をもたげた。いつまでも義憤に駆られている場合ではない、頭を冷やして論理的に考えなくては。

完全にではないにしても冷静さを取り戻して、マージェリーは言った。「わたしは王女じゃないのよ！　それに、わたしたちは紳士階級《ジェントリー》であって、政治を担当する貴族階級《アリストクラシー》ではないわ。だとしたら、わたしの結婚に政略的な意味はないでしょう。わたしたちのような一族に、親の取り決めによる結婚なんて存在しないのよ」

それを聞いたラルフ・レジナルドが腹を立て、そばかすだらけの顔を真っ赤にして言った。「私はナイトだ！」

「伯爵じゃないでしょう！」

「私は二百年前にシャーリング伯になったラルフ・フィッツジェラルドの子孫だ――バートもそうだ。ラルフ・フィッツジェラルドはサー・ジェラルドの息子で、橋を架けた建築職人のマーティンの弟だ。私にはイングランドの貴族の血が流れている」

マージェリーは愕然《がくぜん》とした。わたしが闘わなくてはならない相手は父の妥協することのない意志だけではなく、一族の誇りも含まれていたのか。この組み合わせに打ち克つにはどんな方法があるだろう。唯一確かなのは、弱みを見せてはならないということだ。

マージェリーはバートを見た。彼だって自分を好いてくれない女性を娶《めと》りたくはないはずだ。彼女は言った。「申し訳ないんですけど、シャーリング卿、わたしはネッド・ウィラードと結婚するんです」

サー・レジナルドの顔に驚きが浮かんだ。「それはあり得ない、十字架に誓って、絶対に許さないぞ」

「わたしはネッド・ウィラードを愛しているんです」

「相手がだれだろうと、おまえは色恋沙汰《ざた》には若すぎる。それに、ウィラード家は事実上のプロテスタントだ」

「でも、ミサには行っているわ。ほかのみんなと同じようにね」

「それでも、おまえはシャーリング子爵と結婚するんだ」

「いいえ」彼女は静かに、しかし、きっぱりと言った。

気を取り直しはじめたバートがつぶやいた。「彼女は厄介だとわかっていたんだ」

サー・レジナルドが言った。「しっかり躾《しつ》ければいいだけです」

「では、鞭が必要だな」

レディ・ジェーンが割って入った。「考えてごらんなさい、マージェリー。子爵と結婚したら、いずれは伯爵夫人だし、あなたの息子が伯爵になるんじゃないの！」

「お父さまもお母さまも、それしか頭にないのよね」マージェリーは言った。声が反抗的な叫びになりはじめているのがわかったが、どうにもできなかった。「孫を貴族にしたいだけじゃないの！」図星を突いたことが両親の表情でわかり、マージェリーは軽蔑《けいべつ》を込めて追い打ちをかけた。「でも、お父さまやお母さまが貴族についてどんな妄想を持っているか知らないけど、わたしはそのための雌馬《めすうま》になんかなりませんからね」

口にした瞬間、言い過ぎたと後悔した。その侮辱は父親の最も痛いところを突いていた。

サー・レジナルドがベルトを抜いた。

マージェリーは怯えて後ずさり、気がついてみるとライティングテーブルにぶつかっていた。サー・レジナルドが左手で娘の首の後ろをつかんだ。ベルトのバックル側でない端に真鍮《しんちゅう》の覆いがついているのを見て、彼女は恐怖のあまり悲鳴を上げた。サー・レジナルドにテーブルに押しつけられて死にもの狂いでもがいたが、敵うはずもなく、手もなく動きを封じられた。

母の声が聞こえた。「どうぞ、部屋を出ていってください、シャーリング卿」それがさらに恐怖を募《つの》らせた。

ドアが閉まる音がし、ベルトが空気を切り裂く低くて鋭い音が聞こえたと思うと、腿《もも》の裏側に激痛が走った。ドレスはあまりに薄くてほとんど役に立たず、マージェリーはふたたび、今度は痛みのあまり悲鳴を上げた。二度目の鞭が振り下ろされ、三度目がつづいた。

そのとき、母の声が聞こえた。「もういいんじゃありません、レジナルド？」

「甘やかすと、子供は駄目になる」サー・レジナルドが言った。それはよく知られた強面《こわもて》の格言で、体罰は子供のためになるとみんなが信じていた。ただし、子供を除いてだったが。

レディ・ジェーンが言った。「聖書の箴言《しんげん》はちょっと違う言い方をしていて、実際はこうなっています――〝むちを控える者はその子を憎む者である。子を愛する者はつとめてこれを懲らしめる〟（日本聖書刊行会 旧約聖書 新改訳）。ここで言っているのは男の子であって、女の子ではないんですよ」

サー・レジナルドが言い返した。「箴言の別のところでは、こう言っているぞ――〝子どもを懲らすことを差し控えてはならない（日本聖書刊行会 旧約聖書 新改訳）〟、そうだろ?」

「実際のところ、マージェリーはもう子供ではないわ。それに、こういうやり方がマージェリーに通じないことは、あなたもわたしももうわかっているじゃないですか。罰はこの子をさらに頑なにするだけですよ」

「それなら、どういうやり方があるんだ?」

「わたしに任せてください。この子が落ち着いたら話して聞かせます」

「いいだろう」サー・レジナルドが言い、これで終わったとマージェリーはほっとした。とたんにまたベルトが空気を切り裂き、いまも痛みが残っている腿の裏を打って、彼女はもう一度悲鳴を上げるはめになった。その直後、荒々しく床を打つブーツの音が部屋を出ていった。本当に終わったということだった。

ネッドはスウィシン伯爵の祝宴でマージェリーに会えると確信があった。サー・レジナルドとレディ・ジェーンがマージェリーを同行しないことはあり得ない。そんなことをしたら、ことが順調に運んでいないと宣言するようなものだ。どうしてマージェリーがきていないのか、みんながその理由を詮索《せんさく》するに決まっている。

ぬかるんだ道に刻まれた荷車の轍《わだち》が固く凍っていて、ネッドを乗せているポニーは危なっかしいその道を用心深く進んでいた。馬の体温のおかげでネッドの胴体は温かかったが、手と足は寒さのせいで感覚がなくなっていた。彼と並んで、母のアリスが大きな背中の雌馬に乗っていた。

シャーリング伯爵の住まいのニューカースルはキングズブリッジから十二マイル、その旅は短い冬の昼の半分を費やすことになり、ネッドは辛抱たまらず苛立っていた。どうしてもマージェリーに会わなくてはならない。もちろん、彼女の顔を見たいからだが、それだけでなく、一体どういうことになっているのか突き止めなくてはならなかった。

前方遠くにニューカースルが現われた。百五十年前は新《ニュー》しかったのだ。最近、伯爵は中世の砦《とりで》の廃墟《はいきょ》に家を建てていた。キングズブリッジ大聖堂と同じ灰色の石で造られた銃眼《じゅうがん》付きの胸壁は、今日、リボンと凍《い》てつく霧のカーテンで装われていた。近づくにつれて、祝祭の音——大きな声での挨拶《あいさつ》、笑い、そして、地元の楽団の太鼓の深い音、活き活きとしたフィドルの音、甲高《かんだか》いパイプの音——が、冷え切った空気を通して聞こえてきて、もう少しすれば燃えさかる火と、温かい食べ物と、元気の出る飲み物に出会えることを約束してくれていた。

ネッドはもっと急いでくれとポニーの腹を蹴った。早く着いて、不確かなことを確かなことにしたくてたまらなかった。マージェリーがバート・シャーリングを愛しているのかどうか、彼と結婚するのかどうかを。

道はまっすぐに入口へ伸びていた。城壁の上に烏《からす》がこれ見よがしに並び、訪れる者に悪意に満ちた啼《な》き声を浴びせていた。とうの昔に吊《つ》り上げ橋はなくなり、濠《ほり》は埋められていたが、門楼《もんろう》には底辺の短い二等辺三角形の窓がいまも並んでいた。ネッドはポニーを賑やかな中庭に乗り入れた。そこは明るい色の服装の招待客、馬、馬車で立て込んでいて、伯爵の使用人が忙しく動き回っていた。ネッドはポニーを馬番に預け、家へと動いている列に加わった。

マージェリーの姿は見えなかった。

中庭の奥の側は現代的な煉瓦《れんが》造りの屋敷で、一方の側に礼拝堂が、もう一方の側に醸造所がくっついていた。その屋敷が建てられたのは四年前で、ネッドは一度しか足を踏み入れたことがなく、今日、再訪して驚きを新たにすることになった。大きな窓が何列にも並び、煙突が群れをなしていて、キングズブリッジ一の商人の家より壮大で、州でも最大の家だった。ロンドンにはもっと大きな家もあるかもしれないが、ネッドはロンドンへ行ったことがなかった。

スウィシン伯爵は一度、ヘンリー八世の世にその地位を失っていた。ヴァチカンと縁を切ろうとする王に反対したからである。しかし、伯爵の運は五年前、ウルトラ・カトリックのメアリー・チューダーが女王になったことで蘇《よみがえ》り、彼女の寵愛《ちょうあい》を得て富と力を取り戻したのだった。というわけで、今夜も金に糸目をつけない椀飯振舞《おうばんぶるま》いになるに違いなかった。

ネッドは家に入ると、三階の大広間へ上がった。冬だというのに、背の高い窓のおかげで部屋は明るかった。壁は塗りを施したオーク材の羽目板張りで、狩猟の様子を描いたタペストリーが掛かっていた。縦長の部屋の両端では大きな煖炉で薪《まき》が燃え、四つの壁の三面が歩廊になっていて、道にいるときから聞こえていた音楽を、楽団が力強く演奏していた。四つめの壁の高みにスウィシン伯爵の父親の肖像が掲げられ、力を象徴する役を果たしていた。

客のなかには陽気で力強い伝統的なダンスを楽しんでいる者たちがいて、それぞれ八つのグループに分かれ、手を繋いで輪を描きながら、ときどきスキップしてその輪を出たり入ったりしていた。一方では、一塊《ひとかたまり》になり、音楽や踊り手たちが床を踏み鳴らす音に負けじと大きな声で言葉を交わしている者たちがいた。ネッドは温かいサイダーのカップを手に、部屋を見回した。

踊るわけでも、客同士の会話を楽しむでもないグループがあった。回船業を営むフイルバート・コブリー一家で、全員が黒と灰色の装いだった。キングズブリッジにプロテスタントがいることは非公表ながら衆知の事実で、彼らがいることを知らない者も、だれがそうなのかを推測できない者もいなかったが、存在していることがおおっぴらに確認されているわけではなかった。ネッドに言わせれば、同性愛者のコミュニティの存在が半ば公然の秘密であるのに似ていた。プロテスタントはその信仰を認められていず、転向するまで拷問され、あくまで拒否した場合には火刑に処せられることになっていた。だから、信仰を問われたときは曖昧な答えでごまかし、法律で義務づけられていたから、カトリックの礼拝にも足を運んだ。しかし、あらゆる機会を捉《とら》えて、猥歌《わいか》や胸を見せる服装、聖職者の飲酒に異を唱えた。プロテスタントらしい地味な服装で礼拝に行っても、それは違法ではなかった。

ネッドは部屋にいるほぼ全員を知っていた。若い男性客はキングズブリッジ・グラマースクールで一緒にいた者たちで、若い女性客は日曜の教会の礼拝がすんだあとで髪を引っ張ってからかってやった者たちだった。地元の名士の上の世代にも馴染みがあった。彼らは母の家にしじゅう出入りしていた。

マージェリーを探していると、知らない男が目に留まった。三十代後半か、鼻が長く、幾分淡い褐色の髪は早くも後退を始めていて、鬚《あごひげ》はいま流行りの先端が尖った形にきちんと整えられていた。小柄ながら筋肉質で、暗赤色のコートは派手ではないけれども高級そうだった。彼はスウィシン伯爵とサー・レジナルド・フィッツジェラルドを相手に話していたが、ネッドが意外だったのは、地元の大立て者二人の態度だった。二人とも、明らかにこの立派な訪問者を好いていなかった。サー・レジナルドは腕組みをした上半身をのけぞらせ、スウィシン伯爵は腰に手を当てて足を踏ん張っていた。が、話には聴き入っている様子だった。

ファンファーレとともに演奏が終わり、比較的静かになったところで、ネッドはフィルバート・コブリーの息子に話しかけた。ダニエルは二つ年上で、色が白く、丸顔で肥っていた。「あれはだれだ?」ネッドは暗赤色のコートの男を指さして訊いた。

「サー・ウィリアム・セシルだ。エリザベス王女の資産を管理してる」

エリザベス・チューダーはメアリー女王の異母妹だった。「セシルについては聞いたことがある」ネッドは言った。「しばらくは国務大臣じゃなかったか?」

「そのとおりだ」

その当時、ネッドは政治をしっかりと追うには若すぎたが、母がその名前を尊敬を込めて口にしていたことは記憶にあった。メアリー・チューダーはセシルをカトリックとして十分と認めていなかったから、女王になるや彼を解任した。だから、エリザベスの資産の管理などという、さしたることもない仕事をしているのだった。

その彼がここで何をしているのか?

母はセシルのことを知りたがるだろう。訪問者はニュースをもたらしてくれる。母はニュースに目がない。情報こそが富を築いてくれ、破滅から救ってくれるのだと、われわれ兄弟に教えてくれた。しかし、母を捜しているときにマージェリーを見つけ、そのとたんにウィリアム・セシルは頭からいなくなった。

マージェリーは驚くほど変わっていた。一つどころか、五つも年を取ったかに見えた。黒い巻き毛は手の込んだ髪型にしてピンで留められ、その上に洒落た羽根飾りのついた男物の帽子《キャップ》が載っていた。小さな白い襞襟《ひだえり》が顔を明るく照らしているかのようだった。小柄だが痩せているわけではなく、ブルーのヴェルヴェットのガウンの流行のスティッフ・ボディスも、ふっくらとして魅力的な曲線を完全には隠していなかった。顔は相変わらず表情が豊かで、微笑《ほほえ》み、眉を上げ、首をかしげ、驚き、謎《なぞ》、嘲《あざけ》り、喜びを言葉にすることなく次々に表わしていた。過去にそうだったように、ネッドはわれ知らず彼女に見とれていた。数瞬、部屋にだれもいないかのように感じられた。

ネッドは忘我から覚めると、混雑を掻《か》き分けて彼女のほうへ向かった。

ネッドが嬉《うれ》しかったことに、彼がやってきていることに気づいてマージェリーの顔が喜びに輝いた。が、その表情は春の日の天気よりも速く変わり、懸念という雲に覆われてしまった。近づくにつれて目が恐怖を宿し、あたかもこないでくれと懇願しているかのように見開かれていったが、ネッドはそれを無視した。どうしても彼女と話さなくてはならなかった。

ネッドは口を開いたが、言葉にしたのは彼女のほうが早かった。「〝ハートを捕まえろ〟が始まったら、わたしについてきて」彼女が小声で指示した。「いまは何も言わないで」

〝ハートを捕まえろ〟は祝宴のときに若者がやる、隠れん坊のようなゲームだった。ついてくるよう誘われてネッドは元気が出たが、少なくとも何らかの答えを聞くまでは離れたくなかった。「バート・シャーリングを愛しているのか?」ネッドは訊いた。

「まさか! さあ、行って――話はあとよ」

ネッドはぞくぞくするほど嬉しかったが、まだ訊くことは残っていた。「あいつと結婚するのか?」

「〝とっとと失せろ〟と生きて言えるあいだは、絶対にあり得ないわ」

ネッドは微笑した。「わかった、それを聞いたら辛抱できる」そして、幸福な気分でその場を離れた。

妹がネッド・ウィラードと話すところを、ロロは油断なく見ていた。長くはなかったが、明らかに真剣なやりとりだった。ロロは心配していた。昨日、マージェリーが父にベルトで打たれていたとき、父の図書室の前の廊下で聴き耳を立てていて、罰を与えるのはマージェリーを頑なにするだけだという母の意見に内心で賛成していた。

妹とネッドを結婚させたくなかった。昔からネッドは嫌いだったが、それは結婚させたくない理由の最下位に過ぎなかった。もっと重要な理由は、ウィラード家がプロテスタンティズムに寛容であることだった。ヘンリー八世がカトリック教会に背を向けたとき、エドマンド・ウィラードはそれを心底から支持した。実を言えば、メアリー一世がそれを覆したとき、彼はそんなに困ったふうでもなかった。だが、ロロはそれも面白くなかった。信仰を軽んじる人間が我慢ならなかった。教会の権威は人にとってすべてでなくてはならなかった。

同じぐらい重要な理由は、ネッド・ウィラードとの結婚が、フィッツジェラルドの家格を上げる役にまったく立たないことだった。裕福な二つの商家が縁組みをしたに過ぎない。だが、バート・シャーリングならフィッツジェラルド家を貴族に列することができる。ロロにとって、フィッツジェラルドの家格は、神の意志を別にすれば、何よりも大きな問題だった。

ダンスが終わると、伯爵家の使用人が天板と脚の部分を運び込んでいくつものテーブルを組み立て、一つの大きなTの字になるように並べていった。そして、縦の部分を部屋一杯に伸ばし、その一方の端を横に伸ばして完成したテーブルに、料理が姿を現わしはじめた。ロロが見るところでは、その手際はいささかぞんざいで、白いテーブルクロスの上への陶器の皿やパンの置き方がでたらめで手荒いように思われた。それは家事全般を取り仕切る女性がいないせいかもしれなかった。二年前に伯爵夫人が他界し、以後、スウィシン伯爵は独り身を通していた。

一人の使用人がロロに言った。「お父上が伯爵の談話室でお待ちでございます、フィッツジェラルドさま」

ロロはライティングテーブルと帳簿用の棚のある脇の部屋へ案内された。普段、伯爵はそこで事業の采配《さいはい》を振るっているのだろうと思われた。

スウィシン伯爵は玉座のような大きな椅子《いす》に坐《すわ》っていた。彼はバートと同じく、長身でハンサムだったが、長年の食べ過ぎと飲み過ぎのせいで、胴回りが膨らみ、鼻が赤くなっていた。四年前、ハートリー・ウッドの戦いで左手の指のほとんどを失っていたが、それを隠そうともせず、実はその負傷を誇っているかのようだった。

その隣りを占めているのはロロの父のサー・レジナルドで、顔にそばかすが散っている細身の彼は、伯爵が熊《くま》なら、豹《ひょう》を思わせた。

バート・シャーリングもそこにいて、ロロが困惑したことに、アリスとネッドのウィラード母子まで同席していた。

地元の六人と向かい合って低い椅子に坐っているのがウィリアム・セシルで、席順という暗黙の了解があるにもかかわらず、彼がこの会合を仕切っているようにロロには思われた。

レジナルドがセシルに言った。「息子がここにいてもかまわないかな？　オックスフォード大学へ行っていて、ロンドンの法曹学院《インズ・オヴ・コート》で法律を学んでいたんだが」

「若い世代は大歓迎です」セシルが愛想よく答えた。「私の息子はまだ十六だが、それでも会合に連れていっているんですよ。始めるのが早ければ、学ぶのが速くなりますからね」

ロロはセシルを観察して、右の頰に疣《いぼ》が三つあり、褐色の髭《ひげ》に白いものが混じりはじめていることに気づいた。エドワード六世の時代、彼は二十代という若さにもかかわらず力を持った廷臣であり、いまもまだ四十にもなっていないのに、はるかに年上であるかのような、自信に満ちた知恵者の雰囲気を漂わせていた。

スウィシン伯爵が焦《じ》れた様子で身じろぎした。「さっさと本題に入ってくれないか、サー・ウィリアム。百人もの客を広間に待たせて私をここに引き留めているんだから、よほど大事なことなんだろうな」

「承知しました、伯爵」セシルが言った。「実は、女王は妊娠しておられませんでした」

ロロは思わず驚きと落胆の呻きを漏らした。

メアリー女王とフェリペ国王はそれぞれイングランドとスペインの王位を継がせる

べく、何としても跡継ぎを作らなくてはならなかった。が、遠く離れているそれぞれの王国を統治するのに忙しくて、一緒に過ごす時間がほとんどなかった。というわけで、次の三月に子供が生まれるとメアリーが発表したとき、両国は歓喜に包まれた。が、明らかに何かがおかしかった。

ロロの父のサー・レジナルドが憮然《ぶぜん》として言った。「またか」

セシルがうなずいた。「二度目の想像妊娠です」

スウィシン伯爵が当惑を顔に浮かべて訊き返した。「想像？　それはどういう意味だ？」

「流産はなかったということです」セシルが重々しく答えた。

レジナルドが説明した。「子供欲しさのあまり、妊娠していないのに妊娠していると思い込むことです」

「なるほど」スウィシンが言った。「女の愚かさだな」

それを聞いてアリス・ウィラードが馬鹿にしたように鼻を鳴らしたが、スウィシンは気づかなかった。

セシルが言った。「こうなったら、われわれも女王に子供ができない可能性に正面から向き合わなくてはなりません」

そうなったらどうなるか、ロロの頭にいくつもの可能性が浮かんだ。ウルトラ‐カトリックのメアリー女王と、彼女に劣らず敬虔なカトリックたるスペイン国王に待ち望まれていた跡継ぎができたなら、その子は厳格なカトリックに育つはずであり、フィッツジェラルド家のような一族の信頼を得ることができるだろう。だが、メアリー女王が跡継ぎを作らないまま世を去れば、どうなるかまったくわからない。

セシルならとうの昔にそれを考えているはずだとロロが推測したとき、当の本人が口を開いた。「どんな国でも、王位継承のときが一番危ういのですよ」

ロロはパニックに陥りそうになるのをこらえなくてはならなかった。イングランドがプロテスタントに変わる可能性があり――この五年でフィッツジェラルド家が成就したすべてが水泡に帰する恐れがあるということか。

「私としては血を見ることなく、スムーズに継承できる計画を立てたいのです」セシルが理性的に言った。「私がこの地方で指導的立場にあるあなた方三人――州の伯爵、キングズブリッジの市長、町の主導的商人――に会いにきたのは、私への協力をお願いするためなのです」

慎重に計画を立てる仕事熱心な使用人のような言い方だったが、ロロはすでに見抜いていた――その物言いは表向きで、実はこの男は危険な革命論者だ。

スウィシンが訊いた。「どういう協力だろう?」

「私の主人のエリザベスを支持すると約束していただきたい」

スウィシンが挑戦的に訊いた。「あなたはエリザベスが王位を継ぐのが正統だと考えているのか?」

「ヘンリー八世は三人の子を遺されました」セシルがわかりきったことをいかにもそれらしく説明しはじめた。「長男のエドワード六世は幼くして王位を継がれ、跡継ぎを為《な》す前に世を去られました。そのあと、ヘンリー八世の長女のメアリー・チューダーが王位を継承されました。というわけで、理屈の上で当然のことですが、もしメアリー女王が子を為さずに他界されたら、王位を継ぐのはヘンリー八世のもう一人の娘、すなわちエリザベス・チューダーということになります」

自分が口を開くときだ、とロロは判断した。この危険な戯言《たわごと》を唯々諾々《いいだくだく》と聞き入れることは許されない。それに、ここにいる法律家は自分だけだ。そして、セシルに負けじと穏やかに理性的に話そうとした。だが、努力も虚しく、自分でもわかるほど声が昂《たか》ぶっていった。「エリザベスは庶子です! ヘンリー八世は彼女の母親を真に正式な妻としては迎えていません。先妻との離婚を教皇が認めていませんからね」

スウィシンが付け加えた。「愚か者は資産も肩書も継承できない――周知のことだ」

ロロは眉をひそめた。エリザベスを愚か者呼ばわりするなんて無礼を、彼女の相談役を前にして働く必要はないだろうに。残念ながら、スウィシンのがさつさは直しようがない。冷静沈着なセシルをいま敵に回すのは得策とは言えない。現時点では冷や飯を食わされているかもしれないが、依然として力を秘めているようにも感じられる。

セシルは不作法な反論を咎《とが》めず、慇懃《いんぎん》に、しかしきっぱりと指摘した。「離婚は議会で承認されています」

スウィシンが言った。「彼女はプロテスタント寄りだと聞いているが」

それが一番の問題なんだ、とロロは思った。

セシルが微笑した。「私は彼女から何度となく聞いています――自分が王位に就いた暁《あかつき》の一番の願いは、イングランド人が信仰故に命を落とすのをなくすことだとね」

ネッド・ウィラードが口を開いた。「それはいい印です。これ以上人が火あぶりになるのを見たい者はいません」

いかにもウィラード家の考え方だな、とロロは思った。何であれ波風を立てないことがすべてときている。

立場をはっきりさせないセシルの言い方に、スウィシン伯爵もロロに負けじと苛立った。「カトリックなのか、プロテスタントなのか、どっちなんだ？　必ずどちらかではあるはずだろう」

「逆です」セシルが答えた。「彼女の信条は寛容であることです」

スウィシンが憤然とし、軽蔑の口調で言った。「寛容であることだと？　異端の、神を冒瀆《ぼうとく》する、不信心な者どもにか？」

ロロも伯爵と同意見だった。伯爵の怒りは正しい。だが、法的にどうなるものでもない。カトリック教会は次にイングランドを統《す》べるべき人物について、独自の見解を持っていた。「世界の目から見れば、真の王位継承者はもう一人のメアリー、すなわち、スコットランド女王です」

「それはまったく違う」その意見が出てくるのを明らかに予想していたに違いなく、セシルが即座に反論した。「メアリー・ステュアートはヘンリー八世の姉の孫娘に過ぎません。しかし、エリザベス・チューダーはヘンリー八世の娘です」

「そうだとしても、庶子ではないか」と、スウィシン。

ネッド・ウィラードがふたたび口を開いた。「私はパリに行ったときにメアリー・ステュアートを見ています。話はしませんでしたが、彼女がルーヴル宮殿に立ち寄ったとき、私も中庭にいたのです。背の高い美人でした」

ロロは焦れて言った。「それが何かと関係があるのか？ あるとしたら、どんな関係だ？」

ネッドは引き下がらなかった。「彼女は十五歳だ」そして、ロロを見据えた。「きみの妹のマージェリーと同い年でもある」

「それは何の関係もない――」

さえぎろうとしたロロを、ネッドは声を高くして黙らせた。「十五歳は娘が夫を選ぶには若すぎる、国を統べるなど論外だと、そう考える人々もいるんだ」

ロロが鋭く息を吸い込み、父親は腹立たしげな呻きを漏らした。セシルが眉をひそめた。ネッドの言葉には部外者にはわからない隠れた意味があると、明らかに気づいていた。

ネッドは付け加えた。「メアリーはフランス語とスコットランド語を話すけれども、イングランド語はほとんど話せないと聞いている」

ロロは言った。「そんなことは法律においては重要な要件ではない」

ネッドは全員に向かって言い募った。「しかし、もっとよくないことがあります。メアリー・ステュアートはフランス王位継承者であるフランソワ王太子と婚約しています。イングランドの人々は現イングランド女王がスペイン国王と結婚しているのをよく思っていません。であるならば、フランス国王と結婚した女王はもっとよく思わないはずです」

ロロは言った。「そういう判断はイングランドの人々によって為されるものではない」

「そうだとしても、戦いになるかもしれないという疑いが生じたら、その人々も鎌《かま》や槌《つち》を手にして、自分たちの考えを知らしめるかもしれません」

セシルが割って入った。「そして、私はまさにそれを阻止しようとしているのです」

実はそれは脅しだろうと気づいてロロは腹が立ったが、スウィシンに機先を制された。「そのエリザベスという娘は、一個の人間としてはどんなふうなんだ？　私は会ったことがないんだ」

話が正統性の問題から逸《そ》れ、ロロは苛立って眉をひそめたが、セシルはいそいそと説明を始めた。「私が会ったなかで最高の教育を受けた女性です。ラテン語を苦もなくイングランド語に変換でき、フランス語、スペイン語、イタリア語を話して、ギリシャ語を書くことができます。とびきりの美人と考えられてはいないけれども、かわいらしいと男に思わせ、惹きつける術を心得ています。父であるヘンリー八世の意志の強さを受け継いでいます。決断力のある素晴らしい君主になるはずです」

セシルは彼女に恋をしているな、とロロは確信した。だが、それよりももっとよくないことがある。エリザベスに対抗するためには法的な議論に頼らなくてはならない。なぜなら、頼るべきものがそれ以外にほとんどないからだ。エリザベスはイングランドを支配するに充分な年齢で、充分な知恵があり、充分に強い心を持っているようだ。彼女はプロテスタントかもしれないが、それをこれ見よがしにするほど馬鹿ではあるまいし、プロテスタントだというはっきりした証拠もない。

プロテスタントの女王が誕生するかもしれないと思うと、ロロはぞっとした。それがカトリックの一族に有利に働くことは間違いなくあり得ないだろう。フィッツジェラルド家が富を回復するのが不可能になるかもしれない。

スウィシンがにやりと好色な笑みを浮かべて言った。「しかし、彼女に言うことを聞かせられる強いカトリックの男を夫にするというのであれば、われわれとしても受け容れる余地はあるかもしれんな」それを聞いて、ロロは危うく身震いしそうになった。こいつ、王女に言うことを聞かせるところを想像して勃起しているに違いない。

「いまのお言葉を心に留めておきます」セシルが淡々と言い、ベルが鳴って招待客がテーブルに着きはじめたことを知らせると立ち上がった。「どうか結論を急がないでいただきたいと、それだけはお願いします。エリザベス王女に機会を与えてください」

ほかの全員が部屋を出たあと、ロロとレジナルドはそこに残って言葉を交わした。

「サー・ウィリアムもわかってくれたようだな」

ロロは首を振った。父の頭がもう少し複雑でないことが、そして、疑い深くないことが残念だった。「お父さんやスウィシンのような忠実なカトリックがエリザベスの支援を約束するなんてあり得ないことぐらい、セシルはここへくる前からわかってるさ」

「それは私もそう思う」レジナルドが言った。「情報通であってこそのあの男なんだからな」

「そして、抜け目がないことも確かだね」

「それなら、なぜここへきたんだ？」

「ぼくもずっとそれを考えていたんだけど」ロロは言った。「敵の力を値踏みするためじゃないだろうか」

「なるほど」父が言った。「それは思いつかなかったな」

「さあ、行こう。ディナーに遅れる」


　祝宴のあいだ、ネッドはずっと上の空だった。食事と飲み物の時間が終わって〝ハートを捕まえろ〟が始まるのが待ちきれなかった。しかし、デザートが片付けられたまさにそのとき、母が目を合わせることに成功して息子を手招きした。

　母がサー・ウィリアム・セシルと深く話し込んでいることに、ネッドは実は気づいていた。アリス・ウィラードは樽《たる》のような体格の活発な女性で、キングズブリッジ・スカーレットの生地に金糸の刺繍《ししゅう》を施した高級なドレスをまとい、プロテスタントだという非難をかわすために、聖母マリアの大きなメダルを首にかけていた。ネッドは手招きが目に入らなかった振りをしたい誘惑に駆られた。テーブルが片付けられ、役者が演技を始める準備をしている一方で、いまにもゲームが始まりそうだった。マージェリーが何を考えているのかはわからなかったが、それが何であれ、逃したくなかった。しかし、母は愛することも人並以上だが厳しいことも人並以上で、自分の指示に従わなければ容赦がなかった。ネッドは仕方なく母のところへ行った。

「サー・ウィリアムがいくつか訊きたいことがおありだそうよ」母が言った。

「光栄です」ネッドは慇懃に挨拶した。

「カレーについて知りたいのだよ」セシルが言った。「きみはあそこから戻ったばかりだそうだな」

「クリスマスの一週間前に向こうを発って、昨日、帰り着いたところです」

「きみや母上にいまさら教えるまでもないだろうが、あの町はイングランドの交易にとってかけがえがない。われわれがいまもあのフランスの小さな一部を支配しているのは国の誇りの問題でもある」

ネッドはうなずいた。「そしてもちろん、フランスにとっては非常に不愉快なことでもあります」

「あそこのイングランド人共同体の士気はどうなんだろう?」

「充分です」ネッドは答えたが、不安になりはじめてもいた。セシルはつまらない好奇心で訊いているわけではない、理由があるに決まっている。そう考えはじめたところで、母が厳しい顔になっていることに気がついたが、ネッドは話をつづけた。「私が向こうを発つとき、彼らは八月のサン・クウェンティンでのフランスの敗北をまだ喜んでいました。イングランドとフランスのあいだの戦争が自分たちに影響を及ぼしそうにないと感じているからです」

「それは楽観的すぎるかもしれんな」セシルがつぶやいた。

ネッドは訝《いぶか》った。「カレーは砦に囲まれています――サンガッテ、フレトゥン、ニールス――」

セシルがさえぎった。「その砦が陥落したら？」

「町には百七門の砲があります」

「細かいところまでよく憶えているな。だが、包囲されたら持ち堪《こた》えられるのか？」

「三カ月分の食料が蓄えてあります」ネッドはカレーを発つ前にそれらの事実を確認していた。なぜなら、母が詳しい報告を求めるだろうと予想していたからである。いま、ネッドは母を見て訊いた。「何があったの、お母さん？」

アリスが言った。「一月一日にフランスがサンガッテを陥《お》としたのよ」

ネッドは衝撃を受けた。「どうしてそんなことがあり得たんだろう？」

セシルが答えた。「フランス軍が近くの町に極秘裏に集結し、カレーの守備隊の不意を襲ったんだ」

「フランス軍を指揮していたのはだれなんです⁉」

「ギーズ公爵フランソワだ」

「顔に傷《スカーフェイス》のある男ですか！」ネッドは言った。「彼は伝説ですよ」公爵はフランスで最も偉大な将軍だった。

「いまごろ、カレーは包囲されているに違いない」

「でも、まだ陥落してはいないんですね」

「われわれの知る限りではそうだが、私のところに届いている最新の知らせは五日前のものだからな」

ネッドは母に向き直った。「ディック叔父さんから連絡は？」

アリスが首を横に振った。「包囲されている町から連絡を寄越すなんて不可能よ」

ネッドは向こうで関係のあった人たちを思った。ブランシュ叔母、ジャネット・フアイフよりはるかに料理の腕がよかった——もちろん、ジャネットには黙っていたが。従兄弟《いとこ》のアルバン、同い年で、身体の性的な部分や、口にするのを憚《はばか》られるようなフランス語を教えてくれた。それに、好色なテレーズ。彼らは生き延びているだろうか？

アリスが小声で言った。「わたしたちの取引はほとんどすべてがカレーで行なわれているの」

ネッドは眉をひそめた。まさか？「セビーリャでも取引をしているんじゃないの？」彼は訊いた。

セビーリャの港はスペイン王フェリペの兵器庫で、金属を求めて俺むことがなかった。ネッドの又従兄弟のカルロス・クルースはアリスが送ることのできる量の金属を全部買い、いつ終わるとも知れない戦争をしているスペインのために、それで大砲や砲弾を造っていた。ネッドの兄のバーニーはセビーリャに住んでカルロスと仕事をし、カレーでのネッドと同じように、家業のもう一つの面を学んでいた。だが、海の旅は時間がかかるし危険でもあったから、貨物船をセビーリャに送り出すのは、はるかに近いカレーの倉庫が一杯のときだけだった。

アリスが息子の質問に答えた。「いまはセビーリャへ向かっている船もないし、向こうから入ってくる船もないわ」

「だとしたら、カレーを失えば……」

「わたしたちはほとんどすべてを失うことになるわね」

事業というものを理解したとネッドは思っていたが、それがあっという間に無に帰す恐れがあることに気づいていなかった。馬を信頼し、安心して鞍《くら》にまたがっているとき、その馬がよろめいて、危うく落馬しそうになったときのような感じだった。人生は予測できないということがいきなり思い出された。

ベルが鳴り、ゲームの開始を告げた。セシルが微笑して言った。「情報提供に感謝するよ、ネッド。ここまで正確に物事を見ている若者は珍しい」

そう褒められて、ネッドは悪い気がしなかった。「お役に立てたのなら光栄です」ダン・コブリーのかわいらしい妹、金髪のルースが、通りすがりに言った。「さあ、ネッド、〝ハートを捕まえろ〟の時間よ」

「いま行く」ネッドは応えたが、その場を動かなかった。迷っていたのだ。マージェリーと話したいのは山々だが、いまのようなことを聞いたあとではゲームに興じる気分になれなかった。「ぼくたちにできることは何もないんじゃないのかな」ネッドは母に言った。

「さらなる情報を待つことしかできないわね――時間がかかるかもしれないけど」重たい間があったあとで、セシルが言った。「ところで、レディ・エリザベスのための私の仕事を手伝ってくれる助手を探しているんだ――彼女のスタッフの一人としてハットフィールド宮殿に住み込み、私がロンドンへ行ったりして留守のときに私の代わりを務めてくれる若者をね。きみの宿命が母上と一緒に家業に励むことだというのはわかっているが、ネッド、もしきみのように聡明《そうめい》で信頼できて、鋭い観察眼を持っている若者を知っていたら……教えてもらいたい」

「もちろんです」ネッドはうなずいたが、本当はおれにやってほしいんじゃないだろうかと疑ってもいた。

セシルがつづけた。「ただし、エリザベスが持っている、信仰についての寛容さを共有できる人物でなくてはならない」女王メアリー・チューダーはすでに数百人を火あぶりの刑にしていた。

そのとおりだ、ネッドは確信した。スウィシン伯爵の書斎で王位継承について議論しているあいだに、セシルはネッドの気持ちに気づいたに違いなかった。何百万人ものイングランド人が同じ気持ちでいるはずだった。カトリックだろうとプロテスタントだろうと、殺戮《さつりく》に辟易《へきえき》しているのは同じだろう。

「さっきも話したとおり、エリザベスは何度も私に言っている。〝自分が王位に就いた暁の一番の願いは、イングランド人が信仰故に命を落とすのをなくすこと〟だとね」セシルが繰り返した。「それこそが人が理想とするに足る信条だと、私はそう考えているんだ」

アリスが控えめながら恨めしげな表情を浮かべて言った。「おっしゃったとおり、サー・ウィリアム、息子の宿命は家業に励むことです。さあ、行きなさい、ネッド」

ネッドは踵《きびす》を返し、マージェリーを探しに向かった。

スウィシン伯爵は旅回りの役者一座を雇っていて、いま、大広間の長いほうの壁の一方に一段高いステージを造ろうとしていた。その様子を眺めているマージェリーの隣りで、レディ・ブレクノックが同じことをしていた。スザンナ・ブレクノックは笑顔の温かい三十代後半の美人で、スウィシン伯爵の従兄妹であり、キングズブリッジの持ち家を頻繁に訪れていた。マージェリーは以前に彼女と会ったことがあり、もったいぶったところのない感じのいい女性だと認めていた。

ステージといっても、樽を並べてその上に厚板を渡しただけのものだった。「何だか危なっかしくないかしら」マージェリーは心配した。

「わたしもそう思っていたわ！」スザンナが同意した。

「何ていうお芝居か知ってますか？」

「〝マグダラのマリアの生涯〟ですって」

「まあ！」マグダラのマリアは娼婦《しょうふ》の守護聖人で、聖職者は〝改心した娼婦〟と必ず言い直していたが、だからといって、その聖人への好奇心が減じられるわけではなかった。「でも、そんなお芝居をやれるんですか？　だって、俳優は男ばかりじゃないですか」

「もしかして、お芝居を観たことがないの？」

「プロの俳優がステージで演じるお芝居はね。見たことがあるのは、お祭りの演《だ》し物とか仮装行列だけです」

「女性を演じるのは男の俳優と決まってるの。女性がお芝居をすることは許されていないのよ」

「どうして？」

「そうね、女性は男性より劣っているからじゃないの。力も強くないし、おつむも弱いんですものね」

言葉に皮肉の色があった。マージェリーはスザンナの歯に衣着《きぬ》せぬ物言いが好きだった。大半の大人は当惑させられるような質問には空虚で陳腐な応え方しかしないものだが、スザンナは本当のことをそのまま口にしてくれるのを当てにできた。マージエリーは大胆になり、思っていたことを思わず口に出した。「あなたはブレクノック卿と無理矢理結婚させられたんですか？」

スザンナが眉を上げた。

立ち入りすぎたとすぐさま気がつき、マージェリーは急いで付け加えた。「ごめんなさい、そんなことを訊く権利はわたしにはありませんよね、どうぞ赦《ゆる》してください」涙がこみ上げた。

スザンナが肩をすくめた。「確かにそんな質問をする権利はあなたにはないけど、自分が十五だったときにどんなふうだったかは忘れてはいないわよ」そして、声を低くした。「あなたはだれと結婚させられようとしているの？」

「バート・シャーリングです」

「あらまあ、可哀相に」バートが自分の従兄妹の息子であるにもかかわらず、スザンナは言った。同情されて、マージェリーは自分がますます惨めになった。スザンナが少しのあいだ考えてふたたび口を開いた。「わたしの結婚があらかじめ決められていたのは秘密でも何でもないけど、無理矢理ってことはなかったわね。だって、わたし、彼に会ったとたんに好きになったんだもの」

「愛しているんですか？」

スザンナがふたたびためらった。型どおりの返事をするか、本心を口にするか、明らかに迷っていた。「どうしても答えないと駄目かしら」

「いえ、もちろんそんなことはありません。すみません、また余計なことを訊いてしまいました」

「でも、あなたは困っているのよね。だとしたら、ここだけの話にして絶対口外しないと約束してくれたら、教えてあげてもいいけどね」

「約束します」

「ブレクノックとわたしはお友だちなの」スザンナが言った。「彼は優しいし、彼が喜んでくれるなら、わたしはできることは何でもするの。それに、わたしたちは四人もの素晴らしい子宝に恵まれた。わたしは幸せよ」そして間を置き、マージェリーが待っていた答えをついに教えてくれた。「でも、別の種類の幸せがあることもわかっているわ。頭がおかしくなるほどだれかを愛し、同じように愛される幸せがね」

「そうなんです！」スザンナがわかってくれていると知って、マージェリーは嬉しかった。

「でも、それはみんなに与えられるとは限らない幸せなのよ」スザンナが重々しくつづけた。

「でも、与えられるべきです！」だれであれ愛を否定される可能性があるという考えを、マージェリーは認められなかった。

一瞬、スザンナの顔から希望が消えたように見えた。「そうかもしれないわね」彼女が小声で言った。「そうかもしれない」

スザンナの背後からグリーンのダブレット姿のネッドがやってくるのが見えた。スザンナがマージェリーの視線を追い、そうなのかと気づいた様子で言った。「あなたの望みの男性《ひと》はネッド・ウィラードね？」

「ええ」

「正しい選択ね。彼はいい人よ」

「素晴らしい男性です」

スザンナが哀しさを感じさせる笑みを浮かべた。「うまく行くといいわね」

スザンナはネッドにお辞儀をされて会釈を返したが、そこを立ち去ろうとはしなかった。

俳優たちが大広間の一方の隅にカーテンを吊っていた。マージェリーはネッドに訊いた。「あれは何のためだと思う?」

「あの奥に隠れて衣装に着替えるんじゃないかな」ネッドが小声で言った。「いつになったら話ができるんだ? もう待ちきれないよ」

「〝ハートを捕まえろ〟がそろそろ始まるわね。わたしについてきて」

鬼《ハンター》にはフィルバート・コブリーのハンサムな事務員、ドナル・グロスターが選ばれた。黒髪が波打ち、官能的な顔立ちだったが、マージェリーの琴線《きんせん》には触れなかった。あまりに力が感じられなかった。でも、とマージェリーには確信があった。何人かの女の子は彼に捕まえてほしいと思っているでしょうね。

そのゲームにとって、ニューカースルは打ってつけの場所だった。兎の群生地《ラビット・ウォーレン》より多くの秘密の場所があり、新しい屋敷と昔の城《オールドカースル》が繋がっている何カ所かは、余った戸棚、思いがけない階段、隙間、不規則な形の部屋が特にたくさんあった。〝ハートを捕まえろ〟は子供のゲームで、十九の娘たちがなぜあんなに本気で参加したがるのか、幼かったころのマージェリーには不思議でならなかった。しかしいまは、若い男女がキスをしたり抱き合ったりする機会なのだとわかっていた。

ドナルが目をつむってラテン語で主の祈りを唱えはじめ、若者たちはみな隠れ場所を探して散っていった。

マージェリーは隠れ場所になりそうなところを事前に偵察し、どこへ行くかをすでに決めていた。そこなら絶対にだれにも見つかることなく、ネッドと二人だけで話ができるはずだった。マージェリーは大広間を出ると廊下を走り、オールドカースルの部屋のあるほうへと走った。ネッドがついてきていると信じて、廊下の突き当たりのドアを通り抜けた。

ちらりと後ろを見ると、確かにネッドはついてきていたが、残念なことにほかにも数人の姿があった。彼らは邪魔者でしかなく、何としてもネッドと二人だけにならなくてはならなかった。

マージェリーは小さな物置を通り抜け、曲がり階段を二段ずつ駆け上がって、短いつなぎ階段を下りた。背後で複数の声がしていたが、視界からは消えていた。マージェリーは行き止まりになるとわかっている廊下へと折れた。壁の張出し燭台《しょくだい》で一本の蠟燭《ろうそく》が灯《とも》っていた。半ばに大きな壁炉《へきろ》があった。中世のパン焼き場で、長く使われておらず、煙突はいまの家の建物のなかで壊れたままになっていた。その横は石の控え壁に隠れていたし、薄暗がりのなかではほとんど見えなかったが、大きな竈《かまど》の扉になっていた。マージェリーは竈のなかに入り、スカートを自分の後ろまで引っ張って隠した。偵察にきたときに気づいたのだが、そこは驚くほどきれいだった。扉をぎりぎりまで閉めて、わずかな隙間から外をうかがった。

ネッドが廊下へ飛び込んできたと思うと、すぐにバートが姿を現わし、その後ろにかわいらしい、たぶんバートしか眼中にないルース・コブリーがつづいた。マージェリーは思うにまかせないもどかしさに呻いた。どうやったらネッドをバートやルースから切り離せるだろう?

三人は扉には目もくれずに竈の前を走っていったが、すぐに行き止まりに突き当たり、今度は逆の順番で戻ってきた――ルース、バート、ネッド。

マージェリーはチャンスを逃さなかった。

ルースとバートの姿が消えると、彼女は小声で呼んだ。「ネッド!」

ネッドが足を止め、訝しげにあたりを見回した。

マージェリーは竈の扉を開けた。「ここよ!」

ネッドが訊き直しもせずに竈に飛び込んできて、マージェリーはすぐさま扉を閉めた。

真《ま》っ暗闇《くらやみ》だったが、膝と膝、顎《あご》と顎を突き合わせて横になっていた。マージェリーはネッドの頭のてっぺんから足の先までを感じることができた。ネッドがマージェリーにキスをした。

マージェリーは貪《むさぼ》るようにキスを返した。ほかにどんなことがあったにせよ、彼はいまもわたしを愛してくれている、いまわたしに大事なのはそれだけだ。カレーにいるあいだにわたしのことを忘れてしまうのではないかと恐れていた。キングズブリッジの取るに足りないマージ・フィッツジェラルドより洗練されていて刺激的な、フランスの娘との出会いがあるはずだと思っていた。でも、そうではなかったのだ。それはわたしを抱き締め、キスをし、触る、そのやり方でわかる。喜びのあまり、マージェリーはネッドの頭を抱き、口を開けて彼の舌を導き入れ、のけぞるようにして身体と身体を合わせた。

ネッドが身体を回転させてマージェリーの上になった。彼女は喜んで彼に身体を開き、処女を与えるはずだった。が、その瞬間、何かが起こった。ネッドの足が何かを蹴飛ばしたかのような鈍い音がし、そのあと、木の板が床に落ちたのではないかと思われる音が響いて、いきなりマージェリーを取り巻いている竈の壁が見えるようになった。

二人はびっくりして行為を中断し、顔を上げた。竈の奥が崩れ落ちていた。明らかにぼんやりと明るい別の場所へつづいていて、マージェリーは恐怖とともに気づいた――そこに人がいて、自分とネッドがしていることを見られたのではないだろうか。

彼女は上半身を起こすと、穴の向こうをうかがった。

見えるところにはだれもいなかった。壁に底辺の短い二等辺三角形の窓があり、そこから午後の最後の光が流れ込んでいた。古い竈の奥の狭い空間が新しい家の建物で塞《ふさ》がれているだけだったのだ。それはどこへもつづいていず、出入りするには竈のなかを通るしかなかった。床には、ネッドが興奮のあまり蹴飛ばすまで穴を塞ぐのに使われていたはずの板が転がっていた。声が聞こえたが、中庭からのものだと思われた。マージェリーは呼吸が楽になった。だれにも見られていないということだった。

彼女は穴をくぐり、その空間に立った。ネッドもやってきた。二人は不思議そうに周囲を見回していたが、やがてネッドが言った。「ずっとここにいてもいいな」

その声でマージェリーは現実へ引き戻され、自分が危うく地獄へ堕《お》ちるような大罪を犯す寸前だったことに気がついた。欲望のあまり、やっていいことと悪いことの区別がつかなくなっていて、運よく罪を犯さずにすんだということだった。

そもそもネッドをここへ連れてきたのは話をするためであって、キスをするためではない。「ネッド、両親はわたしをバートと結婚させたがっているの。わたしたち、どうすればいい？」マージェリーは訊いた。

「わからないな」ネッドが答えた。

スウィシンはずいぶん酔ってるみたいだな、とロロは見て取った。伯爵はステージの正面の大きな椅子にだらしなく坐っていた。そして、給仕係の娘が酒を注ぎ直そうとしたとき、指を失った左手で彼女の手をつかんだ。給仕係が恐怖の悲鳴とともに身体を引き、ワインがこぼれ、スウィシンは笑った。

一人の俳優がステージに現われ、これは悔悟の物語であって、そのためには最初に罪を犯す場面を演じる必要があるけれども、それによって不快な思いをさせることがあるとしたら前もってお詫《わ》びしておく、と前口上を述べはじめた。

ロロは妹のマージェリーがネッド・ウィラードとこっそり戻ってきたのを見て、不満を顔に表わさずにいられなかった。あいつら、〝ハートを捕まえろ〟を利用して二人きりでどこかへ行き、ありとあらゆるよからぬことを目論《もくろ》んでいたに決まってる。

ロロは妹を理解できなかった。信仰については本当に真面目なのに、常に逆らう。どうしてそんなことがあり得るのか？　ロロにとって、信仰の本質は権威に従うことだった。プロテスタントはそこが間違っていて、考えを自分で決める権利があると思っている。だが、マージェリーは敬虔なカトリックだ。

ステージに不貞《インフィデリティ》役の俳優――そうであることは大きすぎる股袋《コッドピース》で一目瞭然《いちもくりょうぜん》だった――が登場し、ウィンクをすると、口を隠すようにして、ほかの登場人物に聞かれていないのを確かめるように目を左右に配りながら話し出した。だれもが知っている人物を大袈裟《おおげさ》に演じているのだと気づいて、観客が笑い出した。

ロロはさっきまでサー・ウィリアム・セシルと話したことが気になっていたが、あのときの自分は過剰反応をしたのかもしれないといまは考えていた。エリザベス王女はたぶんプロテスタントだろうが、彼女のことを気に病むのは早すぎる。考えてみれば、女王メアリー・チューダーはまだ四十一歳と若く、想像妊娠を別にすれば至って健康だ――この先何十年も女王でありつづける可能性がある。

マグダラのマリアがステージに出てきた。明らかに悔い改める前の聖人で、赤いドレスを着て気取った歩き方をし、ネックレスをこれ見よがしにいじって、インフィデリティに色目を使っていた。

ロロが驚いたのは、女の役者を見るのが初めてだったからである。さらに、芝居なるものを観たことはなかったが、女は芝居をすることは許されていないというかなりの確信もあった。ここにきているのは四人の男と十三歳ぐらいの男の子からなる一座だったから、ロロは眉をひそめてマグダラのマリアを見ながら、訝らずにはいられなかった。そのとき、彼女があの男の子と大きさも体格も同じだと気がついた。

その事実が観客にもわかりはじめ、賛嘆と驚きの呟《つぶや》きが広がっていった。しかし、明らかに異議を主張していると思われる声も聞こえてきて、ロロが周囲を見回すと、その源は隅に固まっているフィルバート・コブリーとその家族だとわかった。カトリックはそれが宗教的メッセージを発信するものであれば芝居には寛容だったが、ウルトラ‐プロテスタントのなかにはそうでない者もいた。彼らにとって女装した男の子は義憤を生じさせる対象でしかなく、それが性的な演技をするとあっては尚更《なおさら》だった。

彼らは全員が石のように無表情だったが、ロロは例外が一人いることに気づいた。フィルバートの若くて聡明な事務員、ドナル・グロスターである。彼はみんなと同じように心から笑っていた。ロロを初めとして町の若者はみな、ドナルがフィルバートの金髪の娘、ルースに恋していることを知っていた。ロロの推測では、ドナルがプロテスタントでいるのは、ルースを勝ち取るために過ぎなかった。

ステージでは、インフィディリティがマリアを抱き締め、淫《みだ》らで長いキスをした。そのとたんに笑いと野次が爆発し、口笛が鳴り響いた。その主体はマリアが男の子であることに気づいてしまった若い男たちだった。

しかし、フィルバート・コブリーはそれを笑ってすませられなかった。彼は背は低いけれどもがっちりと逞しい体格で、髪は薄くなりはじめ、髯はまばらだった。いま、彼は顔を真っ赤にして拳を振り回しながら、何かを叫んでいた。何を言っているか聞き取れず、最初はだれも気にも留めなかったが、俳優がようやくキスを終わりにし、笑いがやむと、人々は叫び声のしているほうを見た。

ロロが見ていると、スウィシン伯爵がいきなり騒ぎに気づいて腹を立てたようで、面倒なことになりそうだった。

フィルバートが叫ぶのをやめ、周りの人々に何かを言うと、ドアのほうへ歩き出した。家族があとにつづいた。ドナルもその後ろに従ったが、明らかに残念がっているのをロロは見逃さなかった。

スウィシンが椅子から立ち上がり、フィルバートたちのほうへ歩き出しながら怒鳴った。「行ってはならん！　だれであろうと帰ることを私は許していない」

俳優が演技を中断し、観客のなかで起こっていることのほうを見た。皮肉だな、とロロは思った。観る側と観られる側が逆転してしまった。

フィルバートが足を止めて振り返り、スウィシンに向かって怒鳴り返した。「こんな堕落した場所にとどまれるものか！」そして、ふたたびドアのほうへ歩き出した。

「プロテスタントのくせに気取るんじゃない！」スウィシンが叫びざまにフィルバートに飛びかかろうとした。

スウィシンの息子のバートが危うく割って入り、押しとどめようと手を上げながら大声で制した。「行かせてやりましょうよ、お父さん、所詮《しょせん》とどまらせる価値もないやつらです」

スウィシンは息子を力任せに脇へ突き飛ばすと、フィルバートに組みついた。「十字架に誓って殺してやる！」そして、フィルバートの喉《のど》をつかんで絞めはじめた。フィルバートが膝から崩れ落ち、スウィシンはのしかかるようにして、左手が不自由なのにもかかわらず、さらに力を込めて喉を絞めつづけた。

全員が同時に叫び出した。何人かの男女がスウィシンの袖《そで》をつかんでフィルバートから引き離そうとしたが、たとえ人を殺そうとしているのだとしても、伯爵を傷つけるのを恐れて手加減せざるを得なかった。ロロは高みの見物を決め込んだ。フィルバートが生きようと死のうと、どうでもよかった。

真っ先に断固たる行動を起こしたのはネッド・ウィラードだった。彼は右腕を伯爵の首にかけると、顎の下に入れた肘《ひじ》を曲げ、それを持ち上げるようにして後退した。伯爵は抵抗できないまま後ろへ引きずられ、フィルバートの首に掛かっていた手も離れた。

ネッドのやつ、相変わらずだな、とロロは昔を思い出した。学校に通っていたかわいらしくも小生意気ながきのころでさえ、獰猛《どうもう》な闘士で、上級生に反抗することも厭《いと》わなかった。おれは一度ならず、樺《かば》の枝を鞭にしてあいつに教訓を与えてやらなくてはならなかった。そして、ネッドは成長し、大きな手と足を持った大人になった。身体の大きさはいまも平均以下かもしれないが、もっと体格のいい連中も、やつの拳には敬意を払わなくてはならないことをとうの昔にわかっている。

いま、ネッドはスウィシンを解放し、すぐさまその場を離れて、ふたたび群衆の一人になった。激怒したスウィシンが唸《うな》り声を発しながら振り返り、自分の邪魔をした犯人を捜した。だが、見つからなかった。最終的には特定できるかもしれないが、とロロは思った。そのころには酔いが覚めて素面《しらふ》になっているんじゃないか。

フィルバートが立ち上がり、首を撫《な》でながら、よろよろとドアのほうへ歩いていった。スウィシンに気づかれることはなかった。

バートが父親の腕を取って言った。「さあ、ワインをもう一杯飲んで、芝居を楽しむんです。もうすぐ肉欲の場面ですよ」

フィルバートとその一行がドアにたどり着いた。

スウィシンはしばらく息子を睨《にら》みつけていた。怒りを向けるべき相手を忘れてしまったかのようだった。

コブリー家が部屋を出ていき、大きなオーク材の扉が音を立てて閉まった。

スウィシンが叫んだ。「芝居をつづけろ！」

俳優が演技を再開した。

2

ピエール・オーモンドが生活していられるのは、金銭的余裕があって貧しい者を助けているパリ市民のおかげだった。また、今日のように何かを祝うとき、それをより簡単にしてくれるのも彼らだった。

パリ全体が沸き返っていた。フランス軍がカレーを征服し、二百年前にいわれなくその町を、略奪したイングランドの野蛮人どもから取り戻したのだった。首都の酒場では、男たちが例外なく、かつて国の誇りにつけられた染みを消してくれた偉大な将軍であるギーズ公爵、別名スカーフェイスの健康を祈念して飲みつづけていた。

レ・アレという界隈《かいわい》の居酒屋〈サンティティエンヌ〉も例外ではなかった。部屋の一方の隅に小さな人だかりができていて、若者たちが骰子《さいころ》を振り、だれかが勝つたびにスカーフェイスに乾杯していた。入口のそばのテーブルでは、兵士の一団が、あたかも自分たちがカレーを奪還したかのように祝い、はしゃいでいた。片隅では、娼婦が一人、床にこぼれたワインで髪をびっしょり濡《ぬ》らしたまま気を失っていた。

ピエールのような者にとって、こういうお祭り騒ぎはこの上ない好機だった。彼はソルボンヌ大学の学生で、仲間には故郷のシャンパーニュ地方にいる両親から生活費を潤沢に送ってもらっていると言っていたが、実は父からの仕送りは一切なかった。母は老後の蓄えを崩して息子がパリで着るもの一式を買ったために、いまや一文無しだった。ピエールはたとえば法律文書の複写といったような事務官的なアルバイトをして自活していることになっていたし、実際、多くの学生がそうしていた。しかし、ピエールは派手に町で遊ぶ金を別の手段で手に入れていた。今日、彼はいま流行の、裏地のシルクを見せるために切り込みを入れた青い生地のダブレットを着ていたが、そういう生地は文書の複写のアルバイトを一年やったとしても手が届かないはずだった。

いま、ピエールは骰子に興じる者たちを見物していた。賭《か》けているのは金持ちの息子どもだと思われた。宝石商、法律家、建築業者。そのなかの一人、ベルトランが大勝ちをつづけていた。ピエールは最初、ベルトランも自分とまったく同じペテン師だろうと疑い、注意深く観察して、どういういかさまをしているのか突き止めようとした。が、いかさまはしておらず、運がつきつづけているだけのようだった。

そして、それがピエールにチャンスを与えてくれた。

ベルトランが五十リーヴルを少し越えた金をものにし、ポケットが空になった友人が店を出ていった。ベルトランがワインを一本とチーズを丸ごと一つ注文したとき、ピエールはその輪のなかに入った。

「祖父の従兄弟が運がよかったんだ、きみのようにな」ピエールは過去にずいぶん役に立ってくれた、気を許した口調で愛想よく言った。「賭け事では負けたことがなく、マリニャーノの戦いを生き延びて帰ってきたというわけだ」彼は口を閉ざすことなく話をでっち上げていった。「そして、貧しい娘と結婚した。なぜかというと、美人で、彼女を愛していたからだ。そのあと、彼女は一人の叔父から製粉所を遺贈された。そして、二人の息子は司教になった」

「おれはいつも運がいいわけじゃないぜ」

ベルトランはまったくの愚か者ではないが、とピエールは判定した。結構馬鹿ではある。「きっと、きみを好きではないように見えたが、ある日、とうとうきみにキスをすることになった娘がいたんじゃないかな」大抵の男は若いときにそういう経験をしていることを、ピエールはすでに知っていた。

しかし、ベルトランにはピエールが凄《すご》い洞察力を持っているとしか思えなかった。

「いたとも！　クロチルドだ――どうしてわかったんだ？」

「言っただろう、きみは運がいいんだよ」ピエールは身を乗り出してベルトランに顔を近づけ、あたかも秘密をこっそり打ち明けるかのように声を落とした。「ある日、祖父の従兄弟が老いたとき、彼の幸運の秘密を一人の物乞《ものご》いが教えてくれた」

ベルトランは抵抗できなかった。「何を？」

「彼はこう言った――〝あなたのお母さんはあなたを身ごもっていたとき、私に一ペニー恵んでくれました。あなたの一生が幸運でありつづけている理由はそれなんです〟。それは事実だった」

ベルトランの顔に落胆が浮かんだ。

ピエールはこれから技を披露しようとする手品師のように、指を一本立てた。「その物乞いはまとっていた汚れたローブを脱ぎ捨て、正体を明らかにした――天使だったんだ！」

ベルトランが疑いと畏敬《いけい》の念の入り混じった顔をした。

「その天使は祖父の従兄弟を祝福して天国へ帰っていった」ピエールはささやきに近いほどの声を小さくした。「きみのお母さんも天使に施しをしたんじゃないかな」

まだ完全に酔ってはいないベルトランが言った。「そうかもしれないな」

「お母さんは親切な人だった？」ピエールは母を否定する息子などほとんどいないことを承知の上で訊いた。

「聖女のようだよ」

「ほら見ろ」ピエールは自分の母のことが頭をよぎった。息子が人から騙し取った金で生活していることを知ったらどんなに悲しむだろう。ベルトランの場合は金を巻き上げられても自業自得だよ、とピエールは頭のなかで母に言った。だが、その言い訳が母を満足させることは、頭のなかでさえなかった。

ピエールはその想いを閉め出した。いまは自分を疑っている場合じゃない、ベルトランが餌《えさ》に食いつきかけているんだから。

ピエールはつづけた。「過去に少なくとも一度、きみに重要な助言をしてくれた老人――お父さんじゃないぞ――がいたはずだ」

ベルトランが驚いて目を丸くした。「理由はまったくわからないが、おれをずいぶん助けてくれたムッシュ・ラリヴィエールという人物がいるよ」

「天使が彼をきみのところへ送ってよこしたんだ。きみは怪我をしそうになったり死にかけたりしたことはないか？　それを危ういところで逃れたことが？」

「五つのとき道に迷い、家は川の向こうだと考えてそこを渡ろうとした。そして、溺《おぼ》れそうになったところを、通りかかった托鉢《たくはつ》修道士に助けられたことがある」

「それは托鉢修道士じゃなくて、きみの天使だったんだ」

「驚きだな――きみの言うとおりだ」

「きみのお母さんは変装した天使に何かをしてやった。それ以来、その天使はきみを見守っているんだ。ぼくにはそれがわかる」

ピエールはワインのグラスとチーズの一切れを受け取った。無料《ただ》の食べ物はいつでも大歓迎だった。

ピエールは聖職者になるために勉強するつもりでいた。それが階級という梯子《はしご》を上る手段になると考えたからだ。だが、大学に入って何日もしないうちに、学生がまったく違う運命を持った二つのグループに、すでに分かれていることに気がついた。貴族や裕福な商人の息子は大修道院長や司教になることが約束されていて——事実、なかには十分な資産を持つ大修道院や司教区のどれを自分が支配することになるかをもう知っている者さえいた。なぜそういうことが可能かというと、そういう地位が事実上、特定の一族の私有財産だということがしばしばあるからだった。対照的に、田舎の医者やワイン商人の息子は、どんなに聡明でも地方聖職者にしかなれなかった。ピエールは後者のグループに属していたが、いずれは前者になってやると決意していた。

最初、その区別はぼんやりと感じられる程度でしかなかったが、ピエールはそれほど日を経ずして、前者のグループにしっかりと食い込むことに成功した。故郷の訛りをすぐさま修正し、上流社会の気取って物憂げな言葉遣いを身につけた。うっかり金を持たずに外出した金持ちのヴィルヌーヴ子爵が明日まで二十リーヴル貸してくれと頼んできたとき、ピエールは自分の運のよさを喜んだ。二十リーヴルは全財産だったが、それをはたけば滅多にないチャンスを手に入れられると踏んだのである。

そして、小銭でも渡すようにして、その全財産をヴィルヌーヴに渡した。

翌日、ヴィルヌーヴは金を返すのを忘れていた。

ピエールは焦ったが、何も言わなかった。夕食はパンを買う金がなかったから、オートミールの粥《かゆ》で我慢した。だが、ヴィルヌーヴは翌日も忘れていた。

それでも、ピエールは何も言わなかった。金を返してくれと頼んだら、本当は自分たちの仲間ではないと、ヴィルヌーヴと彼の友人たちに即座に見抜かれてしまうとわかっていたからだ。食べることより、彼らに受け容れられることのほうがはるかに大事だった。

その若い貴族がこう言ったのはひと月後だった。「ところで、オーモンド、あの二十リーヴルだが、まだ返してなかったよな?」

ピエールは意志の力を振り絞って答えた。「それは何のことだ? いいから忘れてくれ」そして、突然閃《ひらめ》いて付け加えた。「きみはきっとあの金を必要としているんだろう」

ヴィルヌーヴがどれほどの金持ちかを知っているほかの学生たちが爆笑し、気のきいたその冗談が、グループの一員としてのピエールの立場を確かなものにしてくれた。

そして、ヴィルヌーヴが一握りの金貨をくれたとき、ピエールはそれを数えもせずにポケットに入れた。

ピエールは受け容れられたが、それは彼らのような服装をし、旅をするには馬車を雇い、無頓着《むとんちゃく》に賭け事をし、居酒屋では代金などいくらだろうと知ったことじゃないと言わんばかりに料理とワインを注文しなくてはならないことを意味していた。

ピエールはしじゅう借金をし、よほどやむを得ないとき以外は返さず、ヴィルヌーヴのように金のことなど眼中にない振りをした。それでも、ときには自分で金を手に入れなくてはならなかった。

ベルトランのような馬鹿どもがいてくれることを、ピエールは天に感謝した。

ベルトランの酔いが深くなるにつれて、ピエールはゆっくりと、しかし着実に、滅多にないほどの絶好機へと誘導していった。

話はそのたびごとに違っていて、今日は愚かなドイツ人――こういう物語の愚かな主人公は外国人と決めてあった――をでっち上げることにした。叔母から宝石を相続して、数百リーヴルの価値があることに気づかず、ピエールに五十リーヴルで売りたがっている男。ぼくは五十リーヴルを持っていないが、とピエールはベルトランに言った。持っている者は、それを十倍にできる。もっともらしく聞こえる必要はなく、その話をしてやることが重要だった。そして、ベルトランに関わらせたくない振りをし、ベルトランがその宝石を買うのではないかと不安がってみせ、自分の勝ち金の五十リーヴルを預けるから代わりに買ってきてくれと提案したときには思案に暮れた演技をすればいい。

五十リーヴルを渡すから代わりに買いにいってくれと本当にベルトランが懇願し、ピエールが金をポケットに入れて、ベルトランの人生から永遠におさらばしようとしたとき、ボーシェン未亡人が入ってきた。

ピエールは落ち着こうとした。

パリは三十万の人間が暮らしている町であり、過去に騙した相手に偶然出くわす可能性はそんなに高くなかった。彼らが頻繁に出入りしている場所に近づかないよう用心していれば特に。今回はとても運が悪いというしかなかった。

顔を背けたが、遅かった。未亡人がピエールに気づいて指をさし、金切り声を上げた。「あなたじゃないの!」

あのとき殺すこともできたのに、とピエールは後悔した。

未亡人は四十歳、豊かな笑顔と豊満な肉体の美人だった。ピエールはその半分の年齢だったが進んで彼女を誘惑し、それと引き替えというわけでもないだろうが、彼女はピエールの知らない新しいセックスの技を熱心に教えてくれて、それよりも大事なことに、金の無心を断わったことがなかった。

情事の歓びと興奮が薄れはじめると、彼女はピエールに金を渡すのを渋りはじめた。

結婚している女なら、普通はその時点で手を引いてそれ以上の損失を食い止め、別れを告げて、高い授業料を払ったことにしようと自分に言い聞かせるはずだ。人の妻であれば、浮気の相手の不実をあからさまにはできない。そんなことをしたら、自分の浮気を白状するも同然なのだから。しかし、夫を亡くした女はそうではないとピエールが気づいたのは、ボーシェン未亡人が敵対してきたときだった。彼女は声高にピエールの不実を訴え、誰彼なしにそれを聞いてほしがっていた。

彼女のせいでベルトランが疑いを抱くのを阻止することができるだろうか？　それは難しいだろうが、これまでにもっと難しいことをおれはやりおおせてきたじゃないか。

できるだけ早く彼女を居酒屋から外へ出さなくてはならない。

ピエールは小声でベルトランに言った。「あの哀れな女は完全に頭がおかしいんだ」そして立ち上がると、お辞儀をし、慇懃な、しかし、氷のように冷たい口調で未亡人に告げた。「マダム・ボーシェン、いつものようにご用を承りましょう」

「だったら、あなたに貸したままになっている百十二リーヴルを返してちょうだい」

まずい。ピエールはベルトランをうかがい、彼がどういう反応を示すかを知りたかった。だが、それをすると自分の不安を気取《けど》られる恐れがあったから、何とかその衝動を抑えた。「場所を指定していただければ、そこへ持ってうかがいます」

ベルトランが酔っていながらも口を挟んだ。「たったいま、五十リーヴルすら持ってないと言ったじゃないか！」

ますますまずいことになりそうだった。

マダム・ボーシェンが言った。「なぜ明日なの？　いまではどうしていけないの？」

ピエールは不安を気取られないようにしなくてはならなかった。「そんな大金、普通は持ち歩かないでしょう」

ベルトランが驚いた様子で呻くのが聞こえた。状況を理解しはじめているのだった。

それでも、ピエールは努力をつづけた。まっすぐに背筋を伸ばして立ち、気分を害したという顔をした。「マダム、私はピエール・オーモンド・ド・ギーズです。もしかして私の一族の名前に心当たりがおありではありませんか。念のために断言しますが、人を騙すなど、わが一族の名誉が許しません」

店の入口近くのテーブルで「フランスのカレー、万歳」と乾杯を繰り返している兵士の一人が顔を上げ、硬い顔になってピエールを見た。兵士の右耳が、どこかで戦った証《あかし》だろう、ほとんどなくなっていた。一瞬気になったが、いまは未亡人に集中しなくてはならなかった。

未亡人が言った。「あなたの名前の由来なんか知らないけど、あなたに名誉なんかないことなら知っているわよ、青二才のごろつき。わたしは自分のお金を返してほしいの」

「返しますよ、約束します」

「それなら、いますぐあなたの家へ行きましょう」

「残念ですが、それはできません。母は、マダム・ド・シャトーヌフは、あなたをふさわしい客人と見なさないでしょうからね」

「あなたのお母さんがだれだか知らないけど、マダムなんかであるはずがないわ」未亡人が嘲った。

ベルトランが言った。「おまえ、学寮《コレージュ》に住んでいるんじゃなかったのか?」時間の経過とともに酔いが覚めていっているらしい口調だった。

終わりだ、とピエールは諦《あきら》めた。ベルトランを騙すのはもう無理だ。そして、彼を見て怒鳴った。「うるさい」そして、マダム・ボーシェンに向き直った。彼女の温かくて豊満な身体と妖艶《ようえん》な笑みが一瞬惜しくなったが、それを振り払って言った。「あんたもだ」

そして、クロークを羽織った。まったく時間の無駄だった。明日、すべてを最初からやり直さなくちゃならないじゃないか。だが、過去に騙した別の餌食《えじき》に出くわしたらどうする? 不愉快だ。実にろくでもない夜だった。またもや「フランスのカレー、万歳」の乾杯の声が轟《とどろ》いた。カレーなんか知ったことか、ピエールは内心で吐き捨て、店を出ようと歩き出した。

驚いたことに、右耳を失った兵士が立ち上がり、ピエールの行く手をさえぎった。

どうした、今度は一体何なんだ？

「どいてくれ」ピエールは横柄な口調で言った。「あんたには何の関係もないことだろう」

男は動かなかった。「おまえはさっき、ピエール・オーモンド・ド・ギーズと名乗ったな？」

「ああ、そうだ。だから、邪魔をしないほうがいいぞ。さもないとわが一族と揉《も》めることになるからな」

「ギーズ家とおれが揉めることなどあるもんか」男は静かな自信を感じさせ、ピエールを不安にさせた。「おれはガストン・ル・パンだ」

こいつを突き飛ばして、大急ぎで逃げようか、とピエールは考えた。そして、ル・パンを頭のてっぺんから足の先まで観察した。年齢は三十ぐらいか、おれより背は低いが、がっちりしている。青い目は無慈悲で、ほとんどなくなった耳が暴力と馴染みがないわけではないことを示唆《しさ》している。そう簡単には突き飛ばされてくれそうにない。

ピエールは自分のほうが上だという口調を何とか保って言った。「それがどうした。

ル・パン？」

「おれはギーズ家の警備責任者だ」ピエールはがっくりした。「ギーズ公爵に代わっておまえを逮捕する。貴族の名前を騙《かた》った罪だ」

ボーシェン未亡人が言った。「ほら、やっぱりそうだったわね」

ピエールは懇願しようとした。「お願いです、説明させてください――」

「弁明なら裁判官にするんだな」ル・パンが小馬鹿にしてさえぎった。「ラストー、ブロカール、こいつを捕まえろ」

テーブルにいた二人の兵士がピエールに口を開く間も与えずに立ち上がり、黙って彼の左右に立つと、それぞれに腕をつかんだ。その力はまるで鉄の帯で締められているようで、ピエールは抵抗する気にもなれなかった。ル・パンがうなずくと、二人はピエールをあいだに挟んですぐさま居酒屋を出ていった。

ピエールの背後で、未亡人が叫んだ。「縛り首になればいいんだわ！」

外はもう暗くなっていたが、細く曲がりくねった中世の通りは飲み騒ぐ人々で溢れ、愛国歌と〝スカーフェイス、万歳〟の叫びで喧《かまびす》しかった。ラストーとブロカールの足取りは速く、ピエールは急がないと引きずられてしまいそうだった。

どんな罰を喰《く》らうか、考えるだに恐ろしかった。貴族を騙るのは重罪だった。たとえ軽い罪ですんだとしても、おれの将来はどうなる？　ベルトランのような馬鹿を見つけることはできるだろうし、人妻を誑《たら》し込むこともできるだろう。だが、人を騙せば騙すほど、それが露見する可能性は高くなる。そういう生き方をいつまでつづけることができるだろう?

ピエールは自分を連行している二人を見た。ラストーは四つか五つ年上だろうか、鼻がなく、傷痕《きずあと》の残る穴が二つあいているだけだった。ナイフでやり合った結果に違いなかった。ピエールは二人が退屈し、警戒を緩めて、腕をつかんでいる力を抜くのを待った。そのときなら、二人の手を振りほどいて一目散に逃げ、人混みに紛れることができるかもしれない。だが、警戒が緩むことも、腕をつかんでいる手の力が抜けることもなかった。

「どこへ連れていくんだ?」ピエールは訊いたが、答える手間すら省かれてしまった。その代わりに、剣で戦うことについて話していて、どうやら居酒屋談義の続きらしかった。「心臓を狙《ねら》うのはやめるんだ」ラストーが言った。「切っ先が肋骨《ろっこつ》に当たって滑ってしまい、引っ掻き傷程度しか負わせられない恐れがあるからな」

「おまえはどこを狙うんだ? 喉か?」

「的《まと》にするには小さすぎる。おれは腹を狙う。刃の部分が腸《はらわた》に食い込んでもすぐには死なないが、麻痺《まひ》する。痛みのあまり、そのことしか考えられなくなるんだ」ラストーが甲高い、こんなに怪異な容貌《ようぼう》からは予想できない声で小さく笑った。

どこへ向かっているかは間もなくわかった。ヴィエイユ-デュ-タンプル通りへ入ったのだ。ギーズ家が新しい、街区を丸々一つ占有する大邸宅をそこに建てたことは、ピエールも知っていた。その大邸宅の正面玄関へつづく磨き上げられた階段を上がり、大広間へ入ることをよく夢に見ていた。しかし、今夜は庭園への門を通り、厨房《ちゆうぼう》の入口をくぐることになった。そのあと階段を下りて、チーズの匂《にお》いのする、樽や木箱で一杯の地下へ連れていかれた。そして、ある部屋に突き飛ばされるようにして入れられ、音高くドアが閉まって、閂《かんぬき》が腕木に収まる音が聞こえた。ドアを押してみたが、開くはずもなかった。

部屋は寒く、ビアホールの屋外便所のような臭いがしていた。外の通路の一本の蠟燭の明かりが、ドアに開けられた格子のはまった窓から淡く流れ込んでいた。土が剝《む》き出しの床に、煉瓦造りの丸天井だった。唯一の備品はかつて使われていた携帯便器で、しかし、空ではなく——これが臭いの源だった。

人生が驚くほどあっという間にひっくり返ってしまった——しかも、最悪のほうへ。ここに閉じ込められるのは今夜一晩だろうと推測しながら、ピエールは腰を下ろして壁に背中を預けた。朝になれば裁判官の前に引き出される。そのときにどう釈明するかを考える必要がある。法廷が好感を持ってくれる物語でなくてはならない。うまくやりおおせれば、重罪を逃れて軽い罰ですませられるかもしれない。

だが、そういう物語を考え出すには気持ちが沈みすぎていた。これが終わったらどうするか、それしか頭に浮かばなかった。これまでは金持ちの仲間の一人として人生を楽しんできた。闘犬に賭けて金を失ったり、バーメイドに法外なチップをはずんだり、子山羊の革の手袋を買ったりするのは、一生忘れられるはずのないときめきと興奮をもたらしてくれた。それを諦めなくてはならないのか？

ピエールにとって何より心地いいのは、自分が金持ちたちから認められ、受け容れられていることだった。本当は自分がろくでなしで、ろくでなしの息子であることを、彼らはまったく知らなかった。知っている気配もなかった。事実、遊びに出かける途中でわざわざ立ち寄り、一緒に行こうと誘ってくることさえしばしばあった。何らかの理由で遅れたら、大学の周辺の居酒屋を虱潰《しらみつぶ》しにして「オーモンドはどこだ」と訊いて回り、追いつくのを待ってくれていた。思い出すと涙が出そうだった。

クロークをしっかり身体に巻きつけた。土が剝き出しのままの冷たい床で眠ることができるだろうか？　法廷に引き出されたとき、紛《まご》うことなきギーズ家の一員かもしれないと思われるような姿でいたかった。

部屋に流れ込む明かりの量がわずかながら増え、通路で音がしたと思うと、閂が外されて勢いよくドアが開いた。「立て」ぶっきらぼうな声が命令した。

ピエールは慌てて立ち上がった。

ふたたび、腕をがっちりとつかまれた。逃げるなど夢物語だと諦めさせるに充分な力だった。

ガストン・ル・パンがドアの外にいた。ピエールはいまは砕け散った尊大さの破片を、それでも何とか掻き集めた。「釈放してくれるんだろうな。それなら謝罪を要求する」

「黙れ」ル・パンが言った。

そして、先頭に立って通路を奥の階段へと歩いていき、その階段を上がると一階を突っ切って、さらに大階段を上がった。いまやピエールは完全に困惑していた。犯罪者として扱われながら、賓客のように主要《ピアノ・ノーブル》な部屋のある二階へ連れていかれようとしている。

ル・パンが入っていった部屋は模様を織り込んだ敷物が敷かれ、ブロケード織りのカーテンが色を輝かせ、煖炉の上には豊満な裸の女性の大きな絵が飾られていた。身なりのきちんとした男性が二人、座面のゆったりした椅子に坐り、小声で議論していた。二人のあいだには小さなテーブルがあり、その上をワインの入った水差し、ゴブレットが二つ、ナッツ、ドライ・フルーツ、小さなケーキを山盛りにした皿が占領していた。二人は部屋に入ってきた者に目もくれず、だれかに聞かれているかどうかなど気にする様子もなく話をつづけていた。

明らかに兄弟で、ともに体格がよく、淡い金髪で、髯はもう少し色のある金髪だった。ピエールも知っている二人で、フランスでは国王に次いで有名だった。

一方は両頬におぞましい傷痕が残っていた。槍《やり》が右から左へ口を貫いた名残りである。彼は槍の穂先をそこに留めたまま馬を走らせて自分のテントへ戻り、軍医が穂先を引き抜くあいだ、呻き声一つ漏らさなかったという伝説があった。それがいまここにいるギーズ公爵フランソワで、別名スカーフェイス、あと数日で三十九歳になる人物だった。

もう一方は五年後の同月同日に生まれたフランソワの弟、ロレーヌ枢機卿《すうききょう》シャルルだった。聖職者としての職務上、明るい赤のローブをまとっていた。十四歳でランス大司教に任ぜられ、いまは教会のとても多くの金になる地位に就いていて、そのおかげで三十万リーヴルという驚くべき年間収入があり、フランスで最も富裕な人物の一人でもあった。

ピエールは何年も前から、この二人に会うのを夢に見ていた。王家以外では、この国で最も力のある二人だった。その夢のなかでは、ピエールは二人に認められて相談役になり、ほとんど対等に話して、政治において、経済において、また、軍事においても助言を求められていた。

しかし、いま二人の前にいるのは犯罪者としての自分だった。

ピエールは二人の会話に耳を澄ました。シャルル枢機卿が小声で言った。「国王の威信はサン・クウェンティンの敗北からあまり回復していない」

「だが、カレーにおける私の勝利が間違いなく助けになる！」フランソワ公爵が反論した。

シャルルが首を振った。「戦闘には勝ったが、戦争には負けようとしている」

ピエールは自分の身を案じる立場にありながらも、興味をそそられた。フランスはスペインを相手に、ナポリ王国とイタリア半島のほかの国々をどちらが支配するかを巡って戦いをつづけていた。イングランドはスペインに味方していた。フランスはカレーを取り戻したが、イタリアの国々はまだだった。最終的にイタリアの国々をフランスのものにできる見込みは薄いと言わざるを得なかったが、それをおおっぴらに口にする勇気のある者はほとんどいなかった。この兄弟は自分の力に絶対の自信を持っていた。

二人の会話が途切れた隙をついてル・パンが言った。「ギーズ家の名を騙っているのはこの男です、ご主人さま」兄弟が顔を上げた。

ピエールは冷静になろうとした。こういうやばい状況を切り抜けたことは以前にもある。説得力のある話を淀《よど》みなくしつづけるんだ。いいか、ピンチはチャンスだぞ。集中して機転をきかせつづけたら、この出会いから何かを得られることだってなくはないかもしれない。「初めまして、公爵、枢機卿」ピエールは堂々とした口調で言った。「思いがけない名誉に与《あずか》ることになりました」

ル・パンが咎めた。「おまえは話していいと言われたときだけ話せばいいんだ、馬鹿者」

ピエールはル・パンを見た。「枢機卿の前でそういう汚ない言葉は慎むべきだな。さもないと、私はきみが教訓を授けられる現場に立ち会うことになるだろうからな」

ル・パンの顔色が変わったが、主人の前でピエールを殴ったりは、さすがにできないようだった。

兄弟が目を見交わし、シャルルが面白いというように片眉を上げた。驚かせてやったぞ、とピエールは満足した。よし。

口を開いたのは公爵だった。「おまえはわが一族の名を騙ったそうだが、それは重罪だぞ」

「恐れながら申し上げます、どうぞお赦しください」兄弟のどちらにも言葉を発する隙を与えず、ピエールはつづけた。「私の父はトナンス - レ - ジョワンヴィルの通いの家政婦の私生児なのです」この話はしたくなかった。事実だし、恥をさらすことになる。だが、背に腹は替えられない。ピエールはつづけた。「私の家の言い伝えでは、彼女の相手はジョワンヴィルの颯爽《さっそう》とした若者で、ギーズ一族の従兄弟なのだそうです」

フランソワ公爵が疑わしげにふんと鼻を鳴らした。ギーズ家の領地はシャンパーニュ地方のジョワンヴィルで、トナンス・レ・ジョワンヴィルはその名が暗示しているとおり、近くではある。未婚の母の多くは相手は貴族だと主張するが、一方で、それが事実であることも多い。

ピエールはつづけた。「父はグラマースクールで教育を受け、地方聖職者になりました。いまは天にまします、お二人のお父上に推薦《すいせん》していただいたおかげです。お父上の魂の安らかならんことを」

これなら完璧《かんぺき》に信じられるだろう、とピエールは確信した。貴族や上流階級の一族は自分たちのだれかが作った私生児をおおっぴらに認知はしないが、助けの手を差し伸べることはしばしばする。まあ、脚を引きずっている犬の足に刺さっている棘《とげ》を抜いてやろうと人が腰を屈めることもないではないというような、気紛れに近いものではあるのだろうが。

フランソワ公爵が言った。「その聖職者におまえという息子がいるのはどういうわけだ？　聖職者は独身のはずだぞ」

「私の母は家政婦です」聖職者は結婚は禁じられているが、愛人を作ることはよくあり、〝家政婦〟はその婉曲《えんきょく》な言い方として知られていた。

「では、おまえは私生児の私生児ではないか！」

ピエールは顔が赤くなった。純粋な思いだったから、自分の生まれを恥じる振りをする必要もなかった。しかし、公爵のその言葉に勇気を与えられてもいた。ここまでの話を真剣に聞いてくれていることを示唆しているからだ。

公爵が言った。「おまえの家族の言い伝えが事実だとしても、ギーズの名を使う資格はない――それはわかっているはずだ」

「悪いことをしたのはわかっています」ピエールは言った。「ですが、私は生まれてからずっと、ギーズ家を尊敬してきました。命懸けでお仕えするのもやぶさかではありません。私が罰せられなくてはならないことは承知していますが、お願いです――その代わりに私を利用してください。任務をお与えください、誓って非の打ち所なく遂行してみせます。やれと言われたことは何でもやります――どんなことであろうとも」

公爵が嘲るように首を振った。「私たちのためにおまえにできる任務があるとは思えんな」

ピエールは絶望した。全身全霊を込めての物語だったのに、結局うまくいかなかった。

そのとき、シャルル枢機卿が口を開いた。「いや、あるかもしれないぞ」

ピエールの心臓が跳ね、希望が頭をもたげた。

フランソワ公爵の顔にかすかな苛立ちがよぎった。「本当か?」

「ああ、本当だ」

〝好きにしろ〟と、公爵が手振りで応じた。

シャルル枢機卿が言った。「このパリにはプロテスタントがいる」

シャルルはウルトラ・カトリックだったが、それは彼が教会から大金を得ていることを考えれば不思議ではなかった。そして、プロテスタントについても、彼の言うとおりだった。パリはカトリックの強い町であり、毎週日曜には業火《ごうか》の苦しみを説いて人気のある聖職者が異端を激しく攻撃していたが、教会から金を受け取っていながら信徒のために何もしない聖職者たちを糾弾する言葉に耳を傾ける者たちも、数は少ないが存在した。それに、教会は堕落していると考え、プロテスタントの礼拝に加わるのは犯罪だとわかっていながらも危険を引き受けて、こっそりそこへ足を運ぶ者もいた。

ピエールは激怒を装った。「そういう輩《やから》は死をもって報いられなくてはなりません!」

「当然だ」シャルルが応じた。「だが、まずはそいつらを見つけ出さなくてはならない」

「私ならできます！」ピエールは間髪《かんはつ》を入れなかった。

「そいつらの妻と子、友人や親戚《しんせき》の名前も突き止める必要がある」

「私の知る限りでも、ソルボンヌの学生のなかに何人か、異端の傾向がある者がいます」

「教会批判をしている本やパンフレットを買える場所を聞き出せ」

プロテスタントの出版物を扱うのは、極刑の恐れのある犯罪だった。「教会に純粋な疑いを抱いている振りをして、ちょっと餌を撒《ま》いてみます」

「何よりも知りたいのは、プロテスタントが集まって不敬な礼拝を行なっている場所だ」

ある考えが頭をよぎり、ピエールは眉をひそめた。枢機卿のことだ、そういう情報が必要なことぐらい、ずっと前からわかっていたに違いない。「すでに人を使ってそういう調べをさせておられるのではありませんか、猊下《げいか》」

「おまえは彼らのことを知る必要はないし、彼らもおまえのことを知る必要はない」

それはつまり、秘密のスパイ・グループの一員として採用されたということだった。

「彼らより優秀であることを証明します」

「それが事実であれば、おまえは十分に報われるだろう」

ピエールは自分の幸運が信じられなかった。安堵《あんど》のあまり、すぐに――もたもたしているとシャルルの気が変わるかもしれない――退出したかった。だが、冷静さと自信を印象づける必要があった。「信頼していただいたことに感謝いたします、枢機卿」

「頼むから、私がおまえを信頼しているなどとは夢にも思わないでもらいたい」シャルルが言った。小馬鹿にする口調だったが、それを気にする様子もなかった。「だが、異端者を根絶やしにするためには、使える道具は何でも使わなくてはならないからな」

ピエールは小馬鹿にされたままでいたくなかった。何とかして気に入られなくてはならない。この部屋に連れてこられたときに兄弟がしていた会話を思い出し、思い切って口を開いた。「猊下のおっしゃっていた国王の人気を高める必要があるというお考えですが、私もまったくそのとおりだと考えます」

シャルルが気を悪くすべきか、ピエールの図々しさを面白がるだけにすべきかわからないといった顔をした。「本当にそう考えるか？」

ピエールはさらに踏み込んだ。「われわれにいま必要なのは、金に糸目をつけない、派手で大規模な祝典です。それでサン・クウェンティンの屈辱を人々に忘れさせるのです」

枢機卿が小さくうなずいた。

それに気をよくして、ピエールはつづけた。「王室の婚儀のような何かです」

兄弟が顔を見合わせ、フランソワ公爵が言った。「実のところ、この男の言うとおりかもしれないぞ」

シャルルがうなずいた。「私は賢い男なら結構知っているが、そういう連中は政治に長《た》けているとは限らんからな」

ピエールは興奮でぞくぞくした。「ありがとうございます、猊下」

シャルルがいきなりピエールに関心を失い、ワインのゴブレットを手に取って言った。「退《さ》がってよろしい」

ピエールは出口へ向かおうとしたが、そのとき、ル・パンが目に留まった。ある考えが頭に浮かんだので、シャルル枢機卿に向き直った。「猊下、プロテスタントが礼拝をする場所を突き止めた場合、直接猊下にお知らせするべきでしょうか、それとも、猊下の下で働いているだれかを介すべきでしょうか?」

枢機卿がゴブレットを口へ持っていこうとしていた手を止めた。「絶対に、直接私に、私だけに知らせるんだ。例外はない。さあ、行け」そして、ゴブレットに口をつけた。

ピエールはル・パンを見て勝利の笑みを浮かべた。「ありがとうございます、猊下」そして、退出した。

シルヴィー・パロは昨日、一人の魅力的な若者に魚市場で気づいた。魚屋ではなかった。白いシルクの裏地を見せるために切れ目を入れた青いダブレットは、魚を売るには高級すぎた。昨日、彼が買ったのは鮭《さけ》だったが、選び方はずいぶん無頓着で、それを食べようとしているようには見えなかった。そして、何度かシルヴィーに微笑して見せていた。

嬉しくないと言えば嘘だった。

金髪の美男で、同じ色の髯が顔をのぞかせはじめていた。二十歳ぐらいだろうか、とシルヴィーは見当をつけた。それなら、わたしより三つ年上だ。自分への自信を感じさせる、魅力的な雰囲気を漂わせてもいた。

シルヴィーにはすでに一人、彼女を好いてくれている若者がいた。両親の知り合いのなかにモーリアック家が含まれていて、父と息子はともに背が低く、警句を吐くのが好きで、陽気だった。父親のルクは魅力のある男で、みんなに好かれ、それが貨物ブローカーとして大成功している理由かもしれなかった。一方、息子のジョルジュ——シルヴィーを好いている若者——は、似てはいるものの冗談も父親ほどには気がきいていなかったし、警句も鋭くなかった。まだ二年早い、と彼女は本気で思っていた。そのあいだに大人になってくれれば別だけど。

魚市場で好意の微笑を送ってきた若者が初めて声をかけてきたのは、一月の寒い朝だった。セーヌ川の汀《みぎわ》に雪があり、魚屋の水を入れた樽の表面に薄氷が張っていた。腹を減らした冬の鷗《かもめ》が頭上で弧を描きながら、眼下に見える豊富な餌をものにできない悔しさに泣いていた。若者はこう訊いてきたのだった。「魚が新鮮かどうかはどうすれば見分けられるのかな？」

「目で見分けるの」シルヴィーは答えた。「目が曇っていれば新鮮じゃないわ。新鮮な魚の目は透き通っているの」

「きみの目のように？」若者は言った。

シルヴィーは笑った。少なくともこの人にはウィットがある。ジョルジュ・モーリアックは、たとえば〝キスしたことがある？〟なんて馬鹿みたいにつまらないことしか言わない。

「それから、鰓《えら》の内側を見るの」シルヴィーは付け加えた。「内側がピンクで濡れているはずよ。あら、わたしったら何てことを」彼女は思わず口を塞いだ。〝内側がピンクで濡れている〟なんて、卑猥《ひわい》な別の意味に取られたかもしれないじゃないの。顔が赤くなるのが自分でもわかった。

若者は面白がっているようだったが、はっきりとは顔に出さず、こう言っただけだった。「心に留めておくよ」シルヴィーは彼の気配りを評価した。明らかにジョルジュとは違っていた。

彼はシルヴィーが父親の好物の鱒《ます》を三匹買い、一スーと六ペニーを払うのを脇へ退《ど》いて見ていたが、彼女が魚を籠《かご》に入れて歩き出してもそのままついてきた。

「名前は何て言うの？」シルヴィーは訊いた。

「ピエール・オーモンド、きみはシルヴィー・パロだろ？」

シルヴィーは単刀直入な物言いが好きだったから、こう訊いた。「あなた、わたしをずっと見ていたわよね？」

ピエールがためらい、当惑を顔に浮かべて答えた。「ああ、たぶん」

「なぜ？」

「きみがとても美しいから」

目が青く、肌が透き通っていて、無邪気で感じのいい顔であることはわかっていたが、美しいという自信はなかったから、シルヴィーはこう訊いた。「それだけ？」

「感覚がすごく鋭いところもかな」

やっぱりほかにも理由があったんだ、とシルヴィーはがっかりしないではいられなかった。わたしの美しさに魅入られたんだと、たとえ一瞬でも信じたのが虚しかった。結局、わたしはジョルジュ・モーリアックと結婚することになるのかもしれない。

「本当の理由を教えて」シルヴィーは失望を顔に表わすまいとしながら言った。

「ロッテルダムのエラスムスのことは知ってるかな？」

もちろん知っていた。前腕の毛が逆立つのがわかった。自分が捕まったら処刑されかねない犯罪者であることを、この数分間、忘れていた。そしていま、身に染みついている恐怖が戻ってきた。

たとえどんなに魅力的な異性から発せられたものであろうと、その質問に答えるほどシルヴィーは愚かではなかった。そして、質問に質問で答える方法があることを思い出した。「なぜそんなことを訊くの?」

「ぼくは大学で勉強しているんだ。エラスムスはプロテスタンティズムを提唱しはじめた邪悪な人物だと教えられたんだけど、彼の著作を読みたくてね。大学の図書館には置いてないんだ」

「そんなこと、わたしが知ってるはずがないでしょう」

ピエールは肩をすくめた。「きみのお父さんは印刷屋だよね?」

この人、わたしをずっと見張っていたんだ。でも、本当のことを知っている可能性はたぶんないんじゃないかしら。

シルヴィーの一家はある使命を神から与えられていた。この国の人々が真の宗教について知る手助けをするという聖なる任務である。一家は本を売ることでその任務を遂行していた。もちろんその大半は、だれもが簡単に理解でき、カトリック教会がどんなに間違っているかを自分で知ることができるよう、フランス語で書かれた聖書だった。が、正しい結論に到達するのに手助けなしでは時間がかかる人々のためにわかりやすく説明してくれている、エラスムスといった学者たちの著作もそこに含まれていた。

そういう聖書や著作を売ることは、そのたびに恐ろしい危険を引き受けるということだった。露見したら死刑なのだから。

シルヴィーは言った。「わたしたちがそういうものを売っていると考える根拠は何なの？　だって、法に触れることじゃないの！」

「学生のなかに、もしかしたらと言ったやつがいたってだけだよ」

だとしたら、それは噂《うわさ》に過ぎない――でも、心配しなくていいということではない。

「だったら、お願いだからその学生さんに伝えてちょうだい――わたしたちはそんなことはしていないって」

「わかった」ピエールは落胆を顔に表わして答えた。

「知らないかもしれないけど、印刷屋の土地家屋は、非合法の著作を扱っていると疑われたらいつでも家宅捜索できるの。わたしのところも何度か探されたけど、一点の曇りもなく潔白であることが証明されているわ」

「それはおめでとう」

さらに何歩か並んで歩いたあと、ピエールは足を止めた。「ともあれ、会えて嬉しかったよ」

シルヴィーが言った。「待って」

禁書を購入する者の大半は、売り手がよく知っている人々、禁じられている礼拝を秘密の場所で一緒に行ない、お互いを信頼している男女だった。信仰を同じくしているとわかっているだれかの推薦状を携えてやってくる者もいないではなかったが、そうだとしても、彼らを全面的に信用はできなかった。逮捕され、拷問されたら、おそらく洗いざらい白状してしまうからだ。

しかし、プロテスタントは見知らぬ者に自分たちの信仰について話すという、もっと大きな危険を引き受けなくてはならなかった。真の福音《ゴスペル》を広める、それが唯一の方法だからだ。シルヴィーが一生かけてやるべきはカトリックを改宗させることであり、いまがまさにその機会だった。このまま彼を行かせてしまったら、二度と会うことがないかもしれない。

ピエールは誠実そうだし、心底から恐れている様子で、用心深くわたしに近づいてきた。口が軽くて秘密をべらべらしゃべるタイプでもなく、馬鹿でもなく、酔っぱらいでもない。シルヴィーは彼を拒絶する理由を思いつくことができなかった。

改宗させようとしている相手が自分に惹かれているように見える魅力的な若者だから、もしかすると危険を引き受けるハードルが普段より低くなっているのではないか？　その疑問は的外れだ、とシルヴィーは自分に言い聞かせた。神のご加護を祈りながら、命を危険にさらさなくてはならなかった。

「今日の午後、四リーヴル持って店にきて」シルヴィーは言った。「『ラテン語文法』を一冊買ってちょうだい。何をしてもいいけど、エラスムスを口にしちゃ駄目よ」

ピエールは彼女の突然の決断に驚いた様子だったが、こう答えた。「わかった」

「そのあと、夕暮れに魚市場の裏で待っているから」そのころには河岸《かし》に人気《ひとけ》はないはずだった。「『ラテン語文法』を持って、そこへきて」

「それから何をするんだ？」

「神を信じるの」シルヴィーは返事を待たずに踵を返して歩き去った。

自宅を目指しながら、シルヴィーは祈らずにはいられなかった——わたしのしたことが間違っていませんように。

パリは三つの部分に分かれていた。〝町〟と呼ばれる最も大きな部分はセーヌ川の北側で、右岸として知られていた。セーヌ川の南側のもう少し小さな部分は、左岸として知られ、〝大学〟ときには〝ラテン・クウォーター〟と呼ばれていた。すべての学生がラテン語を話すからである。真ん中の島は〝シテ〟と呼ばれて、シルヴィーはそこに住んでいた。

彼女の家はノートルダム大聖堂の陰のなかにあった。一階が商店で、網の目状の扉に鍵《かぎ》のついている戸棚に本が収納されていた。シルヴィーと両親の住まいは上階で、裏が印刷工房として使われていた。シルヴィーと母のイザベルが店を担当し、物を売るのが得意でない父のジレが印刷工房を切り盛りしていた。

シルヴィーは上階のキッチンで鱒を玉ねぎと大蒜《にんにく》と一緒に焼き、パンとワインをテーブルに置いた。飼い猫のフィフィがどこからともなく現われ、シルヴィーが鱒の頭をやると、まずは目玉から、実に丁寧に食べはじめた。シルヴィーは自分が今朝したことが気になってならなかった。あの大学生はやってくるだろうか？　彼ではなくて裁判所の役人が兵士を連れて現われ、わたしも両親も異端の罪で逮捕されるのではないだろうか？

ジレが最初に食事をし、シルヴィーは給仕をした。彼は大男で、腕は太く、肩もがっちりと張っていた。鉛を混ぜた活字でぎっしり組まれた重たい樫《かし》の版を持ち上げつづけている賜物《たまもの》だった。機嫌の悪いときはシルヴィーを左腕一本で部屋の向こうまで吹っ飛ばし兼ねなかったが、今日は鱒の身が柔らかくて骨から外しやすかったからか、機嫌はいい部類だった。

父が食事を終えると、シルヴィーは店に出て母に食事をさせ、そのあと交代してテーブルに着いた。が、食欲はなかった。

何とか食事を終えて店に戻ると、たまたま客がいなかったこともあって、イザベルがすぐさま訊いた。「何をそんなにそわそわしているの？」

シルヴィーはピエール・オーモンドのことを打ち明けた。

イザベルが不安げな顔になった。「もう一度会って、もっと彼のことがわかってから、ここへくるように言うべきだったわね」

「それはわかってるわ、でも、もう一度会うにしても理由はどうするの？」母が眉をひそめるのを見て、シルヴィーはつづけた。「わたし、残念ながら口がうまくないの。それはお母さんも知ってるでしょ？」

「それはいいことだと思ってるわ」イザベルが言った。「だって、それはあなたが誠実すぎるぐらい誠実だってことだもの。それに、いずれにしてもわたしたちは危険を引き受けなくちゃならない。これは耐えなくちゃならない試練よね」

シルヴィーは言った。「彼が罪の意識に襲われて後先考えずに懺悔《ざんげ》し、洗いざらい話してしまうようなタイプでないことを祈るばかりね」

「怖くなって尻込みする可能性のほうが高いわよ、たぶん、会うことはもうないんじゃないかしら」

わたしが祈っているのはそういうことじゃないんだけど、とシルヴィーは思ったが、口にはしなかった。

客が入ってきたために、話はそこで打ち切りになった。シルヴィーはその客を見て奇妙に思った。この店にくる客のほとんどはきちんとした身なりをしていた。貧しい人々には本を買う余裕がないからである。この若者の服装は実用的ではあるけれども地味で着古されていて、厚手のコートは旅の汚れがつき、頑丈なブーツは埃《ほこり》にまみれていた。旅の途中に違いなく、疲れと不安がともに顔に表われていた。シルヴィーの胸を同情がよぎった。

「ジレ・パロ氏と話がしたいんですが」この町の訛りではなかった。

「いま、連れてきます」イザベルが店を出て奥の工房へ姿を消した。

シルヴィーは、またも奇妙に思った。本を買うのでなければ、父に何の用だろう？ 探りを入れてみることにした。「遠くからいらっしゃったんですか？」

答えが返ってくる前に、新しい客が入ってきた。シルヴィーの知っている、大聖堂の聖職者だった。シルヴィーとイザベルは聖職者に対しては右足を後ろに引いて慎重にお辞儀をすることにしていた。ジレはそんなことはしなかったが、相手がだれだろうと愛想が悪かった。シルヴィーは言った。「いらっしゃいませ、ラファエル助祭長。お目にかかれるのは、いつもながら大いなる喜びです」

汚れたクロークの若者の顔がいきなり不愉快そうになった。それを見て、シルヴィーは不思議に思った。ラファエル助祭長に限らず、その立場の人を嫌う理由があるのだろうか？

ラファエルが言った。「『詩篇《しへん》』はあるかな？」

「もちろんです」シルヴィーは戸棚の鍵を開けてラテン語版を取り出した。ソルボンヌ大学の神学部が認めたものであっても、フランス語に翻訳されたものを欲しがることはまずないだろうと思ったのである。きっと贈り物に違いない、だって、助祭長はもう完全な聖書を一揃《そろ》い持っているはずだから。「これなら素敵な贈り物になると思います」彼女は言った。「表紙には金の葉が型押しされていて、本文は二色刷りですから」

ラファエルがページをめくって言った。「いいじゃないか」

「五リーヴルです」シルヴィーは言った。「とてもお買い得のお値段だと思いますよ」五リーヴルは普通の人々にはそこそこ大金だったが、助祭長は普通の人々ではなかった。

そのとき、三人目の客が入ってきた。ピエール・オーモンドだった。シルヴィーは彼の笑顔を見てちょっと嬉しくなったが、彼は慎重な性質《たち》だという今朝の自分の見立てが正しいことを祈った。助祭長と正体のわからない見知らぬ客の前でエラスムスのことを口にされたら、すべては一巻の終わりだ。

イザベルが奥から出てきて、旅人に声をかけた。「夫ならすぐにきますから」そして、シルヴィーが助祭長の相手をしているのを見て、三人目の客に向き直った。「何かご覧に入れましょうか、ムッシュ？」

シルヴィーは母の注意を引くと、その三人目の客はさっき話していた大学生だと目顔で知らせようとした。了解した、とイザベルがほとんどそれとわからないぐらいかすかにうなずいた。母と娘は言葉にせずに意思の疎通を図る術を習得していたが、それはジレと暮らしているあいだに身についたものだった。

ピエールが言った。『ラテン語文法』を一冊欲しいんだけど」

「いまお持ちしますね」と答えてイザベルはそれが収めてある戸棚へ行き、そこから一冊手に取って戻ってくるとカウンターに置いた。

ジレが奥から姿を現わした。いま店には三人の客がいて、二人はすでにシルヴィーとイザベルが応対していたから、三人目が自分に用のある客なのだろうと彼は考えた。「何か？」相変わらずぶっきらぼうで、それがイザベルが夫を店に出したくない理由だった。

旅人が落ち着かない様子でためらった。

ジレは焦れて訊き直した。「おれに何か用があるんじゃないのかい」

「あの……挿絵付きの聖書の物語が一冊ないかと思って」

「もちろん、あるとも」ジレは答えた。「うちのベストセラーだ。だが、仕事中のおれをわざわざここへ引っ張り出さなくても、女房に言ってくれればすむことだったんじゃないのか?」

シルヴィーはまたもや——これが初めてではなかった——父を恨めしく思った。お客さまにどうしてもっと愛想よくできないのかしら。だが、わざわざ名指しで父に会いたいと言ったのに、こんな簡単な要求をするというのも妙ではあった。ちらりと母をうかがうと、イザベルも妙だと思ったらしく、かすかに眉をひそめていた。

シルヴィーはピエールが自分と同じぐらいの興味を持って父と旅人の会話に聴き耳を立てていることに気づいた。

助祭長が不機嫌に言った。「聖書の物語は自分の教区の聖職者から聴くべきだ。自分で読んだら、解釈を過《あやま》つに決まっている」そして、『詩篇』の代金の金貨をカウンターに置いた。

解釈を過つと決めつけることこそ過ちなんじゃないの、とシルヴィーは内心で言い返した。普通の人々が聖書を読むことができなかった時代には、僧侶《そうりょ》は何でも言うことができた——そして、いまもそうでありつづけようとしている。神の言葉が人々に正しく理解され、自分たちに都合のいい教えや行ないが白日の下にさらされるのを恐れているからだ。

ピエールがおもねるように言った。「一介の学生風情《ふぜい》が意見を述べるのを許していただけるなら、まったくおっしゃるとおりだと思います、尊師。われわれは後に引いてはならないのです、さもないと、すべての靴屋と織工のための分派に成り下がってしまいます」

靴屋や織工のような独立した職人はとりわけプロテスタントになりやすかった。シルヴィーの推測では、仕事の性質上、独りで考える時間があるからだった。それに、農民ほどには僧侶や貴族を恐れていない。

でも、どうしてだろう、とシルヴィーは訝った。反カトリックの著作に興味を示したあとで、いまのようなお追従《ついしょう》とも取れるようなことを言うなんて。怪訝《けげん》に思ってピエールを見ると、これ見よがしのウィンクが返ってきた。

彼には人を惹きつけずにはおかないところがあった。

シルヴィーは目を逸らすと、助祭長の『詩篇』を肌理《きめ》の粗《あら》い四角なリネンで包み、紐《ひも》を掛けた。

旅人が聞き捨てならないとばかりに助祭長を睨みつけ、大胆にも食ってかかった。「フランスの人々の半分は自分たちの聖職者を見たこともないのですよ」半分ってことはないでしょうとシルヴィーは思ったが、あまりに多くの聖職者が自分の地位で収入を得ていて、自分の教区を訪ねたことすらないのは事実だった。

助祭長はそれを知っていたから何も言わず、包んでもらった『詩篇』を持って腹立たしげに出ていった。

イザベルが学生に言った。「お包みしますか？」

「お願いします」ピエールが四リーヴルを差し出した。

ジレが旅人に言った。「あんたが欲しいのはこの本か？　それとも……」

旅人がジレの差し出した本に覆い被《かぶ》さるようにして挿絵を検めはじめた。「ゆっくり見せてください」と、彼はきっぱりとした口調で言った。助祭長との議論を恐れる様子もなかったし、ジレの尊大な態度も何とも思っていないようで、粗末な身なり以上の人物らしかった。

ピエールが包んでもらった『ラテン語文法』を持って出て行き、店にいる客は一人になった。シルヴィーは潮が引いたような気分だった。

旅人が勢いよく本を閉じると、腰を伸ばして言った。「私はジュネーヴのギョームです」

イザベルが小さく驚きの息を呑《の》んだ。

ジレが態度を豹変《ひょうへん》させ、ギョームの手を取って言った。「本当にようこそ。さあ、なかへ」そして、先頭に立って階段を上がり、二人だけになれるところへ連れていった。

シルヴィーは半分しかわかっていなかった。ジュネーヴが独立したプロテスタントの町で、偉大なジャン・カルヴァンが支配していることは知っていた。だが、そこはここから二百五十マイルも離れていて、二週間、あるいはそれ以上の旅をしなくてはならなかった。「あの人、ここに何の用があってきたの？」シルヴィーは母に訊いた。

「ジュネーヴの神学校は伝道師を育ててヨーロッパじゅうへ送り出し、新しい福音を説いて回らせているの」イザベルが説明した。「最後の一人がアルフォンセという人だったの。あなたが十三のときよ」

「アルフォンセ！」シルヴィーは自分を無視した、熱心な若者を思い出した。「彼がどうしてここで暮らしているのか、わたし、まるでわからなかった」

「彼らはカルヴァンの書いたものやそれ以外のものをわたしたちのところへ運んできていたの。お父さんはそれを複写して印刷していたのよ」

シルヴィーは自分の無知を呪《のろ》った。プロテスタントの書物がそもそもどこで作られているか、考えたこともなかった。

「外が暗くなりはじめているわ」イザベルが言った。「あの学生さんにエラスムスの著作を渡しに行ったほうがいいわね」

「彼をどう思う？」シルヴィーはコートを着ながら訊いた。

イザベルが訳知りげに微笑した。「ハンサムな悪魔じゃないかしら？」

シルヴィーが訊いたのはピエールが信頼できるかどうかであって、彼の容貌ではなかった。が、考えてみれば、怖じ気づくわけにはいかないから、その話にあまり深入りしないほうがいいかもしれなかった。というわけで、曖昧な返事をして家を出た。

北へ向かい、川を渡った。ノートルダム橋の上では、宝石を売る店や女性用の帽子を売る店がその日の営業を終える準備を始めていた。〝シテ〟の側を南北に伸びる動脈、サン・マルタン通りを歩いて、数分後にムル通りに着いた。通りというより裏路地で、一方は町の壁、もう一方は数軒の民家の裏口と高い塀からなっていて、その向こうは手入れの悪い庭だった。シルヴィーは馬を持っていない老女が住んでいる住宅の裏の、馬小屋の近くで足を止めた。馬小屋は窓がなく、塗装もされていず、あちこち応急に手当てがされてはいるものの半ば見捨てられているかのようだったが、建物はしっかりしていて、頑丈な扉に頑丈な錠が念のために取り付けられていた。ずいぶん昔にジレが買ったものだった。

入口の側柱の横、腰の高さのところで、煉瓦の壁が一カ所緩んでいた。だれにも見られていないことを確かめた後、シルヴィーはその煉瓦を外し、できた穴に手を突っ込んだ。そして鍵を取り出し、煉瓦を元に戻した。その鍵で扉を開けてなかに入ると、扉を閉めて、閂をかけた。

壁に作り付けられている台の上に、蠟燭のランプがあった。シルヴィーは
女の華奢《きゃしゃ》な指にきちんと嵌《はま》る大文字のDの形をした鋼《はがね》、乾いた木のかけらを
ねじったリネンを箱に入れて持ってきていた。鋼のDを燧石で打つと、箱の

花が飛んで、乾いた木のかけらがすぐに燃え上がった。その炎をリネンの端に移し、それを使ってランプの蠟燭を灯した。

揺らめく蠟燭の炎が、床から天井まで積み上げてある古い樽の壁を照らし出した。ほとんどの樽の中身は砂で、一人で持ち上げるには重すぎたが、いくつかは空だった。見かけはみな同じだが、シルヴィーは空の樽を見分けることができた。彼女は手早くそのいくつかの空の樽を脇へ退かし、その向こうへ入っていった。そこにあるのは本を詰めたいくつもの木箱だった。

パロ一家にとって最も危ないのは、禁書がジレの工房で印刷され、製本されているときだった。そこに踏み込まれたら、三人とも死ぬことになる。しかし、製本が終わったらすぐに箱に詰め、カトリックが認めていて咎められる恐れのない本を必ず一番上に並べてカモフラージュして、手押し車でこの倉庫へ運び込めば、印刷工房は正統な本しか作っていない場所に戻る。大半の時間、わずかでも法に触れるものは、大聖堂のそばの自宅には一切なかった。

この倉庫のことを知っているのは、ジレ、イザベル、シルヴィーの三人だけだった。シルヴィーも教えてもらったのは十六になってからで、印刷工房の従業員でさえ――全員がプロテスタントであるにもかかわらず――知っている者はいなかった。彼らには、完成した本は秘密の問屋へ運ばれると言ってあった。

いま、シルヴィーは〝SA〟──おそらくエラスムスの最も重要な著作である〝セルニ・アルシビアディス〟の頭文字──と記された木箱を見つけた。そして、一冊取り出すと、近くの木箱から取り出した四角いリネンで包んで紐を掛けた。そのあと樽を元に戻し、本を収めた木箱が隠れて、部屋の半分に樽が積み上げられているとしか見えないようにした。

サン・マルタン通りを引き返しながら、シルヴィーは考えた──ピエールは姿を見せるだろうか。店には手筈《てはず》どおりやってきた。でも、まだ怖がっているかもしれない。最悪なのは、わたしを逮捕しようと、警察とか権限を持っている人間を連れて待ちかまえていることだ。もちろん、死は怖くない。真のキリスト教徒ならだれでもそうだ。だけど、拷問は怖い。真っ赤に焼けたやっとこが肉に食い込むところがまぶたに浮かび、声に出さない祈りでそれを追い払わなくてはならなかった。

夜の河岸は静まり返っていた。魚屋の露店も閉まっていて、鷗も餌を探しによそへ行ってしまっていた。川が穏やかに汀を洗っていた。

ピエールは手提げランプを持って待っていた。その明かりに下から照らされた顔は、不吉なほどにハンサムだった。

独りだった。

シルヴィーは本をかざしたが、渡しはしなかった。「これを持っていることをだれにも言っちゃ駄目よ。あなたにこれを売った罪でわたしが処刑される恐れがあるんだから」

「わかってる」ピエールが言った。

「これを受け取ったら、あなたも命の危険にさらされるのよ」

「わかってる」ピエールが繰り返した。

「本当にその覚悟があるのなら、これを受け取って、『ラテン語文法』を返してちょうだい」

二人は包みを交換した。

「じゃあね」シルヴィーは言った。「わたしの言ったことをくれぐれも忘れないで」

「忘れないよ」ピエールが約束した。

そして、シルヴィーにキスをした。

アリソン・マッケイは驚くべきニュースを親友に知らせようと、トゥルネル宮殿の風通しのいい廊下を急いだ。

その親友はしてもいない約束を果たさなくてはならなかった。ずいぶん前から予想されていたことだったが、それでもショックだった。それはいいニュースでもあり、悪いニュースでもあった。

パリの東側にある中世の建物は広く、しかし、老朽化していた。家具調度には金がかかっていたが、寒く、住み心地がいいとは言えなかった。堂々としていたが顧みられることがなく、それはいまの住人、カトリーヌ・ド・メディシス、フランス王妃、愛人のほうを好いている国王の妻も同じだった。

アリソンは脇の間を覗いた。探している人はそこにいた。

少年と少女が二人、窓際に坐り、気紛れな冬の陽差しのなかでカードに興じていた。着ているものや装飾品は世界一裕福であることを示していたが、二人は小銭を賭けたゲームに興奮し、素晴らしい時を楽しんでいた。

少年は十四歳だが、もっと年少に見えた。成長が思わしくなく、虚弱そうだった。思春期のとば口にいて、しわがれた声で口ごもりながら話した。彼はフランソワ、フランス国王アンリ二世とカトリーヌ王妃の長男、王位を継ぐべき人物だった。

少女は美しい鳶色《とびいろ》の髪を持ち、十五歳にしては尋常でなく背が高く、男の大半を凌《しの》いでいた。彼女はメアリー・ステュアート、スコットランドの女王だった。

スコットランドからフランスへきたのは、メアリーが五歳、アリソンが八歳のときだった。一言も言葉がわからない見知らぬ国で怯えている二人の少女の遊び相手になってくれたのが病弱なフランソワで、以来、三人は逆境を生きる仲間となり、紐帯《ちゆうたい》を強めていった。

メアリーは衝動的で無謀になる傾向を見せることがときどきあったから、アリソンは何としても彼女を護らなくてはならないと感じていた。二人はフランソワを無力な子犬か子猫のようにかわいがっていたし、フランソワは女神のようにメアリーを崇《あが》めていた。

いま、その友情の三角形が揺るがされようと、あるいは破壊されようとしていた。

メアリーがアリソンを見て微笑したが、その表情に気づいたとたんに真顔になった。「どうしたの？」微塵《みじん》もスコットランド訛りのないフランス語だった。「何があったの？」

アリソンは思わず言ってしまった。「お二人の結婚がイースターの後の日曜日と決まったの！」

「すぐじゃないの！」メアリーが言い、二人はフランソワを見た。

メアリーはフランスへ移る直前、五歳のときにフランソワと婚約していた。すべての王族の婚約と同じくもちろん政略的なもので、イングランドに対するフランスとスコットランドの同盟を強固にするのが目的だった。

しかし、アリソンもメアリーも、成長するにつれて、本当に結婚することになるのだろうかと疑うようになっていた。三つの王国の関係が常に変化していたからである。ロンドン、エディンバラ、パリの有力者たちは、メアリー・ステュアートの夫がフランソワ以外のだれかになるのではないかと、その候補者についてしばしば言及していたが、いまに至るまで確かなことは何もないようだった。

フランソワが悩ましげにメアリーに言った。「あなたを愛している。あなたと結婚したい。でも、大人になってからだけど」

わたしも同じ考えでいると伝えようと、メアリーは彼の手を取ろうとした。だが、フランソワはすでに冷静さを失っていて、泣き出したと思うといきなり立ち上がった。

アリソンは宥《なだ》めようとした。「フランソワ――」

フランソワが絶望して首を振り、部屋を飛び出していった。

「何てこと」メアリーが言った。「可哀相なフランソワ」

アリソンはドアを閉めた。いまやそこには二人しかいず、だれに話を聞かれる心配もなかった。アリソンはメアリーに手を差し出し、彼女が立ち上がるのを助けてやった。その手を握り合ったまま、豊かなチェスナット・ブラウンのヴェルヴェットの覆いが掛かったソファに腰を下ろした。しばらく沈黙がつづいたあとで、アリソンは言った。「どう思う？」

「生まれてからずっと、わたしは女王だと教えられてきた」メアリーが答えた。「でも、本当はまったくそうじゃなかった。わたしは生まれて六日でスコットランド女王になったけど、ずっと赤ん坊扱いのままでありつづけている。でも、フランソワと結婚したら、そして彼が王になったら、わたしはフランス王妃よね――実体のある存在になれるのよね」何としてもそうなりたいと目がきらめいた。「それがわたしの欲しかったものなの」

「でも、フランソワは……」

「わかっているわ。彼は可愛い、わたしは彼を愛しているけど、ベッドをともにするのは嫌なの。それに、わかるかしら……」

アリソンは勢いよくうなずいた。「それを考えることすら耐えられないのよね」

「結婚した振りをできないかしら」

アリソンは首を横に振った。「その場合、結婚が無効になるかもしれないわ」

「そして、わたしはもう王妃ではなくなる」

「そのとおりよ」

メアリーが言った。「なぜいまなの？　どういう事情があるの？」

アリソンはフランスでだれよりも事情通のメディシス王妃からこう聞かされていた。

「そうするよう、スカーフェイスが王に提案したの」ギーズ公爵はメアリーの叔父で、彼女の母の弟だった。彼がカレーの戦いで勝利した後、一族の地位は上がりつづけていた。

「彼が首を突っ込んできた理由は何なの？」

「ギーズ一族のなかからフランス王妃が出たとなれば、一門の家格が一気に上がるとお考えになったからよ」

「彼は兵士よ」

「だから、だれかの入れ知恵に違いないわ」

「でも、フランソワは……」

「すべては小さなフランソワ次第なんじゃないの？」

「彼はまだ子供よ」メアリーが言った。「それに、身体も弱い。男性が妻とすることになっていることすら、できるかどうか怪しいわ」

「それはわたしにはわからないけど」アリソンは言った。「答えはイースターの後の日曜に出るんじゃないかしら」

3

一月が二月になっても、マージェリーと両親は依然として行き詰まりを打開できないでいた。サー・レジナルドとレディ・ジェーンはマージェリーをバートと結婚させる意志を曲げず、マージェリーは絶対に断わるという宣言を撤回していなかった。

ロロは妹に腹を立てていた。一家がカトリックの高い身分になるチャンスだというのに、その手助けをするどころか、親プロテスタントのウィラード家の側につこうとするとはどういうことだ。どうしてそんな裏切りを企てられる？　全面的にカトリック贔屓《びいき》の女王の治世下なら尚更だ。

フィッツジェラルド家は町の主導的な一族であり、いかにもそれらしく見えているはずだと、大聖堂の鐘楼の大きな鐘がミサを知らせて鳴り響くなか、だれよりも暖かい服を着て広間に立ちながら、ロロはそう思って誇らしかった。サー・レジナルドは細身ながら長身で、顔を損ねているそばかすまでもが、ある種の個性になっていた。着ているのは生地の色がチェスナット・ブラウンの厚手のクロークだった。レディ・

ジェーンはほっそりとして小柄で、尖った鼻と、ほとんど何も見逃すことのないよく動く目を持っていた。着ているのは裏が毛皮のコートだった。

マージェリーも小柄だったが、母よりは丸みを帯びていた。伯爵のパーティ以来、外出を許されていなかったが、永遠にその状態がつづけられるはずもなかった。それに、今朝はキングズブリッジ司教のミサがあり、彼は一家の強力な味方だったから、機嫌を損なう危険を冒すわけにはいかなかった。ただし、彼女は凄《すさ》まじく不機嫌だった。

自分で感じているほどには惨めに見せないようにしようと決めているのは明らかで、キングズブリッジ・スカーレットのコートに同色の帽子を合わせていた。この一年ほどで町一番の美人に成長していて、兄でさえそれを認めないわけにはいかなかった。

一族の五番目のメンバーはロロの大叔母だった。キングズブリッジ修道院の修道女だったのだが、ヘンリー八世によってそこが閉鎖されたときから、フィッツジェラルド家でともに暮らしていた。家の最上階の二部屋を使い、寝室は殺風景な修道院の独房にし、客間を礼拝堂にして、小さな女子修道院を作っていた。彼女の信仰心の篤《あつ》さはロロさえも畏怖を感じるほどで、いまもみんなからシスター・ジョアンと呼ばれていた。さすがに年を取って身体も弱り、歩くには二本の杖が必要だったが、ジュリアス司教がいるときは教会へ行くと言って聞かなかった。そういうときは、ずっと立っているこどのできないシスター・ジョアンのために、メイドのナオミが椅子を大聖堂へ運んでいくことになっていた。

一家は玄関を出た。彼らが住んでいるのは大通りのてっぺんの十字路、ギルド会館の向かいの眺望がいいところで、サー・レジナルドは束の間足を止めると、階段のように川へと下っている、人でごった返す何本もの通りを見下ろした。茅葺《かやぶ》きの屋根や煙を立ち昇らせている煙突に、小雪が舞い降りていた。おれの町だ、とサー・レジナルドの表情が物語っていた。

市長とその家族が威風堂々と列を作って大通りの坂を下っていくと、近隣の住人が丁重に、富裕層は声に出して、そうでない層は黙って帽子の庇《ひさし》に手を当てて、朝の挨拶をした。

ロロは昼の明るさのなかで母のコートがわずかながら虫に食われているのが目に留まり、だれにも気づかれないことを願った。残念なことに、父は新しい衣服を買う余裕がなかった。彼自身が関税管理官をしているコーム・ハーバーの事業がうまくいっていないのである。フランスがカレーを占領し、戦争が長引いて、海峡を往き来する貨物が極端に少なくなっていた。

大聖堂が近くなり、フィッツジェラルド家の面々は一家の経済を困難にしているもう一つの原因にさしかかった。修道院門《プライアリー・ゲート》と呼ばれる新しい屋敷である。それはマーケット広場の北側、かつて修道院があった時代に院長の館にくっついていた土地に建設中だったが、工事は滞り、ほとんど進展を見せていなかった。建築職人のほとんどが、金を払える人々の仕事をするためによそへ行ってしまっていた。好奇心旺盛《おうせい》な人々が入り込まないよう、ぞんざいな造りの木の柵《さく》が未完成の建物を囲っていた。

サー・レジナルドは大聖堂の南側の修道院付属施設も所有していた。回廊、修道士用の厨房、寄宿舎、女子修道院、厩舎《きゅうしゃ》である。ヘンリー八世が修道院を解散させたとき、その資産は地元の有力者に与えられるか売却され、サー・レジナルドもそれを手に入れた一人だった。これらの建物は大半が古くなり、何十年も放置されたまま、いまや崩れ落ちる寸前になっていて、垂木《たるき》は鳥が巣を作り、回廊にはキイチゴが繁茂していた。サー・レジナルドはおそらく、それらを聖堂参事会に売り戻すつもりでいるはずだった。

その二つの場所は往年の面影を失っていたが、大聖堂はそのあいだも誇らかに屹立《きつりつ》し、そこが代表するカトリックへの忠誠と同じく、何百年も変わることがなかった。一方でこの四十年、プロテスタントはここで長く教えられてきたキリスト教の教義を変えようとしていた。どうすればそこまで思い上がることができるのか、ロロには理解不能だった。教会の壁に現代的な窓をつけようとするようなものじゃないか。真実は大聖堂と同じで永遠かつ不変なのに。

彼らは西の正面の大きなアーチをくぐった。そこは外にも増して寒いようにさえ思われた。いつもどおり、柱とアーチが正確に繰り返されて秩序だった列をなしている長い身廊《ネーヴ》を見ると、ロロは体系的な宇宙が論理的な造物主によって統制されているという安心感に満たされるのだった。奥では冬の力のない光が大きな薔薇窓《ばらまど》を照らし、万物がいかに終わりを迎えるかをステンドグラスが教えてくれていた。最後の日、神は裁きの座にあり、悪を為した者は地獄で苦しみ、善を為した者は天国に入ることを許され、正しく報われるべく報われていた。

フィッツジェラルド家の面々が通路を交差部へと下っているとき祈りが始まり、彼らは聖職者たちが高い祭壇で礼拝を行なうのを遠くから見守った。周囲には町の主だった一族がいて、そこにはウィラード家、コブリー家、州の著名人であるシャーリング伯爵と息子のバート、そして、ブレクノック卿夫妻の姿もあった。

歌は大したことはなかった。何百年ものあいだ人の心を打ち、歓ばせてきたキングズブリッジ大聖堂の聖歌は、修道院が閉じられ、聖歌隊が解散させられて終わってしまった。かつての修道士のなかには聖歌隊を復活させた者もいたが、すでに魂が失われてしまい、グループ全員が例外なく美しい音楽をもって神を讃えることに心を尽くすという、熱狂的な規律をふたたび造り上げることができなかったのである。

会衆はいまも、たとえば聖体奉挙《せいたいほうきょ》といった劇的なときを求めていて、服従についてのジュリアス司教の説教を大人しく聴いていたが、大半の時間は自分たちの会話に費やしていた。

ロロが気づいて不愉快に思ったことに、マージェリーは家族から少し離れた席にこっそり移動し、ネッド・ウィラードと活き活きした様子で話していて、帽子の羽根飾りが動く勢いがそれを強調していた。ネッドも青のフランスのコートでドレスアップしていて、彼女と一緒にいられるのを明らかに歓び、興奮している様子だった。あまりの無礼に、ロロはネッドに蹴りを食らわせてやりたかった。

ロロは妹の無礼を埋め合わせようとバート・シャーリングと話し、最終的にはうまく収まるところへ収まるからと保証してやった。そして、話題を戦争へ移した。カレーを失った損害は貿易だけにとどまらなかった。メアリー女王と彼女の外国人の夫の人気は徐々に落ちてきていた。それでも、イングランドにプロテスタントの王が誕生するとはロロは考えなかったが、メアリー・チューダーがカトリックの大義によくないことをしているのは確かだった。

礼拝が終わると、フィルバート・コブリーのでぶの息子、ダンがロロに近づいてきた。親プロテスタントとおぼしいコブリー家はここにくるのが不本意なはずだ、とロロは確信していた。たぶん、像や絵を嫌悪していて、香の匂いを嗅《か》ぎたくないのだ。そういう傲慢《ごうまん》で無教養で愚かな普通の連中にも、信仰については自分で決める権利があるという考えには、ロロは逆上するほど腹が立った。そういう幼稚な考えが通用したら、文明は崩壊する。ああいう連中は何をすべきかを教えられるしかないのだ。

ダンはジョナス・ベーコンという、がっちりした体格の日焼けした男を連れていた。キングズブリッジの商人が雇っている大勢の船長の一人である。

ダンがロロに言った。「売りたい貨物があるんだ。興味はないかな?」

コブリー家のような海運業者は前もって貨物を売ることがよくあり、ときには複数の投資家に二割引き、二割五分引きでいいと申し出ていた。それは航海の資金を得るためであると同時に、危険を分散させるためでもあった。関係者にとっては、自分たちが出している金が十倍になって戻ってくる可能性があった。もっとも、全額失う恐れもあったが。それはもっと景気のいい時代にサー・レジナルドが大儲《もう》けをしたやり方でもあった。

「あるかもな」ロロは答えたが、素っ気《そけ》なかった。いまの父に貨物に投資する金はない。だが、ロロとしては取りあえず知っておきたかった。

「〈セント・マーガレット〉がバルト海にいて帰途についているんだが、陸揚げしたら五百ポンド以上の価値を持つだろう毛皮を積んでいるんだ」ダンが言った。「積荷目録を見せてもいいぞ」

ロロは眉をひそめた。「船がまだ海の上にいるのに、どうしてそれがわかるんだ?」

長年風のなかで叫んでいたせいでしわがれた声で、ベーコン船長が質問に答えた。

「ネーデルラント沖であの船に追いついたんです。私の船のほうが——〈ホーク〉というんですが——足が速いのでね。それで、接舷《せつげん》して色々事情を聞いたんですよ。小規模な修理をするために港に入らなくてはならないとのことでしたが、二週間のうちにはコーム・ハーバーに着くはずです」

ベーコン船長には悪い評判があったが、それはほとんどの船長も変わりがなかった。船乗りが海の上で何をしているかを見た者はいなかったし、彼らは盗人で人殺しだというのが世間の見方だった。だが、彼の話には信憑性《しんぴょうせい》があった。ロロはうなずき、ダンを見た。「そうだとしたら、その積荷をいま売りたい理由は何なんだ？」

ダンのなまっちろい丸顔に狡猾な笑みが浮かんだ。「次の投資のための金が必要なんだ」

何に投資するかは言うつもりがないようで、それは当然のことだった。もし商売の好機に遭遇したのであれば、だれだろうと先を越される隙を人に与えるはずはない。それでも、ロロは疑ってみせた。「その積荷に何か問題があるんじゃないのか？」

「そんなことはない。それを証明するために、その毛皮の五百ポンドを保証する用意だってある。だが、きみになら四百で売ってもいい」

しかし、四百ポンドは大金だ。自分の土地を所有している大規模農業者でも年間収入は五十ポンド、成功しているキングズブリッジの商人でも二百ポンドあれば自慢できる。四百ポンドは巨額と言っていい投資だが——わずか二週間後に百ポンドの儲けが保証されるとすれば、それは滅多にないチャンスだ。

そして、百ポンドあれば、フィッツジェラルド家の負債を完済できる。

だが、残念なことに、その四百ポンドがない。それどころか、四ポンドすらないのだ。

にもかかわらず、ロロは言った。「父に話してみる」この取引が不可能なことはわかっていたが、息子がまるで一家を代表しているかのように一人決めの発言をしたら、サー・レジナルドは気を悪くするかもしれなかった。

「あまり長くは待てないぞ」ダンが言った。「きみに真っ先に話を持ってきたのは、きみの父上が市長だから、敬意を表してのことだ。だけど、この話を持っていってもいい人々はほかにもいる。明日にはその金が必要なんだ」そして、船長をともなって歩き去った。

ロロは身廊を見回し、縦溝彫りの柱に寄りかかっている父親を見つけて歩み寄った。

「いま、ダン・コブリーと話したんだけど」

「ほう?」サー・レジナルドはコブリー家を好いていなかったし、好いている者はほとんどいなかった。彼らは普通の人々より自分たちが信仰のレヴェルが高いと思っているようだったし、芝居を退席したことについてはみんなが腹立たしく思っていた。

「それで、どんな話だったんだ？」

「積荷を売りたいんだそうだ」ロロは詳しい話をした。

それを聞き終えたサー・レジナルドが言った。「その毛皮の五百ポンドを保証しているんだな？」

「四百ポンドの投資で五百ポンドが保証されるんだよ。いま家に金がないのはわかっているけど、知らせておいたほうがいいと思って」

「確かに、いまのわれわれには金がないが」サー・レジナルドは思案する様子だった。「何とかできるかもしれない」

どうやって、とロロは訝った。だが、父なら妙案を思いつくかもしれない。事業を徐々に拡大していくタイプではなく、機を見るに敏で、予見できなかった取引を成功させてしまうタイプの商人だから。

しかし、その父をもってしても、家族全体の懸念を一気に消し去ってしまうことなどできるだろうか、とロロは悲観的にならざるを得なかった。

ロロが驚いたことに、サー・レジナルドはウィラード家へと向かっていた。何の話をするのだろう？　アリス・ウィラードは主導的な商人だから、市長として相談することはしばしばあるが、二人とも互いを嫌っていて、その関係も改善されていなかった。ネッドを将来の義理の息子として迎えることを、フィッツジェラルド家が拒否したからである。ロロは興味津々で父のあとを追った。

サー・レジナルドが小声で言った。「よかったら、ちょっと話があるのだが、ミセス・ウィラード？」

アリスはずんぐりと小柄な、礼儀作法に非の打ち所のない女性だった。「もちろんですとも」彼女が慇懃に応じた。

「実は四百ポンド借りる必要があるんだ。もちろん、すぐに返済するが」

アリスの顔に驚きが浮かんだ。「ロンドンへ行く必要がおありなのですか？」そして、一拍置いて付け加えた。「それとも、アントワープとか？」ネーデルラントのアントワープはヨーロッパの経済の中心だった。「わたしどもの従兄弟がアントワープにいるのですけれど」彼女が付け加えた。「彼でさえそんな大金を貸したがるかどうか」

「今日、必要なんだ」サー・レジナルドは言った。

アリスが驚きの眉を上げた。

ロロはとたんに恥ずかしくなった。ついこのあいだこっちが侮辱した一家に借金を申し込むなど、屈辱以外の何物でもないじゃないか。

しかし、サー・レジナルドはお構いなしに進みつづけた。「それだけの金をすぐに動かせる商人は、キングズブリッジにはあなたしかいないよ、アリス」

アリスが訊いた。「何のためのお金か、お訊きしてよろしいかしら？」

「金になる積荷を買うチャンスが出てきたんだ」

さすがに相手の名前は言わないだろうな、とロロは推測した。そんなことをしたら、アリス・ウィラードが自分でそれを買おうとするかもしれないんだから。

サー・レジナルドがうなずいた。「その船が二週間のうちにコーム・ハーバーに着くんだ」

そのとき、ネッド・ウィラードが会話に加わってきた。もちろん、ロロは不愉快だった――あいつはフィッツジェラルド家がウィラード家に助けを求めるのを目の当《ま》たりにしていい気分に違いない。しかし、ネッドはビジネスライクだった。「そうだとしたら、その海運業者がいま積荷を売りたがる理由は何でしょう？」不審の口調だった。「二週間待てば、陸揚げされた積荷を満額で売ることができるのに？」

サー・レジナルドは一介の若造に疑問を呈されて苛立ったように見えたが、それを何とか抑え込んで答えた。「新たな投資をするために現金を必要としているんだそうだ」

アリスが言った。「そんな大金を失う危険は冒せません――あなたならおわかりですよね」

「危険はないよ」と、サー・レジナルド。「二週間後にいくらか増えて戻ってくるんだ」

馬鹿馬鹿しい、とロロは思った。危険はいつだって付きものだ。

サー・レジナルドが声をひそめた。「われわれはお隣りさんも同然だろう、アリス。だから、助け合おうじゃないか。コーム・ハーバーでのあなたの積荷の処理が簡単なのが私のおかげだということは、あなたもわかっているはずだ。それがキングズブリッジがうまくいくやり方なんだ」

アリスがぎょっとしたような顔をしたが、ロロはその理由にすぐに気がついた。隣人同士の助け合い云々という懐柔は、実は間接的な脅しでもあったのだ。もし協力しなければ、港での仕事をしにくくしてやると、言外にそう匂わせているのだった。

どう返事をしたものかとアリスが思案し、沈黙がつづいた。彼女が何を考えているか、ロロは見当がついた。金は貸したくないが、父ほどの力を持った者を敵に回す余裕はないはずだ。

アリスがようやく口を開いた。「担保をいただけるかしら」

ロロの希望が萎《な》えた。何も持っていないのだから担保の差し出しようがない。新手の断わり方をされたということだった。

サー・レジナルドが言った。「関税管理官の地位を担保にしよう」

アリスが首を横に振った。「それは女王の許可がなくては、勝手に手放すことのできない地位でしょう。それに、その許可を求める時間的な余裕がないんじゃないの?」

アリスの言うとおりだ、とロロは思った。父は自分の必死さを露わにする危険を冒している。

サー・レジナルドが言った。「それでは、修道院ならどうだろう」

アリスが再度頭《かぶり》を振った。「半分しか建っていない家は欲しくないわね」

「それなら、南側の部分、回廊と修道士の宿舎、女子修道院ならどうだ?」

そんなものをアリスが担保と認めるわけがない、とロロは確信があった。旧修道院の建物群は二十年以上放置されたままで、いまや修理しようにも手の施しようがないありさまなのだから。

しかし、彼が驚いたことに、アリスがいきなり興味ありげな様子で言った。「そうねえ……」

ロロは割って入った。「でも、お父さん、あなたも知っているでしょうけど、ジュリアス司教が聖堂参事会に修道院を買い戻すよう求めているんですよ。そして、お父さんも多かれ少なかれ、売ることに同意してるじゃないですか」

敬虔なメアリー女王は、彼女の強欲な父親のヘンリーが教会から取り上げた資産をすべて返そうとしていたが、議員のあまりに多くがそこから利益を得ているせいで議会がそれを認めそうになく、教会が安く買い戻そうとしているところだった。そして、それを手助けするのが良きカトリックの義務だとロロは考えていた。

「それについては心配ない」サー・レジナルドが言った。「借りた金は返す。だから、担保が差し押さえられることはない。司教の望みは叶う」

「よかった」アリスが言った。

そして、間があった。明らかにアリスは何かを待っていたが、何を待っているかは言わなかった。とうとうサー・レジナルドが見当をつけて口を開いた。「それなりの利子は払うつもりだ」

「それなりのではなくて、高い利子を払ってほしいのは山々だけど」アリスが言った。「金に利子をつけるのは高利貸し行為になって、法律的な罪であると同時に神に対する罪にもなるのよね」

それはそのとおりだが、とロロは思った。この場合は屁理屈だ。いまやヨーロッパの商業都市のすべてで、高利貸し行為は日常的に見て見ぬ振りをされている。アリスのいかにもそれらしい言い分は、外見を取り繕《つくろ》うためでしかない。

「まあ、いま確信したんだが、それについては何とかできるのではないかな」サー・レジナルドが罪のないごまかしを提案するような、軽い口調で言った。

アリスが用心深く訊き返した。「どんなことを考えついたの？」

「金を借りているあいだ、あなたに修道院を使ってもらって、その賃料を私が払うというのはどうだろう」

「ひと月に八ポンド欲しいんだけど」

ネッドが不安げな顔をした。母親がこの取引から撤退することを願っているのが明らかで、ロロにはその理由がわかった。アリスはわずか八ポンドを稼ぐために四百ポンドを危険にさらそうとしているのだった。

サー・レジナルドが腹を立てる振りをした。「何だと？　それは年間二十四パーセントになるということじゃないか――複利なら、それ以上だ！」

「それなら、この話はなかったことにしましょう」

見込みはあるぞ、とロロはこの時点で感じた。アリスはなぜ利子の話をしているのか？　それは金を貸す気があるからに違いない。ネッドはあからさまではないがうろたえているように見える。たぶんおれと同じことを考えているけれども、どうしていいかわからずに様子を見ているんだろう。

サー・レジナルドはしばらく思案していたが、ついに言った。「いいだろう、決まりだ」そして手を差し出し、アリスがその手を握った。

ロロは父の抜け目のなさに圧倒される思いだった。事実上一文無しの男が四百ポンドの投資をするなんて、大胆でなければできることではない。〈セント・マーガレット〉の積荷はフィッツジェラルド家の財政を生き返らせてくれるはずだ。フィルバート・コブリーが緊急に金を必要としてくれたことを神に感謝しなくては。

「午後には合意書類ができるでしょう」アリス・ウィラードが言い、踵を返した。

それと時を同じくして、レディ・ジェーンが現われた。「帰りましょう、ディナーの用意ができているはずよ」

ロロは周囲を見回して妹を捜した。

マージェリーの姿はどこにも見えなかった。

フィッツジェラルド家のだれにも聞かれる心配がなくなるや、ネッドは母に訊いた。

「どうしてあんな大金をサー・レジナルドに貸すことに同意したの？」

「貸さなかったら、わたしたちを困らせるに決まっているからよ」

「だけど、返ってくる保証なんかないんだよ！　そうなったら、ウィラード家がすべてを失うことになるかもしれない」

「大丈夫、担保があるわ」

「いまにも倒れそうな建物の何軒かなんて、担保にならないよ」

「建物なんかに用はないわ」

「だったら……」ネッドが眉を寄せた。

「……だったら？」母が言った。

建物がいらないとしたら、何が欲しいのか？「土地？」

「その先は？」

「彼の土地は町の中心にある」

「そういうこと。キングズブリッジで最も価値のある土地よ。あそこの使い方を知っている人間にとっては、四百ポンド以上の価値があるわ」

「なるほど」ネッドは納得した。「でも、どう使うつもりなの？　レジナルドのように家を建てるとか？」

アリスが呆《あき》れ顔になった。「宮殿なんかいらないわ。天気に関係なく毎日開ける屋根付きの市場を造るのよ。そして、露店商に場所を貸すの――菓子屋、チーズ屋、手袋屋、靴屋なんかにね。それに、大聖堂の隣りでしょう、永久にとは言わないけど、廃れることはあり得ないわ」

天才しか考えつかない大計画だ、とネッドは判定した。だとしたら、母は天才で、おれはそうじゃない。

それでも、懸念が完全に拭《ぬぐ》い去られたわけではなかった。ネッドはフィッツジェラルド家を信用していなかった。

もう一つの考えが頭に浮かび、ネッドは訊いた。「これはぼくたちがカレーですべてを失った場合に備えての不測事態対応計画なの？」

アリスはカレーからの情報を得ようと骨を折っていたが、あの町がフランスの手に落ちて以来、それが難しくなっていた。イングランドの資産はすべて、ウィラード家が倉庫にたっぷり貯蔵しているものも含めて没収されているかもしれず、ディック叔父とその一家は何も持たずにキングズブリッジへ向かっているところかもしれなかった。だが、カレーが栄えている主たる理由はイングランド商人と取引が行なわれているからであり、外国人の所有しているものはそのままにして取引をつづけるほうが賢明だと、フランス国王が気づいている可能性がなくはないかもしれなかった。

残念ながら、今度の場合、便りがないのはいい便りではなく、悪い便りだった。ひと月が経っているにもかかわらず、カレーを逃れ、情報を持って帰ってきたイングランド人は一人もいなかった。その事実が、生きている者はほとんどいないのではないかということを示唆していた。

「状況の如何《いかん》にかかわらず、屋根付きの市場は価値があるわ」アリスが答えた。「でも、あなたの言うとおりよ。カレーからの知らせがわたしの恐れているとおりだったら、わたしたちには全面的に新しい事業が必要になるでしょうからね」

ネッドはうなずいた。母は常に先を見ている。

「でも、たぶんそうはならないんじゃないかしら」アリスが結論した。「その取引が本当に魅力的なものだという確信がなかったら、サー・レジナルドが腰を低くしてわたしに借金を申し込んだりするはずがないもの」

ネッドはすでに別のことを考えていた。サー・レジナルドに金を貸したことは取りあえず脇へ置いて、いま頭にあるのは、フィッツジェラルド家のなかで唯一興味のあるだれかのことだった。

会衆を見回したが、マージェリーの姿はもう見えなかった。出ていってしまったのだろうが、どこへ行ったかはわかっていた。ネッドは急いでいると見えないようにしながら、身廊を下った。

心ここにあらずにもかかわらず、アーチに覆われた通路が奏でる音楽にはいつもながら魅了された。低音の調べはバスのそれのように着実に和音を繰り返し、柱廊とクリアストーリーは同じ和音でより小さく、より高音のハーモニーを奏でていた。

ネッドはクロークの前をしっかり掻き合わせて外へ出ると、墓地へ向かうかのように北へ折れた。雪はいよいよ降りしきり、フィリップ修道院長の記念碑の屋根に積もりはじめていた。その記念碑はとても大きく、その裏に隠れてしまえばだれにも見られる心配なく抱き合うことができた。伝説ではフィリップ院長は性的誘惑に負けた人々を赦そうとしていたとのことだったから、大昔に世を去ったその修道士の魂が自分の墓の陰でキスをする若者をそんなに咎め立てすることはないだろう、とネッドは想像した。

だが、マージェリーは墓石の陰よりもっといい逢瀬《おうせ》の場所を考えていて、礼拝のあいだの短い会話でそれをネッドに伝えていた。彼女の指示に従い、ネッドはいま、彼女の父親の新しい屋敷の建築現場を迂回《うかい》して奥にたどり着き、だれにも見られていないことを確かめた。そこの柵が壊れて穴があいていて、ネッドはその穴からなかに潜り込んだ。

サー・レジナルドの新しい屋敷は床や壁、そして階段と屋根はできていたが、ドアと窓はまだだった。ネッドは屋敷のなかに入ると、イタリア大理石の大階段を広い踊り場へと駆け上がった。マージェリーがそこで待っていた。彼女の身体は大きな赤いコートにすっぽり包まれていたが、顔は期待に満ちていた。ネッドは彼女を抱き締め、熱烈にキスを交わした。ネッドは目を閉じ、彼女の首筋から漂ってくるほのかな香水の香りを吸い込んだ。息を継ぐためにいったん口が離れたとき、ネッドは言った。

「気になってることがあるんだ。ついさっき、ぼくの母がきみのお父さんに四百ポンドの融資をしたんだよ」

マージェリーが肩をすくめた。「あの人たちがいつもやってることじゃないの」

「金の貸し借りは諍《いさか》いに繋がる。ぼくたち二人にとって、もっと状況が悪くなる可能性がある」

「どうやったらこれ以上悪くなるというの？　ねえ、もう一度キスして」

ネッドは何人かの女性とキスをしたことがあったが、こういうキスは初めてだった。女は男に何をして欲しいかをはっきり口にしたのは、マージェリーしかいなかった。女は男に導かれなくてはならず、肉体的な関係においては尚更そうであるはずだが、マージェリーはそれを知らないようだった。

「きみのキスの仕方は大好きだけど」ネッドはしばらくして言った。「だれに教えてもらったんだ？」

「だれにも教えてもらってなんかいないわよ！　わたしを何だと思ってるの？　いずれにしても、決まったやり方なんてないんじゃないの？　簿記とは違うんだから」

「そうとも、女性は一人一人違うんだ。ルース・コブリーは胸を本当に強くつかまれるのが好きなんだけど、それはあとになってもその感触が残っているからなんだそうだ。一方で、スーザン・ホワイトは――」

「やめて！　あなたが付き合ってたほかの女のことなんか知りたくもないわ」

「ちょっとからかってみただけだよ。きみのような女性は初めてだ。だから、きみを愛しているんだ」

「わたしもあなたを愛しているわ」マージェリーが言い、キスが再開された。ネッドはしっかり身体をくっつけ合えるよう、自分のクロークの前を開け、マージェリーのコートのボタンを外した。二人とも、寒さはほとんど感じなかった。

そのとき、よく知っている声が聞こえた。「いますぐやめろ!」

ロロだった。

ネッドはまず後ろめたさを感じたが、すぐにそれを抑え込んだ。おれを愛してくれている女性とキスをしていけない理由はない。抱擁を解くと、わざとゆっくり振り返った。ロロを恐れてはいなかった。「おれに命令するな、ロロ。お互い、もう学校へ通ってる子供じゃないんだ」

ロロがネッドを無視してマージェリーに言った。悪いことをしている妹に憤懣《ふんまん》やるかたないという口調だった。「いますぐ、おれと家に帰るんだ」

マージェリーは妹にいばることとしかしない兄と長年暮らしていたから、言いなりにならない術を身につけていた。「先に行っててよ」兄をまったく畏《おそ》れていないわけではないという口調だった。「すぐに追いつくから」

ロロの顔が赤くなった。「いますぐ、と言ったんだ」そして、マージェリーの腕をつかんだ。

ネッドは黙っていられなかった。「その手を離せ、ロロ——おれを怒らせるな」

「やかましい。おれの妹だ、おれの思うとおりにするまでだ」

マージェリーが腕を振りほどこうとしたが、つかむ力が強くなっただけだった。

「やめて、痛いじゃない!」

ネッドは警告した。「おれを怒らせるなと言っただろう、ロロ」暴力は望むところではなかったが、力ずくの無理強いを看過するわけにはいかなかった。

ロロがマージェリーの腕を強く引っ張った。

ネッドはロロのコートをつかんで妹から引き離し、胸を突いた。ロロが後ろへたたらを踏んだ。

そのとき、バートが大理石の階段を上がってくるのが見えた。

ロロが態勢を立て直し、ネッドのほうへ足を踏み出しながら、指をさして言った。

「これから思い知らせてやるからな!」そして、ネッドに蹴りを入れようとした。

蹴りは股間を狙ったものだったが、ネッドは何とか身体をずらして腿で受けた。痛みはあったとしてもほとんど感じず、猛然と腹が立った。両の拳を握ってロロに殴りかかり、頭と胸に三発、四発、五発とパンチを命中させた。ロロは後退しながらも反撃を企てた。彼のほうが背も高く、腕も長かったが、ネッドは怒りで勝《まさ》っていた。

ネッドの耳にマージェリーの悲鳴がぼんやりと聞こえた。「やめて! やめてったら!」

踊り場の端までロロを追い詰めたとき、ネッドは不意に背後から絡《から》め取られるのを感じた。バートだと気づいた瞬間、両腕がまるでロープをかけられたかのように、身体の横にくっついたまま動かせなくなった。バートはネッドやロロよりはるかに大きく、力も強かった。ネッドはむやみやたらともがいたが、バートの腕を振りほどくことができなかった。そして、パンチの嵐《あらし》を浴びることになると不意に気がついた。バートがネッドを動けないようにしておいて、ロロが拳を振るいはじめた。避けようとしたが、身体の自由を奪われていてはどうにもならず、ロロはネッドの顔と腹を容赦なく殴りつづけ、股間を蹴りつづけた。バートが面白そうに笑った。マージェリーは絶叫しながら兄を止めようとしたが、効果はほとんどなかった。どんなに必死だったとしても、マージェリーは小さすぎた。

間もなく、バートは一方的なゲームに飽き、笑うのをやめて、ネッドを脇へ突き飛ばした。倒れ込んだネッドは立ち上がろうとしたが、すぐにはできなかった。片目は塞がっていたが、ロロとバートがマージェリーの腕を左右からつかんで階段を下りていくのを、もう一方の目が捕らえた。

咳《せ》き込むと、血が飛び散った。その血と一緒に歯が一本飛び出して床に転がるのを、無事なほうの目が見ていた。そのあと、ネッドは嘔吐《おうと》した。

全身が痛かった。ふたたび立ち上がろうとしたが、身体が言うことを聞いてくれなかった。冷たい大理石の床に仰向《あおむ》けになり、痛みが去るのを待った。「くそ」ネッドは吐き捨てた。「くそ」

「どこへ行っていたの?」ロロに連れられて帰ってきたとたんに、レディ・ジェーンがマージェリーに訊いた。

マージェリーは大声で訴えた。「お兄さまったら、ネッドを殴ったのよ、バートを使って彼を動けないようにさせておいてね。一体どんな獣《けだもの》なの!」

「落ち着きなさい」母が言った。

「お兄さまを見てよ、拳を撫でているじゃないの——よほど自慢なんだわ!」

ロロが言った。「自慢だとも、正しいことをしたんだからな」

「でも、一人じゃ到底無理だったんじゃないかしらね」マージェリーはロロにつづいて入ってきたバートを指さした。「この人の力を借りなかったらね」

「そんなことはどうでもいいわ」レディ・ジェーンが言った。「あなたに会ってもらいたい人が見えているの」

「いまはだれとも会わない」マージェリーは拒否した。自分の部屋に独りで籠《こ》もる以外、何もしたくなかった。

「いいから、言うとおりにするの」母が命じた。「さあ、ついていらっしゃい」

マージェリーは抗う気持ちが萎えていった。愛する男性が目の前で叩きのめされた。

彼を愛した自分が悪かったのかもしれない。正しいことをする力がわたしにはもうないのではないか。彼女は物憂げに肩をすくめ、母のあとに従った。

二人はレディ・ジェーンの居間――彼女はそこで家事を仕切り、使用人への指示を出していた――へ入った。そこは飾り気がなく、硬い椅子が数脚と、ライティングテーブル、祈禱台があるきりだった。テーブルには、レディ・ジェーンが収集している象牙の聖人像が並んでいた。

そこで、キングズブリッジ司教が待っていた。

ジュリアス司教は痩身《そうしん》の老人で、年齢は六十五歳だが、動きはきびきびとしていた。頭髪はなく、顔は骸骨《がいこつ》のようだと、マージェリーは見るたびに思っていた。淡いブルーの目は知的にきらめいていた。

司教を見て、マージェリーは驚いた。わたしに一体何の用があるのだろう？

レディ・ジェーンが言った。「司教さまがお話があるそうよ」

「坐りなさい、マージェリー」

マージェリーは言われたとおり、椅子の一つに腰を下ろした。

「私はきみが生まれたときから知っている」司教が言った。「きみはキリスト教徒として、良きカトリックとして成長した。ご両親はきみを誇りに思っていい」

マージェリーは黙ったままでいたし、ほとんど司教を見ていなかった。頭のなかで

は、兄が愛しいネッドの顔をしたたかに殴りつけるところが再現されていた。一年に一度、
「きみは祈りを捧げることを怠《おこた》らず、ミサにも真面目に出席している。
罪を懺悔してもいる。神はきみに満足しておられる」
それは本当だった。だが、マージェリーの人生で、それ以外はすべて間違っている
ように思われた――兄は憎むべき存在で、両親は無慈悲で、彼女自身は獣《けだもの》と結婚する
ことになっていた――が、少なくとも神とともにあると感じてはいて、それがいくば
くかの慰めになっていた。
「しかし」司教がつづけた。「きみは教えられたことのすべてを突然忘れてしまった
ようだ」
マージェリーはようやく現実に戻り、憤然と反論した。「いいえ、そんなことはあ
りません」
レディ・ジェーンがたしなめた。「あなたが口を開いていいのは、司教さまがそう
おっしゃったときだけよ。そうでないときは黙っていなさい、まったく生意気なんだ
から」
司教が鷹揚《おうよう》に微笑した。「いいのですよ、レディ・ジェーン。マージェリーが動揺
するのもわかります」
マージェリーは司教を見つめた。彼はキリストの生ける化身であり、キリスト教徒

という羊の群れのために地上に遣わされた羊飼いであり、彼の言葉は神の言葉と同じだ。その彼が一体どんなことでわたしを咎めようとしているのだろう。

司教は言った。「きみは第四の戒めを忘れているらしい」

マージェリーはとたんに恥ずかしくなった。何を言われているのかは明らかだった。彼女は俯《うつむ》いた。

「第四の戒めを言ってみなさい、マージェリー」

マージェリーは口ごもった。「〝汝の父と母を敬え〟です」

「もっと大きな声で、もっとはっきり言いなさい」

マージェリーは顔を上げたが、目は合わせられなかった。「〝汝の父と母を敬え〟です」彼女は繰り返した。

司教がうなずいた。「このひと月、きみはご両親への敬いを怠っていたのではないかな」

マージェリーはうなずいた。事実だった。

「教えられたことを教えられたとおりに行なうのが、きみの聖なる務めだ」

「申し訳ありません」マージェリーは惨めにつぶやいた。

「だが、謝っただけでは十分に悔い改めたことにはならないな、マージェリー。それはわかっているはずだ」

「何をしなくてはならないのでしょう？」

「その罪を終わりにしなくてはならない。きみは従順でなくてはならないのだよ」

マージェリーは顔を上げ、ようやく目を合わせた。「従順、ですか？」

「これは神が欲しておられることだ」

「本当でしょうか？」

「本当だとも」

彼は司教だ。神が何を欲しておられるかを知っている。そして、いまそれを告げたのだ。マージェリーはふたたび俯いた。

「いますぐ、お父上と話してもらいたい」

「どうしても、でしょうか」

「そうしなくてはならないことは、きみもわかっているはずだ。そして、何を言わなくてはならないかもわかっているはずだな」

マージェリーは喉が締めつけられて声を出せなかったが、何とかうなずいた。

司教がレディ・ジェーンに合図し、ドアを開けさせた。サー・レジナルドがそこで待っていて、部屋に入るやマージェリーを見て言った。「それで、どうなんだ？」

「ごめんなさい、お父さま」彼女は謝った。

サー・レジナルドが言った。「では、そのようにすべきだな」

間があった。マージェリーの口が開くのを、彼女以外の全員が待っていた。

ようやく、マージェリーは言った。「バート・シャーリングと結婚します」

「それでこそ私の娘だ」サー・レジナルドが言った。

マージェリーは立ち上がった。「失礼していいですか？」

レディ・ジェーンが言った。「その前に、神の慈悲の道へあなたを引き戻してくださった司教さまにお礼を言うべきではないかしら」

マージェリーは司教に向き直った。「ありがとうございました、司教さま」

「よろしい」レディ・ジェーンが言った。「もういいわよ」

マージェリーは部屋を出た。


月曜の朝、ネッドは窓の向こうにマージェリーを見て、心臓の鼓動が速くなった。

彼は居間にいて、飼っている三毛猫のマディは足で顔を撫でていた。子猫のころはマッドキャップと呼んでいたのだが、いまや老婦人になって、控えめに、しかし気品を漂わせて、飼い主が帰ってきたことを喜んでいた。

ネッドが見ていると、マージェリーは広場を横断してグラマースクールへ向かっていた。週に三日、午前中に、彼女は幼児のクラスで数字と文字、イエスの奇跡を教え、本物の学校へ行く準備をさせていた。一月のあいだはその務めも上の空だったが、ネッドの見たところ、いまは元に戻っているようだった。彼女には、たぶん護衛のつもりなのだろう、必ずロロがくっついていた。

ネッドはこれを待っていた。

恋愛は過去に何度かあり、一度か二度、そうなりそうになったけれども、私通はしていなかった。確かにスーザン・ホワイトとルース・コブリーのことは、時期を違えてとても好きになったことがあった。しかし、マージェリーの場合は、好きになったとたんに別物だとわかった。フィリップ院長の墓の陰でキスをし、身体を撫でるだけでは満足できなかった。もちろん、それも悪くなかったが、もっとゆっくりと長い時間を一緒に過ごし、演劇や絵画、キングズブリッジのゴシップやイングランドの政治について話したかった。あるいは、陽を浴びながら、川岸の草に、二人でただ寝そべっていたかった。

ネッドは何とか我慢したものの、いますぐ外へ飛び出し、市場でマージェリーに声を掛けて、彼女の授業が終わったら話がしたいと告げたかった。

彼は午前中を倉庫で帳簿をつけて過ごした。兄のバーニーは仕事のその部分が嫌いだった――なかなか文字を覚えられず、十二歳まで読めなかった――が、ネッドは好きだった。請求書や領収書、錫鉱石、鉛鉱石、鉄鉱石の量、セビーリャとカレーとアントワープの航海、価格、利益。鵞《が》ペンとインク壺《つぼ》と分厚い帳簿とともにテーブルに向かっていると、ウィラード家が世界を股《また》にかけた事業の一大帝国を形成していることがわかった。

しかし、その帝国も、いまや崩壊の危機にさらされていた。ウィラード家が所有しているもののほとんどはカレーにあり、おそらくはフランス国王に没収されているはずだった。ここキングズブリッジに備蓄されている物資は貴重なものばかりだが、戦争のせいで海峡横断が制限されているあいだは、それを売るのが難しかった。仕事がないせいで、すでに何人かの従業員を解雇しなくてはならなかった。ネッドの帳簿仕事のなかには、キングズブリッジの倉庫にある在庫の種類と総量をまとめ、それで負債を完済できるかどうかを確かめる努力も含まれていた。

どうして片方の目の周囲が黒いのかとたびたび訊かれて、ネッドの仕事はそのたびに中断を余儀なくされた。仕方なく、母に話したとおりのありのままの事実を答えとして提供しつづけた——マージェリーとキスをしたと言って、ロロとバートに殴られたのだ、と。それを聞いてショックを受ける者は、あるいは驚く者すら、一人もいなかった。殴り合いは若者のあいだでは珍しいことではなく、週末とあれば尚更で、月曜の朝に目の周りが黒くなっているのを見るのはありふれたことに過ぎなかった。

祖母は憤慨した。「あのロロは小狡《こずる》い狐《きつね》よ。意地の悪い小さな子供が、いまは悪意しかない大男になっただけだわ。あの男には気をつけなさい」母のアリスはネッドの歯が一本なくなっているのを見て悲鳴を上げた。

陽差しが午《ひる》へと明るさを増すと、ネッドは倉庫を後にして、雪でぬかるんだ大通りを上った。向かったのは自宅ではなく、グラマースクールの入口だった。着くと同時に、大聖堂の鐘が正午を告げた。三年前にこの学校を出たとは思えないほど、自分が年を取ったようにネッドは感じた。当時はあれほど負けるのが嫌で一生懸命取り組んでいた、試験やスポーツを初めとする色々なことが、いまは馬鹿馬鹿しくつまらないことのように思われた。

ロロが市場を横切って学校へ向かってきた。マージェリーを迎えにきたんだな、とネッドは推測した。ロロはネッドを見て驚き、いささかたじろいだようだったが、それでも怒鳴るようにして警告した。「妹に近づくんじゃないぞ」

ネッドはすでに態勢を整えていた。「それなら、そうさせてみろ。この低能野郎が」

「反対の目の周りも黒くしてもらいたいのか」

「やれるもんならやってみろ」

ロロが一歩後退した。「公共の場で騒ぎを起こすつもりはない」

「そりゃそうだろうな」ネッドは嘲った。「いまはあの独活《うど》の大木のバートの助太刀がないんだから、尚更だろうよ」

マージェリーが学校から出てきた。「お兄さま！　まったく、また殴り合いを始める気？」

ネッドは彼女を見つめた。心臓が迫《せ》り上がってきて口から飛び出しそうだった。彼女は身体こそ小さかったが、堂々としていた。顎はつんと上がり、緑の目は昂然と光って、若々しい声は相手に有無を言わせない強さがあった。

「おまえはウィラードのがきと口をきいてはいけないんだ、マージェリー」ロロが言った。「さあ、おれと一緒に帰るんだ」

「でも、わたしは口をききたいの」マージェリーが拒否した。

「おれが駄目だと言ったら、絶対に駄目だ」

「腕をつかむのはやめて、お兄さま」マージェリーが機先を制して言った。「その代わりに、取引しましょうよ。司教館の入口のそばに立っててもらえないかしら。そうすれば、わたしたちの姿は見えるけど、声は聞こえないでしょ？」

「おまえがウィラードに言うべきことなんか何もない」

「馬鹿を言わないで。昨日のことを教えてあげなくちゃならないじゃないの。そのことぐらいはお兄さまだってわかるでしょ？」

「それだけなんだな？」ロロは疑わしげだった。

「約束するわ。彼に伝えるだけよ」

「身体に触れさせるんじゃないぞ」

「さあ、司教館の前で待っててちょうだい」

ネッドとマージェリーが見ていると、ロロは二十歩離れたところで向き直り、真っ赤になって二人を睨んだ。

ネッドは言った。「昨日あったことって何なんだ？　あの殴り合いのあとだろ？」

「わたし、大事なことに気づいたの」マージェリーの目に涙が浮かんだ。

ネッドは嫌な予感がした。「何に気づいたんだ？」

「両親に従順であることが聖なる務めだということによ」

彼女が泣き出した。ネッドはポケットから母が縁取りをして団栗《どんぐり》の刺繍をしてくれたリネンのハンカチを出し、それで涙を拭《ふ》いてやろうとそっと頰に手を伸ばした。が、彼女はそれをひったくると、自分でぞんざいに頰を拭《ぬぐ》って言った。「あなたももう言うことはないわよね？」

「ああ。いや、ある」ネッドは知恵を絞った。マージェリーが心の底から信心深いこと、しかし、情熱的で意志が強いこともわかっていた。「嫌いな男と枕《まくら》をともにするのは罪じゃないのか？」

「罪じゃないわ。教会はそうだとは教えていないもの」

「いや、教えているはずだ」

「あなたたちプロテスタントは、いつも神の戒律を曲げて解釈するのよね」

「ぼくはプロテスタントじゃない！　それがこのことと何か関係があるのか？」

「ないわ」

「彼らはきみに何をした？　何を無理強いしたんだ？　脅されたのか？」

「わたしは自分の務めを思い出したの」

彼女は何かを隠している、とネッドは感じた。「それを思い出させたのはだれだ？　だれなんだ？」

マージェリーがその質問に答えたくないかのようにためらったが、やがて、答えたところで実際の違いはないと思い直したかのように肩をすくめた。「ジュリアス司教さまよ」

ネッドは猛然と腹が立った。「そうじゃない、あの男はきみの両親に恩を売ろうとしていただけだ！　あいつはきみのお父さんの老人版だからな」

「司教さまはキリストの生ける化身よ」

「イエスはだれと結婚しろなんて指示はしないよ！」

「イエスさまはわたしが従順であることを欲していらっしゃるの。わたしはそう信じているわ」

「これは神の意志とは何の関係もないことだ。きみの両親がきみの信仰心を利用してきみを操り、自分たちの望んでいるとおりにしようとしているだけだ」

「あなたがそんなふうに考えるなんて残念だわ」

「きみは本当にバート・シャーリングと結婚するつもりか？　司教にそう言われたという理由で？」

「理由は、神がそれを望んでいらっしゃるからよ。そろそろ行くわ、ネッド。これからは、お互い極力口をきかないのが一番いいんじゃないかしら」

「なぜ？　同じ町に住んでいて、同じ教会に通っているんだぞ――なぜ口をきいちゃいけないんだ？」

「わたしの心が張り裂けそうになるからよ」マージェリーが言い、歩き去った。

4

バーニー・ウィラードは人でごった返すセビーリャの波止場を歩いていた。イングランドからの船が朝の上げ潮に乗ってグアダルキビール川を上ってこないか、確かめるためである。ディック叔父がいまも生きているかどうかを、ウィラード家がすべてを失ってしまったかどうかを、何としても確かめたかった。

冷たい風が川を吹き下っていたが、空は真っ青に晴れていて、日焼けした顔に朝陽が暑かった。これを知ってしまったら、湿気が多く、雲に覆われがちな、寒くて陰鬱《いんうつ》なイングランドの気候にふたたび慣れるのは難しいように思われた。

セビーリャは川が湾曲した部分の両側に造られたスペイン最大の町で、湾曲した部分の内側は泥と砂の広い浜が水際から上り傾斜になって硬い土地へとつづき、そこに家や屋敷、教会が数千軒、ひしめくように密集していた。

浜は人、馬、牛で溢れ、船から荷物を下ろしたり、船に荷物を積み込んだりする作業が忙しく、売り手と買い手が声を張り上げての価格交渉に余念がなかった。バーニーは舫《もや》われている船を調べながら、人々の会話に耳を澄ました。イングランド人なら母音を強調し、子音を控えめに発音する話し方でそうとわかるはずだった。船で海に出ているときほど幸せを感じることはなかった。船には心を浮き立たせる何かがあった。食料も悪く、水も悪く、トイレも臭かったし、嵐も恐ろしかったが、それでも、海を愛していた。風を一杯に帆に受けて勢いよく波を突っ切るときの胸の高鳴りと興奮は、女と寝るときのそれと同じか、ほとんど同じだった。

水際には船が肩を寄せ合うようにして、まるで町の家並みのようにぎっしりと並び、みな船首を岸に正対させて舫われていた。バーニーはコーム・ハーバーの船着場をよく知っていて、そこでは忙しい日でも五隻《せき》か六隻しかいなかったが、セビーリャでは常時五十隻が舫われていた。

バーニーには早い時間に波止場を訪ねる、実際的な理由があった。彼は製鉄業を営んでいる、又従兄弟のカルロス・クルースと暮らしていた。セビーリャは国王フェリペ二世のいつ終わるかわからない戦争のための武器を製造していて、常に鉄が不足していた。カルロスはバーニーの母が輸出する金属——砲弾を造るためのメンディップ・ヒルズの銅、船に積む食料を収める樽や台所用品を造るためのコーンウォールの鉱山の錫、そして、何より重要な鉄鉱石——をすべて買っていた。しかし、それらは彼女だけでなく、南イングランドや北スペインからも船で持ち込まれていて、カルロスはそれも買う必要があった。

バーニーは足を止め、いま着いたばかりの、慎重に係留場所へ入ろうとしている船を見た。目に馴染みがあり、希望が頭をもたげた。全長百フィート、幅二十フィートのほっそりとした形は、高速での航海を望む船長たちに人気があった。排水量は百トンぐらいか、とバーニーは推測した。三本のマストを持ち、推進力を得るための合計で五つの四角い帆と、真ん中のマストには運動性をよくするための大三角帆を備えていて、おそらくは敏捷《びんしょう》な船であるはずだった。

キングズブリッジのフィルバート・コブリーが所有する〈ホーク〉かもしれないとバーニーは考え、水夫たちがイングランド語で呼び合うのを聞いて、間違いないと確信した。禿頭《はげあたま》が赤銅《しやくどう》色に焼け、髯が金色の、年のころ四十ぐらいの小男が浅瀬を浜へと向かってくるのを見て、ジョナサン・グリーンランドだとわかった。一等航海士としてたびたびベーコン船長と航海をともにしている男である。

バーニーはジョナサンが浜の深く打ち込まれた杭《くい》にロープを結ぶのを待った。ジョナサンのような男は、キングズブリッジへ帰って大聖堂の向かいのウィラード家に行けば、ワインの一杯や二杯に必ず与ることができた。アリス・ウィラードがどこであれその土地の情報を貪欲《どんよく》に吸収しようとしていたからである。バーニーは子供のころ、ジョナサンの話を聞くのが大好きだった。彼はアフリカ、ロシア、新世界のことを、いつも日が照っているところ、雪が決して解けることのないところのことを語ってくれた。物の値段と政治の報告には、裏切り、海賊行為、暴動、強奪の物語がちりばめられていた。

バーニーのお気に入りの物語は、ジョナサンがどんなふうにして船乗りになったか、だった。十五のとき、土曜の夜にコーム・ハーバーの〈愉快な船乗り《ジョリー・セイラー》〉で酔っぱらい、翌朝目が覚めたら沖合三マイルのところにいてリスボンを目指していた。それから四年、イングランドを見ることはなかったが、ようやく帰ってきたときには、家を一軒買えるだけの金を持っていた。ジョナサンがそれを繰り返し語ったのは教訓としてだったが、子供のバーニーには素晴らしい冒険譚《たん》でしかなく、自分にもそういうことが起こってほしかった。二十歳になったいまも、海は依然として刺激的だった。

〈ホーク〉がしっかりと係留されると、二人は握手をした。「イヤリングなんかしてるんだ」ジョナサンが意外そうな笑みを浮かべて言った。「異国に馴染んだってわけだな。スペイン風か？」

「いや、そうじゃなくて」バーニーは応えた。「どっちかというとトルコ風かな。まあ、おれの気紛れですよ」本当の理由はロマンティックに見せてくれるからであり、女の子の関心を引けるからだった。

「セビーリャは初めてなんだが」ジョナサンが訊いた。「どんなところだ？」

「おれは大好きですよ。ワインはしっかりしていてうまいし、女の子はきれいだ」バーニーは答えた。「ところで、ウィラード家について何か情報はありませんか？　カレーでは何があったんです？」

「ベーコン船長がお母さんからおまえに宛《あ》てた手紙を預かってきている。だが、わかっていることは多くない。信頼できる情報をいまも待っているところなんだ」

バーニーはがっかりした。「カレーのイングランド人が慈悲を持って待遇され、そこで暮らして働きつづけるのを認められているのなら、いまごろは何らかのメッセージを送ってきているはずでしょう。待つのが長くなればなるほど、彼らが投獄されたか、あるいはもっと過酷な目にあわされた可能性が高くなるんじゃないのかな？」

「みんな、そう言ってるよ」そのとき、〈ホーク〉の甲板からジョナサンを呼ぶ声があった。「そろそろ船に戻らなくちゃ」彼が言った。

「カルロスが鉄鉱石を必要としてるんだが、積んでるんですか？」

ジョナサンが首を横に振った。「今回の積荷は全部羊毛だ」ふたたび、待ちきれないといった声がジョナサンを呼んだ。「あとで手紙を持ってきてやるよ」

「そのときに一緒に飯を食いましょう。おれたちはここからすぐ近くにいて、そこからは町の煙が全部見えるんです。エル・アレナルというところで、砂場って意味なんだが、そこで国王の武器が造られてるんですよ。カルロス・クルースを訪ねてください」

ジョナサンがロープをよじ登り、バーニーはその場を離れた。

彼からのニュースには、というか、情報がないことには驚かなかったが、落胆はしていた。母は長年、最善を尽くして家業を大きくしてきた。そのことを思うと腹が立ったし、すべてが盗まれてしまうかもしれないと思うと悲しかった。

港の巡回を終えたとき、買うべき鉄鉱石は見つかっていなかった。トリアナ橋で引き返し、今日の仕事を始めるために家を出た人々が忙しく行き交う、曲がりくねった狭い通りを歩いていった。セビーリャはキングズブリッジより富んでいるが、その割には人々に活気がないように見えた。スペインは世界一裕福な国ではあるが、世界一保守的でもあった。贅沢《ぜいたく》な服装は法に触れ、金持ちは黒ずくめで、貧乏人は洗いざらした茶色をまとっていた。皮肉だな、とバーニーは思った。カトリック原理主義とプロテスタント原理主義はそっくりじゃないか。

一日のうちで、町を歩くのに最も危険でない時間だった。泥棒も掏摸《すり》も朝は大抵寝ていて、彼らが一番仕事をしやすい時間は午後と夕刻、人々がワインのせいで気を許しているときだった。

ルイス家が近くなると、バーニーは足取りを緩めた。壮大な煉瓦造りの新築で、メイン・フロアである二階には四つの大きな窓が並んでいた。一日の遅い時間になると、それらの窓が格子戸で覆われ、太りすぎでいつも喘《あえ》いでいるセニョール・ペドロ・ルイスが、格子戸の奥に葦《あし》の繁みのヒキガエルよろしく坐って、網のかかった格子戸越しに行き交う人々を監視するのだ。が、この早い時間ではまだ彼は眠っていて、窓も格子戸も朝の涼しい空気を取り入れるためにすべて開け放たれていた。

顔を上げると、見たかったものが垣間見えた。セニョール・ルイスの娘、十七歳のヘロニマである。バーニーはさらに足取りを緩めて彼女を見つめ、白い肌、波打つ黒髪、そして何よりも、黒い眉で強調されている、大きな茶色のきらきら輝く目を楽しんだ。彼女もバーニーに気づき、微笑しながら小さく手を振ってくれた。

育ちのいい娘は窓際に立ったりしないことになっていて、通りかかった男の子に手を振るなど論外だから、見つかったら大問題になるはずだった。だが、彼女は毎朝、この時間に、その危険を冒していた。そして、それが彼女にとって精一杯の好意の表わし方だということをバーニーはわかっていたし、ぞくぞくするほど嬉しくもあった。

家の前を通り過ぎると、ふたたび踵を返して引き返した。相変わらず口元は緩んでいた。とたんにつまずいて危うく転びそうになり、顔をしかめると、彼女が赤い唇を手で隠してくすくす笑った。

ヘロニマと結婚することは頭になかった。二十歳で結婚は考えられなかったし、仮に考えていたとしても、その相手がヘロニマだと断言する自信はなかった。だが、彼女のことは知りたかったし、だれも見ていないときに触ってキスをしたかった。しかし、スペインはイングランドよりも女の子に対する監督が厳しく、彼女にキスを投げたときも、いつか本物のキスができる確信はなかった。

そのとき、彼女が名前を呼ばれでもしたかのように振り返り、直後にいなくなってしまった。バーニーは仕方なく、そのまま歩きつづけた。

カルロスの家は遠くなく、想いは愛から朝食へいそいそと移っていって、バーニーはそれが少し後ろめたかった。

クルース家は、幅広のアーケードが、仕事場になっている中庭まで伸びていた。中庭の壁際に鉄鉱石、石炭、石灰が粗い木の板で仕切られて積み上げられ、一方の隅に一頭の牛が繋がれて、中央に溶鉱炉があった。

カルロスのアフリカ人奴隷《どれい》のエブリマ・ダボが、火を焚《た》いてその日の最初の作業の準備をしていて、秀でた黒い額が汗で濡れていた。バーニーはイングランドでアフリカ人を見ていたし、特にコーム・ハーバーのような港湾都市では珍しいことではなかったが、彼らはみな自由民だった。イングランドの法律では奴隷を持つことを強制されなかったが、スペインでは違っていた。セビーリャには何千人もの奴隷がいて、バーニーの推測では、人口の一割が奴隷だった。アラブ人、北アフリカ人が多かったが、数は少ないけれどもアメリカ先住民や、エブリマのような西アフリカのマンディンカ地方の出身者もいた。バーニーは言葉を覚えるのが早かったから、マンディンカの言葉をいくつか、すでにものにしていた。エブリマが「イ・ベ・ニアーディ」と人々に挨拶しているのを聞いたことがあったが、それは「お元気ですか？」という意味だった。

カルロスは家の入口に背中を預けて立ち、新しく造られた煉瓦の構造物を観察した。別のタイプの溶鉱炉があることは聞いて知っていた。上から鉄鉱石と石灰を入れ、下から強い風を送り込むというものである。三人とも実際に見たことはなかったが、それでも実験炉を試作中で、時間があるときはその作業をつづけていた。

バーニーはカルロスにスペイン語で報告した。「今朝、港へ行ってみたが、鉄鉱石は入ってきていなかったよ」

カルロスの頭は新しい溶鉱炉のことで一杯のようで、縮れた黒い髯を掻きながら言った。「一頭の牛で複数の鞴《ふいご》を動かす、新しい方法を見つけなくちゃならんな」

バーニーは眉をひそめた。「その方法は思いつかないが、金があるんなら、もう一頭手に入れればいいんじゃないか。そうすればどんな鞴でも動かせるだろう」

二人の話を聞いていたエブリマが言った。「鞴を二つにするんです。風をなかへ送り込む役目のものと、外へ送り出す役目のものと」

「なるほど、そいつは名案だな」カルロスが言った。

中庭の家に近いところに調理区画があり、カルロスの祖母が深鍋《ふかなべ》を掻き混ぜながら言った。「さあ、手を洗いなさい、子供たち。用意ができたわよ」彼女はバーニーの大叔母で、彼はベッツィ叔母と呼んでいたが、セビーリャではエリサで通っていた。心根は優しかったが美人ではなく、曲がった大きな鼻が顔を支配していた。背中は広く、手も足も大きかった。六十五歳はそれなりの年齢だが、いまも豊満な身体を持ち、活動的だった。キングズブリッジにいる祖母がベッツィ叔母についてこう言っていたのを、バーニーは思い出した——「子供のころの妹はちょっとやんちゃでね、それでスペインへ行かされたのよ」

それは想像しにくかった。いまのベッツィ叔母は慎重で賢く、バーニーにもこう忠告していた——ヘロニマ・ルイスはまったく自分のことしか頭にないから、間違いなくおまえより金持ちの男と結婚するだろう、と。

母親が自分の命と引き換えに生んだカルロスを育てたのはベッツィだった。彼の父親は一年前、バーニーが到着する何日か前に世を去っていた。男たちはアーケードの一方の側に住み、ベッツィは自分の場所を持っていて、家のもう一方の側を独り占めしていた。

テーブルは中庭にあった。よほど寒い日でない限り、昼は外にいるのが普通で、彼らは玉ねぎと一緒に料理された卵と白パン、瓶に入った薄いワインを前に腰を下ろした。一日じゅう重労働をしている強い男たちで、食べる量も多かった。

エブリマも一緒にテーブルに着いた。富裕な一家の大きな所帯では、奴隷は主人とは絶対に一緒に食事をしなかったが、カルロスは自分の手を使って仕事をする職人で、エブリマは彼の隣りで同じく苦労をしていたからだ。だが、エブリマは常に一歩引き下がっていて、対等だという素振りも見せなかった。

新しい溶鉱炉についてのやりとりでエブリマが賢い意見を口にしたことにバーニーは感心し、食事をしながら訊いた。「製鉄に詳しいんだな。カルロスのお父さんに教えてもらったのか？」

「父が鉄を造っていたんです」エブリマが言った。

「何だって！」カルロスが驚きの声を上げた。「アフリカ人が鉄を造るなんて、想像したこともなかったな」

「私たちだって、戦争をするときには剣が必要ですからね」

「そりゃそうだ。それなら……どうして奴隷になったんだ？」

「隣りの王国との戦争で捕虜になってしまったんです。私が生まれたところでは、戦争で囚《とら》われた者は奴隷になり、勝者の側の畑で働くのが普通なんですよ。しかし、主人が死んでしまい、未亡人は私をアラブ人の奴隷仲買人に売ってしまいました……そして、長い旅をしてセビーリャへきたというわけです」

エブリマの過去を聞いたのは初めてで、バーニーは好奇心が頭をもたげた。エブリマは故郷へ帰りたくないのか？　それとも、セビーリャのほうがいいのか？　四十ぐらいに見えるが、奴隷にされたのはいつだろう？　家族が懐かしくないのか？　そのとき、エブリマが言った。「質問してもかまいませんか、ミスター・ウィラード？」

「もちろん」

「イングランドに奴隷はいるんでしょうか？」

「それほどでもないかな」

エブリマがためらった。「それほどでもない、とはどういう意味でしょうか？」

バーニーは少し考えてから答えた。「おれの故郷のキングズブリッジに、ロドリゴというポルトガル人の宝石商がいる。彼はいい生地、レース、シルクを買い、それらに真珠を縫い込んで、頭飾り、スカーフ、ヴェールといった派手な衣装関係の装飾品を作り、女たちがそれらに飛びつくというわけだ。西イングランドじゅうの金持ちの女房どもが、それらを買いにやってきている」

「それで、彼は奴隷を持っているんですか？」

「彼は五年前にキングズブリッジにきたんだが、そのとき、アフメドというモロッコ人の馬番を連れていた。彼は動物に詳しく、そのことがキングズブリッジじゅうに知られて、みんなが彼に金を払って自分の馬を診てもらうようになった。しばらくしてロドリゴがそのことに気づき、その金を自分に差し出せとアフメドに要求するようになった。しかし、アフメドはその要求に応じなかった。ロドリゴは四季裁判所へ訴えて出て、アフメドは自分の奴隷だから金は自分のものだと主張した。しかし、ティルベリー判事の下した判決はこうだった――〝アフメドはイングランドの法を犯していない〟。というわけで、ロドリゴは敗訴し、アフメドは金を自分のものにしつづけた。いま、彼は自前の家を持ち、獣医として大成功しているよ」

「では、イングランドでは奴隷を持つことはできるけれども、その奴隷が逃げ出したとき、所有者は彼を無理矢理連れ戻すことができないということでしょうか？」

「そういうことだ」

エブリマがこの話に明らかに興味を持ったように、バーニーには思われた。もしかすると、イングランドへ行き、自由民になることを夢見ているのかもしれない。

そのとき、会話が中断した。カルロスとエブリマが突然緊張し、入口のアーケードのほうを見た。

バーニーが二人の視線を追っていくと、三人の男が近づいてくるのが見えた。先頭は背は低いけれどもがっちりした体格で、いい服を着て、脂で固めた髭を蓄えていた。その左右を一歩か二歩遅れて、先頭の男より背は高いがそんなにいい服を着ているわけではないところからすると使用人か用心棒のように見える、二人の男が従っていた。

バーニーはその三人を見たことがなかったが、どういう種類の人間かは見当がついた。暴力を厭わない荒くれ者だ。

カルロスが慎重に、嫌悪も好意も表わさない口調で言った。「サンチョ・サンチェス、おはようございます」

「カルロス、わが友よ」サンチョが応えた。

友人同士のようには、バーニーには見えなかった。

ベッツィ叔母が立ち上がった。「どうぞ、お坐りになって、セニョール・サンチェス」言葉は歓迎していたが、口調は冷ややかだった。「朝食はいかが？」

「いや、飯は結構、セニョーラ・クルース」サンチョが言った。「ワインを一杯もらおうか」そして、ベッツィ叔母の席に腰を下ろした。

連れの二人は立ったままだった。

サンチョが鉛と錫の値段についての話を始め、バーニーは彼も鉄を造っているのだろうと考えた。サンチョは話題をフランスとの戦争へ、さらに、この町を全滅させようとしていて金持ちも貧乏人も同じように命を取られるという、震えをともなう伝染性の熱病へ進めていった。カルロスは堅苦しく応対した。だれも朝食に手をつけなかった。

サンチョがようやく本題に入り、相手を下に見て労《ねぎら》うときの口調で言った。「おまえはよくやっている、カルロス。親父さんが亡くなったとき——彼の魂の安らかならんことを——、おまえ一人でこの事業をやっていけるとは、私は思わなかった。おまえは二十一になっていたし、見習い期間が終わっていたから、やってみる資格はあった。だが、失敗するだろうと私は踏んでいた。おまえは私たち全員を驚かせてくれたよ」

カルロスがやはり慎重に、嫌悪も好意も表わさずに応えた。「それはどうも」

「私は一年前、おまえの事業を百エスクドで買うと申し出た」

カルロスが背筋を伸ばし、肩を張って、顎を上げた。

サンチョがまあ待てと言うように手を上げた。「安いのはわかってる。だがあのときは、親父さんがいなくなったんだから百エスクドが妥当だと考えたんだ」

カルロスは冷ややかに応じた。「あれは侮辱でしかありませんでしたよ」

用心棒二人が身構えた。侮辱という言葉はあっという間に暴力に移行する可能性があった。

バーニーの見たところでは、サンチョは柔らかな物腰を、あるいはできる限りそれに近い物腰を保とうとしているようだった。そして、カルロスの事業を安く見積もったことを詫びはしないものの、カルロスが自分を軽んじているのを許すかのような口調で言った。「おまえがそう感じるのはわかる。だが、私には息子が二人いて、それぞれに事業をやらせてやりたいと思っている。それで、今回は千エスクドを払う用意をしてきた」そして、カルロスは計算ができないかのように付け加えた。「最初の申し出額の十倍だ」

カルロスが言った。「それでもまだ安すぎますね」

バーニーは初めてサンチョに向かって口を開いた。「次男に新しい溶鉱炉を造ってやればいいんじゃないかな」

サンチョが小馬鹿にするような目で、まるでそこにいるのに気づかなかったかのようにバーニーを見た。自分が話しかけるまで黙っていろと言っているかのようだった。その質問にカルロスが答えた。「スペインでは大半の産業がそうなんだが、鉄の製造は〝組合〟に管理されている。イングランドのギルドのようなものだが、もっと保守的で、そこが溶鉱炉の数を制限しているんだ」

サンチョが言った。「規則が高い水準にあるおかげで、いかさまな事業者の参入が排除されている」

バーニーは言った。「その規則のおかげで、値段が高止まりしているんじゃないんですか」

カルロスが付け加えた。「サンチョはセビーリャ製鉄組合の理事なんだ、バーニー」

サンチョはバーニーに関心がないようだった。「カルロス、わが友、わが隣人、簡単な質問に答えてくれるだけでいいんだ。いくらなら私の申し出を受けてもらえるのかな?」

カルロスが首を横に振った。「ここは売り物じゃありません」

サンチョが腹立ちまぎれに言い返したいのを何とかこらえ、無理矢理に笑顔を作った。「千五百ならどうだろう?」

「一万五千でも売るつもりはありません」

バーニーはベッツィ叔母の表情が強ばったことに気がついた。明らかにサンチョを恐れていて、カルロスの敵になるのを心配しているのだった。

カルロスもそれに気づき、声を和らげた。「でも、そういう申し出をしてもらったことはありがたいと思っていますよ、隣人のサンチョ」いい試みではあったが、心からのものには聞こえなかった。

サンチョが本性を露わにした。「後悔することになるかもしれんぞ、カルロス」

カルロスの声が軽蔑に変わった。「よくもそんなことが言えるもんですね、サンチョ。ほとんど脅しにしか聞こえませんよ」

そうだとも、そうでないとも、サンチョは答えなかった。「事業がうまくいかなくなったら、結局は私の申し出を受けておくべきだったと後悔することになるんだぞ」

「その危険は引き受けます。では、そろそろ仕事にかからなくちゃならないんで。国王の兵器係が鉄を必要としているんでね」

話は終わりだと言われてさらに怒りを募らせ、サンチョが立ち上がった。

ベッツィ叔母が言った。「ワインがお口に合ったのならいいんですけど――うちで一番のワインなんですよ」

ただの女のただの挨拶代わりの言葉などにわざわざ答えるまでもないとばかりに彼女を無視して、サンチョはカルロスに言った。「近いうちにまた話すことになるな」

カルロスは皮肉な切り返しを口にしたいのをこらえ、黙ってうなずくにとどめた。

引き上げようとしたサンチョが新しい溶鉱炉に気づいて言った。「あれは何だ？溶鉱炉を増設してるのか？」

「前のが古くなったんで、取り替える必要があるんです」カルロスが立ち上がった。

「ご足労でした、サンチョ」

サンチョは動かなかった。「古いと言ったって、全然大丈夫に見えるがな」

「新しい溶鉱炉が完成したら、古いのは取り壊します。あなた同様、おれも規則は重々承知していますからね。では、失礼」

「新しいほうは一風《いっぷう》変わって見えるな」サンチョは執拗《しつよう》だった。

カルロスは苛立ちを隠さなかった。「伝統的な設計に改良を加えているんですよ。組合の規則も、それがいけないとは言っていないでしょう」

「かっかするな息子よ、質問しているだけだ」

「私は失礼すると言っているだけです」

サンチョはカルロスの無礼に機嫌を損ねる様子も見せず、新しい溶鉱炉をたっぷり一分、見つめてから帰っていった。用心棒の二人があとに従ったが、彼らは終始口を開かなかった。

サンチョに声が届かなくなると、ベッツィ叔母が言った。「敵に回すと厄介な男よ」

「わかってる」カルロスは答えた。


その夜、エブリマはカルロスの祖母と寝た。

カルロスとバーニーは男たちが住んでいる側の二階のベッドで、エブリマは一階のマットレスで眠ることになっていた。今夜、エブリマは三十分耳を澄まして家が静まり返っていることを確信すると、エリサの側へとこっそり中庭を渡った。彼女を愛しているわけではないし、これからもそれはないだろうと思われたが、望みを叶えてやるのにやぶさかではまったくなかった。

ことがすみ、エリサがうとうとしはじめると、エブリマは最初のときのことを思い返した。

奴隷船でセビーリャへ連れてこられ、カルロスの父親に買われたのが十年前だった。

エブリマは孤独で、故郷が恋しくてたまらず、絶望していた。ある日曜日、ほかの全員が教会へ行っているとき、カルロスの祖母——バーニーはベッツィ叔母さんと呼び、エブリマはエリサと呼んでいた——が、寂しくて泣いているエブリマをたまたま見つけた。エブリマがびっくりしたことに、彼女は彼の涙を唇で拭い、自分の柔らかな胸に彼の顔を引き寄せた。人の愛に飢えていた彼は、貪るようにして彼女と身体を合わせた。

自分をエリサが利用していることはわかっていた。彼女のほうはいつでもこの関係をやめることができたが、エブリマのほうからはできなかった。だが、エブリマが抱くことのできるのは彼女一人だった。故郷を離れて十年、寂しさをかこつエブリマに、彼女は慰めを与えてくれていた。

彼女が鼾《いびき》を掻きはじめると、エブリマは本来の自分の寝場所へ帰った。

毎晩、眠りにつく前、エブリマは自由民になることを考えた。家を持ち、妻を持ち、子供も持つかもしれない。想像のなかでは、ポケットには自分の仕事で稼いだ金があり、お下がりの古着ではない、自分で選んで自分で金を払った服を着ていた。自分が出たいときに家を出て、自分が帰りたいときに帰る。それを咎めて鞭打つことはだれにもできない。いつもこの夢を見ながら眠りたいと願い、ときどきそうなることがあった。

数時間眠り、夜明けとともに起きた。日曜だから、もう少ししたらカルロスと教会へ行き、夜は自由民になったアフリカ人奴隷が経営する居酒屋へ行き、チップで稼いださささやかな金で博奕《ばくち》をするのがお定まりだったが、今日は私的な用があった。エブリマは服を着て、家を出た。

町の北の門を抜け、川に沿って流れを遡《さかのぼ》った。徐々に陽が高く、力強くなっていった。一時間後、以前もきたことのある、人気《ひとけ》のないところに着いた。そこは川が木立で縁取られていて、エブリマが水の儀式をする場所だった。

だれにも見られたことはなかったが、水浴びをしているようにしか見えないのだから、見られたとしてもどうということはないはずだった。

エブリマは磔《はりつけ》にされた神を信じていなかった。信じている振りはしていたが、そのほうが生きやすいからに過ぎなかった。スペインでキリスト教徒として洗礼を受けてはいたが、彼は馬鹿ではなかった。ヨーロッパ人はありとあらゆるものに霊が存在することに気づいていない。霊は鷗にも、西風にも、オレンジの木にも宿っている。なかでも強いのが川の神の霊だ。エブリマはそう確信していたが、それは彼が川の縁の村で育ったからだった。これはその川ではなかったし、生まれ故郷からどれだけ遠く離れているのかもわからなかったが、そこにいる神は同じだった。

聖なる言葉をつぶやきながら水に入ると、魂に安寧《あんねい》が訪れ、エブリマは深いところにとどまっている記憶がよみがえってくるに任せた。そして、父――溶けた鉄のせいでたまたま負った黒い火傷《やけど》の痕《あと》が褐色の肌に残っている強い男――のこと、胸を剝き出しにしたまま畑に野菜の種をまく母親のこと、赤ん坊を抱いた妹のこと、男になるところを見ることはないだろう甥《おい》のことを思い出した。その誰一人としてエブリマが暮らしている町の名前を知らないだろうが、全員が同じ霊を崇敬しているはずだった。悲しみのなかで、川の神はエブリマの魂を癒《いや》してくれた。儀式が終わりにくると、神は最後の贈り物を与えてくれた。強さである。エブリマは水を滴《したた》らせながら川から上がると、高くなった陽を見上げて確信した――もうしばらくは辛抱できる。

日曜、バーニーはカルロス、ベッツィ叔母、エブリマと一緒に教会へ行った。おれたちは珍しいグループだな、とバーニーは思った。カルロスは髯面でがっちりした肩を持っていたが、一家の柱としては若く見えた。ベッツィ叔母は年を取っているようにも、若くも見えなかった。髪には白いものが増えていて、しかし、女性らしい姿形を保っていた。エブリマはカルロスのお下がりを着ていたが、背筋はぴんと伸びて、どうにかこうにか教会にふさわしいきちんとした身なりに見えた。バーニー自身はウイラード一族の印である鳶色の髯と金褐色の目を持ち、イヤリングは人、とりわけ若い女性が驚きの目を走らせる――それがイヤリングをしている主たる理由だったが

――ぐらい珍しかった。

セビーリャの大聖堂はキングズブリッジのそれ以上に大きく、スペインの聖職者たちが途方もない富を持っていることを映していた。尋常でない高さの中央身廊は左右に二本の側廊を従え、さらに二列の脇礼拝堂を備えて、建物そのものの幅と長さがほとんど同じぐらいあるように見えた。町のほかの教会のどれであれ、そのなかに易々《やすやす》と収まってしまうはずだった。千人もの人々がそれぞれ小グループに分かれ、高い祭壇の前に集まっていた。祈禱書に対する彼らの反応の声が頭上の丸天井へと吸い込まれていった。祭壇背後の飾りは巨大そのもので、多種多様な細かい細工を施した彫り物は、作業が始まって七十五年が経つというのにまだ完成に至っていなかった。

ミサは魂を浄《きよ》める機会であり、有益な社交行事でもあった。全員が必ず――主導的市民は特に――出席しなくてはならなかった。ここでなければ会うことのないだろう人々と話すチャンスだからである。きちんとした家の娘が独身の男と話したとしても、そこであれば悪い評判が立つこともなかった。もっとも、両親はしっかり目を光らせていたが。

カルロスは毛皮の襟の新しいコートを着ていた。今日こそバレンティナ・ビラベルデの父親と話すつもりだ、とカルロスはバーニーに告げていた。カルロスはバレンティナに首ったけだったが、公にするのを一年ためらっていた。父親がいなくなったあとの事業を成功させられるかどうか、実業界が見ているのをわかっていたからである。しかし、もう十分に待ったと、いまのカルロスは感じていた。彼が成功したと人々が認めたことを、そして、少なくともそのなかの一人がその成功を横取りしようと考えていることを、サンチョの来訪が物語っていた。バレンティナに求婚するにはいいタイミングだった。受けてもらえれば、愛する女性を妻にできるだけでなく、セビーリャの中枢を為す一族と親戚にもなるわけで、それはサンチョのような禿鷹《はげたか》から護られるということでもあった。

大聖堂の西の大扉を入ったとたんにビラベルデ一家に出くわした。カルロスはフランシスコ・ビラベルデに丁重に頭を下げ、バレンティナに心を込めて微笑した。彼女は金髪で薄桃色の肌を持ち、スペインというよりイングランドの娘のようにバーニーには見えた。彼女と結婚したら、とカルロスはこっそりバーニーに打ち明けていた。高くて涼しい、噴水付きの家を建て、陽が彼女の頬を焼かないよう、庭にたくさん木を植えて陰がたっぷりできるようにするんだ。

バレンティナが嬉しそうに微笑みを返した。父親と兄、そして母親が厳重に娘を護っていたが、彼らをもってしても、彼女がカルロスを見て喜びを露わにするのまでは止めることはできなかった。

バーニーはバーニーで、探し求めている女性がいた。彼はそこに集まっている人々を見渡し、ペドロ・ルイスと娘のヘロニマを見つけた——母親はすでに世を去っていた。会衆を掻き分けて父娘のところへ行き、自宅から大聖堂までの短い距離を歩いただけで息を切らせているペドロ――地球が太陽の周りを回っているのであって、その逆ではないということがあり得るかどうかをバーニーと話せる、頭のいい人だった――にお辞儀をした。

が、バーニーは父親の頭のなかにあることより娘のほうに興味があり、百本の蠟燭を一度に灯した笑みをヘロニマに送った。彼女も笑みを返してくれた。

「礼拝を執《と》り行なうのはあなたの父上の友人のロメロ助祭長なんだってね」と、バーニーは言った。ロメロは聖職者としての昇任の梯子を順調以上に順調に上っていて、フェリペ国王に近いと言われていた。バーニーはロメロが足繁《しげ》くルイス家を訪ねていることを知っていた。

「父は助祭長と神学論議をするのが好きなの」ヘロニマが言い、嫌悪を顔に表わして小声で付け加えた。「あの助祭長、わたしを悩ませているのよね」

「ロメロが？」バーニーはこっそりペドロをうかがったが、彼は隣人に会釈をしているところで、娘から一瞬目を離していた。「悩ませるって、どういう意味で？」

「わたしが結婚したあとも友だちでいたいって言って、わたしの首に触るの。ぞっとして鳥肌が立つわ！」

あの助祭長、ヘロニマに罪深い欲望を抱いているに違いない。バーニーはそう思いながらも、一方で同情した。なぜなら、自分も同じ欲望を抱いていたからだ。だが、それを口にするほど無分別ではなかったから、こう言ってごまかした。「何ていやらしい好色な坊主なんだ」

そのとき、説教壇へ上るドミニコ会士の、白いローブに黒いクローク姿が目に留まった。説教が始まろうとしていたが、バーニーはその人物に見憶えがなかった。長身瘦軀《そうく》で、肌は白く、まっすぐな髪が驚くほど豊かだった。年の頃は三十ぐらいか、大聖堂で説教をするには若かった。祈りが始まってバーニーは気づいたのだが、その聖職者は至高の法悦の境地にあるらしく、心底からの口調でラテン語を発し、目を閉じて天を仰ぐその様子は、長たらしい仕事を嫌々しているようにしか見えない大半の僧侶と対照的だった。「あれはだれだ？」バーニーは訝った。

ペドロが自分の娘に好意を持っている若者を見て答えた。「アロンソ神父、新しい審問官だ」

カルロス、エブリマ、ベッツィの三人が、説教者を間近に見ようと前に出てきて、バーニーの隣りに立った。

アロンソが冬のあいだに数百人もの死者を出した、震えをともなう熱病の話を始めた。それは神が下された罰である、と彼は言った。セビーリャの人々はそこから教訓を学び、自分たちの良心を検証しなくてはならない。これほどに神の怒りを買うことになった、どんなひどい罪を自分たちが犯したかを。

その罪とは、とアロンソは自ら答えを提出した。自分たちの周囲にいる異教徒に寛容であることだ。若い聖職者は熱を帯びた声で、異教徒がいかに神を冒瀆しているかを列挙していった。そして、〝ユダヤ教〟、〝イスラム教〟、〝プロテスタント〟という言葉を、口のなかに腐ったものでもあるかのようにして吐き捨てた。

しかし、彼はだれのことを言っているのか、とバーニーは訝った。彼はスペインの歴史を知っていた。一四九二年、カトリックを信じる君主、フェルディナンドとイザベラは、スペインのユダヤ教徒に最後通牒《つうちょう》を突きつけた――キリスト教に改宗するか、さもなくばスペインを出るか。後に、イスラム教徒も、同様の容赦ない選択を強要された。それ以来、すべてのシナゴーグとモスクは教会に変えられた。バーニーはスペイン人プロテスタントに――知る限りでは――会ったことがなかった。

その説教はバーニーには大袈裟《おおげさ》な戯言《たわごと》でしかなかったが、ベッツィ叔母はトラブルの臭いを感じ取り、小声で言った。「まずいわね」

カルロスが応えた。「どうして？　セビーリャに異教徒はいませんよ」

「魔女狩りを始めるとしたら、魔女を見つけなくちゃならないでしょう」

「いない異教徒をどうやって見つけられるのかな？」

「周囲を見てごらんなさい。彼らはエブリマをイスラム教徒だと言うわよ」

「エブリマはキリスト教徒ですよ」カルロスが抵抗した。

「いいえ、彼らはこう言うわね——エブリマは元々信じていた信仰に戻っていて、それは棄教であり、そもそもキリスト教徒でない罪よりもはるかに重い罪だってね」

たぶんベッツィ叔母の言うとおりだろう、とバーニーは思った。エブリマの肌が黒いことが、事実とは関係なく疑惑を生じさせる。

ベッツィがヘロニマと父親のほうへ顎をしゃくった。「ペドロ・ルイスはエラスムスの著作を読んでいて、教会の教えについてロメロ助祭長と議論しているのよ」

カルロスが言った。「でも、ペドロもエブリマも、ここでミサに加わっているじゃないですか！」

「彼らは陽が落ちて暗くなったら、自宅の鎧戸《よろいど》を閉め、玄関に鍵をかけて、異教徒を許す儀式を行なっていると、アロンソは言うはずよ」

「でも、証拠が必要でしょう」

「みんな、そうだと認めるわ」

カルロスが困惑して訊いた。「どうして認めるんです？」

「裸にされて縛られ、ついには肌を裂いて肉が剥き出しになるまでじわじわ縄を締めつけられたら、だれだって異端を認める——」

「わかったから、もうやめてください」カルロスが身震いした。

どうしてベッツィ叔母は異端審問の拷問のことを知っているんだろう、とバーニーは不思議だった。

アロンソの説教がクライマックスを迎え、自分たちのなかにいる異教徒に対する新たな十字軍に、全市民が参加すべきだと訴えた。説教が終わると、聖体拝領が始まった。会衆の顔を見ると、みんなの気持ちがざわついているように、バーニーには思われた。みんな良きカトリックだが、望んでいるのは平安な日々であって、十字軍ではなかった。ベッツィ叔母と同じく、彼らもトラブルを予見していた。

礼拝が終わり、聖職者たちが一列になって身廊を出ていくと、カルロスがバーニーに言った。「ビラベルデと話すから、一緒にきてくれないか。味方の援護がいるような気がするんだ」

バーニーが喜んでその要請を受け容れてついていくと、カルロスがフランシスコに歩み寄ってお辞儀をした。「ちょっとお時間をよろしいでしょうか、セニョール？　とても大事な話をさせていただきたいのですが」

フランシスコ・ビラベルデはベッツィ叔母と同い年で、独善的で洗練されていたが、お高くとまっているわけではなかった。その彼が穏やかな笑みを浮かべて答えた。

「もちろんだ」ちなみに、バレンティナは彼の二番目の妻の娘だった。

バーニーにはバレンティナが恥ずかしがり屋に見えた。何が始まろうとしているかは、父親がそうでないとしても、彼女は推測できているようだった。

カルロスが言った。「父が死んで一年が経ちました」

彼の魂の安らかならんことを、と祈りがつぶやかれるだろうとバーニーは予想した。それが世を去った肉親の名前が口にされたときの伝統的な礼儀だからだが、驚いたことに、フランシスコは沈黙したままだった。

カルロスがつづけた。「私の工場がうまくいっていて、事業も成功していることは、だれの目にも明らかだと思います」

「それはおめでとう、よかったな」フランシスコが言った。

「ありがとうございます」

「それで、用件は何かな、カルロス青年」

「私は二十二になり、健康で、経済的な心配はありません。結婚する準備もできています。妻を愛し、大事にするつもりでいます」

「きっとそうなんだろうな。それで……？」

「畏れながらお許しをいただき、お宅へお邪魔をして、あなたの素晴らしいお嬢さんのバレンティナに、私を求婚者として受け容れてもらえるかどうかを訊いてみたいのですが」

バレンティナが真っ赤になり、彼女の兄は憤慨とも取れる鼻を鳴らした。

フランシスコ・ビラベルデが態度を一変させ、驚くほど強い口調で拒絶した。「絶対に駄目だ」

カルロスは仰天のあまり、一瞬言葉を失った。

「よくもそんなことが」フランシスコがつづけた。「私の娘だぞ！」

カルロスはようやく言葉を見つけた。「しかし……理由を教えてもらえないでしょうか？」

バーニーも内心で同じ質問をしていた。自分のほうが上だと感じる理由はフランシスコにはないはずだ。彼は香料製造業者で、製鉄業より多少は上品な商売かもしれないが、それでも、物を作って売っていることに変わりはない。貴族ではないのだ。

フランシスコがためらったあとで言った。「きみが純血でないからだ」

カルロスの顔に当惑が浮かんだ。「祖母がイングランド人だからですか？　馬鹿馬鹿しい」

バレンティナの兄が苛立った。「口に気をつけろ」

フランシスコが言った。「私は馬鹿呼ばわりされるためにここに立っているわけではない」

バーニーにはバレンティナが動揺しているのがわかった。明らかに彼女も、この怒りを交えた拒絶に驚いているのだった。

カルロスが必死に食い下がった。「待ってください」

フランシスコは頑なだった。「話は終わりだ」そして踵を返すと、バレンティナの腕を取り、西の大扉のほうへ歩き出した。彼女の母と兄があとにつづいた。追いかけても無駄だな、とバーニーは見て取った。カルロスをもっと馬鹿に見せるだけだ。

カルロスが傷つき、腹を立てているのが、バーニーにはわかった。純血でないという非難は馬鹿げているが、その言葉が与える傷は決して浅くはない。普通、この国で〝純血でない〟が意味するのはユダヤ教徒かイスラム教徒であり、イングランド人を先祖に持つ者に使われるのを、バーニーは聞いたことがなかった。が、人は何についても下司《げす》になり得るということだった。

エブリマとベッツィ叔母がやってきた。ベッツィはカルロスの様子にすぐに気づき、物問いたげにバーニーを見た。「バレンティナの父親に拒絶されたんです」バーニーはつぶやいた。

「何てこと」ベッツィが言った。

彼女は腹は立てているけれども、驚いてはいなかった。どういうわけか予想が的中してしまったという思いが、彼女の頭をちらりとよぎった。

エブリマはカルロスを気の毒に思い、元気づけるために何かをしてやりたかった。それで、自宅へ帰ると、新しい溶鉱炉を試してみることを提案した。タイミングも最高だし、カルロスの気持ちを屈辱から遠ざけられるかもしれない。もちろん、キリスト教では日曜に仕事をしたり商売をしたりすることは禁じられていたが、これは厳密には仕事ではなく、実験だった。

カルロスはその考えを気に入った。彼が溶鉱炉に火を入れ、そのあいだにエブリマが改良した引き具に牛を繋いで、バーニーは砕いた鉄鉱石を石灰と混ぜた。

鞴に不都合があって、牛を動力に使う設計をやり直さなくてはならなかった。ベッツィが上品な日曜のディナーという計画を諦め、パンと塩漬けの豚肉を持ってきて、三人は立ったままそれを食べた。午後の陽が力を失っていくころ、すべてがふたたびうまく機能しはじめた。二基の鞴のおかげで火力が強くなり、エブリマは石灰と混ぜた鉄鉱石をシャベルですくって溶鉱炉に投入していった。

しばらくは何も起こらないかに見えた。牛は辛抱強く弧を描いて歩きつづけ、鞴は息をしつづけ、煙突は熱を放射しつづけ、男たちは待ちつづけた。

この鉄の造り方を、カルロスは二人の男から聞いていた。ノルマンディ出身のフランス人と、ネーデルラント出身のワロン人である。そして、バーニーも、サセックス出身のイングランド人から同じような話を聞いたことがあった。三人とも、この方法なら二倍早く鉄を造ることができると主張していた。誇張に過ぎないかもしれなかったが、刺激的な考えではあった。彼らによれば、溶けた鉄は溶鉱炉の底から出てくるはずだったから、カルロスは溶けた鉄が流れていく道を石で造り、中庭の地面にインゴット形の窪《くぼ》みを掘って、流れ込んだ鉄がそこに溜まるよう準備を整えていた。しかし、三人とも溶鉱炉がどうなっているかを正確に知らなかったために、設計は推測に頼るほかなかった。

依然として鉄は流れ出てこなかった。何かが間違っていたのではないかという疑いがエブリマの頭のなかで生まれた。煙突がもっと高くなくてはいけないのではないか。熱さが鍵だ、と彼は考えた。石炭ではなく、木炭を使うべきだったのかもしれない。木炭のほうが高い熱を発生させる。しかし、スペインでは国王の船を建造するために、ありとあらゆる木を必要としていた。

そのとき、動きがあった。半月形の溶けた鉄が溶鉱炉の出口に現われ、石造りの道へじりじりと入っていった。最初はためらいがちに盛り上がり、やがてゆっくりとした波になり、ついには本格的な流れになった。三人は歓声を上げ、エリサが何事かとやってきた。

液状化した金属は最初は赤く、しかし、すぐに灰色に変わった。エブリマはそれを凝視しながら、むしろ銑鉄《せんてつ》のように見えると思い、もう一度溶かしてさらに精製する必要があると考えたが、それは主要な問題ではなかった。鉄の一番上は溶けたガラスのような層になっていて、それは疑いの余地なく鉱滓《こうさい》だったから、それを一番上から取り除く方法を見つけなくてはならなかった。

しかし、それからの進み具合は早かった。いったん始まるやいなや、まるで蛇口を捻《ひね》ったかのように鉄が流れ出して、三人は石炭、鉄鉱石、石灰を溶鉱炉の上から投入しつづけるだけでよく、液状化した貴重な産物が下から勢いよく流れ出てきていた。

三人は互いを祝福し、エリサはワインを一本持ってきた。彼らはカップに注いだワインを立ったまま飲みながら、鉄が固まっていく様子を満足して見つめつづけた。カルロスもビラベルデに拒絶されたショックから立ち直り、元気を取り戻したようだった。もしかすると、この祝うべきときを選んで、エブリマを自由民にすると宣言するかもしれない。

しばらくして、カルロスが言った。「溶鉱炉に石炭をくべてくれ、エブリマ」

エブリマがカップを置いて言った。「いますぐやります」

新しい溶鉱炉はカルロスにとって勝利だったが、全員が喜んでくれたわけではなかった。

三人は日の出から日没まで、一週間のうち六日働きつづけた。カルロスは銑鉄を精錬所へ売り、自分で再精製せずにすませて、生産に集中できるようにした。一方で、バーニーは増えつづける必要な鉄鉱石の確保に走り回った。

国王の兵器係は喜んだ。彼はフランスとイタリアとの戦争のために、スルタンの艦隊との海の上での戦いのために、アメリカからのガレオン船を海賊から護るために、十分な武器を買うべく間断なく苦労していた。精錬所とセビーリャの工場だけでは製造がとても間に合わず、組合はいかなる能力の拡張にも反対していたから、兵器係は必要な量の大半を外国から購入しなくてはならなかった。そしてそれが、アメリカの銀貨がスペインに入ってきて、すぐにまた出ていってしまう理由だった。というわけで、兵器係はこれほどの速さで鉄が製造されるのを見て胸を躍らせた。

しかし、セビーリャのほかの製鉄業者はそれほど喜んでいなかった。カルロスが自分たちの倍の金を手にするのを目の当たりにしていたからである。これは規則違反ではないのか？　サンチョ・サンチェスは組合として正式に苦情を申し立て、議会は決断をしなくてはならなかった。

バーニーは気になったが、組合が国王の兵器係に楯突《たてつ》くことはたぶんできないだろうとカルロスは楽観していた。

そのとき、アロンソ神父が彼らのところへやってきた。

彼らが中庭で仕事をしているところへ、アロンソが若い聖職者を何人か引き連れて意気揚々と現われたのだった。カルロスはシャベルに身体を預けて審問官を見つめ、何の懸念もないと装おうとしたが、成功しているようにはバーニーには思えなかった。ベッツィ叔母が家から出てきて、アロンソを引き受けようと豊かな腰に両手を当てて立った。

一体何を根拠にカルロスを異教徒だと咎めることができるのか、バーニーには見当もつかなかった。しかし、それ以外にアロンソがここへくる理由を思いつくことができなかった。

アロンソは何も言わずに、細くて尖った鼻をひくひくさせながら、餌を探す鳥のようにゆっくりと中庭を見回していたが、エブリマに目を留めてようやく口を開いた。

「あの男はイスラム教徒ではないのか？」

エブリマが自分で答えた。「私が生まれた村では、神父さま、イエス・キリストの福音を聞いたことも、イスラム教の予言者の名前が口にされたことも、一度もありません。私は祖先と同じく、未開の無知のなかで育ちました。ですが、長い旅のあいだじゅう、神の手が私を導いてくださいました。そして、ここセビーリャで聖なる真実を教えられたとき、私はキリスト教徒になり、大聖堂で洗礼を受けました。それを毎日の祈りのなかで、天にいる私の父に感謝しています」

それはよくできたスピーチで、あらかじめ準備していたに違いないとバーニーは推測した。

しかし、アロンソを納得させるには不十分だった。「では、なぜ日曜に働くのだ？　イスラム教の聖なる日が金曜だからではないのか？」

カルロスが言った。「ここではだれも日曜に仕事はしませんし、金曜は全員が必ず仕事をしています」

「私が大聖堂で説教をした最初の日、日曜にかかわらず、おまえのこの溶鉱炉に火が入っていたのを見た者がいる」

バーニーは内心で悪態をついた。まずいことになった。彼は周囲の建物を見回した。中庭を見下ろせる窓は無数にあった。近隣のだれかが告げ口をしたに違いない――たぶん嫉妬《しっと》した同業者だろう、サンチョの可能性だってある。

「いや、あれは仕事をしていたのではありません」カルロスが言った。「実験をしていたんです」

説得力に欠けるな、とバーニーでさえ思った。

カルロスが必死の口調でつづけた。「よろしいですか、神父、このタイプの溶鉱炉は煙突の底から空気を送り込んで――」

「おまえの溶鉱炉のことならすべて知っている」アロンソがさえぎった。

ベッツィ叔母が割って入った。「聖職についていらっしゃる方が、どうして溶鉱炉のことをすべて知っておられるんでしょうね？　もしかして神父さまはわたしの孫の競争相手のだれかとお話しになっているのではありませんか？　孫を悪く言ったのはだれなんでしょう、神父さま？」

バーニーはアロンソの顔を見て、叔母が図星を突いたことを確信したが、審問官はベッツィの質問に答えず、逆に攻勢に出た。「あなたはプロテスタントのイングランドで生まれたのだったな、ご老体」

「それは違います」ベッツィが敢然と異を唱えた。「わたしが生まれたのは、良きカトリック、ヘンリー七世がイングランド王であったときです。わたしの家族がイングランドを出て、わたしをこのセビーリャへ連れてきたとき、ヘンリー七世の息子、プロテスタントであるヘンリー八世は、まだおむつを当てていました。以来、わたしはイングランドへ戻っていません」

アロンソがバーニーに目を移し、バーニーは深い恐怖の戦慄《せんりつ》を感じた。この男は人を拷問し、殺す力を持っている。「おまえの場合は、それは当てはまらないな」アロンソが言った。「おまえはプロテスタントの一家に生まれて、プロテスタントとして育てられたに違いない」

バーニーのスペイン語は神学論争ができるほどではなかったから、簡単な答えを返しつづけた。「イングランドはもはやプロテスタントではないし、神父、それは私も同じです。ここを家捜ししたとしても、禁書も、異教徒の聖典も、イスラム教徒が祈りに使う敷物も出てはきません。私のベッドの上には十字架がかかっているし、壁にはリエージュの聖ユベールの肖像がかかっています。聖ユベールは製鉄業者の守護聖人で、聖ユベールこそが――」

「聖ユベールのことなら知っている」何であれ自分以外の人間が自分に何かを教えようとしていると感じたのだろう、アロンソは明らかに機嫌を損ねたようだった。だが、難癖をつける種が尽きているようにバーニーには思われた。アロンソの攻撃は一つ残らず受け流され、いま彼に残されている材料は、日曜に仕事と見なされることをしているというだけだったが、それは仕事と認められないかもしれず、仮に認められたとしても、セビーリャで日曜に規則を曲げて仕事をしているのは、カルロスとその一家だけではなかった。「今日、おまえたちが私に話したことのすべてが純粋な事実であることを願っている」アロンソが言った。「さもないと、おまえたちはペドロ・ルイスの運命に苦しむことになるからな」

アロンソが引き上げようとしたが、バーニーはそれを引き留めて訊いた。ヘロニマと彼女の父親のことが気になった。「ペドロ・ルイスに何があったんです？」

バーニーのショックを受けた顔を見て、アロンソは嬉しそうだった。「あの男は逮捕された」彼は言った。「あの男の家から旧約聖書をスペイン語に翻訳したものが出てきた。ラテン語以外の聖書を作ることは法で禁じられている。さらに、あの忌《い》まわしいジュネーヴにいるプロテスタントの主導者、ジャン・カルヴァンの『キリスト教綱要』も見つかった。あれは異端の書だ。だから、通常の手続きに則《のっと》って、ペドロ・ルイスが所持しているものはすべて、異端審問所によって没収された」

それを聞いてもカルロスは驚いた様子を見せなかったから、通常の手続きに則って、というのは本当のことなのだろうが、バーニーにはショックだった。「彼が所持しているものはすべて？」彼は言った。「そんなことをしたら、彼の娘はどうやって生きていくんですか？」

「われわれがみなそうであるように、神の恩寵《おんちょう》によってだ」アロンソが言い、若い聖職者たちを従えて引き上げていった。

カルロスが安堵の顔に浮かべて言った。「ヘロニマの父親のことは気の毒だが、アロンソは撃退できたんじゃないかな」

ベッツィが言った。「それはどうかしらね」

「どうして？」カルロスが訊いた。

「あなたのお祖父さん、わたしの夫のことを憶えてない？」

「彼はぼくが赤ん坊のときにこの世を去ってるからね」

「彼の魂の安らかならんことを。あの人はイスラム教徒として育てられたの」

三人はびっくりして彼女を見た。「彼はイスラム教徒だったの?」カルロスが信じられないという口調で訊いた。

「最初はね」

「ぼくの祖父のホセ・アラノ・クルースが?」

「元々の名前はユシフ・アル・ハリルだったの」

「どうしてイスラム教徒と結婚することになったの?」

「イスラム教徒がスペインを追放されたとき、彼はキリスト教に改宗して、スペインにとどまるほうを選んだ。そして、キリスト教の教えを受け容れ、成人として洗礼を受けた。エブリマのようにね。ホセは彼の新しい名前なの。さらに、改宗したことを封印するために、キリスト教徒の娘と結婚することにした。それがわたしよ。そのとき、わたしは十三だった」

バーニーは訊いた。「イスラム教徒とキリスト教徒が結婚することは珍しくなかったの?」

「最初は滅多にないことだったわ。彼はマドリードからセビーリャへ移ってきていて、そのことをだれにも教えなかった。だけど、マドリードからここへはしじゅう人がきているからね。そのなかに、彼がイスラム教徒だったことを知っている人がいたというわけ。だから、その人がきて以来、彼がイスラム教徒だったことはまったくの秘密ではなくなったけど、それでも、わたしたちは何とか秘密にしておこうとした」

バーニーは好奇心を抑えられなかった。「十三だったんでしょ？　彼を愛していたの？」

「憧《あこが》れと尊敬ね。わたしは美人じゃなかったし、彼はハンサムで魅力的だった。それに、情熱的で、優しくて、気を遣ってくれた。天国だったわ」ベッツィ叔母はこの三人になら秘密を打ち明けてもいいと思っているようだった。

カルロスが言った。「そして、彼が死んだ……」

「わたしは悲嘆に暮れた」ベッツィが話をつづけた。「あの人はわたしが生涯でたった一人愛した男性だった。二人目の夫なんて欲しくなかった」そして、肩をすくめた。「でも、育てなくちゃならない子供たちがいた。だから、嘆き悲しんでいる暇はなかった。そして、カルロス、生まれたばかりの、母親のいないあなたもいた」

バーニーは本能的に感じていた――ベッツィ叔母は率直に話しているけれども、何か隠していることがあるのではないか。二人目の夫は欲しくなかったと言ったが、話は本当にこれで終わりなのだろうか？

カルロスが話を繋いだ。「それがフランシスコ・ビラベルデが娘をぼくと結婚させない理由なのかな？」

「そうよ。彼にとって、あなたの祖母がイングランド人であることはどうでもいいの。

〝純血でない〟というのは、あなたのイスラム教徒のお祖父さんのことなの」

「くそ」

「でも、それはあなたの最悪の問題じゃないわ。明らかにアロンソも、ユシフ・アル‐ハリルのことを知っているわ。今日、あの男がここへきたのは始まりに過ぎないわね。信じてちょうだい、必ずまたやってくるから」


アロンソがやってきたあと、バーニーはルイス家を訪ねて、ヘロニマがどうしているか探ろうとした。

玄関を開けたのは若い女性で、北アフリカの出身のように見え、間違いなく奴隷だった。たぶん美人なんだろうが、とバーニーは思った。いまは顔が腫《は》れて、目は悲しみで赤くなっていた。「ヘロニマに会いたいんだ」バーニーは大きな声で言った。静かにしてくれと、若い女性が唇の前に指を立てた。そして、ついてくるよう手招きし、家の奥へ案内した。

コックと二人のメイドがディナーの準備をしているだろうと予想していたが、厨房は冷え切って静かだった。異端審問所が通常の手続きに則って容疑者の資産をすべて没収したとアロンソが言っていたのが思い出されたが、こんなに早くそれが実行されるとは思っていなかった。雇われていた者は全員が暇を出されたのだろう。おそらくは奴隷も売られることになっていて、彼女はそれで泣いていたに違いなかった。

彼女が言った。「わたしはファラーと言います」

バーニーは辛抱できずに訊いた。「どうしてぼくをここへ案内したんだ？　ヘロニマはどこにいるんだ？」

「小さな声で話してください」彼女が言った。「ヘロニマさまは二階でロメロ助祭長と一緒にいらっしゃいます」

「かまわん、ぼくは彼女と話したいんだ」バーニーは言い、二階へ向かおうとした。

「やめてください」ファラーが制止した。「助祭長に見られたら大変なことになります」

「大変なことになる覚悟はできているよ」

「ヘロニマさまをここへお連れします。近所の女性がやってきて、会いたいと言ってきかないでいることにします」

バーニーはためらったが、わかったとうなずいた。ファラーがヘロニマを迎えに出ていった。

バーニーは厨房を見回した。ナイフも、鍋も、瓶も、皿もなかった。すべてがきれいさっぱり姿を消していた。異端審問所というのは人の調理用具まで売るところなのか？

二分後、ヘロニマがやってきた。彼女はすっかり変わってしまっていた。十七歳なのに、いきなり、ずっと年を取ったように見えた。美しい顔は何も表わしていず、目も濡れてはいなかったが、オリーヴ色の肌は灰色に変わったかのようで、ほっそりした身体は全身がまるで震えているかのように揺れていた。途方もない努力をして悲しみと怒りを抑え込んでいることが、見ているだけでわかった。

バーニーはヘロニマを抱擁しようと一歩前に出た。が、彼女は後ずさり、彼を押し戻そうとするかのように両手を前に突き出した。

バーニーはなす術もなく彼女を見て訊いた。「どういうことになってるんだ?」

「わたし、見捨てられたの」彼女が言った。「父は牢に入れられ、わたしにはほかに家族がいないんですもの」

「お父さんは元気なのかな?」

「わからない。異端審問の囚人は家族とも、ほかのだれともやりとりするのを許されていないの。でも、父は元々身体が弱いのよ――あなたも聞いているでしょうけど、ちょっと歩いただけで息が切れるの。それに、たぶん――」ヘロニマは言葉をつづけられなくなったが、それは一瞬に過ぎず、俯いて息を吸い込み、気を取り直してつづけた。「――水責めの拷問を受けているはずよ」

それはバーニーも聞いたことがあった。息ができないよう鼻を塞がれ、無理矢理口を開けさせられて、壺に満たした水を次々と喉へ流し込まれるのだ。飲み込んだ水が胃を膨張させて苦しみを与え、気管に流れ込んだ水で噎《む》せて息ができなくなるのだった。

「そんなことをされたら死んでしまう」バーニーは恐ろしくなった。

「お金も持っているものも、もう全部没収されたわ」

「これからどうするんだ？」

「ロメロ助祭長が引き取ってやってもいいと言ってくれているの」

バーニーは困惑した。物事の動きが速すぎる。いくつかの疑問が同時に頭に浮かんだ。「そこでの役割は？」彼は訊いた。

「いま、それを相談しているところなの。衣装管理の責任者になって、祭服の手入れを指示し、洗濯係を監督してほしいんですって」明らかに、そういう実際的な話をすることが感情をコントロールする役に立っているようだった。

「断わるんだ」バーニーは言った。「ぼくと一緒に行こう」

それは無謀な提案でしかなく、そのことは彼女もわかっていた。「どこへ行くの？　男の人三人と一緒には暮らせないわ。あなたの大叔母さまとならいいけど」

「ぼくの実家がイングランドにある」

ヘロニマが首を横に振った。「わたしはあなたの家族のことを何も知らないし、あなたのことだってほとんど知らないに等しいのよ。それに、イングランド語を話せないわ」表情が一瞬緩んだ。「こんなことにならなかったら、あなたはわたしに求愛し、父に正式に申込みをして、わたしはあなたと結婚し、イングランド語を習って話せるようになったかもしれないけど……それは神のみぞ知るところだわ。告白するけど、わたし、それは考えたことがある。でも、あなたと一緒に知らない国へ逃げるのは……考えたこともないわ」

彼女のほうがはるかに分別があることがわかったが、バーニーはそれでも言わずにいられなかった。「ロメロはきみを秘密の愛人にしたいんだ」

ヘロニマがバーニーを見た。その大きな目に、バーニーがこれまで気づかなかった厳しさが宿っていた。ベッツィ叔母の言葉がよみがえった――「ヘロニマ・ルイスはまったく自分のことしか頭にないから」。しかし、限度はあるんじゃないのか？　そのとき、ヘロニマが言った。「そうだとしたら？」

バーニーは呆気《あっけ》にとられた。「よくもそんなことが言えるな？」

「四十八時間、寝ずに考えつづけたわ。わたしに選択の余地はないの。家を失った女性がどうなるかは、あなたも知っているでしょう」

「売春婦か」

それでも、彼女の気持ちは揺るがないようだった。「だとしたら、わたしに残された選択肢は、あなたと一緒に知らないところへ逃げて街娼になるか、堕落した聖職者の贅沢な家に入って怪しげな存在になるか、その二つよね」

バーニーはおずおずと言った。「ロメロ自らがきみのお父さんを告発した可能性を考えたことはないのか？　きみを無理矢理に秘密の愛人にするために？」

「もちろん、考えたわ」

バーニーはふたたび呆気にとられた。彼女のほうが常におれの先を行っている。

ヘロニマが言った。「ロメロがわたしを愛人にしたがっているのは、何カ月も前からわかっていたわ。そんなの、わたしにとって想像し得る最悪の人生だった。いまは、望み得る最高の人生だけどね」

「あの男はそのためにきみをこんな目にあわせたんだぞ！」

「わかってるわ」

「きみはそれを受け容れ、あの男と枕をともにして、あの男を赦すのか？」

「赦す？」褐色の目に新しい光が宿り、酸が煮えたぎるような憎悪が表われた。「とんでもない」ヘロニマが言った。「その振りはするかもしれないけど、いつの日か、あいつを上回る力をつけて、その日がきたら復讐《ふくしゅう》してやるわ」

エブリマはだれにも負けないほどの努力をして新しい溶鉱炉を成功させた。そして、密かな希望を抱いていた――自分を自由民にするという形でカルロスが報いてくれるのではないか。しかし、溶鉱炉が働きつづけて何日かが過ぎ、何週間かが過ぎると、その希望も色褪せていった。そして、その考えがカルロスの頭をよぎってすらいないことに気がついた。冷えた鉄のインゴットを荷車に積み、運ぶ途中でそれがずれないよう網を掛けて固定しながら、エブリマはこれからどうするかを思案した。カルロスのほうから自発的にその申し出があることを願っていたが、それが現実にならないとわかったいまとなっては、率直に訊いてみるしかなかった。頼むのは好きではなかった。懇願するというまさにその行為が、自分の欲しているものを手にする資格がないとほのめかすことになる。しかし、と彼は強く感じていた。おれにはその資格がある。

エリサを引き込んで、応援してもらう努力をしてみようか。彼女はおれを憎からず思っていて、おれにとっての最善を望んでくれている。それは間違いない。しかし、彼女の愛情はおれを自由民にしてもいいと思うほどに深いだろうか。もしそうでなかったら、夜、彼女が愛を必要としても、おれがそこへ行くことはもうないのではあるまいか。

結局のところ、カルロスに話す前に彼女におれの秘密を明かすのが、おそらく一番いいのではないか。そうすれば、決めたときに彼女がどっちへ飛ぶかは少なくともわかるはずだ。

彼女に話すのはいつがいいだろう？　夜、愛を交わしたあとか？　その前、彼女の胸に欲望が満ちているときのほうがいいのではないか。そうしよう、とエブリマは内心でうなずいた。そのとき、攻撃が始まった。

男が六人、全員が棍棒《こんぼう》かハンマーを握っていた。一言も発しないまま、すぐさまカルロスとエブリマに棍棒を振るいはじめた。「どういうことだ？」エブリマは怒鳴った。「なぜこんなことをする？」返事はなかった。片腕を上げて自分を護ろうとしたが、手を殴られ、次いで頭を殴られて、ついに倒れてしまった。

次に、男たちはカルロスに襲いかかった。カルロスは中庭の奥へ後退しつつあった。エブリマはそれを見ながら、頭を殴られたせいで霞《かす》んだ目の視力を回復させようとした。カルロスはシャベルを手にすると、溶けた鉄を溶鉱炉から掬《すく》い、男どもに向かって投げつけた。熱い鉄の滴《しずく》が飛び散り、二人が悲鳴を上げた。

一瞬、エブリマは自分たちが勝つのではないかと考えた。しかし、賭け率は裏切らず、カルロスが溶けた鉄の二杯目を掬う前に、二人の男が襲いかかって彼を殴り倒した。

男どもは攻撃目標を溶鉱炉に切り替え、頭の部分が鉄でできた大槌で、組み上げた煉瓦を叩き壊しはじめた。エブリマは溶鉱炉が破壊されようとしているのを見ると、力が戻っていることに気づいて立ち上がり、男どもに向かって走りながら絶叫した。「やめろ——やめるんだ！」そして、一人を突き倒し、引きずるようにして大事な溶鉱炉から遠ざけた。左手は力が入らなかったから右手しか使えなかったが、それでも十分な力を発揮した。そのとき、振り回された大槌が当たりそうになり、危うく後ろへ飛びすさって難を逃れた。

溶鉱炉を救いたい一心で木製のシャベルを手に取り、ふたたび男どもに向かっていった。一人の頭を殴ったところで後ろから攻撃され、右肩に一撃を食らって、シャベルを取り落とした。急いで相手に正対し、次の一撃を何とか避けることに成功した。振り下ろされる棍棒を避けようと、飛ぶようにして後退していると、溶鉱炉が崩れ落ちつつあるのが目の隅に見えた。なかにあったものが一気に流れ出し、燃えている石炭や灼熱《しやくねつ》の鉱物が地面に飛び散った。パニックと怒声と罵声《ばせい》と悲鳴のなかで、牛が喧《やかま》しく鳴き出した。

エリサが家から飛び出してきて、男どもに向かって叫んだ。「その二人に手を出さないで！　さっさと出ていきなさい！」男どもは老女を嘲笑《あざわら》い、エブリマに殴り倒された男が立ち上がると、後ろから彼女を羽交《はが》い締めにして持ち上げた。大男で——全員がそうだったが——、彼女がどんなに逃れようともがいても無駄だった。

二人がカルロスに馬乗りになり、一人がエリサを拘束し、一人がエブリマを追い詰めようとして、残る二人が大槌で破壊作業をつづけていた。その二人は、エブリマとカルロスが長いあいだ頭を悩ませていた鞴設備を叩き壊した。エブリマは泣きたかった。

溶鉱炉と鞴を完全に潰してしまうと、一人が長剣を抜いて牛の喉を掻き切ろうとした。それは簡単ではなかった。牛の首は分厚い筋肉で護られていたから、鋸《のこぎり》を引くようにして肉を切っていかなくてはならず、その間《かん》、牛は残骸《ざんがい》をあちこちへ蹴飛ばして暴れつづけた。ようやく刃が頸《けい》動脈に到達し、いきなり鳴き声がやんだ。傷口から噴水のように血が噴き出し、牛が倒れた。

そのあと、六人はきたときと同じぐらい素速く引き上げていった。

ヘロニマは計算高くて抜け目のない女になったんだな、とバーニーはルイス家をあとにしながら思った。昔からそういう傾向があったことに、おれが気づかなかっただけかもしれない。あるいは、人というのは過酷な経験をすると変わることがあるのかもしれない。だが、どっちなのか、おれにはわからない。おれは何も知らないんじゃないか。何だってあり得るんだ。川が溢れて町を呑み込むことだってあるかもしれない。

足は自動的にカルロスの家へ向かい、バーニーは着いたとたんにさらなるショックを受けた。カルロスとエブリマが手ひどく痛めつけられていた。

カルロスは中庭で椅子に坐り、ベッツィ叔母に傷の手当をしてもらっていた。片目が潰れ、唇は腫れて血が滲《にじ》んでいて、腹に痛みがあるかのように前屈みになっていた。エブリマは地面に横になり、片手を反対側の腋《わき》のあいだに挿《さ》し込んで押さえていて、頭に巻かれた包帯に血が滲んでいた。

彼らの後ろで、新しい溶鉱炉が残骸と化していた。破壊されて、いまはただの煉瓦の山だった。鞴設備はロープと薪の塊《かたまり》になってしまっていた。牛は血溜まりに倒れて死んでいた。牛の体内にはずいぶんたくさんの血が流れているんだな、とバーニーは何の関係もないことを思った。

ベッツィがワインに浸したリネンの切れ端で、カルロスの顔を拭いてやっていた。いま、彼女が立ち上がり、腰を伸ばすと、リネンの切れを腹立たしげに地面に放って言った。「わたしの言うことをしっかり聴いてちょうだい」自分が帰ってくるまで、考えを口にするのを待っていたんだ、とバーニーは気がついた。

それでも、その前に訊かずにはいられなかった。「何があったの?」

「馬鹿なことを訊かないで」彼女が焦れた様子で言った。「見ればわかるでしょう」

「だれがやったかってことだよ」

「これまで見たことのない男どもだったわ。セビーリャの人間でないことはほぼ間違いない。本当の問題は、彼らを雇ったのはだれかということで、その答えはサンチョ・サンチェスよ。カルロスの成功に恨みを募らせていたのはあの男だし、カルロスの事業を買い取ろうとしたのもあの男だった。エブリマがイスラム教徒で、日曜も働いているとアロンソに告げ口したのはあいつよ、疑いの余地はないわ」

「これからどうするんだ？」

カルロスが立ち上がり、その質問に答えた。「降参する」

「どういう意味だ？」

「おれたちはサンチョと戦うことはできるし、アロンソと戦うこともできる。だが、両方とは戦えない」そして、横になっているエブリマのところへ行き、右手を――左手は怪我《けが》がひどいことが一目でわかった――つかんで助け起こした。「事業を売ろうと思う」

ベッツィが言った。「いまや、それじゃすまないんじゃないかしらね」

カルロスが意外そうに訊いた。「どうして？」

「サンチョはあなたの事業を自分のものにして満足するでしょう、でも、アロンソはそうじゃないわ。あの男には生贄《いけにえ》が必要なの。自分は過ちを犯したと認めることができないのよ。あなたを咎めた以上、罰しないわけにいかないでしょうね」

バーニーは言った。「いま、ヘロニマに会ってきた。父親は水責めの拷問を受けると彼女は考えてる。そんなことをされたら、だれだって自分は異端だと認めないではいられないだろう」

ベッツィが言った。「そのとおりよ」

カルロスが言った。「おれたちに何ができる?」

ベッツィがため息をついた。「セビーリャを出ましょう。スペインを出るのよ。今日のうちにね」

バーニーはショックだったが、彼女が正しいこともわかった。アロンソの手下がいつやってきてもおかしくないし、そうなったら逃げようにも手後れだ。バーニーは中庭へつづいているアーケードの入口を不安の目で見た。もう彼らがそこにいるのではないか。だが、だれもいなかった。いまのところはだが。

今日、ここを逃げ出すなんてできるんだろうか? できなくもないかもしれない――午後の潮で出港する船があれば、そして、その船が水夫を必要としていれば。行き先については選択の余地はない。バーニーは太陽を一瞥《いちべつ》した。正午を過ぎたところだった。「本当に今日じゅうに逃げるんだったら、急がないと」彼は言った。

危険のまっただなかにいるにもかかわらず、海に出ることを思うと気持ちが昂ぶった。

エブリマが初めて口を開いた。「逃げなかったら、間違いなく死ぬことになります。

しかも、おれが最初にね」

バーニーはベッツィ叔母に訊いた。「あなたはどうする？」

「遠くへ行くには、わたしは年を取りすぎているわ。それに、あいつらはわたしのことなんかどうでもいいのよ――女なんだから」

「で、どうするの？」

「カルモナに義理の妹がいるの」そういえば、とバーニーは思い出した。ベッツィは夏のあいだの何週間か、そこへ行っていたことがある。「カルモナなら、わたしの足でも午前中に歩いていける。たとえアロンソが居場所を知ったとしても、わたしのことなんか捨て置くんじゃないかしら」

カルロスが決断した。「バーニー、エブリマ、家へ戻って、必要だと思うものは何でも持ってこい。百数えるあいだに戻ってくるんだぞ」

二人とも、私物は何もなかった。バーニーは小さな金入れを腰に挿し込んでシャツで隠すと、一番いいブーツを履いて、分厚いクロークを羽織った。剣は持っていなかった。重たい長剣は戦場で敵の鎧の隙間の無防備な部分を貫き通すよう造られていたから、狭いところでは扱いにくかった。というわけで、長さ二フィート、鍔《つば》が円盤状で、鋼鉄の両刃《もろは》の、スペインの短剣を持っていくことにした。通りでの喧嘩なら、こういう大振《おおぶ》りのナイフのほうが剣よりも威力があった。

中庭へ戻ると、カルロスが腰に剣をつけ、その上から毛皮の襟の新しいコートを着ているところだった。彼は祖母を抱擁し、バーニーは泣いている彼女の頰にキスをした。

そのとき、ベッツィ叔母がエブリマに言った。「もう一度、キスをしてちょうだい、愛しい人」

エブリマが彼女を抱き締めた。

バーニーは怪訝に思い、カルロスが声を上げた。「おい――」

ベッツィ叔母がエブリマに情熱的にキスをし、彼の黒い髪に片方の手を埋めた。バーニーとカルロスは、仰天して見ているしかなかった。キスが終わると、ベッツィ叔母が言った。「愛しているわ、エブリマ。行ってほしくはないけど、ここにいたら異端審問所で拷問されて死ぬことになる。そんな目にあわせることはできないわ」

「ありがとう、エリサ。本当に優しくしてくれて感謝しています」エブリマが言った。

二人はもう一度キスをし、ベッツィは踵を返して家に駆け込んでいった。

バーニーはまたもや訝るしかなかった――いったい、いったい、どういうことだ……？

カルロスも驚いていたが、質問する時間はなかった。「行こう」彼は言った。

「ちょっと待った」バーニーは言い、二人に短剣を見せた。「途中でアロンソの手下に出くわしたら、生け捕りにされるつもりはないからな」

「おれだってそうだ」カルロスが剣の柄《つか》に手を置いた。

エブリマもクロークの脇をめくった。頭の部分が鉄でできているハンマーがベルトに挿してあった。

三人は港を目指して歩き出した。

アロンソの手下を警戒しなくてはならなかったが、家から遠ざかるにつれて危険は減少していった。それでも、人々は怖々《こわごわ》三人を見つめていた。カルロスとエブリマが襲われて怪我をしていて、まだ血が滲んでいるからだ、とバーニーは気がついた。

しばらくして、カルロスがエブリマに訊いた。「祖母のことなんだが」

「奴隷は市場でお互いのことを話すんですが、おれたちのほとんどがだれかのセックスの相手をさせられているんです。さすがに年寄りはそんなことはありませんが、そもそも奴隷は長生きしませんからね」エブリマがバーニーを見た。「あなたのガールフレンドの父親のペドロ・ルイスは、ファラーとセックスしているんです。もっとも、彼女のほうが上にならなくちゃなりませんがね」

「だから、彼女は泣いていたのか？　彼を失ったから？」

「彼女が泣いていたのは、これからまた売られて、見も知らない男の性処理の相手をさせられるからですよ」エブリマはカルロスを見た。「誇り高すぎてあなたが娘の夫になるのを拒否したフランシスコ・ビラベルデですが、彼は奴隷を買う場合、常に少年を選ぶんです。そして肛門性交をし、成人になったら農民に売るんです」

カルロスはまだ信じられなかった。「つまり、毎晩、おれが寝ているとき、おまえは祖母の寝室へ行っていたのか？」

「毎晩じゃありません、彼女に頼まれたときだけです」

バーニーは訊いた。「おまえはそれでよかったのか？」

「エリサは年こそ取っていますが、優しくて、おれを愛してくれていました。それに、彼女は男じゃありませんん」

おれは今日の今日まで何も知らない子供だったみたいだ、とバーニーは思った。聖職者が人を牢につないで拷問死させせられることは知っていたが、人の財産を取り上げ、彼の家族を窮乏《きゆうぼう》させられることは知らなかった。助祭長が若い娘を自宅に連れ込んで愛人にするなど思いもよらなかった。それに、男や女が奴隷とセックスすることも想像だにしていなかった。まるで自分が足を踏み入れたことのない部屋のある家で、これまで見たことのないおかしなだれかと一緒に住んでいたかのような気がした。自分の無知を知って、バーニーは混乱し、平静を失った。そしていま、危険にさらされてセビーリャを、スペインを、慌てふためいて大急ぎで逃げ出そうとしていた。

三人は港に着いた。そこはいつものとおり、港湾労働者や荷車が忙しく往き来していた。バーニーが一目見たところでは、四十隻ほどの船が係留されていた。出港には朝の潮が都合がよく、丸一日帆に風を受けて前進をつづけられる。しかし、午後の潮で出港する船も一隻や二隻はいるのが普通だった。だが、潮はすでに変わりつつあり、間もなく出港が始まるだろうと思われた。

三人は水際へ急ぎ、そこにいる船を見渡して、もうすぐ出港しそうな一隻を探した。ハッチが閉じられ、船長が甲板にいて、水夫が艤装《ぎそう》作業をしている船を。〈鹿《シエルボ》〉という名前の船がすでに停泊位置から動き出していて、水夫たちが長い棒を操りながら、両隣にいる小型の帆船《はんせん》とぶつからないよう間隔を保っていた。ぎりぎりだが、まだ乗り込む時間はありそうだった。カルロスは両手をメガホン代わりにして叫んだ。「船長！　水夫は必要じゃありませんか？　屈強なのが三人いるんですが」

「必要ない！」返事が返ってきた。「水夫なら足りてる」

「客はどうです？　金なら払いますよ」

「満室だ！」

あの船長、何か非合法なことをやろうとしているな、とバーニーは踏んだ。見たこともない、あるいは信用できない人間にそれを知られたくないんだ。海で行なわれている犯罪の一番は、スペインに税金を払わないようにするためのアメリカ銀貨の取引だった。しかし、あからさまな海賊行為も珍しくなかった。

三人は川岸へ急いだが、運は尽きた。出港する船は一隻もなさそうだった。バーニーは絶望した。どうする？

港の下流の先端へ行ってみた。〈黄金の塔《オロ・タワー》〉という要塞がランドマークで、この地点で一方の岸からもう一方の岸へ鉄の鎖が張られ、海から上流へ向かってやってくる侵入者が投錨《とうびょう》している船を攻撃することができないようになっていた。

要塞の前では徴募係が樽の上に立ち、軍への参加を若者に呼びかけていた。「いま志願した者全員に、温かい食事とワインを一本進呈する」彼はそこに集まっている野次馬に向かって叫んだ。「あそこに〈ホセとマリア《ホセ・イ・マリア》〉という船がいる。その祝福された聖人二人が、あの船とあの船で航海する全員を護ってくださる」そして、船を指さした。その手は鉄の義手で、戦場で失った本物の手の人工的代替物だろうと思われた。

バーニーが指し示されたほうを見ると、大きな帆柱を三本と何門もの砲を備えたガレオン船がいて、甲板に若者が溢れていた。

徴募係がつづけた。「今日の午後、邪悪な異教徒が殺されるのを待っているところへ出航する。そこでは可愛くて、おれの経験では同じぐらいその気でいる娘たちも待っている。どういう意味かはわかるよな？」

わかってるとともという笑いが群衆から上がった。

「だが、弱いやつに用はないし」徴募係が侮蔑の口調で言った。「臆病《おくびょう》なやつにも、なよなよしたやつにも、用はない。どういう意味かはわかるはずだ。用があるのは、強くて、勇敢で、少々のことではへこたれない、本物の男だけだ」

〈ホセ・イ・マリア〉の甲板でだれかが叫んだ。「全員乗船完了！」

「最後のチャンスだぞ」徴募係が挑発した。「どうなんだ？　ママとおうちにいて、ママにパンとミルクを食わせてもらって、ママの言うことを聞いていい子にしているのか？　それとも、おれと、〝鉄の手《アイアンハンド》〟と一緒にきて、男の人生を、旅と、冒険と、名誉と、富の人生を生きるのか？　あの道板《みちいた》を上るだけでいいんだ。そうすれば、世界は諸君のものになる」

バーニー、カルロス、エブリマは互いに顔を見合わせた。カルロスが言った。「行くか？」

バーニーは答えた。「行く」

エブリマも同調した。「行きます」

三人は船へ向かい、道板を上がって甲板に立った。


二日後、三人は外海にいた。

エブリマは長い航海を経験していたが、それは常に囚われ人としてであり、鎖に繋がれてのことだった。甲板から海を見るのは、新しい、爽快《そうかい》な経験になった。

新人は取りあえず何もすることがなく、あるとすれば、軍事機密ということでまだ明らかにされていない行き先を推測することぐらいだった。

エブリマにはもう一つ、明らかになっていないことがあった。自分の将来である。

〈ホセ・イ・マリア〉に乗り組むと、三人はノートをテーブルに広げた士官に迎えられた。「氏名」彼は言った。

「バーニー・ウィラード」

士官はそれをノートに書き込み、カルロスを見た。「氏名」

「カルロス・クルース」

士官はふたたびそれをノートに書き込んだが、エブリマを一瞥するやペンを置いた。そして、カルロス、バーニーと見ていって、それを逆の順番で繰り返してから言った。

「軍に奴隷を持ち込むことはできない。士官は認められているが、それにしても食うものと着るものの金はその士官の自前だ。志願してきた兵卒には、当たり前だが、それは無理だからな」

エブリマはカルロスの顔をしっかり観察した。その目に絶望の色があるのを見て、逃走ルートが絶たれたことを覚悟した。しかし、束の間ためらっただけで、カルロスは唯一言えることを言った。「彼は奴隷ではありません、自由民です」

エブリマの心臓が止まった。

士官がうなずいた。奴隷が自由民になることは稀《まれ》だが、知られていないわけではなかった。「いいだろう」士官がエブリマを見て言った。「氏名」

すべては本当にあっという間に終わり、エブリマは自分がどこに立っているか、まだ確信がなかった。自由民になったことをバーニーは祝福してくれなかったし、カルロスは大きな贈り物をした男のようには振る舞わなかった。軍にいるあいだは間違いなく自由民として扱われるだろうが、本当のところはどうなのか？　軍を出ても自由民なのか、そうではないのか？

エブリマにはわからなかった。

5

マージェリーの結婚は延期された。

カレーが陥落したあと、イングランドへの侵攻があると予想され、バート・シャーリングは百人の兵士を集めてコーム・ハーバーを守備するよう命じられた。結婚は待つしかなかった。

ネッド・ウィラードにとって、それは希望だった。

キングズブリッジと同じような町は、だれもが慌てて家の壁の修理をし、伯爵たちは急いで自分の城を補強し、港では海際に配置されている大昔の大砲の錆《さ》び落としが始まり、現地の貴族たちは自分の義務を果たして、侵攻してくるフランス軍から住民を護るよう要求された。

人々は女王メアリー・チューダーを非難した。すべて彼女が悪い、スペイン国王なぞと結婚するからだ。あの結婚さえなければ、カレーはいまもイングランドのもので、イングランドはフランスと戦争をしていないだろうし、町を壁で囲う必要も、港に大砲を据《す》える必要もなかったはずだ。

ネッドは喜んだ。マージェリーとバートが結婚しないでいてくれれば、その間《かん》は何でも起こり得る。バートが心変わりするかもしれず、戦闘で殺されるかもしれず、国じゅうを覆いはじめているらしい震えをともなった熱病で死んでくれるかもしれない。マージェリーはおれのものでなくてはならない。だれが何と言おうとそうなのだ。世界に可愛い娘はたくさんいるが、彼女たちは数のうちに入らない。おれにはマージェリー一人しかいない。なぜそこまでの確信があるのか、本当のところは自分でもわからない。ただ、マージェリーが常にそこにいることはわかっている。大聖堂のように。

ネッドの見方では、彼女の婚約は一時保留されているだけで、無効になったわけではなかった。

バートと彼の大隊は聖週(復活祭前の一週間)前の土曜日、平底荷船でコーム・ハーバーへ向かうためにキングズブリッジに召集された。その朝、彼らを励まし、見送るために、人々が川岸に集まった。そのなかにネッドもいた。バートが本当に出征したことを、自分の目で確かめたかったのだ。

寒いけれども天気はよく、港はお祭り気分のようだった。マーティンの橋の下流では、ボートや平底荷船が両岸に、そして、スモール・アイランドのまわりにも、舫《もや》われていた。奥のラヴァーズフィールドの外れでは、倉庫や工場がぎっしり軒を連ねていた。キングズブリッジからは、喫水《きっすい》の浅い船なら川を使えるので、海岸まで直接行くことができた。キングズブリッジはずいぶん前からイングランドで最大の市場町の一つであり、ヨーロッパとの交易でも同じことが言えた。

ネッドがスローターハウス・ウォーフに着いてみると、大きな平底荷船が一艘《そう》、川岸近くにいた。バートと彼の部隊をコーム・ハーバーへ運ぶ船に違いなかった。二十人の男が流れに逆らって漕《こ》いでいて、それを一枚の帆が助けていた。いま船は棹《さお》で停泊位置へ誘導されていて、二十人は漕ぐ手を休めていた。これから百人の兵士が乗るとしても、下流へ船を進めるのははるかに楽なはずだった。

フィッツジェラルド家の面々が大通りを下ってきた。義理の息子になる予定の男を盛大に見送るためである。肩を並べているサー・レジナルドとロロは、年を取っているかそうでないかの違いがあるだけで、痩身長軀で独善的なところはまったく同じだった。ネッドは憎悪と侮蔑の目で二人を睨みつけた。二人の後ろにマージェリーとレディ・ジェーンがつづいていて、一方は小柄でセクシーで、もう一方は小柄で卑しかった。

ネッドの信じるところでは、ロロは妹を、力を手に入れて家格を上げるための道具としか見ていなかった。家族のなかにいる女性をそう考える男は多かったが、ネッドに言わせると、それは愛の敵でしかなかった。ロロが妹を可愛いと思っているとしても、それは馬を可愛いと思うのと同じ種類のものに過ぎない。どんなに可愛いと思っていても、必要とあれば売るし、何かと交換するのを厭わないということだ。サー・レジナルドも似たようなものだ。レディ・ジェーンはそこまで冷酷ではないにせよ、家族のだれか一人の幸せより、家の利益を常に優先するに決まっている。そうだとすれば、結局のところ、無慈悲であることは同じだ。

ネッドが見ていると、マージェリーがバートに歩み寄った。バートはキングズブリッジ一素敵な娘をフィアンセにしたことが自慢で、得意だった。

ネッドはマージェリーを観察した。キングズブリッジ・スカーレットのコートを着て、羽根付きの小さな帽子をかぶっている彼女は、まったくの別人のようだった。身じろぎもせずに直立し、バートと言葉を交わしているにもかかわらず顔は彫り物のようで、生気はなく、こうするしかないのだという決意が表われているだけだったし、いたずらっ子のような活き活きとしたところはすっかり失われていた。

だが、人はそう観単に変わることはできない。いたずらっ子のようなところは、いまも彼女のどこかにあるに違いなかった。

彼女が惨めな思いでいるのはネッドもわかっていた。それを思うと、彼自身も腹立たしく、同時に悲しかった。彼女を連れて逃げたかった。二人で夜明けにこっそりキングズブリッジを抜け出し、森へと姿を消すところを、夜、何度夢想したことか。ウィンチェスターへ歩いていき、そこで名前を変えて結婚する場合もあり、ロンドンへ行って何かの商売を始める場合もあり、コーム・ハーバーから船でセビーリャへ向かう場合もあった。だが、本人が救われたがっていなければ、救うことはできない。

漕ぎ手が船を下り、渇きを癒そうと最寄りの居酒屋〈スローターハウス〉へ入っていった。船客も下船しはじめたが、ネッドはそのなかの一人を驚きの目で見つめた。汚れたクロークをまとい、くたびれた革の背嚢を背負ったその男は、遠くから旅をしてきた疲れを顔に表わしていたが、そこには粘り強さも同居していた。ネッドの従兄弟、カレーにいるはずのアルバンだった。

二人は同い年で、ネッドがディック叔父と一緒に暮らしていたときに仲よくなったのだった。

ネッドは船着場に急行して声をかけた。「アルバン、おまえか？」

アルバンがフランス語で応えた。「ネッド、ようやく会えた。よかった」

「カレーはどうなった？　こんなに時間が経っているのに、ここではっきりしたことが何もわかっていないんだ」

「悪いニュースばかりだ」アルバンが言った。「両親も妹も死んで、われわれはすべてを失った。フランス政府は倉庫を押収し、すべてをフランスの商人の手に渡した」

「われわれはそれを恐れていたんだ」それはウィラード家がこの間《かん》恐れつづけていた知らせで、ネッドの落胆は深かった。母のことを思うと特に辛かった。彼女は生涯の仕事を失った。ひどく打ちのめされるだろう。しかし、失ったものはアルバンのほうがはるかに多い。「ご両親とテレーズのことは本当に気の毒だった」

「ありがとう」

「うちへこいよ。母にすべてを教えてやってくれ」ネッドはそのときが怖かったが、避けては通れないことだった。

二人は大通りを上っていった。「おれは辛《かろ》うじて逃げることができたが」アルバンが言った。「金がなかったし、いずれにしてもフランスからイングランドへ渡る術もなかった。戦争をしているわけだからな。こっちへまったく情報が入ってこなかったのはそのせいなんだ」

「で、おまえはどうやってここまでたどり着いたんだ？」

「まずはフランスを出なくちゃならなかったから、国境を越えてネーデルラントへ入った。しかし、依然としてイングランドへの旅費がなかった。それで、アントワープの従叔父《いとこおじ》を訪ねることにした」

ネッドはうなずいた。「おれたちの父親の従兄弟のヤン・ウォルマンだな」ヤンはカレーにやってきたことがあって、そのときネッドもそこにいたから、アルバンと一緒に彼と会っていた。

「そして、アントワープまで歩いた」

「百マイル以上あるだろう」

「一歩一歩踏みしめるようにして歩かなくちゃならなかったし、あちこちで道を間違えた。餓死しそうになったが、何とかたどり着くことができた」

「よく頑張った。ヤン従叔父は快く迎えてくれたんだよな？」

「素晴らしい人だよ。肉とワインを振る舞ってくれた。ヘニー従叔母《いとこおば》は足の手当をして、包帯を巻いてくれた。そのあと、ヤン従叔父はアントワープからコーム・ハーバーまでの切符と靴を買ってくれて、旅費までくれたんだ」

「そして、おまえがここにいるわけだ」二人はウィラード家の玄関に着いた。ネッドはアルバンを客間に案内した。そこでは、アリスが明かりを採るために窓際に据えたテーブルに向かって帳簿をつけていた。火床では盛大に焔《ほのお》が上がり、彼女は毛の裏地のクロークに身を包んでいた。本を護るために部屋を暖める人なんかいない、というのが彼女の口癖だった。「お母さん、アルバンだよ、カレーを脱出してきたんだ」

アリスがペンを置いて言った。「ようこそ、アルバン。ネッド、彼に食べ物と飲み物をお願い」

ネッドはキッチンへ行き、家政婦のジャネット・ファイフにワインとケーキを持ってくるよう頼んだ。

客間へ戻ると、アルバンがこれまでのことを話していた。フランス語だったから、母が理解できないところはネッドが通訳した。

アルバンの報告を聞いているうちに、ネッドは涙をこらえられなくなった。辛い話が詳しく語られていくにつれて、恰幅《かっぷく》のいい母が椅子のなかで縮んでいくように見えた。彼女の義理の弟も、妻も、娘も死んでしまった。倉庫はそこに蓄えてあったものもろともフランスの商人の手に渡り、いまやディックの家には見も知らない連中が住んでいる。「何てこと」アリスが小さな声で言った。「可哀相なディック」

ネッドは言った。「残念だよ、お母さん」

アリスが背筋を伸ばして坐り直し、前向きに考えようとした。「でも、わたしたちはとどめを刺されたわけではないわ。わたしにはまだこの家と四百ポンドがあるし、セント・マークス教会の周辺に六軒の家作《かさく》を持っている」セント・マークスのコテッジは彼女が父親から遺贈されたもので、大した額ではないにしても賃貸料が入ってきていた。「大半の人が一生かかっても手にすることができないぐらいの富よ」そのとき、懸念すべきことが頭に浮かんだ。「だけど、その四百ポンドをサー・レジナルド・フィッツジェラルドに融資することにしてしまったのよね」

「でも」ネッドは言った。「サー・レジナルドがその金を返せなかったとしても、われわれには修道院が転がり込んでくるんだから、それはそれでいいんじゃないのかな」

「そういえば」アリスが訊いた。「アルバン、あなた、〈セント・マーガレット〉というイングランドの船のことを何か知らない？」

「もちろん、知っています」アルバンが答えた。「フランス軍の攻撃の前日にカレーに入ってきました」

「その船はどうなったのかしら？」

「フランス政府に接収されました。カレーにあるすべてのイングランドの資産と同様、戦利品としてね。積んでいた毛皮は港でオークションにかけられ、全部で五百ポンド以上の値で売れました」

ネッドとアリスは顔を見合わせた。爆弾が破裂したも同然だった。アリスが言った。「だとしたら、レジナルドは四百ポンドの投資を丸々失ってしまったわけね。何てことでしょう、彼はこの災厄を乗り切れるのかしら？」

ネッドは言った。「そして、修道院を手放すことになる」

アリスが重苦しい声で言った。「大変なことになるわよ」

「きっと」ネッドは言った。「悲鳴を上げて泣き言を並べるんだろうな。でも、ぼくたちは新しい事業ができるようになる」気持ちが明るくなりはじめた。「新たにスタートを切れるんだ」

アリスはいつもながら思い遣《や》りを忘れなかった。「アルバン、身体をきれいにして、洋服を新しくしたほうがいいわね。必要なものはジャネット・ファイフに全部用意させるから、そのあとでディナーにしましょう」

「ありがとうございます、アリス伯母さん」

「お礼を言うのはわたしのほうよ。長い旅をして、恐ろしい知らせではあるけど本当のことを教えにきてくれたんだもの」

ネッドは母の顔を観察した。アルバンの話を聞いて、予想していなかったわけではないとしても、動揺していた。何とかして母の気持ちを立て直してやりたかった。

「これから修道院を見に行こう」彼は言った。「外の部分をどう割り振りするかとか、そのほか諸々のことの検討を始めてもいいんじゃないかな」

アリスはあまり乗り気ではなさそうに見えたが、それでも何とか気持ちを切り替えたようだった。「いいわね」彼女は言った。「あそこはもうわたしたちのものだものね」

母と子は家を出ると、マーケット広場を渡って大聖堂の南側へ向かった。

ヘンリー八世王が修道院を廃止しはじめたとき、ネッドの父親のエドマンドはキングズブリッジの市長を務めていた。ネッドが母から聞いた話では、エドマンドと修道院長のポール――結局のところ、キングズブリッジ最後の修道院長になってしまったのだが――は、これからどうなるかを予見し、学校を救うことを計画した。そして、学校と修道院を分離し、学校に自治を与え、寄付によって資金を得られるようにした。二百年前にカリスの施療所でも似たようなことが行なわれていて、エドマンドはそれを手本にしたのだった。その結果、キングズブリッジはいまも大きな学校と有名な病院を持ち得ていた。そして、修道院のそれ以外の部分は廃墟と化してしまった。

正面入口は鍵がかかっていたが、壁は崩れ落ちていて、かつては厨房の奥だったあたりによじ登れそうなところがあったから、そこから瓦礫《がれき》を乗り越えて敷地内に入ることができた。

考えることはみな同じと見えて、最近のものと思われる焚き火のあとがあり、肉のこびりついている骨が何本か散らばって、ワインを入れる革袋が腐りかけて転がっていた。だれかが、おそらくは不義の愛人とここで夜を過ごしたのだろう。建物のなかは腐食の匂いがし、鳥や鼠《ねずみ》の糞《ふん》だらけだった。「修道士はいつもとてもきれいにしていたんでしょうに」アリスがあたりを見回して暗い声で言った。「永久に存在するものはないということね、変わること以外はね」

荒れ果てているにもかかわらず、ネッドは強い予感を感じた。このすべてがいまや自分たちのものなのだ。素晴らしいことを成し遂げる可能性がある。これを思いつくなんて、母は本当に抜け目がない――ウィラード家が挽回《ばんかい》計画を必要としている、まさにこのタイミングで。

二人は回廊《クロイスター》へ向かい、いまや伸び放題になってしまっているハーブガーデンの真ん中に立った。近くに、かつては修道士が手を洗っていた噴水があった。アーケードの周囲全体を見回してわかったのだが、何十年も放置されているにもかかわらず、柱や丸天井、欄干《らんかん》やアーチの大半はまだしっかりしていた。キングズブリッジの石工や煉瓦職人がいい仕事をしたということだった。

「ここから始めるべきね」アリスが言った。「アーチ道がつづいている西の壁を取り壊したら、マーケット広場からなかを見ることができるでしょう。クロイスターには柱と柱のあいだに一軒ずつ、小さな店を出せばいいわ」

「それだと二十四軒の店を出せることになるな、いや、一つを入口にするなら二十三軒か」

「みんなが中庭へ入ってきて、全体を見渡せるわね」

ネッドはその場面を母と同じぐらいはっきりと思い描くことができた。明るい色彩の織物、新鮮な果物や野菜、ブーツやベルト、チーズやワインを売る露店が並んでいるところを。露天の主人が自分の商品を売ろうと声を張り上げ、客を誘い、代金を受けとって品物を渡しているところを。着飾った買い物客が財布を握り締めて商品を目で検め、手で触って検め、匂いを嗅いで検めながら、そこにいる知り合いと世間話に興じるところを。ネッドは市場が、富がやってくるところが好きだった。

「わたしたちがやるべきことは、取りあえずは多くないわね」アリスがつづけた。「掃除や片付けをしてきれいにしなくちゃならないけど、売り台とか必要なものは店主が持ち込むでしょう。市場が出来上がって動き出し、お金が入るようになったら、石組の修理や中庭の舗装を考えればいいわ」

そのとき、ネッドはだれかに見られているような気がした。振り返ると、大聖堂の南の扉が開いていて、ジュリアス司教が鉤《かぎ》のような手を骨ばった腰に当て、青い目に悪意をきらめかせて睨んでいた。ネッドは後ろめたさを感じた。そんなふうに思わなくてはならない理由はないのだが、そう思わせる力が聖職者にあることもわかっていた。

直後にアリスも司教に気づき、驚きの呻きを漏らしてつぶやいた。「長居は無用のようね」

ジュリアスは腹立たしげに怒鳴った。「おまえたち、ここで何をしているんだ？」

「こんにちは、司教さま」アリスが答えた。「わたしどもの資産を調べているところです」

「それは一体どういう意味なのかな？」

「いまや、この修道院を所有しているのはわたしなのです」

「まさか。修道院の所有者はサー・レジナルドだ」司教の痩せこけた、死者を連想させる顔に侮蔑が浮かんだが、その否定の言葉の裏に不安があるのをネッドは感じ取った。

「レジナルドはこの修道院を担保にしてわたしからお金を借り、それを返済できなくなったのです。〈セント・マーガレット〉という船の積荷を買ったのですが、フランス王に没収されてしまい、わたしが融資した金額を返せなくなったのです。というわけで、修道院はいまやわたしのものなのです。もちろんのことですが、司教さま、わたしはよき隣人でありたいと考えていますし、わたしの計画を司教さまと相談するのを楽しみに――」

「待ちなさい。その担保は無効だ」

「それはあり得ません。キングズブリッジは交易の町で、きちんと契約を履行するという評価を受けています。わたしどもの繁栄はそのおかげですし、それはあなた方も同じです」

「レジナルドは修道院を教会に売ると約束している――正統な持ち主のところへ返すとな」

「では、サー・レジナルドはあなたとの約束を破り、修道院を融資の担保としたのです。ですが、あなた方がそれをお望みであるなら、わたしは修道院を教会に売るにやぶさかではありません」

ネッドは息が詰まった。母が本気で言っているのでないことはわかっていた。

アリスはつづけた。「わたしがレジナルドに融資した満額を支払っていただけるのなら、修道院はあなた方のものです。四百二十四ポンドですが」

「四百二十四ポンド?」ジュリアス司教が繰り返した。数字が中途半端だと感じているようだった。

「そうです」

この修道院にはそれ以上の価値がある、とネッドは思った。ジュリアスに多少なりと分別があれば、一も二もなくこの申し出を受けるはずだ。だが、その金がないのかもしれない。

司教が憤然として言った。「レジナルドが私に言った売値は、彼が買ったときの金額だぞ。八十ポンドだ!」

「それは神を敬う贈り物とは言えるでしょうが、事業としての価値交換ではありません」

「おまえも同じようにすべきだろう」

「レジナルドには物を本来の価値より安く売る癖《くせ》があるのでしょうが、いま彼が無一文なのはそのせいかもしれませんね」

司教が態度を変えた。「この荒れ果てたところをどうするつもりなのかな？」

「まだわかりません」アリスは嘘をついた。「もう少し考えて、何か思いついたらご相談にうかがいます」計画が完成もしていないのに、市場建設反対運動を始めるチャンスをジュリアスに与えたくないんだな、とネッドは推測した。

「何をやろうとしても、必ず阻止してやるからな」

それはあり得ない、とネッドは思った。市民が自分の商品を売る場所を何としても拡大する必要があることは、キングズブリッジの長老参事会員全員がわかっている。そのなかには自分の家屋敷を維持するのがやっとの者もいるから、新しい市場ができれば真っ先に借り手になるはずだった。

「司教さまと力を合わせられればいいのですが」アリスは穏やかに言った。

ジュリアスはほとんど逆上したかのようだった。「こんなことをしたかどで、破門してやってもいいんだぞ」

アリスは冷静だった。「教会は修道院にからむ資産を取り戻すためなら何でもやろうとしていますが、議会がそれを許さないのではないでしょうか」

「聖所侵犯だ！」

「修道士は金持ちになり、怠《なま》け者になり、堕落しました。その結果、人々の尊敬を失ったのです。それがヘンリー八世王が修道院を解体できた理由です」

「ヘンリー八世は邪悪な男だった」

「わたしはあなたの味方であり、同盟者でありたいのです、司教さま。ですが、わたし自身とわたしの家族が貧しくなるような金額で売るわけにはいきません。修道院はわたしのものです」

「違う」ジュリアスが言った。「神のものだ」

ロロはコーム・ハーバー行きの船に乗り込む前のバート・シャーリングの部下全員に飲み物を奢《おご》ってやった。懐《ふところ》に余裕はなかったが、妹のフィアンセとの関係を何としても良好なままにしておきたかった。婚約を壊したくなかった。結婚が成立すれば、フィッツジェラルド家の将来は大きく変わる。マージェリーは伯爵夫人になり、息子が生まれれば、その子は長じて伯爵になる。フィッツジェラルド家も貴族同然になるということだ。

だが、その願いが現実になると決まったわけではまだない。婚約は結婚ではないのだ。強情なマージェリーが心変わりして反抗を企てないとも限らない。憎むべきネッド・ウィラードに唆《そそのか》される可能性は十分にある。あるいは、気が進まないことを隠せないでいる妹にバートが機嫌を損ね、誇りを傷つけられたと腹を立てて、婚約解消に踏み切るかもしれない。だとしたら、ない袖を振ってでもバートとの友情を強固なものにしておかなくてはならない。

それは簡単ではなかった。義理の弟の友情には年長者に対する尊敬とお世辞が混じっているに違いなかった。だが、ロロはそれでもかまわなかった。取っ手付きの大ジョッキを高く掲げて乾杯の音頭を取った。「わが高潔な弟に！　神がきみの強い右腕を護り、腐ったフランス人どもを撃退する手助けをしてくださるように！」

試みは成功した。兵士たちが歓声を上げてビールを呷《あお》った。

ハンドベルが鳴り、彼らはジョッキを空にして平底荷船に乗り込んでいった。フィッツジェラルド家の面々は桟橋で手を振った。船が見えなくなるとマージェリーと両親は家へ帰ったが、ロロは〈スローターハウス〉へ戻った。

その居酒屋に入ると、男が隅に坐り、祝うどころか暗い顔で坐っていることに気がついた。艶《つや》のある黒髪と豊かな唇でドナル・グロスターだとわかった。ロロは興味を持った。ドナルは弱い男だ、弱い男は使いようがある。

ロロはビールを満たした大ジョッキを二つ手にして、ドナルの隣りに腰を下ろした。友だちというには付き合いがなさ過ぎたが、同い年で、キングズブリッジ・グラマースクールで席を並べていた。ロロはジョッキを掲げて言った。「フランス人に死を」

「彼らは侵攻してこないよ」ドナルは言ったが、ともかくビールには口をつけた。

「そう断言する根拠は何なんだ？」

「フランス国王にその余裕がないからさ。侵攻を検討するかもしれないし、一撃離脱的な攻撃はできるだろうが、本気で艦隊を編制して海峡を渡るだけの資金はない」

ドナルはこの話をわかってしているのかもしれない、とロロは思った。ドナルの雇い主のフィルバート・コブリーは船にかかる金についてならキングズブリッジのだれよりもよく知っている。それに、世界を相手に交易をしている実業家だから、たぶんフランス政府の懐具合もわかっているだろう。「それなら、祝杯を上げるべきだろう！」ロロは言った。

ドナルが鼻を鳴らした。

ロロは言った。「何か悪い知らせでも抱えてるように見えるぞ、級友」

「そうか？」

「もちろん、おれの知ったことじゃないが……」

「そうでもないかもしれないぞ。もうすぐみんなの耳に入るはずだからな。おれはルース・コブリーにプロポーズして断わられたんだ」

ロロは驚いた。ドナルはルースと結婚するものとだれもが思い込んでいた。雇い人が雇い主の娘と結婚するのは至って当たり前のことだった。「彼女の父親がおまえを気に入らなかったってことか？」

「おれは事業についてはよくわかっているからな、その点では十分な娘婿なんだが、信仰の点で十分じゃなかったんだ」

「そうなのか」ロロはニューカースルの芝居を思い出した。ドナルは明らかに楽しんでいて、腹を立てたコブリーの連中と一緒に途中で帰るのが不本意な様子だった。

「しかし、ルースに断わられたんだよな？」ロロからすれば、ドナルは黒髪でロマンティックな顔立ちで、女の子を惹きつけるに十分な魅力があった。

「兄のような存在なんだそうだ」

ロロは肩をすくめた。愛は理屈じゃないってことか。

ドナルが鋭くロロを見て言った。「きみは女の子にあまり関心がないんだな」

「男の子にもないぜ、もしそういう意味のことを言ってるんならな」

「ちょっと頭をよぎったんだ」

「あり得ないな」実を言うと、そのどこがいいのかがわからなかった。自慰《じい》は穏やかな、蜂蜜《はちみつ》を舐めるような喜びをもたらしてはくれたが、女性と、あるいは男性とセックスをするという考えは、かすかではあるが嫌悪を感じさせた。独身でいたかった。修道院がいまも存在していたら、修道士になったかもしれなかった。

「きみが羨《うらや》ましいよ」ドナルが苦い声で言った。「おれは彼女にふさわしい夫になろうとして、そのことばかり考えているんだ――酒も踊りも芝居も好きでない振りをし、彼らの退屈な礼拝へ行き、彼女の母親と話をし――」

ロロは首筋の毛が逆立った。ドナルは〝彼らの退屈な礼拝へ行き〟と言った。コブリー家が信仰については独自の意見を持つ権利があると考える危険な連中の一味であることは、とうの昔にわかっていた。だが、神を汚す行為がこのキングズブリッジで実際に行なわれている証拠に出くわしたことはまだなかった。ロロは突然頭をもたげた興奮を気取られまいと、何気ない口調になるよう努力しなくてはならなかった。

「その礼拝ってやつはよほどつまらないものなんだろうな」

ドナルが即座に前言を撤回した。「集まりと言うべきだった。もちろん、礼拝なんか行なわれていない。それは異端行為じゃないか」

「なるほどな」ロロは応えた。「だけど、人が集まって祈ることも、聖書から学ぶことも、讃美歌を歌うことも、法に反しているわけじゃあるまい」

口に持っていこうとしたジョッキを戻して、ドナルが言った。「何の意味もない話だよ」目に恐怖の影があった。「飲み過ぎたみたいだ」そして、よろけながら立ち上がった。「帰る」

「待てよ」ロロは制した。フィルバート・コブリーの集まりについて、どうしてももっと知りたかった。「帰るんなら全部飲んでからにしろ」

しかし、ドナルは怯えていた。「ちょっと寝なくちゃ駄目みたいだ」口ごもりながら言った。「ビールをありがとう」

そして、おぼつかない足取りで店を出ていった。

ロロはビールをちびちび飲みながら熟考した。コブリー家とその友人たちは密かにプロテスタントを信仰しているのではないかと広く疑われている。しかし、用心深く、禁制の行為をしている証拠はこれっぽっちもない。自分たちのなかだけに留めておく限り、罪を犯したことにはならない。だが、プロテスタントの礼拝をしているのであれば、話は別だ。罪《シン》であり、犯罪《クライム》でもある。生きて火刑に処され、罰せられなくてはならない。

酔いと恨みと憤りのせいで、ドナルは一瞬だが真実を口走ってくれた。

それについておれにできることは多くはないが、明日にはドナルはすべてを否定し、酔いに任せた戯言《たわごと》だと言い張るに違いない。だが、この情報はいつか役に立つはずだ。父に教えることにして、ロロはビールを飲み干し、店を出た。

ハイ・ストリートの実家へ帰り着くのと同時にジュリアス司教がやってきた。「兵士を盛大に見送ってきましたよ」ロロは元気のいい声で言った。

「そんなことはどうでもいい」ジュリアス司教は不機嫌だった。「サー・レジナルドに話がある」腹を立てているのは明らかだが、幸いなことに、その矛先が向いているのはフィッツジェラルド家ではないようだった。

ロロは司教を大広間に案内した。「すぐに父を呼んできます。どうぞ火に当たりながら待っていてください」

ジュリアス司教がいいから早く行けというように手を振り、苛立たしげに広間を往《い》ったり復《き》たりしはじめた。

ロロは昼寝をしている父を起こし、広間に司教がきていることを伝えた。サー・レジナルドが呻きながらベッドを出て言った。「ワインを出して差し上げろ、私はそのあいだに着替えをするから」

数分後、三人は広間で向かい合った。ジュリアス司教がすぐに本題に入った。「アリス・ウィラードにカレーの情報が入った。〈セント・マーガレット〉がフランスに接収され、積荷は売られてしまったとのことだ」

ロロは絶望を感じた。「そのことなら知っています」彼は言った。あれは父の最後の賭けで、父はその賭けに負けてしまった。これからどうするのか？

サー・レジナルドの顔が怒りで朱に染まった。「〈セント・マーガレット〉はカレーで一体何をしていたんだ？」

ロロは答えた。「ジョナス・ベーコンに教えてもらったんですが、彼があの船と出会ったとき、ちょっとした修理をする必要があるので港に立ち寄ると船長が言っていたそうです」

「しかし、ベーコンはその港がカレーだと言ったのか？」

「いえ」

レジナルドのそばかすの散った顔が憎しみに歪《ゆが》んだ。「だが、あいつは知っていた。そして、フィルバートも知っていたに違いない。知っていて、私にあの積荷を売りつけたんだ」

「知っていたに決まってますよ、あの嘘つきで、偽善者で、プロテスタントのペテン師めが」ロロは怒りで腸《はらわた》が煮えくり返った。「われわれはあいつに騙されて、金を盗られたんです」

司教が言った。「もしそうだとしたら、その金をフィルバートから取り戻すことができるのか？」

「できません」レジナルドが答えた。「ここのような町では、たとえそれがいかさまな取引であっても、契約を無効にはできないのです。契約は神聖なものなのです」

法律を学んだロロは、そのとおりだとわかっていた。「四季裁判所は契約が有効だと認めるでしょう」

ジュリアス司教が言った。「その金を取り戻せないのなら、アリス・ウィラードへの負債を返済できないのではないのか？」

「できません」

「修道院を担保にして融資を受けたんだな？」

「はい」

「今朝、アリス・ウィラードが修道院はいまや自分のものだと言ったぞ」

「あの婆《ばばあ》」レジナルドは思わず口走った。

「では、事実なんだな？」

「はい」

「あなたは修道院は教会に返すと言ったはずだ、そうだろう、レジナルド」

「そんなに責めないでください、司教、私は四百ポンドを失ったばかりなんです」

「四百二十四ポンドだとウィラードは言っていたぞ」

「そのとおりです」

金額が正確であることに大きな意味があると司教は考えているようで、ロロはその理由を知りたかったが、訊くチャンスがなかった。父親が落ち着かない様子で立ち上がり、部屋を出ていこうとして戻ってきた。「今度のことについては、誓ってフィルバートに目に物見せてやる。レジナルド・フィッツジェラルドを出し抜いてまんまと逃げおおせるなど、だれにもできないと思い知らせてやる。あいつが苦しむところをこの目で見てやるんだ。だが、その手立てをどうしたものか……」

ロロは閃いた。「手立てならあります」

「どんな？」

「フィルバートに復讐するに打ってつけの方法です」

レジナルドが足を止め、眇《すが》めるようにして息子を見つめた。「どんな方法だ？」

「フィルバートが雇っているドナル・グロスターが、今日の午後、〈スローターハウス〉で飲んでいたんです。フィルバートの娘にプロポーズして断わられたんですよ。その恨みが理性に勝《まさ》ったというわけです。まあ、酒のせいで口が軽くなっていたこともあるんでしょうがね。コブリー家とその友人たちが礼拝を行なっていると言ったんです」

ジュリアス司教が激怒した。「礼拝を行なっているだと？　僧侶無しで？　それは異端行為だ！」

「それを確認しようとしたんですが、ドナルはすぐさま言葉を訂正して、礼拝ではなく、ただの集まりに過ぎないと言い直しました。そして、後ろめたそうにして口を閉ざしたんです」

司教が言った。「鼠どもがプロテスタントの儀式を行なっているのではないかと、私はずいぶん前から疑っていた。しかし、どこで、いつ、だれが参加してやっているんだ？」

「それは私にはわかりません」ロロは答えた。「ですが、ドナルは知っています」

「たぶん。ルースに拒絶されたわけですから、もはやコブリー家に対する忠誠心はないはずですからね」

「口を割るかな?」

「では、確かめてみよう」

「私がオズマンドを連れて会いに行きましょう」オズマンド・カーターは保安隊の隊長で、暴力を厭わない大男だった。

「どうやってドナルに口を開かせるんだ?」

「おまえは異端を疑われている、すべてを話さないと裁判にかけられる、と言ってやるんです」

「それでドナルは怯えるか?」

「糞《くそ》をちびりますよ」

ジュリアス司教が思案げに言った。「これはプロテスタントを叩き潰すいい機会になり得るかもしれないな。カトリック教会はいま、残念ながら受け身の状態にある。女王メアリー・チューダーはカレーを失ったことで人気がなくなっている。彼女の正統な後継者であり、スコットランド女王でもあるメアリー・ステュアートは、パリでもうすぐ結婚することになっているが、夫になるのはフランス人であり、イングランドはそのせいで彼女に背を向けるはずだ。サー・ウィリアム・セシルとその一派は正統ではない非嫡出子のエリザベス・チューダーを玉座に着けるべく支持を求め、その気運を盛り上げようと全国を巡っている。というわけだから、キングズブリッジの異端を締めつけることは、カトリックの士気を鼓舞する役に立つはずだ」

では、とロロは思った。われわれは神の意志を体現すると同時に、フィッツジェラルド家としての復讐も果たすことになるわけだ。彼の胸は残忍さで沸騰《ふっとう》した。

父親も明らかに同じことを思っていた。「やれ、ロロ」彼は言った。「いますぐにだ」

ロロはコートを着て家を出た。

ギルド会館は右側、通りの向かいにあった。マシューソン州長官の部屋は一階にあり、事務官のポール・ペティットも同じ部屋で手紙を代筆し、書類をきちんと順番通りにチェストに収めて管理する仕事をしていた。マシューソンが必ずフィッツジェラルド家の要請を認めてくれるとは限らず、自分は女王に仕えているのであって市長に仕えているのではないと主張し、サー・レジナルドに逆らうこともときどきあった。しかし、今日は運のいいことにたまたま長官室に彼の姿がなく、ロロもわざわざ呼びに行かせるつもりもなかった。

そのまま地下へ下りていくと、オズマンドと彼の部下の保安隊員が土曜の夜回りに出る準備をしているところだった。オズマンドはぴったりした革のヘルメットをかぶっていて、それがさらに彼を野蛮に見せていた。いまは膝丈のブーツの紐を締めている最中だった。

「尋問したいやつがいるんだ、一緒にきてくれ」ロロはオズマンドに言った。「おまえは口を開く必要はない」〝威嚇《いかく》的に見えるようにしているだけでいい〟と付け加えたかったが、いまでも十分威嚇的だと思い直して黙っていた。

遅い午後の光のなか、彼らは大通りを下っていった。ドナルは口を割ると父と司教に断言したが、果たして本当にそうなるだろうか、とロロは自信が揺らぎはじめた。もういまごろは酔いが覚めているとしたら、そう簡単にはいかないかもしれない。酔っていたせいで馬鹿げたことを口にしてしまったんだと謝り、プロテスタントの礼拝なんてものにはどんな種類のものであれ行ったことはないと、真っ向から否定することだってできる。そうなったら、何であれ証明するのは難しくなるだろう。

波止場を通り過ぎようとしたとき、パン屋の娘のスーザン・ホワイトに声をかけられた。ロロと同い年の彼女は、ハート形の顔と優しい心の持ち主だった。もっと若いころ、二人はキスをし、控えめにではあるがその先へ進もうとしたことがあった。ドナル・グロスターやネッド・ウィラードといった少年たちのようには、セックスが圧倒的な魅力を持たないと気づいたのは、そのときだった。そして、スーザンへの恋心のようなものも消えてなくなった。いずれにせよ、いつの日か結婚はするかもしれないが、それは家事を差配する人間が必要だからに過ぎない。また、そうだとしても、パン屋の娘よりは地位の高い親の娘のほうがよかった。

スーザンはロロを恨んではいなかったし、大勢のボーイフレンドがいた。いま、彼女が同情してくれた。「気の毒に、積荷を失ったんですってね。公正じゃないように思えるけどね」

「公正じゃないさ」ロロは応えた。その話が広まっていることは意外でも何でもなかった。キングズブリッジの半分が色々な形で海を使う取引に関わっていて、全員が船についてのニュースに、それがいいものであれ、悪いものであれ、関心を持っていた。

「きっと次はいいことがあるわよ」スーザンが言った。「ともあれ、みんながそう言ってるわ」

「そうだといいけどな」

スーザンがオズマンドを見た。好奇心が頭をもたげたらしく、彼とロロが何をしようとしているのか、明らかに訝っていた。

説明などしたくなかったから、ロロは会話を終わらせることにした。「悪いな、急いでるんだ」

「じゃあね！」

ロロとオズマンドはふたたび歩き出した。ドナルは町の南西部、タネリーズという産業区域に住んでいた。町の北と東はずいぶん古くから人々が憧れてきた界隈で、修道院は常にマーティンの橋の上流に土地を所有していた。そして、水もきれいだった。自治都市議会《バラ》は産業を下流で興《おこ》すと決めて、キングズブリッジの物作り仕事のすべて——革の鞣《なめ》し、生地の染め、石炭洗い、紙造り——を集め、そこより上流の水が濁らないようにした。それは何百年も前からつづいていることだった。

明日は日曜だから人々は教会で情報交換をするはずだ、とロロは考えた。夕方には、キングズブリッジの全員が〈セント・マーガレット〉の末路を知っているに違いない。彼らはスーザンと同じく同情してくれるか、あるいは、騙されるなんてサー・レジナルドは馬鹿だと嗤《わら》うかもしれない。だが、哀れみと軽蔑の入り混じった目でフィッツジェラルド家を見るのは同じはずだ。彼らが後知恵でこう言うのが聞こえるような気がした——「あのフィルバートは狡猾なやつなんだ。正価より安く売ったことなんか一度だってない。サー・レジナルドはそれを知らなかったのかな」そして、そのことを思うと、ロロはぞっとした。自分の家族が見下されるのは絶対に我慢できなかった。

しかし、異端行為のかどでフィルバートが逮捕されれば、人々の口振りは変わるはずだった。彼らはフィルバートが罰せられるところを目の当たりにすることになり、こう言い出すに違いなかった。「サー・レジナルドを騙したら、ただではすまないんだ——フィルバートはそれを知っておくべきだった」フィッツジェラルド家の名誉は回復され、名前を名乗るロロの胸にふたたび誇りが満ちるはずだった。

ドナルに口を割らせることができれば。

ロロは先頭に立って港の向こうの小さな家へ向かっていった。ドアを開けた女性はドナルの官能的な美貌を持っていた。オズマンドに気づいて、彼女が言った。「お慈悲を！　息子は何をしたんでしょう？」

ロロは彼女を押しのけて家に入った。オズマンドがつづいた。

「すみません、息子は酔っていたんです」彼女は言った。「ひどく落胆していたんです」

ロロは言った。「ご主人は在宅かな？」

「夫は死にました」

ロロはそれを忘れていた。だとしたら、ことは少し簡単になるだろう。「ドナルはどこです？」

「いま連れてきます」彼女が奥へ向かおうと背中を向けた。

ロロはその腕をつかんで言った。「私が話しているときは、私が何を言っているかをしっかり聴いてもらわないと困る。私は彼を連れてきてくれとは言っていない、どこにいるかと訊いたんだ」

彼女の褐色の目に怒りが閃いた。ロロは一瞬、自分の家なのだから自分の好きなようにさせてもらうと言い返されるのではないかと思った。が、逆らったら息子の立場がもっと悪くなると明らかに恐れたのだろう、何とか自分を宥め、目を落として言った。「ベッドにいます。階段の上の一番手前のドアです」

「あんたはここで待っているんだ。オズマンド、一緒にこい」

ドナルはベッドで俯《うつぶ》せになっていた。ブーツは脱いでいたが、着ているものはそのままだった。嘔吐物の臭いがしたが、最悪の部分は母がきれいにしたのかもしれなかった。ロロに揺すられて目を覚ましたドナルは眠そうなぼんやりした声を漏らしたが、オズマンドの姿を見た瞬間、弾《はじ》かれたように起き上がった。「お助けください、イエス・キリストさま」

ロロはベッドの端に腰掛けて言った。「助けてくださるさ、本当のことを話せばな。おまえは困ったことになってるんだ、ドナル」

ドナルが困惑した様子で訊いた。「困ったことになってるって、どんな？」

「〈スローターハウス〉で言ったことを憶えてないのか？」

思い出そうとしたドナルの顔に、とたんにパニックが現われた。「そうだな……ぼんやりとしか……」

「コブリー家の連中と一緒にプロテスタントの礼拝に行ったと、おまえはそう言ったんだ」

「そんなことは絶対に言ってない！」

「もうジュリアス司教に報告済みだ。おまえは異端の罪で裁判にかけられるぞ」

「嘘だ！」裁判で無罪になることは滅多になかった。無罪なら、裁判にかけられるはめになどそもそもならないはずだ、というのが一般的な考え方だった。

「本当のことを話したほうがいいな」

「おれは本当のことを話してる！」

オズマンドがロロに提案した。「力ずくで口を割らせますか？」

ドナルの顔に恐怖が浮かんだ。

そのとき、部屋の入口でドナルの母親の声がした。「あなたはだれも殴ることにはならないわ、オズマンド。わたしの息子は法を遵守《じゅんしゅ》する善良な市民で、良きカトリックです。もし息子に手を出したら、困ったことになるのはあなたですからね」

それはブラフだった。人を殴って困った立場になったことなど、オズマンドは一度もなかった。が、母の声はドナルに勇気を与えた。顔に強気が表われた。「おれはプロテスタントの礼拝なんかに行ってない、コブリー家の人たちとも、だれともだ」

ミセス・グロスターが言った。「酔っているときの言葉尻をつかまえて人を逮捕することはできませんよ。それでもやろうとしたら、ロロ、あなた自身が嗤いものになるだけでしょうね」

ロロは内心で悪態をついた。このままだと凄ぎきられてしまう。尋問をこいつの家でやろうとしたのがまずかった。母親がこいつを強気にさせてしまった。だが、そんなのはすぐにどうにでもできる。女一人ごときにフィッツジェラルド家の復讐の邪魔をされてたまるか。ロロは立ち上がった。「ブーツを履け、ドナル。おれたちと一緒にギルド会館へくるんだ」

「わたしも行くわ」ミセス・グロスターが言った。

「いや、あんたは駄目だ」ロロは突っぱねた。

ミセス・グロスターの目に反抗が閃いた。

ロロは言った。「ギルド会館で姿を見たら、あんたも逮捕するからな。息子が神を冒瀆する礼拝に行っていたことは、あんたも知っていたに違いない。だから、息子の罪を隠していたかどで有罪ということになる」

ミセス・グロスターがふたたび目を落とした。

ドナルがブーツを履いた。

ロロとオズマンドはドナルを連れて大通りを十字路へ上り、地下の入口を通ってギルド会館に入った。保安隊の一人に呼びに行かせたサー・レジナルドが、数分後にジュリアス司教をともなって到着した。「やあ、ドナル」レジナルドが愛想のよさを装って言った。「すべてを洗いざらい話してくれるだけの分別がきみにあることを期待

している よ」

ドナルは声こそ震えていたが、発せられた言葉には十分に力があった。「酔っているときに何を言ったか、私は憶えていません。だが、本当のことはわかっています。私は一度としてプロテスタントの礼拝に行ったことはありません」

結局口を割らせることができないで終わるのではないかと、ロロは不安になりはじめた。

「いいものを見せてやろう」レジナルドが頑丈な門を持ち上げて大きな扉を開いた。「こっちへきて、見てみるといい」

ドナルが不承不承に言われたとおりにし、ロロに付き添われて、天井が高くて窓のない、土が剝き出しの部屋に入った。血と排泄物《はいせつぶつ》の臭いが残っていた。

レジナルドが言った。「天井のフックが見えるか?」

全員が上を見た。

レジナルドが言った。「両手を後ろに回して縛られ、手首から伸びるロープがあの天井のフックに懸けられて、宙吊りにされる」

ドナルが呻いた。

「もちろん、痛みは耐え難い。だが、肩がすぐに外れるわけではない——簡単にはそうはならないんだ。重たい石が両足に結わえつけられ、関節への負担が大きくなって、苦痛が増していく。気を失ったら、冷たい水を顔に浴びせられて、意識を回復させられる——何があろうと休ませてはもらえない。石の重さが増すにつれて、苦痛もひどくなる。そして、最終的に肩が抜ける。そこが最も恐ろしいところのようだな」

ドナルは蒼白《そうはく》だったが、屈しはしなかった。「私はキングズブリッジの市民です。国王の命令がなくては、私を拷問することはできません」

そのとおりだった。拷問するには枢密院の許可がなくてはならなかった。その規則はしばしば破られたが、キングズブリッジの人々は自分の権利を知っていた。ドナルが違法に拷問されたら、激しい抗議の声が上がるに違いなかった。

「許可は取ればいいんだ、愚かな若造が」

「では、取ればいいでしょう」声は恐怖に甲高くなっていたが、まだしっかりしていた。

結局諦めることになるのではないかと、ロロは弱気になりはじめた。ドナルを怯えさせ、白状させるために可能な限りを尽くしてきているのに、まるで効を奏していない。最終的に、フィルバートは罰せられないのではないか。

そのとき、ジュリアス司教が口を開いた。「どうだろう、私と二人きりで、落ち着いて話をしないか、若きドナル。だが、ここではない。一緒にきてくれ」

「わかりました」ドナルは神経質な声で応えた。不安そうだが、とロロは推測した。

この地下室を出られるなら、あいつは何だろうと同意したはずだ。

ジュリアス司教はドナルを連れてギルド会館を出た。ロロとレジナルドは数ヤード後ろをついていった。司教はどんな考えを持っているんだろう、とロロは思った。最終的にフィッツジェラルド家の権威を救ってくれるのだろうか？

四人は大通りを大聖堂へと下っていった。ジュリアスを先頭に身廊の北側の小さなドアをくぐった。聖歌隊が晩課を歌っていた。教会のなかは蠟燭が灯っていてぼんやりと明るく、アーチをよぎるようにして影が踊っていた。

ジュリアスが蠟燭を一本手に取り、小さな祭壇と十字架のキリストの大きな絵がある脇礼拝堂へドナルを連れて入っていった。そして、蠟燭を祭壇に供えて火を灯し、絵を浮かび上がらせると、祭壇を背にしてドナルと向かい合い、十字架のイエスがドナルに見えるようにして立った。

ジュリアスはロロとレジナルドに離れているよう合図をした。父子は礼拝堂の外にとどまったが、なかを見ることも、話を聞き取ることもできた。

「現世の罰のことは忘れてもらいたい」ジュリアスがドナルに言った。「おまえは拷問され、異端として火刑に処せられるかもしれない。だが、それは今夜の恐怖のなかであるべきことではない」

「そうですか？」ドナルは恐怖と困惑を同時に感じていた。

「息子よ、おまえの魂は死の危険のなかにある。今日、〈スローターハウス〉で何を言ったにせよ、それは問題ではない。なぜなら、神はすべてをお見通しだからだ。お前が何をしようと、神はご存じだ。地獄で味わう苦しみは、この現世で起こり得る何よりもはるかにひどいものになるはずだ」

「わかっています」

「だが、いいかな、赦されるという望みを神はわれわれに与えてくださっている。常にだ」

ドナルは何も言わなかった。ロロは揺らめく蠟燭の明かりのなかのドナルの顔を凝視したが、表情を読むことはできなかった。

ジュリアスが言った。「おまえは、ドナル、私に三つのことを話さなくてはならない。それをすれば、私はおまえの罪を赦す。そして、神もお赦しくださる。嘘をついたら、地獄へ堕ちることになる。どっちを取るか、おまえはいまここで決めなくてはならない」

ドナルの顔がわずかに上向き、彼がイエスの絵を見ていることがロロはわかった。

ジュリアスが言った。「彼らはいつ、どこで礼拝を行なっている？　だれがそこに参加している？　いますぐ私に教えなくてはならない」

ドナルがすすり泣きを始め、ロロは息を殺した。

「まずは場所からだ」ジュリアスが促した。

ドナルは答えなかった。

「赦しの最後のチャンスだ」ジュリアスが迫った。「二度は訊かないからな。どこだ？」

ドナルが答えた。「ポラード未亡人の牛小屋です」

ロロは静かに息を吐いた。秘密が明らかになりはじめたぞ。

ポラード未亡人は町の南の端、シャーリング・ロードに小さな自作農地を所有していた。近くに民家はなく、それがプロテスタントが秘密を維持し得た理由だった。

ジュリアスが訊いた。「いつ？」

「今夜です」ドナルが答えた。「毎週土曜の夕刻、黄昏《たそがれ》のころと決まっています」

「気づかれないよう、宵闇《よいやみ》に紛れてこっそり通りを抜けていくわけだ」ジュリアスが言った。「人は明るいところより闇を好むものだ、なぜなら、行ないが悪だからだ。だが、神はそういう彼らを見ておられる」そして、アーチ形の窓の先端をちらりと見上げた。「十分に暗くなっているな。彼らはもうそこに集まっているのか？」

「はい」

「いるのはだれだ？」

「コブリー夫妻、息子のダンと娘のルース。フィルバート・コブリーの妹、ミセス・

コブリーの弟、そして、彼らの家族。ミセス・ポラード。醸造業者のエリス。メイソン兄弟。エリヤ・コールドウェイナー。私の知る限りではこれだけです。ほかにもいるかもしれません」

「いい子だ」ジュリアスが言った。「さて、もう少ししたら、私はおまえに祝福を与える。それが終わったら、家に帰っていい」そして、警告の指を立てた。「ここでの会話は一切他言無用だぞ、私がどこから情報を得たかを人々に知られたくないからな。素知らぬ顔で家に帰り、素知らぬ顔でいつもどおりの生活をするんだ。わかったな？」

「はい、司教さま」

ジュリアスが礼拝堂のすぐ外に立っているロロとレジナルドのほうを見た。低くて友好的だった口調が、きびきびとした命令口調に変わった。「これからすぐにその牛小屋へ向かうんだ。異端者どもを逮捕しろ——一人も逃すなよ。さあ、行け！」

立ち去ろうとしたロロの耳に、ドナルの低い声が聞こえた。「ああ、神よ、私はみんなを裏切ってしまったのでしょうか？」

ジュリアス司教が淀みなく答えた。「おまえは彼らの魂を、そして、おまえ自身の魂を救ったのだよ」

ロロとレジナルドは大聖堂を飛び出した。大通りを走ってギルド会館へ着くと、地下にいる保安隊を呼び集めた。彼らは通りを渡って自分の家へ戻り、剣を装着した。全員がさまざまに形と大きさの異なる手製の棍棒を携えていた。オズマンドは逮捕者の手首を縛る頑丈な紐を手にしていた。棒の先にランタンをつけた二人が先導した。

ポラード未亡人の家までは一マイルだった。「馬のほうが早いだろう」ロロは言った。

「暗闇のなかだからな、そんなに早くはあるまい」父が言った。「それに、プロテスタントどもが馬の音を聞きつけて逃げてしまうかもしれない。神を冒瀆する悪を行なう者どもだ、一人として取り逃がしたくない」

彼らは大通りを行進し、大聖堂の前を通り過ぎた。人々が不安げに見ていた。だれかが大変なことになっているに違いなかった。

プロテスタントと仲のいいだれかが、これから何が起こるか見当をつけるのではないかと、ロロはそれが心配だった。その男の足が速ければ、おれたちが着くより早く警告が届くかもしれない。ロロは足を速めた。

マーティンの橋を渡ってラヴァーズフィールドの外れへ出ると、シャーリング・ロードを南へ下った。町の周縁部はより静かで、より暗かった。幸いにも、まっすぐな一本道だった。

ポラード未亡人の家は道に面していたが、牛小屋は一エーカーかそこら奥へ引っ込んだところにあった。いまは亡きウォルター・ポラードは乳牛を一頭飼っていたのだが、彼の死後、未亡人がその牛を売ってしまった。立派な煉瓦造りの牛小屋が空のままなのはそのせいだった。

オズマンドが広い門を開け、かつて搾乳《さくにゅう》のために牛が往来してできた跡を全員がたどった。建物から明かりは漏れていなかった。牛小屋に窓は必要ない。オズマンドはランタンを持って先導している一人にささやいた。「急いで建物を一周して、ほかに出口がないかどうか確かめろ」

残りの者は大きな両開きの扉へと向かった。サー・レジナルドが唇の前に指を立てて静かにしろと合図をし、全員が耳を澄ました。なかで複数の人間が小声で何かを唱えているのが聞こえた。ややあって、ロロはそれが「主の祈り」だとわかった。

イングランド語だった。

それは異端行為で、これ以上の証拠は必要なかった。

ランタンを持った先導係が戻ってきてささやいた。「ほかに出口はありません」

レジナルドがドアを開けようとした。なかから閂がかけてあるようだった。

その音が牛小屋のなかにいる者たちに聞こえたらしく、ぴたりと声がやんだ。

保安隊員が四人がかりで体当たりをしてドアを破り、レジナルドとロロはなかに踏み込んだ。

四つのベンチに二十四人が坐っていた。彼らの前には白い布をかけた普通のテーブルが据えられ、その上に、おそらくワインが入っていると思われる水差しとパンが置いてあった。ロロはぞっとした。こいつら、自分たちだけの勝手なミサをしているじゃないか！　これが行なわれていると聞いてはいたが、目の当たりにするとは思ったこともなかった。

フィルバートがテーブルの向こうで立ち上がった。ダブレットとタイツの上に白のスモックを着ていた。聖職位を授けられてもないのに、聖職者の祈りの部分を担当していたということだった。

ロロたちは自分の目の前で行なわれている瀆神《とくしん》行為を見つめた。フィルバートたちも侵入者を見つめ返した。双方とも、同じように呆然《ぼうぜん》としていた。

レジナルドがようやく言うべき言葉を見つけた。「これは一目瞭然の異端行為だ。おまえたちを一人残らず逮捕する」そして、間を置いた。「おまえは特にだ、フィルバート・コブリー」

6

結婚式の前日、アリソン・マッケイはフランス王妃に呼ばれた。呼び出しがきたとき、アリソンはスコットランド女王のメアリー・ステュアートと一緒にいた。彼女の腋毛を丹念に剃《そ》り、何とか傷をつけることなく作業を終えて肌を護るオイルを塗っているとき、ドアにノックがあって、メアリーの女官の一人、ヴェロニク・ド・ギーズが入ってきたのだった。彼女は十六歳、ギーズ兄弟の姪で、メアリーの従姉妹だが、さしたる力を持っているわけではなく、美しさと、落ち着きと、魅惑的なところがそれを埋め合わせていた。「カトリーヌ王妃がお呼びです」彼女がアリソンに言った。「いますぐ会いたいとのことです」

メアリーの居住区を出てトゥルネル宮殿に並ぶ陰鬱な部屋の前を通り過ぎ、カトリーヌのアパートへ急いでいるときも、ヴェロニクはアリソンにくっついて離れなかった。「王妃のご用って何だと思います？」ヴェロニクが訊いた。

「さあ、何かしらね」アリソンは答えた。ヴェロニクの質問は単なる好奇心からかもしれないが、もっと悪意ある何か、メアリーの力を持った叔父たちのスパイとして情報を得ようとしているのかもしれなかった。

「カトリーヌ王妃はあなたがお好きなんですね」ヴェロニクが言った。

「気の毒なフランソワに優しくする人間ならだれでもお好きなんじゃないかしら」それでも、とアリソンは不安だった。王族は首尾一貫していなくてはならないという義務はなく、呼び出しはいい知らせを意味するときもあれば、悪い知らせを意味するときもある。

二人はアリソンの知らない若い男性に出くわして足を止めた。彼が深々とお辞儀をしてヴェロニクに言った。「お目にかかれて本当に嬉しく思います、マドモアゼル・ド・ギーズ。この陰気な城で、あなたは太陽です」

アリソンは彼に会ったことがなかった。金髪が波打つハンサムで、緑と金のダブレットという服装も立派だったから、会っていれば憶えているはずだった。魅力的でもあったが、彼は明らかにアリソンよりもヴェロニクに関心があった。「何かあなたのお役に立てることはありませんか、マドモアゼル・ヴェロニク?」

「ありません」ヴェロニクが答えた。わずかに苛立ちが感じられた。

彼はアリソンに向き直り、ふたたびお辞儀をして言った。「あなたにお目にかかれて光栄です、ミス・マッケイ。私はピエール・オーモンドと申します。光栄にも、マ

ドモアゼル・ド・ギーズの叔父上、ロレーヌ枢機卿のシャルルさまにお仕えしていま
す」
「そうですか」アリソンは言った。「それで、どんなお役目をなさっていらっしゃる
んですか?」
「非常に広範囲にわたる通信連絡役を仰せつかっています」
それは単なる事務処理係のことのようにアリソンには思われたが、そうだとすれば、
いまの言い方はヴェロニク・ド・ギーズの気を惹こうとして大きく出たのかもしれな
かった。しかし、ときとして未来は大胆さに加担することがあり、ムッシュ・オーモ
ンドは確かに大胆だった。
アリソンはこのチャンスを逃さず、つきまとっている影を追い払った。「王妃をお
待たせするわけにはいかないわ」彼女は言った。「それじゃね、ヴェロニク」そして、
返事をする暇も与えず歩き去った。
王妃は寝椅子に寄りかかっていて、隣りでは六匹の子猫が転がったり、飛び跳ねた
り、カトリーヌが彼らの前で振るピンクのリボンの先端を追いかけたりしていた。カ
トリーヌが顔を上げて友好的な笑みを浮かべ、アリソンは安堵の吐息を音を立てずに
漏らした。面倒な用ではない――らしい。
カトリーヌ王妃は若いときは不器量で、四十歳のいまは太ってもいた。しかし、お

洒落が大好きで、今日の大きな真珠に覆われた黒いドレスは、似合ってはいなかったが、途方もなく贅沢だった。王妃が寝椅子を軽く叩き、アリソンは子猫をあいだに挟んでそこに腰を下ろした。親密さを表わすその印が、アリソンは嬉しかった。白黒斑《まだら》の小さな子猫を抱き上げると、その子猫はアリソンの左手薬指の宝石を舐め、探るようにして指を噛《か》んだ。小さな歯は鋭かったが、顎の力が弱かったから、怪我をするほどではなかった。

「花嫁になる彼女はどうしているのかしら？」カトリーヌが訊いた。

「驚くほど落ち着いていらっしゃいます」アリソンは子猫を撫でながら答えた。「多少の緊張はあるものの、明日を楽しみにしておられます」

「証人の前で処女を失わなくてはならないことは知っているのかしら？」

「ご存じです。恥ずかしくはあるでしょうが、耐えられるはずです」〝フランソワにその能力があれば〟という言葉がとたんに頭に浮かんだが、王妃の機嫌を損ねたくなかったから黙っていた。

だが、カトリーヌ自身がその懸念を口にした。「可哀相なフランソワにできるかしら」

アリソンは黙っていた。危険な領域だった。

カトリーヌが身を乗り出し、低いけれども強い声で言った。「いいこと、しっかり聴いてちょうだい。何があろうと、メアリーは床入りによって結婚を完成させなくてはなりませんからね」

　フランス王妃とこの親密な秘密の会話ができたことにアリソンは深い満足を覚えたが、いくつかの問題を予見してもいた。「それは難しいかもしれません」

「証人はすべてを見ることができるわけではないわ」

「それでも……」子猫はアリソンの膝の上で眠ってしまっていた。

「フランソワがしなくてはならないのは、彼女の上になり、性交《ファック》するか、性交《ファック》する振りをするかなの」

　アリソンは王妃の率直な物言いに驚いたが、考えてみれば、これは曖昧な持って回った言い方をするには重要でありすぎた。「どうすればいいかをフランソワに教えるのはだれでしょうか？」彼女も同じく実際的な言い方をした。

「わたくしが教えます。でも、メアリーにはあなたから話してちょうだい。彼女はあなたを信頼しているから」

　それはそのとおりで、王妃がそれに気づいてくれていたことがアリソンは嬉しく、誇らしかった。「わたしはメアリーに何と言えばいいでしょう？」

「たったいま処女を失ったと、大きな声で告げるように言ってちょうだい」

「本当にそうなのかどうかを医師に調べさせると証人たちが決めたらどうします

か?」

「予防措置を講じます。だから、あなたを呼んだのよ」カトリーヌが何か小さなものをポケットから取り出し、アリソンに渡した。「これを見て」

それは柔らかい革でできている、彼女の親指の付け根のふくらみほどの大きさの小さな袋で、細い首の部分が幾重にも畳まれ、細い絹糸で縛ってあった。「これは？」

「白鳥の膀胱《ぼうこう》よ」

アリソンはきょとんとした。

カトリーヌが説明した。「いまは空っぽなの。明日の夜、これに血を満たしてあなたに渡します。糸でしっかり縛ってあるから、漏れ出す心配はありません。メアリーにはそれをナイトドレスに隠してもらいます。行為――本物であれ見せかけであれ――のあと、糸を引っ張って袋の口を開き、血をシーツに広がらせて、それをみんなに見せるのです」

アリソンはうなずいた。なるほど。血のついたシーツは昔から結婚完成の証拠と見なされている。それが何を意味するかは全員が知っているし、一切の疑いを帳消しにしてくれる。

これがカトリーヌのような女性の力の使い方なのだ、とアリソンは気づいた。抜け目なく、だれにも知られることなく、裏でこっそり動いて、自分がすべてをコントロールしていると男が想像しているあいだに物事を自分の思いどおりにしてしまう。

カトリーヌが言った。「メアリーはやってくれるかしら？」

「もちろんです」アリソンは自信があった。メアリーには勇気がある。「でも……証人に袋が見えてしまうかもしれません」

「空になったら、メアリーはその袋をできるだけ深く自分の性器の奥へ押し込むの。そして、だれもいなくなり、取り出して捨てられるようになるまでそのままにしておくの」

「滑り落ちたりしないといいのですが」

「その心配はないわ――わたくしは知っているのよ」カトリーヌが作り笑いをした。

「その仕掛けを使うのは彼女が初めてではないわ」

「わかりました」

カトリーヌがアリソンの膝から抱き取った子猫が目を開けた。「すべて、はっきりと理解してもらえたかしら？」

アリソンは立ち上がった。「はい、一点の曇りもなく理解しました。度胸はいるでしょうが、メアリーはそれをたっぷり持っています。失望させることはないはずです」

カトリーヌが微笑した。「よろしい。ありがとう」

アリソンはある懸念が頭に浮かび、眉をひそめた。「血は新鮮なものでなくてはなりませんが、どうやって手に入れるおつもりでしょうか？」

「あら、そうね」カトリーヌが白黒斑の子猫の首にピンクのリボンを蝶《ちょう》結びにしながら言った。「わからないけど、考えておくわ」

ピエールはシルヴィー・パロの手強い父親に、愛する娘との結婚の話をするつもりだった。そして、ロイヤル・ウェディングの日に決行することにした。

一五五八年四月二十四日日曜日の朝、パリではだれもが盛装していた。ピエールは白いシルクの裏地が見えるよう切れ込みを入れた、ブルーのダブレットを着た。シルヴィーがそれを気に入っているのはわかっていた。それは彼女の父親の謹厳実直な友人たちが着ているどれよりも、はるかに見映えがした。彼女が自分に惹かれているのは、着ているもののせいもあるのではないかとピエールは疑っていた。

川の左岸、大学地区の学寮《コレージュ》を出ると、北へ向かってシテ島のほうへ歩いた。混雑している狭い通りには期待が満ちているようだった。ジンジャーブレッド、牡蠣《かき》、オレンジ、ワインの店が臨時に屋台を出し、溢れるように出てくる人々を相手に商売をしようと目論んでいた。立ち売りの男が八ページからなる結婚に関する印刷パンフレットをピエールに差し出した。一ページ目は幸福なカップルを描いた板目木版画だったが、まずまず似ていなくもなかった。物乞い、娼婦、辻《つじ》楽士がピエールと同じ方向へ向かっていた。パリはお祭り騒ぎが大好きだった。

ピエールはロイヤル・ウェディングを喜んでいた。ギーズ家にとって大当たりで、メアリーの叔父たち、スカーフェイス公爵、シャルル枢機卿はすでに強い力を持っていたが、ライヴァルもいた。モンモランシー一族とブルボン一族は連携して対抗していたのだ。だが、ロイヤル・ウェディングはギーズ家を一気にほかの者たちより上に押し上げてくれるはずだった。物事の当然の道筋として、姪のメアリーがフランス王妃になれば、ギーズ家は王族の一員になるのだから。

ピエールは彼らの力のお裾《すそ》分けに与るのを切望していた。そのためには、シャルル枢機卿のために大きな仕事をする必要があった。パリにいる多くのプロテスタントの名前をすでに突き止めていて、そのなかにはシルヴィーの一家の友人たちの名前も含まれ、革表紙のノートにすべてリストアップされていた。表紙は黒がふさわしかった。なぜなら、そこに名前のある全員が火刑に処せられるべき罪を犯しているからだ。だが、シャルルが何よりも知りたがっているのは、プロテスタントがどこで儀式を行なっているかであり、ピエールはまだその秘密の教会の住所を一つも明らかにできないでいた。

ピエールは焦りはじめていた。名前を報告するだけでも報酬は得られたが、場所を突き止めたらボーナスを弾むと約束されてもいた。そして、金だけが――もちろん、それも常に切迫して必要ではあったが――問題ではなかった。シャルルはほかにもスパイを抱えていて、ピエールはその数を知らなかったが、単なるその一人に甘んじたくなかった。比較にならないほど飛び抜けた腕利きとして、役に立つだけでなく、枢機卿にとって不可欠な存在になる必要があった。

シルヴィーとその家族は日曜の午後に必ず姿を消し、どこかで行なわれているプロテスタントの礼拝に行っているに違いなかったが、苛立たしいことに、ジレ・パロはそういう素振りはよく見せるようにこそなっているものの、いまだに一緒に行こうと誘ってくれなかった。というわけだったから、今日、ピエールは思い切った手に出るつもりでいた。シルヴィーへのプロポーズである。シルヴィーのフィアンセと認められたら、間違いなく礼拝に同行させてくれるはずだった。

すでにシルヴィーには訊いてあった。彼女は明日にもピエールと結婚する準備ができていたが、父親は簡単にはその気になってくれなかった。今日、ジレに話すことに、シルヴィーは同意していた。結婚の申し込みには打ってつけの日だ。ロイヤル・ウェディングのせいで、みんながロマンティックな気分になっているに違いなく、ジレのような謹厳な男でも例外ではないかもしれない。

もちろん、シルヴィーと結婚するつもりはさらさらなかった。プロテスタントを妻にしたら、ギーズ家とともに上りはじめたばかりの出世の階段を降りることになる。それに、シルヴィーを好きではなかった。彼女は真面目すぎた。そう、必要なのは出世の階段を上がるのを後押ししてくれる妻だった。そこで、ヴェロニク・ド・ギーズに目をつけた。遠いとはいえギーズ一族と繋がっていて、おそらくはピエールの野望を理解してくれる娘。今日、シルヴィーとの婚約がなれば、知恵を絞って結婚を先延ばしする理由を考えなくてはならないが、それについては何とかなるだろう。

頭のどこかで、低い、しかし、気持ちを苛立たせる声が、おまえは非の打ち所のない娘の心を弄《もてあそ》ぼうとしているのだぞと咎めていた。邪《よこしま》で残酷なことだ、と。これまでの犠牲者たち、たとえばボーシェン未亡人などは、自分のほうから騙されたがっているところがあった。しかし、シルヴィーの場合は、これから彼女の身に起ころうとしていることが当然の報いだと思われるようなことは何一つしていない。おまえがうまくなりすましている男に恋をしただけなんだ、と。

しかし、その声を聞いても、ピエールは計画を変えるつもりはなかった。富と権力への一本道を行っているのだから、そんなつまらない理屈に行く手を邪魔されるわけにはいかなかった。声の言うとおり、彼はトナンス・レ・ジョワンヴィルからパリへ出てきてひどく変わっていた。まるで別人になったかのようだった。本当にそうならいいんだが、とピエールは思った。昔のおれは貧しい地方聖職者の馬鹿息子でしかなかったが、いまや大物になろうとしているんだ。

ピエールはプティ橋を、ノートルダム大聖堂があるセーヌ川の島、シテへ渡った。フランソワとメアリーはその大聖堂の西に面した広場で結婚することになっていた。セレモニーのために巨大な仮設ステージがすでに造られ、高さは十二フィート、大司教の屋敷から広場を突っ切って大聖堂の扉まで伸びていた。パリの人々がセレモニーを見物でき、王族や賓客《ひんきゃく》に触れることがないように配慮されていた。人々はすでにステージの前に集まり、よく見えるところに場所を取りはじめていた。大聖堂の端のほうでフランス王室の百合形紋章を刺繍したブルー・シルクの天蓋《てんがい》形の日除けが無数に波打ち、結婚する二人を陽差しから護る役目を仰せつかっていた。どれだけの金が使われたんだろうと思い、ピエールは身震いした。

ギーズ公爵スカーフェイスが、ステージの上にいた。今日のセレモニーの司会を務めるのだ。いい場所を取ろうと早めにやってきた身分の低い紳士たちにそこを退けと命じ、口論になっているようだった。ピエールはステージに近づき、公爵に深々とお辞儀をしたが、公爵はピエールを見ようともしなかった。

ピエールは大聖堂の北の、家が軒を連ねているほうへ向かった。ジレ・パロの本屋は安息日で閉まっていて、通りに面した入口は鍵がかかっていたが、裏の工場の入口への道はわかっていた。

シルヴィーが階段を駆け下りて迎えてくれた。数秒間、静まり返った印刷所で二人きりになることができた。シルヴィーがピエールの首にかじりつき、口を大きく開けてピエールにキスをした。

お返しの情熱を装うのは驚くほど難しかった。それでも、活発に舌を絡ませ、ボディスの下に手を入れて胸をつかんだが、勃起はしなかった。

彼女がキスをやめ、興奮した口調で言った。「父の機嫌がいいの！　きて」

ピエールは彼女のあとから上階の居住区画へ上がった。ジレと妻のイザベルが、ギヨームと一緒にテーブルにいた。

ジレはまるで雄牛のようで、首が太く肩もがっちりしていて、家でも持ち上げられそうだった。シルヴィーがときどきほのめかしていたから、ジレが家族や徒弟に暴力を振るうことがあるのをピエールは知っていた。カトリックのスパイだと知られたらどんな目にあわされるか、ピエールはそれを考えないようにした。

ピエールはまずジレにお辞儀をし、だれが家長かわかっていることを示してから言った。「おはようございます、ムッシュ・パロ。ご機嫌麗《うるわ》しゅう」ジレは鼻を鳴らして答えただけだったが、特に機嫌を損ねたわけではなく、それがだれに対しても例外のない挨拶の返し方だった。

イザベルはピエールの魅力にもう少しはっきり反応し、手にキスをされると微笑して席を勧めた。娘と同じまっすぐな鼻としっかりした顎を持ち、気の強そうな顔立ちだった。目鼻立ちのくっきりした美人ではあるかもしれないが、可愛いとは言われないはずで、時と場所さえ間違わなければ誘惑することもできそうに思われた。母と娘は性格も似ていて、大胆で確固としていた。

ギョームは謎だった。色白の二十五歳で、強いオーラを放っていた。ピエールと同じ日にこの本屋へきて、すぐにこの家族の居住区画へ上がっていった。指はインクで汚れていて、学生なのだというようなことをイザベルがほのめかした。だが、ソルボンヌのどの学寮《コレージュ》にも属していなかったし、ピエールも大学で彼を見たことがなかった。帳簿をつけて報酬を得ているのか、客として招かれているのか、はっきりしなかった。直接話しても、ほとんど何もわからなかった。ピエールは色々訊いてみたかったが、探りを入れているように思われて疑われるのが怖かった。

部屋に入ったとき、ギョームが本を閉じるのが見えた。何気ない、後ろめたさなど微塵も感じられない雰囲気だった。いま、本はテーブルにあり、ギョームの手がその上に置かれていた。だれかに開かれないようにしているかのようだった。この一家に読み聞かせてやっていたのかもしれない。非合法なプロテスタントの書き物ではないのか、とピエールの勘が言っていた。彼は素知らぬ顔を装った。

挨拶が終わると、シルヴィーが言った。「ピエールがお父さんにお話があるんですって」彼女は常に単刀直入だった。

「そうか、言ってみろ、若造」ジレが言った。

ピエールは〝若造〟といったような言葉で見下されるのが大嫌いだったが、いまはそれを表に出すときではなかった。

シルヴィーが言った。「二人だけで話すほうがいいかもしれないわよ」

「なぜだ？」ジレが訝った。

ピエールも二人きりのほうがよかったが、無頓着を装った。「みなさんに聞いてもらっても全然かまいませんよ」

「だったら、ここでいいだろう」ジレが言い、立ち上がりかけていたギョームが腰を下ろした。

ピエールは言った。「ムッシュ・パロ、畏れながらシルヴィーと結婚させていただきたいのです」

イザベルが小さく声を上げた。驚きではなく、おそらくはこれを予想していたがゆえの、喜びの声かもしれなかった。ピエールはギョームの愕然とした表情を見落とさず、彼はシルヴィーに密かに想いを寄せていたのだろうかと考えた。平和な日曜に波を立てられて、ジレが不機嫌を顔に表わした。

そして、辛うじてため息をこらえ、自分の前に現われた任務へと頭を切り換えた。

ピエールの尋問である。「おまえは学生だろう」彼は嘲るように言った。「よくもプロポーズなどできるな」

「懸念なさるのはわかります」ピエールは穏やかに応じた。短気を起こしてすべてをぶち壊すつもりはなかった。彼は嘘をつきはじめた——嘘は得意だった。「母がシャンパーニュにささやかですが土地を所有しています。葡萄《ぶどう》畑をいくつかに過ぎませんが、賃料収入がいいので、収入があるのです」実は地方聖職者の無一文の主婦に過ぎなかったが、ピエールはこの機転を武器に生きてきたのだった。「勉強を終えたら、法律を職業とする道に進み、妻を大切にするつもりです」最後の部分は本心に近かった。

ジレはその答えに何も論評を加えず、次の質問に移った。「信仰は？」

「私は教えを求めるキリスト教徒です」その質問は必ずされると予想していたから、ピエールはすでに虚偽の答えを準備していた。あとは、いかにも待ちかまえていたように聞こえないことを祈るだけだった。

「おまえの求める教えとは何だ」

鋭い質問だった。簡単にプロテスタントだと答えるわけにはいかなかった。そうではないのだから、詳しく突っ込まれたら返事に窮することになる。しかし、改宗の心構えがあることは明らかにする必要があった。「私は二つのことを懸念しています」

熟慮し、悩んでいるように聞こえてほしかった。「一つ目は、ミサです。パンとワインが、イエスの肉と血の成り代わりだと私たちは教えられています。ですが、パンとワインは肉にも血にも見えませんし、臭いも味も違っています。だとすれば、成り代わりとはどういう意味なのでしょうか？　私には似非《えせ》哲学に思われるのです」プロテスタントに傾いている学生がそういう議論をしているのを、ピエールは聞いたことがあった。個人的には、そういう抽象的なことを巡って男が争うのはほとんど理解できなかった。

ジレはその議論に間違いなく心底から同意したが、口には出さなかった。「二つ目は？」

「貧しい農民から教会が取りたてる十分の一税を自分の懐に入れ、贅沢な生活に耽《ふけ》り、本来の聖なる義務を果たそうともしない聖職者が、結構な数いることです」これは最も敬虔なカトリックでさえ訴えている不満だった。

「そういうことを言っていると、牢屋に入れられるぞ。この家のなかで異端行為とは何たることだ」その憤慨は演技としてはへたくそだったが、なぜか威嚇的であることを減じてはいなかった。

シルヴィーが勇敢にも声を上げた。「そんな振りはしなくてもいいのよ、お父さん。わたしたちが何なのか、この人は知っているんだから」

ジレの顔に怒りが表われた。「おまえ、こいつに教えたのか？」そして、ごつい手が拳に握られた。

ピエールは急いで割って入った。「お嬢さんに教えられたわけではありません。見え見えなんですよ」

ジレの顔が赤みを増した。「見え見えだと？」

「ちょっと注意深く周囲を見る人間なら、だれでもすぐにわかります――ここには何もないことがね。ベッドの上に十字架もない。入口脇の壁の窪みにマリア像もない。煖炉の上に聖家族の絵もない。あなたの奥さまの日曜の晴れ着には、その余裕がないわけではないのに、一つの真珠も縫い込まれていない。お嬢さんは茶色のコートを着ている」ピエールはすっとテーブルに手を伸ばし、ギョームの手の下にあった本をひったくると、ページを開いてつづけた。「そして、あなたは日曜にマタイの福音書のフランス語版を読んでいる」

ギョームが初めて口を開いた。「私たちを告発するのか？」顔に怯えがあった。

「そんなことはしませんよ、ギョーム。そのつもりがあったら、保安警察を連れてきています」ピエールはジレに目を移した。「あなたたちの一員になりたいのです。プロテスタントになりたいのです。そして、シルヴィーと結婚したいのです」

シルヴィーが懇願した。「お願い、うんと言って、お父さん」そして、父親の前にひざまずいた。「ピエールはわたしを愛してくれていて、わたしはピエールを愛しています。二人で幸せになります。そして、ピエールはわたしたちの一員になって、真の福音を世界に広める仕事をしてくれるんです」

ジレの拳がほどけ、顔色も元に戻った。そして、ピエールに訊いた。「そうなのか？」

「もちろんです」ピエールは答えた。「受け容れてもらえればですが」

ジレが妻を見た。イザベルがほとんどそれとわからないぐらいかすかにうなずいた。ピエールはそれを見て、この家族で本当に決定権を持っているのは、そうとは見えないけれども、実は彼女ではないかと疑った。ジレが笑みを浮かべ――滅多にないことだった――、シルヴィーに言った。「そういうことなら、いいだろう。ピエールと結婚しろ。おまえたち二人に神の祝福があらんことを」

シルヴィーが跳び上がって父親を抱擁し、次いでピエールに喜び溢れるキスをした。

たまたまだったが、大聖堂の前に集まった群衆が歓声を上げた。「彼らも婚約を認めてくれましたよ」ピエールが言い、全員が笑った。

五人は窓際へ行き、広場を見た。結婚式の行列が仮設ステージに沿って進んでいた。先導しているのはスイス衛兵と呼ばれる百人の兵士で、袖の条《すじ》と羽根のついたヘルメットですぐにそれとわかった。広場を見渡すと、大人数の楽団が笛と太鼓を演奏していて、赤、金、明るい青、黄色、紫ととりどりの色の仕立て下ろしで盛装してつづいていた。シルヴィーが興奮の声を上げた。「まるでわたしとピエールのためにやってくれているみたい！」

群衆が静まり、お辞儀をした。司教が宝石をちりばめた十字架と聖遺物を収めた、豪華な金の聖骨箱を持って現われた。ピエールはシャルル枢機卿を見つけた。彼は赤いローブをまとい、貴石で飾られた金の聖杯を持っていた。

そして、ついに花婿が登場した。十四歳のフランソワは怯えているように見えた。痩せてはかなげで、帽子とコートに無数にちりばめられた宝石も、彼を国王らしく見せることに失敗していた。彼の隣りはブルボン家の筆頭、ギーズ家の敵、ナヴァラ国王アントワーヌだった。ピエールの推測では、だれか――どこまでも用心深いカトリーヌ王妃かもしれなかった――が、アントワーヌに特権的なその位置を与え、このセレモニーを自分たちのものにしかねないギーズ家とのバランスを取らせたのだった。

観衆が熱狂したのは、アンリ二世国王その人と、戦争の英雄のスカーフェイス公爵、そして、二人に挟まれた花嫁が姿を見せたときだった。

彼女は純白の装いだった。

「白？」ピエールの後ろに立って彼の肩越しに見ていたイザベルが訝った。白は喪服の色だった。「彼女は白を着ているの？」

アリソン・マッケイは白いウェデング・ドレスに反対した。白はフランスでは喪服の色だった。彼女はそれが人々にショックを与えるのを恐れた。それに、ただでさえ色白のメアリー・ステュアートをさらに白く見せることになる。しかし、メアリーは説得に頑として応じないかもしれなかった。いかにも十五歳らしく自分の考えに固執するところがあって、服装については特にそうだった。そもそもから白がいいと主張していて、それ以外の色については話し合おうともしないだろうと思われた。

そして、白でよかった。絹の艶やかさがメアリーの処女性を輝かせているようで、その上に着ている淡いブルー・グレイのヴェルヴェットのマントルは、大聖堂に沿って流れる川の水面《みなも》のように、四月の陽光にちらちらときらめいていた。同じ材質の裾が重たいことを、アリソンは裾持ちの経験があるからよく知っていた。

メアリーはダイヤモンド、真珠、ルビー、サファイヤをちりばめた金の小冠を着けていた。あの頭の重しを早く取りたくてたまらないだろう、とアリソンは推測した。メアリーの首には、これも宝石をちりばめた大きなペンダントがあった。メアリーはそれを、〝偉大なハリー〟と名づけていた。アンリ二世からの贈り物だった。

赤い髪と白い肌のメアリーは天使のように見え、人々は彼女を愛していた。彼女が国王の腕につかまって壇上を進んでいくと、何列にも重なって押し合いへし合いしている群衆の歓声も、ゆっくりとした波のように、花嫁と一緒に移動しつづけた。

アリソンは王族や貴族といった華やかな人々の集まりのなかでは小さな存在だったが、親友の栄光の照り返しという恩恵に浴していた。メアリーとは記憶にある限りの昔から、自分たちの結婚について語り合い、夢を見てきたが、こんなに凄いことになるとは想像していなかった。それはメアリーの存在が正当に認められたということであり、アリソンは彼女のために、そして、自分のために、それを喜んだ。

花嫁一行は花婿が待っている天蓋のついた台座に到着した。

花婿と花嫁が並んで立つと、彼女のほうが一フィート背が高いことがわかった。それが明らかに滑稽《こっけい》に見えたのだろう、下品な人々から笑いが起こり、冷やかしの野次が飛んだ。二人がルーアン大司教の前にひざまずくと、滑稽さが目立たなくなった。

国王が自分のしている指輪を外し、大司教に渡して、セレモニーが始まった。

メアリーは大きな声ではっきりと応え、一方、フランソワは小さな声で応えた。吃《きつ》音《おん》を人々に知られて笑われたくないからだった。

初めて会ったとき、メアリーが白い装いだったことを、アリソンは閃くようにして思い出した。アリソンは両親とも疫病で死んだばかりで、夫を亡くしたジャニス叔母の寒い家で暮らしていた。彼女はメアリーの母のマリー・ド・ギーズの友人だった。可哀相に思ってもらったのだろう、孤児になりたてのアリソンは四歳のスコットランド女王のところへ連れていかれ、彼女の遊び相手になった。メアリーの子供部屋には、赤々と燃える火と、柔らかいクッションと、美しい玩具《がんぐ》があった。そこにいるあいだ、アリソンは母がいないことを忘れていられた。

訪れる回数が増えるにつれて、メアリーは六歳の友人を尊敬してくれるようになった。アリソンはジャニス叔母の家の重苦しい雰囲気から救い出されたように感じた。幸せな一年が過ぎたあと、メアリーがフランスへ行ってそこで暮らすことを伝えられ、アリソンは悲嘆に暮れた。しかし、メアリーがいずれ専制的な大人になるだろうという兆《きざ》しを早々と見せ、癇癪《かんしゃく》を起こして、アリソンも一緒に連れていくと言い張った。そして、結局思いどおりにしたのだった。

荒海を渡る船のなかで二人は一つの寝台で寝て、夜は気持ちを落ち着かせようと抱き合い、困ったときや怖いときはいまもやっていることをした。色彩豊かな服を着たフランス人に喉音性《こうおんせい》のスコットランドの言葉を嗤われたときは手を握り合った。恐ろしいほどに未知のことばかりで、メアリーを救出するのは年上のアリソンの役目だった。そういうわけで、初めてのフランス語を覚える手助けをし、宮廷での立ち居振る舞いを改めて教えて、夜、泣いているときは慰めてやった。子供のころのお互いに対する献身を忘れることはどちらもあり得ない、とアリソンには確信があった。

セレモニーが終わりに近づき、メアリーの指に金の指輪が着けられて、二人が妻と夫であることが宣言され、歓声が上がった。

そのとき、王室の使用人が二人、革袋を持って現われ、群衆に金を投げはじめた。人々からまた歓声が上がった。男たちは跳び上がって硬貨をつかもうとし、あるいは四つん這いになって、つかみ損ねて地面に落ちた硬貨を掻き集めようとした。離れたところにいた人々が分け前に与ろうと押し寄せた。喧嘩が始まった。倒れた者は踏みつけられ、立っている者はぶつかりあった。怪我人が悲鳴を上げた。アリソンは苦々しかったが、結婚式に招かれた貴族の大半は、散らばっている小銭を巡って激しく争う平民を見て大笑いをしていた。彼らにとっては闘犬より面白い見物のようだった。硬貨は革袋が空になるまで降りつづけた。

結婚のミサのために、大司教が新婚の夫婦を従えて大聖堂に入っていった。しかし、夫婦と言っても二人とも子供で、ここで結婚に縛られるのは、双方にとってどうしようもなく間違っているはずだった。アリソンは二人の後ろに、メアリーの裾を持ってつづいた。全員が陽光の明るい戸外から暗くて寒い巨大な教会に入ったとき、アリソンは思わず考えた――王室に生まれた子供たちは人生のすべてを楽しむことができるが、自由だけはそうではないのだ。

シルヴィーはだれにも渡さないと言っているかのようにピエールの腕を取り、南へ歩いてプティ橋を渡った。ピエールはいまやわたしのものだ。この腕を放すつもりは永遠にない。彼はわたしの父と同じぐらい抜け目がないけど、ずっと魅力的だ。それに、素晴らしくハンサムで、豊かな髪と、薄茶色の目と、人を惹きつけずにはおかない笑顔がある。それに、彼の着ているものまで好きになってしまった。プロテスタントは派手な装いに気を惹かれるのをよしとしないから後ろめたくはあるけれど。

彼を愛した最大の理由は、真の福音についてわたしと同じぐらい真剣だからだ。カトリックの聖職者の当てにならない教えについての疑問に独力でたどり着いていた。わたしがほんの少し力を貸しただけで、真実に至る道を見つけた。それに、自分の命を危険にさらすのも厭わず、わたしと一緒に秘密のプロテスタントの教会へ行こうとしている。

でも、婚約したいま、新しい懸念が出てきてもいる。ピエールと枕をともにするのはどういうものなのか？　昔、生理が始まったとき、男と女がベッドですることについて母が教えてくれた。でも、自分がそのときにどう感じたかは、柄にもなく恥ずかしがって明らかにしなかった。彼の手がわたしの裸の身体にくまなく触れるのはどんな感じなのか、彼がわたしの上になったときの重さをどう感じるのか、彼の秘密の部分がどんなふうなのか、知りたくてたまらない。

彼を勝ち得たけれど、彼の愛を一生つなぎ止めておけるだろうか？　父は一度も浮気をしたことがないと母は言ったけど、時が経てば妻に関心を失う男はいるし、ピエールはいつだって女性にもてる。彼を魅了しつづけるために、わたしは一生懸命努力しなくてはならないかもしれない。わたしたちの信仰がその役に立ってくれるはずだ、福音を一緒に広めることになるとしたら尚更だ。

結婚はいつになるのか。わたしとしてはできる限り早くしたい。結婚式にはシャンパーニュにいる母を、もし旅に耐えられるぐらい元気なら呼びたいとピエールは言っていた。曖昧と言えば曖昧な言い方だったが、是非とも旅ができるうちにやろうとは、わたしは急《せ》かさなかった。何だか物欲しげに急いでいるようで恥ずかしかったのだ。

母は婚約を喜んでいる。自分がピエールと結婚したいかのようだ。もちろん、本気ではないだろうが、それでも……

父は表に出している以上に嬉しがっているはずだ。気を許して、機嫌もいい。それは幸せだという、父なりの最大の表現なのだ。

ギョームは顔には出さないけれども、落胆しているようだ。わたしに惹かれていたに違いない。ひょっとすると、プロポーズする計画を密かに立てていたのだろうか。でも、もう手後れだ。ピエールに出会っていなければ、わたしはギョームを好きになったかもしれない。彼は賢くて真面目だ。でも、頭がくらくらし、足の力が抜けて坐り込んでしまうしかないような目でわたしを見てくれたことは一度もない。

何が嬉しいと言って、今朝のピエールがとても幸せそうにしていることが一番嬉しい。足取りは力強く、笑みが絶えることはなく、サン・ジャック通りを歩いて大学地区を通り過ぎるあいだに、目に留まった人や建物を茶目っ気たっぷりに品評して笑わせてくれている。わたしとの婚約を喜んでいるのが目に見える形で現われている。

それに、ついにプロテスタントの儀式に招かれたことも喜んでいる。一度ならず教会はどこなのかと訊いてきて、教えられないと答えると、傷ついたような顔をした。でも、もう秘密にしなくてもよくなった。

シルヴィーはピエールを早くお披露目したくてたまらなかった。彼のことが自慢で、みんなに紹介するのが楽しみでならなかった。みんな、必ずピエールを好きになる。彼もみんなを好きになってくれるといいんだけど。

サン・ジャック門を出て郊外に入ると、道路を外れ、辛うじてそれとわかる小径を森へと入っていった。百ヤードほど進んで道路が見えなくなると、そこに逞しい男が二人立っていた。見張りらしい雰囲気だったが、武器は持っていなかった。ジレが二人にうなずき、親指を立ててピエールを示した。「われわれの連れだ」一行は足を止めることなく見張りの前を通り過ぎた。

ピエールがシルヴィーに訊いた。「あれはだれ?」

「知らない人をそこで止めて」シルヴィーは説明した。「たまたま迷い込んだような人たちだったら、ここは私有林だと言って帰ってもらうの」

「私有林って、所有者はだれなんだ?」

「ニーム侯爵よ」

「彼も信徒なの?」

シルヴィーはためらい、もう教えてもいいだろうと思い直した。いまや秘密にしておく必要はないんだから。「そうよ」

プロテスタントのなかに貴族が大勢いることはシルヴィーも知っていた。彼らもみんなと同じく火刑に処せられる可能性があったが、貴族の場合はほかの犯罪と同じく異端行為も、力のある友人の介入があれば罰を逃れられる場合がなくはなかった。

長年使われていない狩猟小屋のようなものが見えてきた。下の窓は鎧戸が下り、正面の入口のあたりには雑草が生い茂って、そのドアがずいぶん前から開かれていないことを示していた。

シルヴィーは知っていたが、フランスにはプロテスタントが多数を占めている町がいくつかあり、そこでは武装した見張りを立てながらではあるが、本物の教会を乗っ取って堂々と礼拝を行なっていた。しかし、パリはそうではなかった。首都はカトリックががっちりと握っていて、教会や王室に仕えて生計を立てている者が多く、プロテスタントは嫌われていた。

一行は小屋を回って脇の小さな扉からなかへ入った。そこは広い部屋になっていて、かつては猟にきた者たちが盛大にパーティを催していたのだろうと思われた。が、いまは薄暗く静まり返っていた。椅子とベンチが何列かに並べられ、その前に白い布をかけたテーブルが置かれていた。百人ほどがそこにいて、いつものとおり、質素な陶器の皿にパンが載せられ、水差しにワインが満たされていた。

ジレとイザベルが席に着き、シルヴィーとピエールもそれに倣《なら》った。ギョームが会衆に向かい合っている椅子に腰を下ろした。

ピエールがささやいた。「ギョームが聖職者なのか？」

「牧師よ」シルヴィーは訂正した。「でも、彼はお客さまなの。普段はベルナールが牧師を務めるの」そして、長身で白髪が多くなっている、重々しい顔つきの五十代の男を指し示した。

「侯爵はきているのかな？」

シルヴィーは会衆を見回し、ニーム侯爵のでっぷりした姿を見つけてささやいた。

「最前列の、大きな白い襟の人物よ」

「ダークグリーンのクロークと帽子の女性は彼の娘？」

「違うわ、侯爵夫人のルイーズよ」

「若いな」

「二十歳よ、二人目の奥さんなの」

モーリアック家の人たちもいた。ルクとジャンヌ、シルヴィーに憧れている息子のジョルジュ。シルヴィーは気づいていたが、ジョルジュは驚きと羨望を顔に表わしてピエールを見つめていた。自分はピエールに敵《かな》わないと自分でわかっていることが、その表情から見て取れた。シルヴィーは一瞬、自慢と後ろめたさを同時に感じた。ピエールのほうがジョルジュよりはるかに魅力があった。

讃美歌が始まり、ピエールがささやいた。「聖歌隊はいないのか?」

「わたしたちが聖歌隊なの」シルヴィーはフランス語で声を張って讃美歌を歌えることが嬉しくてたまらなかった。それは真の福音を信じる者の喜びの一つだった。普通の教会では、自分を傍観者としてしか見られなかったが、ここでは参加者だった。

ピエールが言った。「きみの声は美しいな」

それが事実なのをシルヴィーはわかっていた。事実、あまりに上手なので、そのせいでしばしば自慢という罪を犯してしまいそうになった。

フランス語で祈りが捧げられ、フランス語で聖書が読まれた。そのあとが聖餐式《せいさんしき》だった。ここではパンとワインはイエスの肉と血ではなくて象徴に過ぎなかったが、そのほうがはるかに実際的に思われた。最後に、ギョームが激しい口調で説教を垂れ、教皇パウロ四世の間違いを糾弾《きゅうだん》した。八十一歳のパウロ四世は非寛容な保守で、異端審問を強化し、黄色い帽子をかぶることをユダヤ人に強制していた。彼を嫌っているのはプロテスタントだけでなく、カトリックもそれは同じだった。

礼拝が終わると、席が丸く並べ直され、別の種類の集まりが始まった。「ここからは〝親睦《しんぼく》〟と呼ばれる話し合いよ」シルヴィーはピエールに説明した。「ニュースを交換したり、ありとあらゆることの相談をしたりするの。女性も話していいのよ」

口火を切ったのはギョームで、シルヴィーをはじめとする全員を驚かせる発表をした。パリを離れるというのである。

彼は言った――ベルナール牧師や年長の方々の手助けをし、ジュネーヴのジャン・カルヴァンの主張に則って信徒を再構築できたことを、私は嬉しく思っています。この数年でフランスのプロテスタントは驚くほど数を増しました。それはカルヴァン主義が組織をしっかり作り上げ、規律を堅く守ったからでもあります。たとえば、ここ、パリ郊外のサン・ジャックがそうであるように。ギョームがとりわけ興奮したのは、翌年、第一回の全国プロテスタント宗教会議を開けそうだと明らかにしたときだった。

しかし、と彼はつづけた。私には巡回という使命があり、ほかの信徒が私を必要としています。次の日曜に出立《しゅったつ》します。

永遠にここにとどまってくれると期待していた者はさすがにいなかったが、それでも唐突すぎた。よそへ移ることなど、いまのいままでほのめかしもしていなかった。

突然パリを出て行くと決めたのは、わたしが婚約したからかもしれない、とシルヴィーは思わざるを得なかった。が、すぐに自分を戒めた——いまのわたしは危険なほど自惚《うぬぼ》れに近づいている。そして、もっと謙虚になるように急いで祈った。

ルク・モーリアックが口を開いた。「ギョーム、あなたがそんなにすぐにいなくなってしまわれるとは残念でなりませんね。というのは、まだ話し合っていない重要な問題があるからです。それはわれわれの運動のなかの異端説についての疑問です」ルクは小柄で、そういう男たちに多い顎を突き出すようにして人を見るところがあったから喧嘩っ早いと思われやすかったが、実は忍耐の人だった。彼はつづけた。「カルヴァンがミカエル・セルヴェを火刑に処せと命じたとき、ここにいるわれわれはショックを受けました」

シルヴィーも、ここにいるみんなも、何の話かわかっていた。セルヴェはプロテスタントの知識人で、三位一体《さんみいったい》の教義を巡ってカルヴァンと衝突した。彼はジュネーヴで処刑されたのだが、それはルク・モーリアックのようなプロテスタントを愕然とさせることになった。意見が違うからと言って相手を殺すのはカトリックだけだと彼らは信じていた。

ギョームが苛立ちの口調で言い返した。「それは五年も前のことでしょう」

「しかし、疑問の答えは出ていません」

シルヴィーは勢いよくうなずいた。絶対に放置してはいけないような気がした。プロテスタントは王や司教に寛容を要求している――考えが違うからと言って、どうして迫害が許されようか、と。でも、プロテスタントにもカトリックと同じぐらい狭量な人が、あるいはもっと狭量な人がたくさんいるではないか。

ギョームがどうでもいいというように手を振った。「われわれの運動には規律がなくてはならないんです」明らかにこの議論をしたくないようだった。

その口先だけの言葉にシルヴィーは激怒した。「でも、わたしたちは殺し合うべきではありません」普段の彼女は〝親睦〟のあいだは沈黙を守っていた。女性もしゃべっていいことになってはいたが、若い者が自分の意見を口にできる雰囲気ではなかったのだ。だが、いまの彼女はもうすぐ結婚することになっていたし、いずれにせよ、この話が俎上《そじよう》に上った以上、黙ってはいられなかった。彼女はつづけた。「セルヴェは理性とペンで戦ったのだから、反駁《はんばく》も理性とペンで為されるべきでした――暴力ではなくて!」

ルク・モーリアックが力強くうなずいて同意を示した。彼は強力な援軍が現われて喜んでいたが、年配の女性のなかには非難がましい顔をしている者もいた。

ギョームが見下したように言った。「それはきみの言葉じゃないだろう。カステリオの書いたものを引用しているだけだ、もう一人の異端者のな」

そのとおりだった。シルヴィーはセバスチャン・カステリオのパンフレット『異端者は迫害されるべきか』のなかの言葉を繰り返したに過ぎなかった。が、それだけを頼りにしたわけでもなかった。父が印刷するものを読んでいたから、ギョームに負けないぐらい、プロテスタント神学者の仕事には詳しかった。「よかったら、カルヴァンも引用しましょうか？」彼女は言った。「カルヴァンはこう書いています――〝教会を追放された人々に対して武器を使うのはキリスト教精神に反する〟。もちろん、彼自身が異端者として迫害されているときに書かれたものです」

何人かが眉をひそめてはっきり彼女に批判的であることを示し、シルヴィーはそれを見て、少し深入りしすぎたことに気がついた。偉大なジャン・カルヴァンの一部を偽善だと、言外にであれ匂わせたのはまずかったかもしれない。

ギョームが言った。「きみは理解するには若すぎる」

「若すぎるですって？」シルヴィーは憤激した。「あなたがジュネーヴから持ってきた本を命懸けで売るにはわたしは若すぎるとは、あなたは一言も言わなかったじゃない！」

何人かが同時に口を開き、ベルナール牧師が立ち上がって、冷静になるよう求めた。

「この問題を一日で解決することはできません。ジュネーヴへ戻ったらわれわれの懸念をカルヴァンに伝えてもらうよう、ギョームにお願いすることにしましょう」

その提案に納得できないルクが言った。「しかし、カルヴァンが答えてくれるだろうか?」

「もちろん、答えてくれますよ」ベルナールが答えたが、そこまで自信がある理由は明らかにされなかった。「では、最後の祈りを捧げて、〝親睦〟を終わりましょう」そして目を閉じ、天を仰ぐと、即興の祈りを唱えはじめた。

シルヴィーは静けさのなかで冷静を取り戻し、ピエールをみんなに紹介するのを、自分の口から出る〝わたしのフィアンセ〟という言葉を聞くのを、どんなに楽しみにしていたかを思い出した。

最後の〝アーメン〟を唱え終えると、会衆はそれぞれのお喋《しゃべ》りを始めた。シルヴィーはピエールを連れて部屋のなかを回った。こんな魅力的な男性と婚約したことが得意でたまらず、その嬉しさが過度に表に現われないようにしなくてはならなかったが、どんなに頑張ってもそれは難しかった。実際、嬉しすぎるぐらい嬉しいのだから。

ピエールはいつもと変わらなかった。男性とはへりくだって言葉を交わし、年配の女性にはお世辞を言い、若い娘を魅了した。シルヴィーの紹介に耳を傾け、全部の名前を憶えることに集中して、どこに住んで何を仕事にしているかを丁重な関心を持って聞きつづけた。プロテスタントは新たな改宗者を喜ぶのが常らしく、おれは歓迎されているぞとピエールは感じた。

一回だけ、ことがつまずいた。シルヴィーがピエールを、ニーム侯爵夫人のルイーズに紹介したときだった。彼女はシャンパーニュの成功しているワイン業者の娘で、魅力的でもあり、おそらくはそれが中年の侯爵の目に留まったのだろう、豊かな胸を持っていた。緊張した様子で、尊大な態度もあとから身につけたものだろうとシルヴィーには思われた。だって、生まれついての貴族ではないんだし、侯爵夫人としての役割にも自信がないんじゃないかしら。しかし、皮肉になろうと思えば、圧倒的に皮肉になることができそうだった。

ピエールの過ちは、彼女を同郷人だと見なして、必要以上に愛想よくしたことだった。「私もシャンパーニュの出身なのですよ」彼は言い、笑顔で付け加えた。「あなたも私も都会では田舎者ですね」

もちろん、本気で言ったわけではなかった。彼自身も、ルイーズも、洗練されていないところはなかった。面白い冗談のつもりだった。だが、冗談としては、選んだ材料が悪かった。彼自身はほとんどそうと気づいていなかったが、シルヴィーはわかっていた——ルイーズが一番恐れているのは、人から田舎者と思われることだ。

その反応は即座に現われた。真っ青になり、軽蔑が顔に浮かんだまま凍りついた。そして、悪臭でもするかのように上へ顔を背けると、近くにいる者に聞こえるように声を大きくして言った。「たとえシャンパーニュでも、上位者には敬意を払うよう、若者を教育すべきね」

ピエールは赤くなった。

ルイーズが二人に背中を向けてだれかと話しはじめ、シルヴィーとピエールは彼女の背中を見つめているしかなかった。

シルヴィーは悔しかった。侯爵夫人はわたしのフィアンセに反感を持った。その思いが変わることは絶対にないだろう。もっと悪いことに、ここにいる大半の人に聞かれてしまって、ここにだれもいなくなる前に全員に知れ渡ってしまうことだ。ピエールをだれも仲間として受け容れてくれなくなるのではないかと、シルヴィーはそれが怖くてがっくり気落ちした。

ピエールを見ると、その顔にさっきまであった表情は一変し、いまや口は恨みに歪んで、目には憎悪の炎が燃えていた。いまにもルイーズを殺しかねないように見えた。

何てこと、とシルヴィーは怯えた。あんな顔でわたしを見ることがなければいいんだけど。


ベッドに入るころには、アリソンは疲労困憊《こんぱい》していた。きっとメアリーもそれは同じだろうが、彼女にはまだ最大の試練が待っているのだった。

祝宴はパリの王族の基準から見ても盛大極まりなかった。婚姻の儀式のあと、大司教の館でパーティが催され、それに舞踏会がつづいた。そのあと、結婚パーティは丸ごとシテ宮殿へ移っての——距離はそれほどでもなかったが、群衆のせいで何時間もかかった——仮面舞踏会となり、そこには特別な余興が準備されていて、王族の子供たちが乗れるよう十二頭立てのメリーゴーラウンドまで含まれていた。最後にビュッフェ形式の夕食が供され、目玉は大量の菓子類で、これだけの量が一部屋にあるのをアリソンは見たことがなかった。しかし、いま、ようやくすべてが静かになり、残っている儀式は一つだけになった。

アリソンはこの最後の義務を果たさなくてはならないメアリーが可哀相だった。同じベッドで寝ると言っても、これまでは姉弟のようにして寝ていたのに、今夜は女性としてそれをしなくてはならない。そう思うと不愉快だった。マリー・ド・ギーズはスコットランドをメアリーの代わりに統べていて、たとえ娘の結婚式であっても国を離れる危険を冒せなかった。喧嘩好きで反抗的なスコットランドのカトリック王室の立場は、決して強固ではない。ときどきアリソンは考えることがあった——屈託のないパン屋の娘に生まれて、欲情した徒弟とドアの陰で抱き合ったりキスをしたりするほうがいいのではないか。

アリソンは床入り前の花嫁の身体をきれいにし、衣装を着せてやるために集められた宮廷の女性の一人に過ぎなかった。だが、大事なときを控えたメアリーと、ほんの一分でいいから二人だけになる必要があった。

女性たちはメアリーの衣装を脱がせていった。彼女は緊張して震えていたが、美しかった。長身でほっそりとしていて、色は白く、胸は大きすぎない完璧な形で、脚はすらりと長かった。女性たちはメアリーをお湯で洗い、鳶色の恥毛の形を整え、たっぷりと香水を振りかけ、最後に金糸の刺繍が施されたナイトガウンを着せてやった。そのあと、スリッパを履き、ナイトキャップをかぶって、着替えの間から寝所までの寒さを防ぐために、薄くて軽いウールのクロークをまとった。

支度は調《ととの》ったが、そこにいる女性は誰一人として引き退がろうとしなかった。仕方なく、アリソンはメアリーにささやいた。「外で待つよう、みんなに言って——だれもいないところであなたに話さなくちゃならないことがあるの！」

「なぜ？」

「いいから、わたしを信じて——お願い！」

メアリーが臨機応変に対処した。「ありがとう、みなさん。気持ちの準備をするあいだ、ちょっとアリソンと二人だけにしていただけないかしら」

女性たちは面白くなさそうだった——大半がアリソンより位が高かった——が、そういう花嫁の要求を拒否できる者はいなかった。渋々ながら、全員がぞろぞろと退出した。

アリソンはようやくメアリーと二人きりになった。

そして、王妃カトリーヌと同じ単刀直入な言葉で言った。「フランソワがあなたと性交《ファック》できなかったら、結婚は成立せず、無効になる恐れがあるの」

メアリーは飲み込みが早かった。「そうなったら、わたしはフランス王妃になれないのよね」

「そのとおりよ」

「でも、フランソワができるかどうかなんて、わたしにわかるはずがないでしょう」

メアリーが取り乱しそうになった。

「わかる人なんていないわ」アリソンは言った。「だから、今夜何があろうと、あなたは彼がちゃんとやったように偽装するの」

メアリーがうなずき、その顔にアリソンが彼女を大好きな理由の一つである確固とした表情が現われた。「わかった。でも、みんながわたしを信用するかしら？」

「カトリーヌ王妃の助言に従えば大丈夫よ」

「昨日、あなたが彼女に呼ばれたのはそのためだったのね？」

「そうよ。あなたがフランソワの下になって、少なくとも彼があなたと性交したと見せなくてはならないと、王妃はそうおっしゃっているの」

「それはできるけど、証人を納得させるには不十分かもしれないでしょう」

アリソンは持ってきているものをガウンの下から取り出した。「これをあなたに渡すよう、王妃に頼まれたの。あなたのナイトドレスには、これを隠しておくところが作ってあるわ」

「それに何が入っているの？」

「血よ」

「だれの？」

「それはわからない」アリソンは言ったが、見当はついた。「この血がどこからきたかはどうでもいいの、大事なのはどこへ行くかなの。初夜のシーツの上でなくちゃならないのよ」そして、袋の首を封じている糸の先端をメアリーに見せた。「これを一回引っ張れば、袋の口が開くわ」

「それで、彼らはみんな、わたしが処女を失ったと思うのね」

「でも、だれにもその袋を見られては駄目なの——だから、すぐにあなた自身のなかへ押し込むのよ。そして、あとで取り出すの」

メアリーが恐怖と嫌悪を同時に表わしたが、それは一瞬に過ぎず、すぐに勇敢さが取って代わった。「わかった」それを聞いて、アリソンは泣きそうになった。

ドアがノックされ、女性の声が聞こえた。「フランソワ王子の準備が整いました、メアリー王女さま」

「もう一つ」アリソンは小声で言った。「もしフランソワが失敗したとしても、その事実をだれにも話さないこと——あなたのお母さまにも、あなたの聴罪司祭にも、わたしにだってしゃべっては駄目よ。常に恥ずかしそうに微笑んで、フランソワは花婿がすべきことを完璧にしたと言うの」

メアリーがゆっくりとうなずき、考え込むようにして言った。「わかった。あなたの言うとおりだと思う。秘密を守る方法はたった一つ、永遠の沈黙だものね」

アリソンはメアリーを抱擁した。「心配はいらないわ。フランソワはあなたの言うことなら何でもするはずだから。だって、あなたを尊敬して憧れているんだもの」

メアリーの覚悟が決まったようだった。「行きましょう」

メアリーは女官に取り巻かれて主要階へとゆっくり階段を下り、スイス傭兵《ようへい》が控える大きな衛兵詰め所の前と国王の控えの間の前を通り過ぎて、そこにいる全員に見つめられながら王室専用の寝所にたどりついた。

部屋の中央に四柱式の、白いシーツに覆われただけのベッドが据えられていた。本来はベッドを囲って隠している重厚なブロケードとレースのカーテンが、いまは左右に開かれて、四本の柱のそれぞれにまとめられていた。フランソワが立って待っていたが、彼はキャンブリック地のナイトシャツの上にきらびやかなガウンを着て、大きすぎるナイトキャップが子供っぽく見せていた。

立っている者も坐っている者もいたが、十五人かそこらの男性と五人ほどの女性がベッドを囲んでいた。そのなかには、メアリーの叔父のフランソワ公爵、シャルル枢機卿、国王と王妃、選ばれた重臣と高位の聖職者が含まれていた。

こんなに大勢だとは、アリソンはいまのいままで知らなかった。

彼らは小声で何かを話していたが、メアリーの姿を見たとたんに沈黙した。

彼女が足を止めて訊いた。「あのブロケードで囲ってもらえるの？」

アリソンは首を横に振った。「いいえ、レースのカーテンだけよ。行為が見えなくちゃならないの」

メアリーはごくりと唾《つば》を呑んだが敢然と前に進み、フランソワの手を取ると励ますような笑顔になった。フランソワは怯えているようだった。

メアリーがスリッパを脱いでガウンを床に落とし、白い薄手のナイトドレスだけの姿になって、正装している男女の前に立った。アリソンにはメアリーが生贄に見えた。

フランソワは麻痺してしまったかのようだった。メアリーがガウンを脱がせてやり、ベッドへ連れていった。若い二人は高いマットレスの上に上がると、一枚のシーツで自分たちを覆った。

アリソンはベッドの四方をレースのカーテンで囲い、ほんの気持ち程度に過ぎないにせよ、プライヴァシーを与えた。二人の首から上は見えたし、シーツの下の二人の身体の線もはっきりわかった。

フランソワに寄り添おうとするメアリーを見ながら、アリソンはほとんど息ができなかった。メアリーがフランソワの耳元で、だれも聞き取ることのできない言葉をささやいた。たぶん、彼がしなくてはならないこと、あるいはその振りをしなくてはならないことを教えているのだろうと思われた。二人がキスをした。シーツが動いたが、その下がどうなっているのか、正確なことはわからなかった。アリソンはメアリーが心底可哀相だった。二十人もの男女が見ている前で自分がセックスをするところを想像した。できるはずがないとしか思えなかった。だが、メアリーは勇敢に前へ進んでいた。花婿と花嫁の表情は読み取れなかったが、メアリーはフランソワを励まし、緊張を解いてやろうとしているはずだった。

そのとき、メアリーが仰向けになり、フランソワが彼女の上に乗った。

アリソンは耐えられないほどの緊張に襲われた。できるのか？　もしできなかったら、メアリーは偽装に成功するだろうか？　ここにいる全員を騙せるだろうか？

部屋は完全に静まり返り、あるのはメアリーのささやくような声だけだった。だが、あまりに小さな声なので、何を言っているのか、聞き取ることができなかった。愛の言葉をささやいている可能性もあったし、フランソワに細かい指示を与えている可能性も同じぐらいあった。

二つの身体がぎこちなく動いた。メアリーの腕の位置から、フランソワを自分のなかへ導いている――あるいは、導く振りをしている――かのように見えた。

メアリーが短くて鋭い悲鳴を上げ、痛みを表わした。それが本物なのかどうかアリソンにはわからなかったが、観衆は満足げな呟きを漏らした。フランソワはショックを受けた様子で動きを止めたが、メアリーはシーツの下で労《いたわ》るように彼を抱擁し、自分のほうへ引き寄せた。

やがて、二人は一緒に動き出した。アリソンはこういう場面を目の当たりにしたことがなく、彼らが本当に性交しているのかどうかはわからなかった。周囲の男女をこっそりうかがうと、彼らは緊張し、目を離せなくなり、当惑しているようだったが、疑っているようには見えなかった。演技ではなく、本当の性交を目の当たりにしていると信じているようだった。

どのぐらいつづくものなのかも、アリソンは知らなかった。その質問をしようと考えたことがなかった。メアリーもそれは同じだった。最初のそれはすぐに終わるはずだと、そんな気がするだけだった。

一分か二分が経ったころ、不意に動きがあった――フランソワが痙攣《けいれん》でもしたかのようだった。あるいは、メアリーがそう見えるように自分の身体を動かしたのかもしれなかった。やがて、二人の身体から力が抜け、動きが止まった。

観衆は沈黙したまま、なおも見つめていた。

アリソンは息ができなかった。本当に性交したのだろうか？　そうでないとしたら、メアリーはあの小さな袋のことを憶えているだろうか？

一拍おいて、メアリーがフランソワをどかし、上半身を起こした。シーツの下で手がもぞもぞと動き、めくれ上がったナイトガウンを引き下ろそうとしているようだった。フランソワも同じような動きをしていた。

メアリーが命令口調で言った。「レースのカーテンを開けなさい」

数人の女性が急いで指示に従った。

カーテンが柱にまとめられると、メアリーが二人の身体を覆っているシーツを勢いよく撥《は》ねのけた。

下に敷いてあるシーツに、小さな赤い染みがついていた。

そこにいる男女が拍手喝采《かっさい》した。事は成った。結婚は成立し、すべてはうまくいった。

アリソンはどうしようもないほど安堵した。そして、拍手喝采に加わりながら考えた。本当はどっちなんだろう？

どちらだったにしても、わかることはないはずだった。

7

ネッド・ウィラードは激怒した。旧修道院の所有権をアリス・ウィラードへ移す書類にサインすることを、サー・レジナルド・フィッツジェラルドが拒否したのだ。レジナルドは貿易の町の市長だから、それは著しく町の評判を落とす所業でもあった。市民の大半はアリスの側についた。彼らも破棄する余裕のない契約を抱えているからだ。

サー・レジナルドに約束を履行させるために、アリスはやむなく裁判に訴えた。裁判所は契約を有効と認めるだろうとネッドは信じ切っていたが、その判決の遅れが怒りという火に油を注いだ。ネッドとアリスは、何としても自分たちの屋内市場を始めたかった。審理を待つあいだに何日、何週間と過ぎていき、その間《かん》、ウィラード家は金を儲けることができなかった。セント・マークス教会の教区にアリスが持っている何軒かの貸家から入ってくる控えめな賃料が、救いと言えば救いだった。

「一体何の意味があるんだ？」ネッドはもどかしくてたまらなかった。「レジナルドが勝てるはずがないのに」

「嘘でもいいから自分を納得させたいだけよ」アリスが言った。「彼は間違った投資をした。でも、それを自分以外のみんなのせいにしたいの」

一年に四度、重要な事案についての審理が四季裁判所で開かれ、二人の治安判事が一人の治安書記を助手として指揮を執ることになっていた。アリスの訴えは六月の裁判で取り上げられ、その日の最初の審理事案だった。

ハイ・ストリートにあるキングズブリッジの裁判所はかつては住宅で、ギルド会館の隣りにあった。法廷はその住宅の大食堂だったところに設置されていた。ほかの部屋は判事と書記のオフィスとして、地下は牢屋として使われていた。

ネッドは母と一緒に法廷に入った。大勢の市民が取り巻くようにして壁際に立ち、互いに言葉を交わしていた。サー・レジナルドはすでに出廷していて、ロロもそこにいた。ネッドはマージェリーがいないのが嬉しかった。父親の屈辱を見せたくなかったのだ。

ネッドは堅苦しくロロにうなずいた。もはやフィッツジェラルド家とは友好的になれなかった。法に訴えたことがそれに輪を掛け、いまやその振りすらしなくなっていた。マージェリーには通りで出会ったらいまも声をかけていたが、当惑げな反応が返ってくるだけだった。だが、ネッドは彼女を愛していたし、すべてがその逆を指し示しているとしても、彼女も自分を愛していると信じていた。

ダン・コブリーとドナル・グロスターも法廷にいた。不運な船〈セント・マーガレット〉への言及があるかもしれず、コブリー家は自分たちについて言われていることすべてを聞きたいはずだった。

ポラード未亡人の牛小屋で逮捕されたダンとほかのプロテスタントは保釈出獄を認められたが、疑いの余地のないリーダーのフィルバートだけは許されず、いまも地下の牢屋にいて、ジュリアス司教の尋問を受けていた。彼らは明日、全員が裁かれることになっていたが、それをするのは四季裁判所ではなく、教会の独立した裁判所だった。

ドナル・グロスターは逮捕を免れた。彼はポラード未亡人の牛小屋に雇い主と一緒にいなかった。町を経巡《へめぐ》っている話では、運のいいことに酔っぱらって自宅にいたことになっていた。プロテスタントが礼拝を行なっている場所を教えてみんなを裏切ったのはドナルではあるまいかとネッドは疑ったが、その日の午後、〈スローターハウス〉からよろよろと出てきたのを何人かが目撃していることが、その話を裏付けていた。

書記のポール・ペティットが静粛を求め、二人の判事が登場して部屋の奥の席に着いた。上席判事はロドニー・ティルベリー、引退した反物商人で、豊かなブルーのダブレットを着て、指にはいくつもの大きな指輪があった。メアリー・チューダー女王から任命された彼は筋金入りのカトリックだったが、それは今日の裁きに影響しないはずだと、ネッドは楽観していた。そもそも信仰とは無関係な事案なのだから。次席判事のセブ・チャンドラーはサー・レジナルドと仲がよかったが、そうだとしても、これだけ事実が明白な事案を覆すことはできないだろうと思われた。

陪審員が宣誓した。十二人の男性、全員がキングズブリッジ市民だった。

ロロがすぐさま一歩前に出た。「今朝は私が父の代弁をしたく、畏れながら許しをお願いする次第です」

ネッドは驚かなかった。サー・レジナルドは短気から、癇癪を起こして自ら裁判を台無しにしてしまいかねない。ロロは頭の程度は父親と同じだが、もう少し気が長かった。

ティルベリー判事がうなずいた。「私の記憶では、きみはロンドンのグレイズ・インで法律を学んだのだったな、ミスター・フィッツジェラルド」

「はい、おっしゃるとおりです」

「よろしい」

手続きが始まると、ジュリアス司教が聖職者のローブをまとって入ってきた。彼の登場は謎でも何でもなかった。修道院の建物を自分のものにしたいと考えていて、レジナルドはそれを安く彼に売ると約束していたのだから。レジナルドがアリスとの契約無効を勝ち取る方法を何とか見つけるのを願っているに違いなかった。

アリスが一歩前に出た。彼女は自らが弁論を引き受け、署名をすませて封印した契約書を書記に手渡した。「サー・レジナルドは鍵となる三つの事実を否定できないはずです」彼女は言った。真実を指摘することだけを願っている人間の、穏やかで理性的な口調だった。「一つ、契約書に署名したこと。二つ、お金を受け取ったこと。三つ、約束の期限内に返済しなかったこと。彼が担保の所有権を失ったのはまったく明らかであると判決していただくよう、本法廷にお願いする次第です。だって、担保はそのためのものなのですから」

アリスは勝ちを確信していたし、ネッドはどんな法廷であれレジナルドに有利な判決など下し得ないだろうと確信していた。判事に賄賂《わいろ》でも使えば話は別かもしれないが、そもそもレジナルドにはその金がないはずだった。

ティルベリーがアリスに丁重に感謝し、ロロを見た。「いまの発言に対して申し述べることはおありかな、ミスター・フィッツジェラルド？　かなり明快な申し立てだったように思われるが？」

しかし、レジナルドは返事をする時間を息子に与えなかった。「私は騙されたんだ！」いきなり、そばかすの散った顔を朱に染めて怒鳴った。「フィルバート・コブリーは〈セント・マーガレット〉がカレーに寄ることも、あの船が失われる可能性があることも、完璧に知っていたんだ」

それはたぶん事実だろう、とネッドは思った。フィルバートはまったく油断ならない。しかし、そうだとしても、レジナルドの言い分は無茶苦茶だ。フィルバートの不誠実をなぜウィラード家が埋め合わせなくてはならないのか？

フィルバートの息子のダン・コブリーが叫んだ。「それは嘘だ！　フランス国王が何をするかなんて、わかるはずがないじゃないか！」

「それでも、何か大事なことを知っていたに違いない！」レジナルドが怒鳴り返した。ダンが聖書を引用して言い返した。「『箴言』がこう教えてくれているじゃないか――利口な人間は知識を隠す、と」

ジュリアス司教が骨ばった指でダンを指さし、激烈な口調で断言した。「無知な馬鹿者どもが自分たちで聖書を読むことを認めると、こういうことになる。そいつらは自分たちの罪を正当化するために神の言葉を口にするんだ！」

書記が立ち上がって大声で静粛を求め、全員が口を閉ざした。

ティルベリーが言った。「ありがとう、サー・レジナルド。たとえフィルバート・コブリー――あるいは、いかなる第三者であれ――があなたの金を騙し取ったのだとしても、それはアリス・ウィラードとの契約からあなたを解放することにはならない。

それがあなたの議論の土台であるならば、あなたは明らかに間違っている。本法廷はあなたに不利な判決を下さざるを得ない」

そのとおりだ、とネッドは満足した。

ロロがすぐさま口を開いた。「いいえ、違います。畏れながら、われわれの議論の土台はそれではありません。父が介入したことについてはお赦しを願うしかありませんが、父がひどく腹立たしく感じていることは理解いただけたと思います」

「では、あなた方の議論は何なのかな？　私は是非ともそれを聞きたいし、陪審員も同様だと確信する」

ネッドも聞きたかった。ロロは何かを袖の下に隠しているのだろうか。やつは始末に負えない乱暴者だが、馬鹿ではない。

「アリス・ウィラードは高利貸し行為で有罪だという簡単な議論です」ロロが言った。「彼女はサー・レジナルドに四百ポンド貸し、四百二十四ポンドの返済を要求しました。彼女は利子を取っています。それは犯罪です」

それを聞いた瞬間、ネッドは廃墟になっている修道院での母とジュリアス司教の会話を思い出した。あのとき、母が負債の正確な額を教えたとき、ジュリアスは一瞬、結局何も言いはしなかったが、その数字に引っかかったような顔をした。ジュリアスがいまここにいるのは、審理に加わるためなのだ。ネッドは不安に眉をひそめた。母とサー・レジナルドのあいだの契約は慎重に交わされ、そのせいで、利子については一切言及されていない。だが、高利貸し行為の定義は法律の悪名高いグレイ・ゾーンだ。

アリスが断固として言った。「あれは利子ではありません。契約書を読んでいただければわかりますが、サー・レジナルドが支払うことになっている二十四ポンドは、サー・レジナルドが融資金額を返済するか、権利を失うまであそこを使いつづけるための賃料です。サー・レジナルドは一カ月当たり八ポンドの賃料を払うことになっています」

レジナルドが抵抗した。「なぜ私が賃料を払うんだ？ 使いもしないところだぞ！ これは隠れた高利貸し行為以外の何物でもない」

アリスがふたたび反駁した。「でも、あれはあなたが提案したことよ！」

「私は騙されたんだ」

書記がさえぎった。「相手に対してではなく、法廷に対して発言するように」

ティルベリー判事が言った。「ありがとう、ミスター・ペティット。そのとおりだ」

ロロが口を開いた。「犯罪を犯すことを一方に要求する契約の履行を強いることを、法律は認めていません」

ティルベリーが応えた。「もちろん、それはわかっている。では、きみは本法廷に、この契約において支払うべきとされている余分な金額が本当に賃料なのか、それとも、隠れた高利貸し行為なのかを判断するよう求めているわけだな」

「いえ、裁判長、判断を求めているのではありません。お許しを得て、これが高利貸し行為であると証言する権威ある証人をここに呼びたいと考えています」

ネッドは困惑した。ロロのやつ、一体何を言ってるんだ？

二人の判事も負けず劣らず何のことかわからずにいるようで、ティルベリーが訊いた。「権威ある証人？　それはだれなのかな？」

「キングズブリッジ司教です」

傍聴している人々から驚きの呟きが上がった。だれも予想もしていないことだった。ティルベリー判事も同じぐらい意表を突かれたように見えたが、ややあってから、気を取り直して言った。「よろしい。発言を認めます、司教さま」

ネッドは落胆した。司教がどっちの味方かはだれだって知っている。

ジュリアスがゆっくりと、禿頭を高く掲げ、自分の職務の威厳を最大限に表わして前に進んだ。そして、予想通りのことを言った。「いまここで言われている賃料は、明らかに利子の言い換えに過ぎない。サー・レジナルドは当該期間、あの土地も建物も使っていないし、使う意図も持っていなかった。これは薄汚れた隠れ蓑《みの》を着た、道徳的にも法律的にも罪を構成する高利貸し行為にほかならない」

アリスが抵抗した。「異議あり。司教さまは公平中立な証人ではありません。サー・レジナルドは彼に修道院を安く譲ると約束していました」

ロロが言った。「まさか、司教さまを不誠実の罪で告発するつもりではないだろうな？」

アリスは応じた。「鼠を逃がすべきかどうかを猫に決めさせようとしている罪で、あなたを告発しましょうか？」

傍聴人がどっと笑った。彼らは口論の最中のウィットを評価していた。だが、ティルベリー判事はそうではなかった。「罪の問題に関して、本法廷が司教さまを否定することはほとんど不可能だ」彼は厳しい口調で言った。「陪審は本事案の契約は法的に無効であると決せざるを得ないだろう」不本意そうな顔だったが、それはみんなと同じく、キングズブリッジで貿易に携わっている商人の大半が結んでいる契約が、そういう判決によってなし崩しにされる恐れがあるとわかっているからだった。だが、ロロはすでに彼をコーナーに追い詰めていた。

ここぞとばかりにロロが追い打ちをかけた。「これはもはや契約が無効であるというだけの問題ではありません、裁判長」その顔に浮かぶ邪悪な満足がネッドを不安にさせた。ロロがつづけた。「アリス・ウィラードは有罪と決しました。第一五五二条に則って罰するべきであり、それが本法廷の義務ではないでしょうか」

その条項による罰がどういうものなのか、ネッドは知らなかった。

アリスが言った。「高利貸し行為を認めるにやぶさかではありませんが——条件があります」

ティルベリーが言った。「いいだろう、その条件とは何だ？」

「わたしと同じく有罪である者がもう一人、この法廷にいます。彼もまた罰せられなくてはなりません」

「サー・レジナルドのことを言っているのなら、罪は貸し手側にあって、借り手側にはないのだから——」

「サー・レジナルドではありません」

「では、だれなのだ？」

「キングズブリッジ司教です」

とたんにジュリアスの顔に怒りが現われた。「口に気をつけろ、アリス・ウィラード」

アリスは負けていなかった。「先の十月、あなたは千頭分の羊毛を、一頭当たり十ペンスでマーサー未亡人に売りました」マーサー未亡人はこの町最大の羊毛仲買人だった。「その羊はこの四月に剪毛《せんもう》され、マーサー未亡人はその羊毛を一頭当たり十二ペンスで、つまり、あなたに払ったより二ペンス高く、フィルバート・コブリーに売りました。あなたは半年前にお金を手にするために、一頭当たり二ペンスを失ったわけです。一年にすれば四十パーセントの利子を払ったことになるのです」

賛同の呟きが漏れた。主要な市民のほとんどが貿易に携わっていたから、その割合がどれだけのものかはみんながわかっていた。

ジュリアスが言った。「いま裁かれているのはおまえだ。私ではない」

アリスはそれを無視した。「二月にあなたは伯爵の石切場から石を買いました、あなたの館を増築するためです。価格は三ポンドでした。ですが、伯爵の石切場の頭《かしら》から、前払いであれば一ポンド当たり一シリング値引きすると提案がありました。あなたはそれを受け容れた。石は一カ月後、平底荷船で運ばれました。結果として、伯爵はあなたが前払いした分について、六十パーセントの利子をあなたに課したことになります」

傍聴人たちはこれを面白がりはじめていて、笑いが上がったり、賛同の呟きが聞こえたりしていた。ペティットが叫んだ。「静粛に！」

アリスはさらにつづけた。「四月、あなたはウィグリーの製粉所を売り――」

「それはこの裁判とは無関係だ」ジュリアスが言った。「まことしやかに、あるいはそうでなくても、ほかにも同じような罪を犯している者がいると主張して罪を逃れるなどできない」

ティルベリーが言った。「それは司教のおっしゃるとおりだ。陪審はアリス・ウィラードを高利貸し行為の罪で有罪とするように」

陪審員席にいる実業家たちなら抵抗してくれるかもしれないとネッドは一縷《いちる》の望みを託したが、裁判官からこれほどはっきり指示されては異議を唱える勇気を持てないらしく、全員がすぐに同意を示してうなずいた。

ティルベリーが言った。「では、どういう刑罰が妥当であるかの議論に移る」

ロロがまた口を開いた。「一五五二条は非常に明確です、裁判長。被告人は融資元金と利子を失わなくてはならず、さらに、条文をそのまま引用するなら〝国王の意志に適う、あるいは、国王の満足に値するだけの金額を科料として支払う〟ことをしなくてはなりません」

ネッドが思わず叫んだ。「あり得ない！」母が利子だけでなく四百ポンドの元金まで失うなど、あっていいはずがない。

キングズブリッジの人々も同感らしく、低いざわめきが起こって、ペティットはまたもや静粛を求めなくてはならなかった。

傍聴人はようやく静かになったが、ティルベリーはすぐに口を開かず、次席判事のセブ・チャンドラーを見て、小声で話し合いを始めた。チャンドラーは資格を持った法律家で、書記のペティットもそうだったから、ティルベリーは彼も話し合いに加わらせた。静寂のなかに緊張が募り、ペティットは首を横に振って不同意を示しつづけた。とうとうティルベリーが肩をすくめて顔をそらし、セブ・チャンドラーがうなずいて、ペティットは席へ戻った。

ついにティルベリーが口を開いた。「法は法である」ネッドはその瞬間、母の破滅を覚悟した。「アリス・ウィラードは融資元金と、要求した賃料あるいは利子を全額失うこととする」そして、異議ありのざわめきに負けじと声を張った。「更なる懲罰は必要ないものと認める」

ネッドは母を見つめた。彼女は打ちひしがれていた。いまのいままで自信に満ち、教会の力に対抗していたが、所詮は勝ち目のない抵抗だったのだ。いま、彼女はいきなり小さくなったように見え、困惑し、視線が定まらないでいた。暴れ馬に蹴倒されたかのようだった。

書記が告げた。「次の事案に移る」

ネッドと母は法廷を出ると、大通りを自宅へ向かった。二人とも押し黙っていた。ネッドは人生がひっくり返ってしまい、その意味するところを理解できずにいた。半年前は商人としての一生を確信し、マージェリーを娶ることを疑っていなかった。いまは仕事を失い、マージェリーはバートと婚約してしまった。

母子は客間に入った。「少なくとも飢える心配はないわ」アリスが言った。「セント・マークスの家作はいまもわたしたちのものだから」

母がそこまで悲観しているとは、ネッドは思っていなかった。「再出発の道を見つけようよ」

アリスが力なく首を振った。「わたしはもうすぐ五十よ――そんなエネルギーは残っていないわ。それに、この一年を振り返ってみると、判断力が鈍ってきているみたいなの。先の六月に戦争が始まったとき、カレーに置いてあるものを全部とは言わないまでも移しておくべきだった。セビーリャとの繋がりを強化しておくべきだった。レジナルドにお金を貸すべきじゃなかった、あいつがどんな圧力をかけてこようともね。いまはもう、あなたやバーニーに引き継いでもらう事業は残っていないわ」

「兄さんは気にしないよ」ネッドは言った。「どのみち海の上にいるほうが好きなんだし」

「いまはどこにいるのかしらね。わかったら、このことを教えてやらなくちゃ」

「たぶんスペインの軍隊だと思う」ベッツィ叔母から手紙が届いていた。バーニーとカルロスは異端審問官と面倒なことになり、急いでセビーリャを離れなければならなかった。どこへ行ったかはわからないけれども、港で徴募係の話を聞いているのを見かけたと言ってきた者がいる。そういう内容の手紙だった。

アリスが暗い口調で言った。「でも、あなたはこれからどうするの、ネッド？　わたしはあなたを商人として育ててきたけど」

「サー・ウィリアム・セシルが、ぼくのような若者に仕事をしてほしいと言っていたよね」

アリスが肩をすくめた。「そうだった、忘れていたわ」

「彼も忘れているかもしれないけどね」

アリスが首を横に振った。「何であれ忘れるような人じゃないんじゃないかしら」

エリザベス・チューダーを支えるセシルの下での仕事とはどんなものなんだろう、とネッドは考えた。「エリザベスはいつの日か、女王になるかな?」

母の口調がとたんに変わり、苦々しげに吐き捨てた。「そうなったら、あの偉そうな司教どもの何人かでも排除してくれるかもしれないわね」

ネッドはちらちらとではあるが希望の光が見えはじめた。

アリスが言った。「よかったら、あなたのためにサー・セシルに手紙を書くけど」

「どうなんだろう」ネッドは言った。「何も言わないで訪ねるほうがいいかもしれない」

「帰れと言われるだけかもしれないわよ」

「そうだね」ネッドは言った。「そうかもしれない」

フィッツジェラルド家の復讐は翌日もつづいた。

暑い日だったが、午後、大聖堂の南側の翼廊《トランセプト》は涼しかった。主要な市民全員が中庭に集まっていた。ポラード未亡人の牛小屋で逮捕されたプロテスタントが異端の罪で裁かれるのだ。有罪を免れる者はほとんどいないというのが衆目の一致するところで、最大の問題はどの程度厳しい罰が課されるかだった。

最も重い責任を問われているのはフィルバート・コブリーで、ネッドが到着したとき、彼は大聖堂にいなかったが、ミセス・コブリーがなす術もなく泣きながらそこに立っていた。娘のルース・コブリーの目は真っ赤に充血していて、ダンの丸い顔はいつになく沈鬱だった。フィルバートの妹とミセス・コブリーの兄が彼らを慰めようとしていた。

これはジュリアス司教の法廷であり、裁判の責任者は彼で、検事と判事の役を二つとも引き受けていた。そして、陪審員はいなかった。彼の隣りに坐っている若い助手、司教座聖堂参事会員でもあるスティーヴン・リンカーンが、資料文書をジュリアスに渡し、自らは裁判を記録する準備を整えた。スティーヴンの隣りにはキングズブリッジ首席司祭のルーク・リチャーズが坐っていた。首席司祭は司教から独立していて、司教の命令に必ず従うわけではなかった。今日、慈悲を訴える側が頼れるのはルークだけだった。

プロテスタントが一人ずつ罪を認め、それまでの信仰を撤回した。そうすることで肉体的な懲罰を免れ、科料を命じられて、大半の者はすぐにそれを司教に支払った。ジュリアスによれば、ダン・コブリーはプロテスタントの副リーダーで、屈辱的な罰を付加された。キングズブリッジ市中を寝間着一枚で、十字架を掲げ、ラテン語で主の祈りを唱えながら歩かなくてはならなかった。

しかし、フィルバートはリーダーと見なされていたから、どういう裁きが下されるか、全員が固唾《かたず》を呑んで待っていた。

そのとき、そこにいる者たちの目が大聖堂の身廊へ向けられた。

ネッドが彼らの視線をたどっていくと、オズマンド・カーターが革のヘルメットに膝丈の編み上げブーツという格好で現われ、こっちへ向かっていた。見張りの手下を一人連れていて、二人して木の椅子を運んでいた。椅子の上に何か包みのような、あるいは、塊のようなものが置かれていたが、よくよく見ると、それはフィルバート・コブリーだった。

フィルバートは背こそ低いもののがっちりした身体を持って堂々としていたが、それは過去のことで、いまは脚は椅子の端からだらりとぶら下がり、腕は力なく垂れ下がっていた。目は閉じられたまま、ひっきりなしに苦痛の呻きを漏らしていた。それを見たミセス・コブリーが悲鳴を上げた。

カーターと手下は椅子をジュリアス司教の前で下ろし、一歩下がって立った。

椅子には腕木がついていて、フィルバートは横に倒れることができなかったが、きちんと坐っていることもできず、ずるずると椅子から滑り落ちはじめた。

家族が駆け寄った。ダンが両脇を抱えて父親を持ち上げ、椅子に戻した。フィルバートが痛みのあまり絶叫した。ルースが父の尻を押し上げ、椅子に坐らせた。ミセス・コブリーが泣きながら訊いた。「ああ、フィル、わたしのフィル、一体何をされたの？」

何をされたか、ネッドにはわかっていた。拷問台にかけられたのだ。両手首を二本の柱に縛りつけられ、巻き上げ機《プーリー》のロープに足首を繋がれる。プーリーが回転すると、ロープが巻き取られて容赦なく身体が伸びていき、犠牲者に恐るべき苦痛を与える。このやり方が考案されたのは、聖職者は人を殺すことを禁じられているからだった。

これほどの苦痛にもかかわらず、フィルバートは抵抗し、信仰を撤回することを拒否したのだろう。だから拷問がつづけられ、ついには肩と腰の関節が外れてしまったのだ。いまや、フィルバートは立つことも歩くこともできなくなっていた。

ジュリアス司教が言った。「フィルバート・コブリーは騙されやすい馬鹿者どもを異端行為へ導いたことを認めた」

助手のリンカーンが文書をかざした。「署名入りの供述書だ」

ダン・コブリーが判事席の前に立って言った。「見せてください」

リンカーンがためらい、ジュリアスを見た。被告の息子の言い分を聞く義務は法廷にはなかったが、おそらくはこれ以上ここにいる人々の敵意を買いたくなかったのだろう、ジュリアスが肩をすくめ、リンカーンは書類をダンに渡した。

ダンが最後のページを見て言った。「これは父の署名じゃない」そして、近くにいる男たちにそれを見せた。「みなさん、父の筆跡はご存じでしょう。これは父の筆跡ではありません」

数人がうなずいて同意を示した。

ジュリアスが苛立たしげに言った。「手助け無しでは署名できなかったんだ、そうに決まっている」

ダンが言った。「だから、あなたたちは父の身体を無理矢理引っ張って——」嗚咽《おえつ》し、涙がこぼれたが、それでも自分を叱咤《しった》してつづけた。「——ついには肩の関節を外し、文字を書けないようにした。そして、父が署名したように装ったんだ」

「装った？　おまえは司教が嘘をついたと咎めているのか？」

「父は異端行為を認めていない、と、私は言っているんです」

「おまえにどうしてそんなことがわかる——」

「父は自分が異端者だとは絶対に思っていませんでした。異端者だと認めたとすれば、それをさせられるのは拷問だけです」

「彼は祈りによって、心底から納得して、自分が過っていたことを認めたのだ」ダンが父親の無残な姿を芝居がかった仕草で指さした。「これがキングズブリッジ司教が父にしたことです」

「これ以上本法廷を侮辱するのはやめるんだ！」

ネッド・ウィラードが声を上げた。「拷問台はどこにあるんですか？」

三人の聖職者は黙ってネッドを見た。

「フィルバートが拷問台にかけられた、それは明らかです――しかし、拷問台はどこにあるのでしょう？」ネッドは言った。「この大聖堂ですか？　司教館ですか？　裁判所の地下ですか？　どこに置いてあるんです？　キングズブリッジ市民はそれを知る資格があると私は考えます。枢密院が許可したとき以外、拷問はイングランドでは犯罪です。キングズブリッジでその許可を受けているのはだれでしょうか？」

長い間があったあとで、スティーヴン・リンカーンが言った。「キングズブリッジに拷問台はない」

ネッドはそれを聞いた上で反駁した。「では、フィルバートはどこか別のところで拷問されたわけだ。そんな言い逃れが通用すると思いますか？」そして、ジュリアス司教を指さした。「フィルバートがエジプトで拷問されたとしても、それはどうでもいいことなんです――あなたがそこへ彼を送ったのなら、拷問したのはあなただということになる」

「黙れ！」

図星だなとネッドは判断し、背中を向けて一歩下がった。

そのとき、ルーク首席司祭が立ち上がった。長身で猫背、物腰は穏やかで、白髪の多くなった髪が薄くなりはじめていた。「司教猊下、私としては是非とも彼に慈悲を賜りたい」彼は言った。「フィルバート・コブリーは疑いの余地なく異端者であり、愚か者です。しかし、キリスト教徒です。間違った導かれ方をしたかもしれないが、神を敬っているのは事実です。だとすれば、何人《なんぴと》も処刑されるべきではありません」

そして、着席した。

傍聴にきている市民から一斉に賛同の声が上がった。彼らはほとんどカトリックだったが、この前の二人の王の治世下ではプロテスタントであり、自分たちが未来永劫《えいごう》安全だとは思っていなかった。

ジュリアス司教が凄まじい軽蔑を顔に表わして首席司祭を睨《ね》めつけ、慈悲を施すかどうかに答えないまま宣言した。「異端行為を行ない、異端行為を広めた罪で、フィルバート・コブリーを有罪とする。通常の手続きに従い、教会を破門した上で火刑に処す。刑の執行は明日の夜明け、在俗の権威によって行なわれる」

処刑の仕方にはいくつか種類があった。貴族は普通、最も時間の短い方法が採用される。首を切り落とすのである。執行人の腕がよければあっという間だし、そうでなくて首が完全に胴体を離れるまでに何度か斧《おの》を振るわなくてはならないとしても、一分もあれば足りる。反逆者は絞首刑に処せられ、吊された状態でまだ生きているうちに腸《はらわた》を抜かれて、ばらばらに切り刻まれる。教会からの盗みを働いた者は剝皮《はくひ》の刑に処せられ、非常に鋭いナイフで皮を剝《は》がれる。専門家なら全身の皮を一枚の完全な状態で剝ぎ取ることができる。異端者は生きたまま火刑に処せられる。

そこにいる人々はみな驚いたが、それでも、沈黙を守った。恐ろしかったのだ。これまで、キングズブリッジで火刑になった者はいない。これで一線を越えたことになる、とネッドはぞっとした。隣りに立っている男も同じ思いのようだった。

不意にフィルバートの声が聞こえた。大きな、驚くほど力のある声だった。残っている力を振り絞っているに違いなかった。「この苦しみがもうすぐ終わりを迎えることを、ジュリアス、私は神に感謝する。だが、おまえの苦しみはこれから始まるんだ、おまえは神を冒瀆する悪魔だ」この侮辱にジュリアスは息もできないほどのショックを受け、激怒のあまり弾かれたように立ち上がった。だが、有罪を宣告された被告が最後に自分の主張を述べることは伝統的に認められていた。「おまえはもうすぐ地獄へ堕ちる。おまえがいることになるそこでは、ジュリアス、苦しみが終わることは決い、してない。神がおまえの魂を永遠に苛《さいな》まれんことを」

死を目前に控えた男の呪いの言葉には説得力があった。そんな世迷《よまい》い言《ごと》を相手にするはずではなかったにもかかわらず、ジュリアスは怒りと恐怖に震えて叫んだ。「この男を連れていけ！　教会をきれいにしろ――閉廷！」そして、踵を返し、足取りも荒く南の扉をくぐっていった。

ネッドと母は重苦しい沈黙をつづけたまま自宅へ戻った。フィッツジェラルド家は勝った。彼らは自分たちを騙した男を殺した。彼らはウィラード家の富を奪った。そして、自分たちの娘をネッドと結婚させないようにしている。ウィラード家が完敗したということだった。

母と息子はジャネット・ファイフの給仕で冷たいハムの夕食をとったが、心はここになかった。アリスは何杯かシェリー・ワインを飲み、ジャネットがいなくなると訊いた。「ハットフィールドへ行くの？」

「まだ決めてない。マージェリーはまだ結婚していないからね」

「先週、彼女は十六になったわ。あと五年したら、だれとでも自分の好きな男性と結婚できるわね」

そのとおりだ、とネッドは思った。

早々とベッドに入ったが、目は冴《さ》えていた。今日のおぞましい裁判のせいで、気持ちはハットフィールドへ行くほうへ傾きそうになっていた。だが、まだ決心がつかなかった。ハットフィールドへ行くということは、望みを諦めるということだった。

ほんの何時間かまどろみ、外の音で目が覚めた。寝室の窓から覗くと、マーケット広場に男たちの姿があった。その動きを、六本の松明《たいまつ》が照らしていた。処刑のための薪を運んでいるのだった。マシューーソン州長官もそこにいて、剣を手挟《たばさ》んだ大男が作業を監督していた。聖職者は死刑の判決を下すことはできるが、自らが刑を執行することはできないのだった。

ネッドはナイトシャツの上からコートを着て外に出た。朝の空気に木の煙の臭いが混じっていた。

コブリー家の面々もそこにいて、間もなくしてほかのプロテスタントのほとんどもやってきた。十分もしないうちに人々の数が膨《ふく》れ上がり、曙光《しょこう》が射して松明の明かりが力を失うころには、大聖堂の前の広場に少なくとも千人の人々が集まっていて、保安隊員が彼らをあまり近づかないよう規制していた。

群衆は喧しかったが、オズマンド・カーターが部下を一人連れてギルド会館から出てきたとたんに静かになった。二人は今度も木の椅子に乗せたフィルバート・コブリーを運んでいて、群衆のあいだを苦労して抜けていかなくてはならなかった。人々は道をあけたくないらしく、椅子が進むのを邪魔したがっているようだったが、実行する勇気はないようだった。

コブリー家の女性たちが哀れに泣きつづけるなか、なす術のない男は地面に立てられた木の柱に、直立した状態で縛りつけられた。脚が使えなくなっているせいでずるずるとずり落ちていくので、オズマンドが後ろから彼をしっかりと抱えて立たせておかなくてはならなかった。

保安隊員が彼の足元の周囲に薪を積み上げていき、その間、ジュリアス司教はラテン語で祈りを唱えつづけた。

夜のあいだ作業をしていた男たちを照らしていた松明の一本をオズマンドが手に取り、フィルバートの前に立って、マシューソン州長官を見た。マシューソンは待てと手を上げてオズマンドを制し、ジュリアスを見た。

ジュリアスがうなずき、マシューソンは手を下ろして、オズマンドはフィルバートの足元の薪に松明の火を移した。

乾ききっている薪はすぐに炎を上げ、恐ろしい音を立てて楽しげにはぜはじめた。フィルバートが熱さに悲鳴を漏らしたが、その声に力はなかった。近くにいる野次馬が煙にむせて後退した。

間もなく、別の臭いがしはじめた。吐き気を催しながらすぐにわかったのだが、それは肉の焼ける臭いだった。フィルバートが苦痛に耐えきれずに絶叫しはじめ、絶叫と絶叫のあいだに叫んだ。「私をお召しください、イエスさま！　私をお召しくださ い、主よ！　どうぞ、いますぐに！」しかし、イエスはまだ彼を召さなかった。

慈悲深い裁きがときにはあって、処刑される男の首に火薬の入った袋を吊すのを家族が許される場合があると、ネッドは聞いたことがあった。死を早めることができるからだ。だが、ジュリアスにその気は明らかになさそうだった。下半身が燃えても、フィルバートはまだ生きていた。彼の苦悶の声は聞くに耐えず、人ではなくて怯えた動物の咆吼《ほうこう》に近かった。

ついにフィルバートが沈黙した。心臓が動くのを諦めたのかもしれず、煙が窒息させたのかもしれず、熱が脳を茹《ゆ》で上げたのかもしれなかった。火炎は上がりつづけ、フィルバートの死体は焼け焦げた残骸に変わった。気分が悪くなるような臭いは残っていたが、少なくとも苦悶の声はしなくなった。ようやく終わったことを、ネッドは神に感謝した。

＊　＊　＊

まだそれほど長く生きていない人生で、あんな恐ろしいことを目の当たりにしたのは初めてだった。どうしてあんなことができるのか、あんなことをなぜ神は許されるのか、理解できなかった。

そのあとの年月、母がこう言っていたのを忘れることがない——「自分は神の意志を知っていると確信し、それをやり遂げるためならどんな犠牲も厭わないと決意したとき、その人物は世界一危険な存在になる」

野次馬がマーケット広場を立ち去っても、私はそこにとどまった。陽は昇っていたが、いまだくすぶっているフィルバート・コブリーの残骸を照らしはしなかった。それは大聖堂の冷たい陰のなかにあった。私はサー・ウィリアム・セシルのことを、クリスマスの十二番目の日に彼と交わしたエリザベス・チューダーについての会話のことを考えた。あのとき、サー・セシルはこう言った——「彼女は私に数え切れないぐらい言っているんだ、自分が女王になった暁に何よりも願うのは、信仰のせいで命を落とすイングランド人がいなくなることだとね。それは男が忠誠を誓うに足る価値があると私は考えている」

あのときの私には、それは見込みのない希望に思われた。だが、これを目の当たりにしたあと、私はふたたび考えた。ジュリアスのような教条的な司教を排除し、いま見たような惨劇を終わらせることが、果たしてエリザベスといえどもできるだろうか？　信仰が異なるからと言って殺し合うことがなくなるときがくるだろうか？

しかし、メアリー・チューダーが死んだら、エリザベスが女王になるのだろうか？　それはたぶん、彼女がどういう種類の力添えを得られるかにかかっている。彼女には侮《あなど》るべからざるウィリアム・セシルがいるが、一人では十分ではない。大勢の支持者が必要だ。

そして、私はその一人になり得る。

その思いが私の気持ちを高揚させた。私は灰になったフィルバート・コブリーを見つめ、こんなことをつづけさせてはならないと心に誓った。イングランドには、これをやめさせたいと願っている人々がいるはずだ。私はそういう人たちとともにありたかった。エリザベスの寛容の理想のために戦いたかった。火刑はもういらない。

私はハットフィールドへ行くと決めた。

8

ネッドはキングズブリッジからハットフィールドまで歩いた。歓迎して雇ってもらえるか、情けなくもその脚でキングズブリッジへ帰ることになるのか、わからないまま百マイルの旅をした。

最初の二日はオックスフォードへ行く学生の一団と一緒だった。だれもがグループになって旅をしていた。男でも、一人だと追いはぎに襲われる危険があった。女一人だともっと無防備で、追いはぎどころではすまない危険があった。

母に教えられたとおり、ネッドは出会った一人一人と例外なく話をし、役に立つかもしれないし、立たないかもしれない情報を手に入れた。羊毛、革、鉄鉱石、火薬の値段、飢饉《ききん》、嵐、洪水のニュース、破産と暴動のニュース、貴族の結婚と葬式のニュース。

毎晩居酒屋に泊まり、ときにはベッドを共有した。自分の一人の部屋を持っていた商人階級の若者には不快な経験だったが、学生たちは愉快な道連れであり、際どい冗談から神学的議論へ、あるいはその逆へ、易々と往き来することができた。七月の気候は暑かったが、少なくとも雨は降らなかった。

話が途切れると、ハットフィールド宮殿で自分を待つ運命が気になった。彼らが求めている若い助手として受け容れてもらいたかったが、セシルはこう言うだけかもしれない——「ネッド？　そんなやつは知らんな」。拒絶されたらどうしよう。当てはまったくない。尻尾を巻いてすごすごとキングズブリッジへ帰るしかないか。それとも、ロンドンへ行き、あの大都市で運試しをするか。

オックスフォードではキングズブリッジ学寮《カレッジ》に泊まった。偉大な分院長だったフィリップが、キングズブリッジ修道院の前哨《ぜんしよう》基地として造ったもので、修道院から独立してはいたが、いまもキングズブリッジからの学生には生活の場を、キングズブリッジ市民には宿と食事を提供していた。

オックスフォードからハットフィールドまでは道連れを見つけるのが難しかった。ロンドンを目指す人々が大半で、ネッドとは道が違っていた。連れが見つかるのを待っているあいだに、大学という魔法にかかってしまった。学生たちとエデンの園の話から、地球が丸いのであればなぜ人が落ちてしまうことがないのかというような話まで、あらゆる領域のことを活発に議論するのは刺激的だった。彼らの大半は聖職者になるのだが、医師や法律家になる者もいた。商人に役に立つことは大学では何一つ学べないと母は言っていたが、果たして本当だろうか。母は聡明だが、博識ではない。

四日後、セント・オールバンズへ向かう巡礼のグループと一緒になった。そこまでは三日かかり、そのあとセント・オールバンズから最終目的地まで、ネッドは一か八《ばち》か、最後の七マイルを一人で歩いた。

ヘンリー八世王はハットフィールド宮殿をエリー司教から押収し、そこをときどき自分の子供たちの保育園として使っていた。ネッドはエリザベスが子供時代の大半をその宮殿で過ごしたことを知っていた。いま、エリザベスの異母姉であるメアリー・チューダーは妹をそこへ留めておこうとしていた。ハットフィールドはロンドンから徒歩なら一日、馬なら半日の距離にあった。エリザベスはロンドンの外にいて面白くなかったかもしれない。ほとんど監視されているに等しく、決して囚人ではなかったが、行動の自由は制限されていた。

宮殿は高みの頂きにあり、遠くからでも見ることができた。赤煉瓦造りの、窓に鉛の格子がはまった、巨大な納屋のような建物だった。ネッドは入口のアーチへと坂道を上りながら、それが実は四つの建物を方形に連結したものであり、何面かのテニス・コートを作ることができるほどの広さの中庭を取り囲んでいるのだとわかった。

中庭で大勢の人々——馬番や洗濯女や配達係——が忙しそうにしているのを見て、ネッドの不安は募った。エリザベスは気に入られていないとしても王族であることに変わりはなく、いまでも多くの使用人を抱えていた。大勢の人間が彼女のために働きたがっていて、毎日何人もの求職者がやってきているかもしれなかった。

ネッドは中庭に入ってあたりを見回した。みな忙しそうで、だれも気づいてくれなかった。セシルは留守かもしれない、とネッドは思った。彼が助手を必要としている理由の一つに、自分が常にハットフィールドにいられないことがあった。

ネッドは落ち着いた様子で豆を剝いている老女に近づき、慇懃に声をかけた。「こんにちは、ウィリアム・セシルはどこでしょう？」

「あの太った男に訊いてごらんなさい」ネッドがそれまで気づかなかった、いい服装をした堂々たる体軀《たいく》の男性のほうへ親指を向けた。「トム・パリーよ」

ネッドは男に近づいて声をかけた。「こんにちは、マスター・パリー、サー・ウィリアム・セシルにお目にかかりたいんですが」

「サー・ウィリアムに会いたいと言ってくるやつは大勢いるからな」

「キングズブリッジからネッド・ウィラードがきていると伝えてもらえたら、サー・セシルはそれを聞いてお喜びになるはずです」

「ほんとか？」パリーは疑わしそうだった。「キングズブリッジから？」

「はい、歩いてきました」

パリーは特に感心したという顔もしなかった。「まあ、空を飛べるわけでもないだろうからな」

「お願いですから、私の名前を伝えてもらえませんか？」

「ネッド・ウィラードが何の用だと訊かれたら、どう答えたらいい？」

「クリスマスの十二番目の日、すなわち顕現日にシャーリング伯爵のところで話し合った、秘密の事柄に関することだと伝えてください」

「サー・ウィリアム、伯爵、それで、おまえは何なんだ？」パリーが訊いた。「そこでワインの給仕でもしてたのか？」

ネッドは薄く微笑んだ。「違います。いま言ったとおり、秘密なんです」無礼な質問をこれ以上甘んじて受けたら頭にきて何をするかわからなくなりそうだったから、そこで会話を打ち切った。「話を聞いてもらって感謝します」そして、背を向けた。

「わかったから、そう腹を立てるな。ついてこい」

ネッドはパリーのあとから家のなかに入った。宮殿は薄暗く、いささかくたびれていた。エリザベスは王族としての収入があるかもしれないが、この宮殿を改装する余裕は明らかにないようだった。

パリーがドアを開け、なかをうかがって言った。「キングズブリッジのネッド・ウィラードなる若者がお目にかかりたいと言っていますが、どうなさいますか、サー・ウィリアム？」

なかから声が聞こえた。「会おう」

パリーがネッドを見て言った。「入れ」

部屋は広かったが、装飾は豊かとは言えなかった。棚の上には帳簿があり、応接間というより仕事をするためのオフィスだった。セシルはライティングテーブルに向かっていて、その上にはペンとインク、紙、封蠟《ふうろう》があった。黒いヴェルヴェットのダブレットは、夏の気候には暑いのではないかと思われたが、彼は室内にいるのであり、ネッドは暑いなかを歩いてきたのだった。

「ああ、そうだ、思い出したぞ」ネッドを見るなり、セシルが言った。「アリス・ウィラードの息子だな」口調は友好的でも非友好的でもなく、わずかに用心深さを感じさせるだけだった。「母上はお元気か？」

「母はほとんど全財産を失いました、サー・ウィリアム」ネッドは答えた。「私どもの資産の大半がカレーにあったのです」

「それはきみの母上だけではない。同じ運命に見舞われた善良な者が何人もいる。フランスに宣戦布告するなど愚かなことだった。ところで、ここへきた理由は何だ？カレーを取り戻すことなど、私にはできないぞ」

「シャーリング伯爵のパーティでお目にかかったとき、私のような若者を捜しているとおっしゃいました。レディ・エリザベスのために仕事を手伝ってもらいたいのだと。

あのときは母に家業を継ぐよう言われていたのでどうしようもなかったのですが——いまは継ぐべき家業がなくなってしまいました。もうほかの助手を見つけておいでかもしれませんが……」

「見つけた」と答えが返ってきて、ネッドはがっくり気落ちした。が、セシルがそのあとで付け加えた。「だが、あまりいい選択ではなかったとわかった」

ネッドは元気を取り戻し、勢い込んで言った。「その役目を私にやらせていただければ光栄ですし、感謝します」

「どうかな」セシルが即答を避けた。「これは廷臣に収入を得させるための、形だけの仕事の一つではない。本当の仕事を求められるんだ」

「その仕事をする覚悟はできています」

「そうかもしれないが、率直に言うと、金を持っていたけれども不遇になった家の若者というのは、通例、あまり役に立たないんだ。命令されることに慣れるのに時間がかかりすぎるきらいがある。それに、言われたことを迅速かつ正確にやるのが当たり前だという考えを受け容れにくいらしい。ただ金が欲しいだけでな」

「私は金が欲しいだけではありません」

「そうなのか？」

「サー・ウィリアム、二週間前、私たちはキングズブリッジで初めて、プロテスタントを火刑にしました」感情的になるべきではないとわかっていたが、どうしようもなかった。「私は彼が絶叫しながら死んでいくのを目の当たりにし、あなたがおっしゃったことを思い出しました。誰一人として信仰のせいで殺されるべきではない、とレディ・エリザベスが願っておられるという言葉を」

セシルがうなずいた。

「私はいつかレディ・エリザベスに女王になっていただきたいのです」声が熱を帯びた。「私は自分の国をカトリックとプロテスタントが殺し合うことのないところにしたいのです。そのときがきたら、あなたとともにレディ・エリザベスが王位を勝ち取るための力になりたいのです。これが私がここへきた本当の理由です」

セシルがじっとネッドを見つめた。心の底を見通して、本気かどうかを確かめようとしている目だった。長い沈黙のあとで、彼が言った。「いいだろう、チャンスをやろう」

「ありがとうございます」ネッドは熱い思いを声に込めた。「絶対に後悔させないと誓います」

ネッドはいまもマージェリー・フィッツジェラルドを愛していたが、一瞬のうちにエリザベスの虜《とりこ》になっていても不思議はなかった。

彼女は美人とは言えず、鼻は大きく、顎は小さく、目は近寄りすぎていた。しかし、逆説的ではあるが、恐ろしく人を惹きつけるところがあった。驚くほど賢くて抜け目がなく、子猫のように魅力的で、恥知らずなほどに妖艶だった。それは持ち前の横柄《おうへい》さやときどき破裂する癇癪によって減じられることもなかった。口を極めて叱責《しっせき》されたあとでも、人々の彼女への崇敬は変わることがなかった。多少でも彼女のようなところがある人間に、ネッドは初めてお目にかかった。

レディ・エリザベスはネッドにフランス語を使い、彼のたどたどしいラテン語を真似てみせ、スペイン語の習得の手助けがネッドにできないことに落胆した。自分の蔵書のどれでも好きなものを読んでいいと言ってくれたが、その感想を自分と共有するという条件がついていた。彼女は自分の経済状態について質問し、それによってネッドと同じく、口座について理解していることを明らかにした。

数日のうちに、ネッドは鍵となる二つの疑問の答えを得た。

一つ目、エリザベスは女王メアリー・チューダーの転覆を考えていない。事実、反逆罪のおぞましさを口にして、ネッドにはそれが本心に思われた。それでも、いつになるかはわからないが、メアリーが死んだあとの王位を自分のものにするための準備は、実に入念に進めていた。セシルがクリスマスにキングズブリッジを訪れたのはその計画の一端で、エリザベスを応援する者たちで手分けしてイングランドの主要な町を訪ね、どのぐらいの味方がいるか、どのぐらいの敵がいるかを値踏みしているのだった。ネッドのなかで、セシルへの崇敬は急速に膨らんでいった。彼は戦略的に考え、すべての問題を自分が仕える王女の運命に関して長期的に見ることであらゆる判断をしていた。

二つ目、エリザベスにはさしたる宗教上の信念がないかにセシルは見せているが、彼女はプロテスタントだ。ミサに行くし、やるよう期待されているカトリックの儀式は全部やるけれども、それは期待に背いていないと見せるために過ぎなかった。お気に入りの著作はエラスムスの『改訂版 新訳聖書』だった。何よりも多くを物語るのが、彼女の言葉の汚なさで、カトリックが無礼と見なす言葉を平気で使った。礼儀を必要とする人々に対してはそこまで冒瀆的な言葉を使うことはなく、〝神の血〟ではなく〝血〟を、〝神の傷〟ではなく〝傷〟を、〝マリア〟を〝メリー〟と言い換えるぐらいだった。だが、内輪ではもっと瀆神的で、〝神かけて〟とか、お気に入りの〝何《ゴッズ・》です《ボディ》って！〟という言葉をお構いなしに口にした。

彼女の午前中は家庭教師について勉強する時間だったから、ネッドはその間《かん》、セシルのオフィスで帳簿をつけた。エリザベスはたくさんの資産を持っていて、ネッドの仕事の主要な部分は、彼女に払われるべき賃料が、遅れることなく、満額払われるようにすることだった。昼食が終わると、エリザベスは気を許し、ときどきお気に入りの使用人とお喋りをするのを好んだ。その場所は司教の客間と呼ばれる、いちばん坐り心地のいい椅子がある部屋だった。チェス盤が置かれていたが、チェスを知らない彼女には用のないものだった。女性家庭教師のネル・ベインズフォードが常に同席し、ときにはトム・パリーの姿もあった。彼はエリザベスの出納方《すいとうがた》だった。

ネッドはこの特別な内輪の人たちの一人ではなかったが、セシルが留守のある日、エリザベスの二十五回目の誕生日——九月七日——の二週間前、お祝いの計画の相談に加わるよう呼び出された。女王の許可が必要だが、ロンドンで盛大にお祝いをするか？　それとも、少し控えめにはなるけれども、このハットフィールドでやるか？　そうすれば、気兼ねなく自分たちのしたいようにできるが？

相談に没頭しているとき、驚くべき訪問者が到着した。

何頭かの馬の蹄《ひづめ》の音が、アーチ形の門から中央の中庭へと上がってきた。ネッドが鉛の格子がはまった薄い灰色の窓から覗くと、六人が力強くて値の張りそうな馬にまたがっていた。エリザベスの馬番が厩《うまや》から姿を現わし、馬を引き受けた。リーダーらしき姿に目を凝らすと、驚いたことに知っている人物だった。「スウィシン伯爵じゃないか！」ネッドは思わず言った。「一体何の用があってここへ？」

まず頭に浮かんだのは、伯爵の息子のバートと、ネッドが愛している娘、マージェリーの来《きた》るべき結婚に関係があるのだろうということだった。だが、それはあり得ない。たとえ婚約が破棄されたとしても、おれにそれを知らせるためにわざわざ伯爵が出張ってくるはずがない。

では、何なのか？

訪問者たちは埃にまみれたクロークを脱ぎながら、家のなかへ案内された。数分後、使用人が客間へきて、シャーリング伯爵がレディ・エリザベスへの面会を要請していると告げた。エリザベスはここへ案内するよう命じた。

スウィシン伯爵は大男で大声だった。入ってきたとたんに、その身体で部屋が一杯になったかのように思われた。ネッド、ネル、トムは立ち上がったが、エリザベスは坐ったままでいた。スウィシンがずいぶん年上だとしても、王族としての自分の血のほうが勝《まさ》っていることを強調しようとしているのかもしれなかった。伯爵は深いお辞儀こそしたものの、口調は砕けていて、まるで伯父が姪に話しているかのようだった。

「元気そうで何よりですな。それにとても美しい」

「思いがけない喜びです」エリザベスは応えた。敬意こそたっぷり表わしていたが、声は小さく、スウィシンを信用していないのは明らかだった。そうであるべきだ、とネッドは思った。スウィシンのようなカトリック原理主義者はメアリー・チューダーの世だからこそ繁栄していられるのであって、プロテスタントの世になるのを恐れている。エリザベスを女王にしたいはずがない。

「実に美しい、もうすぐ二十五ですか」スウィシンがつづけた。「私のような赤い血の流れている者は、このような美しさを無駄にすべきではないと考えずにはいられないのですよ――こんなことを言うのを赦していただきたいのですがね」

「赦す？」エリザベスが冷え冷えとした声で訊き返した。そういう性的な当てこすりを、曖昧な形であっても楽しげに口にされるのを、エリザベスは喜ばなかった。伯爵がエリザベスの冷ややかさを感じ取り、後ろに控えている使用人を見た。明らかに、彼らに聞かれないほうがいいかどうかを考えているのだった。そして、その目がネッドに移ったとき、かすかではあるが顔に驚きが表われた。しかし、ネッドに対しては何も言わず、エリザベスに目を戻した。「あなたと二人だけで話せますかな？」正当な理由のない親密さは、エリザベスを惹きつける良策ではなかった。彼女は非嫡出だと言う者もいたから、それを理由に尊敬を表わさない者に対しては、そのことを非常に敏感に感じ取ることができるのだった。だが、スウィシンはそれを理解するには愚かすぎた。

トム・パリーが言った。「レディ・エリザベスは男性と二人きりにはなれないのです――女王陛下のご指示です」

「馬鹿馬鹿しい！」スウィシンが鼻で嗤った。

セシルがいてくれればよかったのに、とネッドは口惜しかった。使用人が伯爵に立ち向かうのは危険過ぎる。そのとき、スウィシンはエリザベスの上級スタッフが留守の日を意図的に狙ったのではないかという疑いが頭をよぎった。

この男は一体何を企んでいるのか？

スウィシンが心底おかしそうに笑った。「エリザベスが私を恐れなくてはならないことなど、一つだってあるはずがないだろう」それを聞いて、ネッドは虫酸《むしず》が走った。エリザベスがむっとして声高に訊き返した。「わたしが恐れるですって？」護ってもらう必要がある弱い女だとほのめかされただけで腹を立てるのが常だった。「なぜわたしが恐れなくてはならないの？　もちろん、二人だけでお話ししますとも」

使用人たちは渋々退出した。

部屋を出てドアを閉めると、トムがネッドに訊いた。「おまえは伯爵を知っているんだろう――どんなやつなんだ？」

「暴力的な男です」ネッドは答えた。「ここを離れるわけにはいきませんよ」ネッドはどうすればいいか教えてほしいとトムとネルが言っていることに気がつき、急いで考えようとした。「ネル、厨房から客用のワインを持ってきてください」部屋に入る必要が生じた場合、ワインを口実にできる。

トムが言った。「われわれが部屋に戻ったら、あの男はどうするだろう？」

ネッドは芝居を観ていたコブリー家が席を立ったときの、スウィシンの反応を思い出した。「自分の邪魔をした男を殺そうとしたところを、私はこの目で見ているんですよ」

「神よ、私どもをお助けください」

ネッドはドアに耳を押し当てた。二つの声が聞こえた。スウィシンの声は大きく、エリザベスの声は甲高かった。内容までは聞き取れなかったが、口調は和《なご》やかとはいかないまでも落ち着いていた。しばらくはエリザベスに危険が及ぶことはないだろう、とネッドは判断した。

一体何の用か、ネッドはそれを突き止めようとした。スウィシンの突然の訪問は王位の継承と関係があるに違いない。力を持った廷臣がエリザベスに関心を持つとしたら、理由はそれしかないはずだ。

さまざまに多様な議論のあげく、継承問題はエリザベスが強力なカトリックと結婚すれば解決するという結論に至ったことを、ネッドは思い出した。宗教の問題は夫の手に委《ゆだ》ねるという考えからだった。そういう計画がうまくいかないことはエリザベスも気づくはずだと、いまやネッドには確信があった。だが、ほかの者たちはそうは考えないだろう。スペイン国王フェリペが彼の従兄弟のサボイ公爵はどうかと提案したが、エリザベスは拒否していた。

スウィシンはエリザベスと結婚したいのか？　それは可能だ。この訪問で、自ら口説こうとしているのかもしれない。それよりも、彼女と二人きりでそれなりの時間を過ごして密通の疑いを生じさせ、彼女の評判を救うには結婚しか道がないようにしてしまおうと考えているのかもしれない。

それを試みたのはスウィシンが初めてではなかった。エリザベスがまだわずか十四歳のとき、四十歳のトマス・シーモアが彼女に性的な愛撫《あいぶ》の味を覚えさせ、結婚を企んだことがあった。最終的には反逆罪で処刑されたのだが、その罪のなかには、エリザベスとの結婚についての策謀も含まれていた。無謀なスウィシン伯爵のことだ、同じ運命をたどる危険を冒す覚悟をしている可能性は十分ある、とネッドは考えた。

部屋のなかの声の調子が変わった。エリザベスが命令口調になりはじめ、スウィシンはその逆、あまりに愛想がよくてほとんど淫らにさえ聞こえる声で、彼女の冷ややかさに対抗していた。

何であれ不快なことになったら、エリザベスは大声で助けを求めればいい。だが、そうなったとしても、彼女はその必要を認めることを自分に許さないだろう。それに、スウィシンが何らかの方法で彼女を沈黙させるかもしれない。

ネルがワインを満たした水差しとゴブレットを二つ、そして、ケーキの皿を盆に載せて戻ってきた。そのまま入室しようとする彼女を、ネッドは手を上げて制し、小声で言った。「まだです」

直後、エリザベスのほとんど悲鳴のような声が聞こえ、そのあと、何かがぶつかる音がした。それにつづいて甲高い音が聞こえた。林檎《りんご》を盛った深皿が床に落ちたようだった。ネッドはためらい、エリザベスが叫ぶのを待った。だが、それ以降は沈黙が落ちたままで、どうすべきか判断に迷った。静けさは何にも増して悪い兆しとしか思えなかった。

中途半端な状態に耐えきれず、ネッドはドアを開け、ネルから盆を受け取って部屋に踏み込んだ。

部屋の奥で、スウィシンがエリザベスを抱き締めてキスをしようとしていた。最も恐れていたことが現実になりかけていた。

エリザベスは顔を激しく左右に振ってスウィシンの唇から逃れ、小さな拳で逞しい背中を虚しく叩いていた。嫌がっているのは明らかだった。だが、スウィシンにしてみればまっとうな求愛をしているだけなのかもしれなかった。女は自分の熱い思いに負け、抱擁を許し、力強い男らしさに恋をするものだと、勝手に思い込んでいるに違いない。

スウィシンが地上で最後に残った男なら、そのやり方でも通用するかもしれないが。

ネッドは大きな声で言った。「飲み物はいかがですか、伯爵」胸の内は怒りに震えていたが、何とか明るい声を作ることができた。「シェリー・ワインなどよろしいかと」そして、窓際のテーブルに盆を置いた。

スウィシンはネッドを見たが、古傷を残した左手はエリザベスの細い手首をがっちり握ったままだった。「出て行け、馬鹿者」

ネッドはショックを受けた。こんな場面を目撃されたというのに、よくもしつこくつづけられるものだな。伯爵といえどもレイプは処刑の対象になり得るし、独立した目撃証人が三人もいれば尚更だ――トムとネルも恐怖のあまり入ってきてこそいないが、開け放したドアのところに立っていた。

しかし、スウィシンは頑としてやめようとしなかった。

ここは何があろうと絶対に引いてはいけない、とネッドは腹を決めた。

何とか手の震えを押さえ、ゴブレットにワインを注いだ。「厨房からケーキも届いています、旅のあとで空腹でいらっしゃるだろうと心配しまして」

エリザベスが言った。「手を放しなさい、スウィシン」彼女はもがいたが、指を二本半失っている手から逃れることができなかった。

スウィシンが腰のベルトの剣に手を置いた。「すぐにここから出ていけ、ウィラードの青二才。さもないと、神の思《おぼ》し召しでおまえの喉を掻き切るぞ」

本当にやりかねないことはネッドもわかっていた。ニューカースルで、腹立ちまぎれに使用人に怪我をさせ、事後に脅しと賠償でことを収めた事例が複数あった。自分を護るためだったとしても、伯爵に抵抗して怪我をさせたら、ネッドのほうが絞首刑になる恐れがあった。

だが、いまはエリザベスを置いてはいけなかった。

ネッドは剣を見て閃いた。「厩であなたの連れの方同士が口論になりまして、馬番が何とか割って入ったんですが、一人の方がひどい怪我をなさったようなんです――剣による傷のようです」

「嘘をつくな」スウィシンは言ったが、明らかに確信がなさそうで、そのためらいが性的興奮を冷ましたようだった。

ネッドの背後にいたトムとネルが、ようやく、ためらいがちに入室した。ネルが膝を突き、砕けた果物の深皿の破片を拾いはじめた。トムがネッドの話を補強した。

「出血がずいぶんひどいようです、スウィシン伯爵」

スウィシンはようやく理性が勝りはじめたらしく、エリザベスの使用人を三人も刺し殺したら厄介なことになると気がついたようだった。それに、エリザベスを誘惑する計画はすでに頓挫《とんざ》していた。怒りはまだ顔に残っていたが、エリザベスを解放した。

エリザベスは手首をさすりながら、すぐに伯爵から離れた。

思うに任せなかった苛立ちで、スウィシンは鼻息荒く、足取りも荒く、部屋を出ていった。

ネッドは安堵のあまり坐り込んでしまいそうだった。ネルが泣きだし、トム・パリーは水差しのワインを喇叭《らっぱ》飲みした。

ネッドは言った。「マイ・レディ、ネルと部屋へお帰りになって、内側から閂をかけてください。トム、あなたも私も姿を消しましょう」

「そうしましょう」エリザベスは言ったが、すぐには出ていこうとせず、ネッドのところへ行ってささやいた。「厩で喧嘩なんて、嘘よね？」

「嘘です。あの瞬間は、取りあえずそれしか思いつかなかったものですから」

エリザベスが微笑した。「あなた、年はいくつなの、ネッド？」

「十九です」

「わたしのために命を懸けてくれたのね」エリザベスが爪先立ち、ネッドの唇に短いけれども優しいキスをして言った。「ありがとう」

そして、部屋を出ていった。

人々の大半は一年に二回、春と夏しか入浴しなかったが、王女たちはもっと潔癖で、エリザベスはさらに頻繁に風呂を使った。それは一大事業で、厨房で沸かした湯が冷めないうちに、女中が持ち手のついた洗濯桶《おけ》で、大急ぎで階段を上がって彼女の寝室へ運ぶのだった。

スウィシンが訪れた翌日、エリザベスは嫌悪を洗い流すかのように入浴した。彼女はネッドにキスをしたあと、スウィシンのことはひと言も口にしなかった。だが、彼女の信頼を勝ち得たとネッドは確信した。

力を持っている伯爵を敵に回したことはわかっていたが、それはいつまでもはつづかないかもしれなかったし、そうあってほしかった。スウィシンは短気で復讐心が強いが、冷めやすくもある。もっといいことがあれば、自分に対する恨みを忘れてくれるかもしれない。運がよければだが。

スウィシンが引き上げて間もなく、サー・ウィリアム・セシルが戻ってきて、翌朝、ネッドと一緒に仕事に取りかかった。セシルのオフィスはエリザベスの専用スイートと同じ棟にあった。ネッドはセシルに言われてトム・パリーのオフィスへ、エリザベスが所有しているもう一軒の屋敷の支出に関する帳簿を取りにいった。分厚い帳簿を手にして戻る途中、エリザベスの部屋の前にさしかかると、女中がこぼした湯で廊下が濡れていた。スイートの前を通るときにドアが開いていることに気づき、愚かにもちらりと部屋のほうへ目を走らせた。

エリザベスがちょうど浴槽を出たところで、浴槽そのものは衝立《ついたて》で隠されていたが、彼女自身は身体を拭くための大きな白いリネンのシーツを取りに歩き出していた。本来ならメイドがタオルを持って浴槽の脇に控えているはずであり、もちろん、ドアも閉まっているはずだった。だが、だれかが手間取ったに違いなく、エリザベスはのろまな使用人に我慢がならない性質《たち》だった。

ネッドは女性の裸を見たことがなかった。姉も妹もいなかったし、ガールフレンドともそこまで進んだことがなく、売春宿に行ったこともなかった。

というわけで、凍りついたようになり、目を離せなくなった。湯が薄く湯気を立ち昇らせながら、華奢な肩から小さな胸、丸いお尻、乗馬で鍛えた力強い腿へと流れ落ちていた。肌はクリーム色がかった白で、恥毛は見事な赤金色だった。すぐに目を逸らさなくてはいけないのはわかっていたが、ネッドは魅入られてしまい、動くことができなかった。

エリザベスがネッドの視線に気づいてぎょっとしたようだったが、それも束の間のことで、手を伸ばしてドアの端をつかんだ。

そして、微笑した。

直後、ドアが勢いよく閉まった。

ネッドは廊下を急いだ。心臓は大きな太鼓を打っているようだった。たったいま自分がしてしまったことのせいで、この仕事を失うか、家畜小屋に閉じ込められるか、鞭で打たれるか、あるいは、その三つすべての罰を受ける可能性があった。

だが、彼女は微笑んだ。

その笑みは温かく、友好的で、少しなまめかしかった。ネッドの想像では、裸の女性があんな笑みを作るのは夫か恋人に対してだった。あの微笑はこう言っているように思われた――禁じられている魅力を垣間見せてあげるのは、わたしがあなたを認めるにやぶさかでない印なのよ、と。

ネッドは何があったかをだれにも話さなかった。

その日の夜、彼は怒りの爆発を覚悟したが、何事もなくすんだ。エリザベスはあのことについて、ネッドにもほかのだれにも何も言わなかった。罰せられることはなさそうだと、ネッドは徐々に確信した。そして、あれは本当にあったことだろうかと疑いが頭をもたげた。夢を見た可能性のほうが高いような気がした。

だが、あの光景は終生忘れられないはずだった。

マージェリーは、修道院門《プライアリー・ゲート》と呼ばれる新しい屋敷で、初めてバートにキスをされた。

サー・レジナルド・フィッツジェラルド、レディ・ジェーン、ロロは、スウィシン伯爵に誇らしげに屋敷内を見せて回っていた。マージェリーはバートと一緒に彼らのあとに従っていた。フランスが攻めてくる可能性は薄くなりつつあるらしく、バートはコーム・ハーバーの任務を解かれて帰ってきていた。マージェリーも知ってのとおり、レジナルドは修道院を約束通り聖堂参事会に返した。売値は安かったが、新しい屋敷を完成させるには十分な金額だった。

それはマーケット広場に堂々と建つ、現代的な見事な建築物で、大聖堂と同じ淡い色の石灰岩で造られていた。大きな窓が何列も並び、高い煙突が何本もそびえていた。なかは至るところに階段室があり、十を超す煖炉が作り付けられていた。塗料の匂いもまだ新しく、何本かの煙突からはすでに煙が上っていた。きちんと閉まらないドアがいくつかあったが住めないことはなく、使用人がハイ・ストリートの以前の屋敷からここへ、家具調度を移しはじめていた。

マージェリーはこの家に住みたくなかった。彼女にとって、このプライアリー・ゲートは常に人殺しと詐欺《さぎ》の臭いがした。フィルバート・コブリーが焼き殺され、アリス・ウィラードは破産し、そのおかげでこの屋敷は完成に漕ぎつけることができた。もちろん、フィルバートとアリスは罪を犯した。だから、罰せられなくてはならない。しかし、マージェリーの倫理を見分ける能力は鋭かったから、曖昧な定義を許すことができなかった。たとえば、不純な動機で罪を断じ、過酷な罰を与えることがそうである。ジュリアス司教は教会のために修道院を取り戻し、マージェリーの父親は大金――本来は彼のものでないはずの――を手にしていた。

一介の娘がそんなことを考える必要はないのだろうが、マージェリーは考えずにいられなかった。そして、腹を立てずにいられなかった。司教たちと主導的立場のカトリックの悪しき行ないがプロテスタントを煽《あお》る動機の一部になっているのに、彼らにはそれがわからないのだろうか？　とはいっても、マージェリーにできるのは腹を立てることだけだった。

一行がロング・ギャラリーと名付けられた長い回廊に入ったとき、バートが足取りを緩めて前を行く人々から遅れ、マージェリーの肘をつかんで引き戻した。そして、父親たちが見えなくなったところでキスをした。

バートは背が高く、ハンサムで、服装もぱりっとしていた。そして、彼を愛さなくてはならないことをマージェリーはわかっていた。なぜなら、自分の両親が夫として選んだのだから。そして、わたしは両親の言うことを聞かなくてはならないと神が決められたのだから。だから、マージェリーは口を開けてキスを返し、彼の手が身体を探索し、胸を触り、股間に手を押しつけることまで許した。それは難しいことで、半分しかできていなかったこの家でネッドにキスされたときのことを思い出していたのだから尚更だった。ネッドとのときにいつも感じていたように感じようと努力し、それは必ずしも成功したとは言えなかったが、この試練を多少は耐えやすくしてくれた。

身体を離したとき、スウィシンが自分たちを見ていることにマージェリーは気がついた。

「一体どこへ消えたのかと思ったぞ」スウィシンが意味深長ににやりと笑い、いやらしく片目をつぶって見せた。わたしが気づくまであそこでずっと見ていたんだとわかって、マージェリーは身の毛がよだった。

一行はサー・レジナルドの居間として造られた部屋へ下り、ひと月後に迫っている結婚式の相談をした。式はキングズブリッジ大聖堂で執り行なわれ、披露宴はこの新しい屋敷で催される。マージェリーは淡いブルーのシルクのドレスと、大好きな上品で凝った頭飾りの注文をすませていた。スウィシン伯爵は彼女の衣装について詳しく知りたがり、まるで自分が結婚するかのようだった。彼女の両親も着るものを新調しなくてはならず、ほかにも決めなくてはならないことが山ほどあった。余興、料理、飲み物についてもそうであり、サー・レジナルドはやってきた招待者全員に、門のところで無料のビールを振る舞うことにした。

お祝いの掉尾《ちょうび》を飾るにはどんな演劇がふさわしいかを話し合っているとき、馬番のパーシーが旅の埃にまみれた若者をともなって現われた。「ロンドンから急の使いです、サー・レジナルド」パーシーが言った。「いますぐにお知らせすべきことがあるとのことです」

サー・レジナルドが急使を見た。「どんな知らせだ?」

「デイヴィ・ミラーの手紙を預かって参りました、サー」ミラーはレジナルドの事業に関するロンドンの代理人だった。急使が薄い革の紙入れを差し出した。

「何が書いてあるんだ、教えろ」サー・レジナルドが焦れた口調で命じた。

「女王がご病気です」

「どうしたんだ？」

「医師団の報告では、子宮のあたりに悪性の腫れ物があり、それが遠因で腹部膨満が生じているとのことです」

ロロが言った。「ああ、想像妊娠とか、そういうものではないのか……」

「ずいぶんひどくて、ときどき意識を失われるそうです」

「お気の毒に」マージェリーは同情した。メアリー・チューダーについては複雑な思いがあった。賞賛に値するほど意志堅固で信心深い女性だけれど、プロテスタントを火刑にするのは間違っている。人はなぜ信心深さと寛容を同時に持てないのだろう、イエスのように？

ロロが心配そうに訊いた。「診断は？」

「数カ月は生きられるかもしれないけれども回復はしない、というのがわれわれの理解です」

ロロの顔からわずかながら血の気が引くのを見て、マージェリーはすぐにその理由がわかった。「これはあり得るなかでも最悪の知らせだ」彼が言った。「メアリー・チューダーには子がいない。若きメアリー・ステュアートは虚弱なフランスの少年と結婚したことで、自ら後継者としての魅力を減じた。この二つから出てくるのは、エリザベス・チューダーが候補者の筆頭に躍り出たという事実であり——彼女をコントロールしようとするわれわれの努力がすべて無駄に終わっているという事実だ」ロロの言うとおりだ。マージェリーも彼ほどすぐにではなかったが、言われたとたんにそれを認めた。彼女の父親も伯爵も同じだった。イングランドは異端者の世に逆戻りする危険の瀬戸際にある。マージェリーは身震いした。

スウィシンが言った。「エリザベスを女王にしてはならない！　それは災厄だ」

マージェリーはバートを見た。だが、彼は退屈しているようだった。自分の夫になろうという男が政治に関心を持てないでいる。馬と犬の話のほうがいいのだ。マージェリーは腹が立った。自分たちの将来に関わる話なのに、この人ときたら。

レジナルドが言った。「メアリー・ステュアートはフランスの王子と結婚した。イングランドの民は二人目の外国人の王など望まないだろう」

「そのことについてなら、イングランドの民に意見などあるものか」スウィシンが馬鹿にしたように鼻を鳴らした。「次の王はメアリー・ステュアートだと教えてやればいいんだ。実際にそうなるころには、そんなものだと彼らは思っているさ」

そうあってほしいという願望じゃないの、とマージェリーは思ったが、彼女の父親は伯爵に同意した。「彼らには何を言ってもいいでしょう。しかし、われわれを信じますかね？」

ロロがその疑問に答えた。「信じるかもしれませんよ」断言しないのを見て、いまこの場で考えたんだろうとマージェリーにはわかったが、言っていることはつじつまが合っていた。「その発表がフェリペ国王によって為されれば尚更でしょう」

「そうかもしれんな」レジナルドが言った。「そのためには、まずフェリペ国王の同意を得る必要がある」

マージェリーは一縷の希望が見えたような気がした。

ロロが言った。「では、フェリペ国王への目通りを願い出ましょう」

「いま、彼はどこにいるんだ？」

「ブリュッセルで、フランスとの戦いの指揮を執っています。が、戦争はそろそろ終わりますよ」

「女王の余命が本当にいくばくもないのなら、急がなくてはならないかもしれないな」

「まったくです。コーム・ハーバーからアントワープへは海路で行ける。ダン・コブリーが毎週、あそこへ船を出しているからな。アントワープからブリュッセルは馬で一日だ。結婚式までに戻ってこられる」

皮肉ね、とマージェリーは思った。この任務での移動にウルトラ‐プロテスタントのダン・コブリーを頼らなくちゃならないなんて。

ロロが言った。「フェリペ国王はわれわれを受け容れてくれますかね？」

スウィシンがその質問に答えた。「私なら受け容れてくれるだろう。イングランドは彼の王国の一つで、私は最も重要な貴族の一人だ。それに、結婚式のあと、ウィンチェスターからロンドンへ帰る途中で、わがニューカースルに滞在している」

レジナルド、ロロ、スウィシンの三人が顔を見合わせ、レジナルドが言った。「よし、ブリュッセルへ行きましょう」

マージェリーは気分がよくなった。少なくとも彼らは何かをしようとしている。

ロロが立ち上がった。「早速ダンのところへ行って、船のことを聞いてきます。一刻も無駄にはできませんからね」

ネッド・ウィラードはマージェリーの結婚式だからといってキングズブリッジへ戻りたくなかったが、戻らないわけにはいかなかった。秘密の任務のためには絶好過ぎるほど絶好の機会なのだ。

十月、ネッドは七月の旅の道程を逆にたどった。ただし、今回は馬での旅だった。任務は急を要した。いまの女王が瀕死《ひんし》の状態にあるとなれば、すべてを急がなくてはならない。

母は縮んでしまったように見えた。肉体ではなく――身体は相変わらず豊かだった――、魂が抜けてしまったかのようだった。遡る六月に彼女が言った言葉――「わたしはもうすぐ五十よ――エネルギーが残っていないわ」――をネッドは本気にしていなかった。だが、三カ月後のいま、母は依然として消沈し、無気力だった。母が家業を再興することはないとネッドは確信し、歯ぎしりするほど腸《はらわた》が煮えくり返った。

しかし、状況は変わりつつあった。ネッドはジュリアス司教やサー・レジナルドといった男たちの力を削《そ》ぎ落とそうとする勢力に与《くみ》していて、エリザベスを支持するグループの一人であることをぞくぞくするほど喜んでいた。セシルもエリザベスもネッドを気に入り、スウィシンを撃退して以降は尚更そうなっていた。彼らと一緒に世界をどう変えるかを考えるたびに、期待が胸で渦《うず》を巻いた。だが、まずはエリザベスをイングランドの王にしなくてはならない。

ネッドは母とともにマーケット広場で花嫁を待った。肌を刺す北風が広場を吹き抜けていた。慣例通り、カップルは教会のポーチで誓いを交わし、それからなかに入って結婚のミサが行なわれる。キングズブリッジの人々はネッドを温かく迎えてくれた。ウィラード家への仕打ちはひどすぎると、彼らの大半が考えていた。

スウィシンとバートが群衆の一番前にいて、バートは新調した黄色のダブレットを着ていた。花嫁の姿はまだどこにもなかった。幸せに見えるだろうか、それとも、悲しんでいるように見えるだろうか？　おれと結婚しなかったことで人生が台無しになったと悲嘆に暮れているだろうか？　それとも、おれへの愛を乗り越え、バート子爵夫人という新しい役割を楽しみはじめているだろうか？　どっちが耐えるのが辛いか、ネッドにはわからなかった。

しかし、ここにいる本当の目的はマージェリーではなかった。ネッドは群衆に目を凝らしてプロテスタントを捜し、ダン・コブリーを見つけて任務を開始した。

さりげない雰囲気を装い、ゆっくりと広場を横断してダンに近づいた。ダンは大聖堂の北西の角に立っていた。あれから三カ月しか経っていないのに、変わったように見えた。痩せて顔が細く厳しくなっていた。それでいいんだ、とネッドは満足した。今回の任務の目的は、彼を軍隊のリーダーに変身させることにあった。

それは簡単ではないはずだった。

久闊《きゅうかつ》を叙《じょ》したあと、ダンを巨大な控え壁の陰へ連れていき、小声で本題に入った。

「女王が命の危機に瀕している」

「そうらしいな」ダンが用心深く応えた。

ダンに信用されていないとわかってがっかりしたが、その理由はわかっていた。ウィラード家がカトリックからプロテスタントに変わり、ダンに言わせればあまりに安易に、またもやカトリックに変わったからだ。ダンはいま、ウィラード家が本当はどっちなのかわからずにいるのだった。

ネッドは言った。「王位を継承するのはエリザベス・チューダーか、メアリー・ステュアートだ。いま、メアリーは十五歳で、彼女よりもっと年下の病弱な夫の妻になっている。彼女がイングランドの女王になっても力はなく、フランス人の叔父たちに押さえ込まれるに決まっている。たとえばギーズ一族がそうだが、彼らはウルトラ・カトリックだ。きみたちは彼女を恐れなくてはならなくなるぞ」

「しかし、エリザベスはミサに出ている」

「そして、イングランド女王になってもそうしつづけるかもしれない――本当のことはだれにもわからない」これは事実ではなかった。ネッドをはじめとしてエリザベスに近い者ならだれでも、彼女は自分がプロテスタントであることをできるだけ早く公にするとわかっていた。なぜなら、それが教会の強力な支配を打ち破る唯一の方法だからだ。だが、相手を油断させるために、彼らはその逆を装っていた。王と廷臣という世界でネッドが学んだのは、常に真実をすべて語る者はいないということだった。

ダンが言った。「そうだとして、次の女王がエリザベス・チューダーかメアリー・ステュアートかを、おれたちが気にしなくてはならない理由は何なんだ？」

「もしエリザベスが女王になったら、信仰を理由に人が焼き殺されることはなくなる」この部分は事実だった。

それを聞いて父親のおぞましい死を思い出し、ダンの目に怒りが燃え上がった。だが、彼は感情を抑えて言った。「口にするのは簡単だ」

「現実的になれよ。きみはプロテスタントの大量虐殺をやめさせたいんだろう。エリザベスはきみの一番の希望であるだけでなく、きみの唯一の希望でもあるんだ」ダンはそれを信じたくないだろうが、とネッドは思った。だが、ダンの目にそれを事実として認める何かがあるのを見て、目的に一歩近づいたと満足した。

ダンが渋々言った。「どうしておれにこんな話をするんだ？」

ネッドはその質問に質問で答えた。「いま、キングズブリッジにプロテスタントは何人いる？」

ダンの顔が強ばり、口は開かなかった。

「おれを信用してくれ」ダンは急かした。「さあ！」

「少なくとも二千」ついにダンが答えた。

「何だって？」嬉しい驚きだった。「多くとも数百だと思っていたんだけどな」

「グループは一つだけじゃないし、六月以降、人数が増えつづけている」

「きみの父上のことがあったからか？」

ダンの顔が苦くなった。「きみの母上の身に起こったことがもっと大きな理由だよ。みんな、事業を展開するのを怖がっているんだ。いまや安全な取引なんてない。そういう人々のほとんどは、プロテスタントの殉教なんかどうでもいいんだけど、自分たちの金を盗む教会とは共存できないんだ」

ネッドはうなずいた。たぶん、ダンの言っていることは本当だ。教義論争に関心を持つ者は確かに少ない。だが、だれもが生活していかなくてはならない。それをさせない教会が窮地へと向かうのは必然だ。

ネッドは言った。「おれがハットフィールドからここへきたのは、きみに訊きたいことがあるからだ、ダン。それだけで、おれは危ない立場に立たされる恐れがある。だから、頼む、答える前によく考えてくれ」

ダンの顔に怯えが浮かんだ。「反逆罪になるようなことに巻き込まないでくれ！」

ネッドがやろうとしていることはまさにそれだった。「その二千人のプロテスタントのなかに、強壮な男はどのぐらいいる？　いまの女王が世を去ったとき、メアリー・ステュアートの支持者に対抗してエリザベスのために戦ってくれる者を、きみは何人集められる？」

ダンが顔を背けた。「わからない」

嘘だとネッドは確信し、改めてダンに迫った。「スウィシン伯爵が率いているかもしれないカトリック貴族のグループが、軍隊を召集してハットフィールドへ進軍しないとも限らない。やつらがエリザベスを虜囚《りょしゅう》にし、メアリー・ステュアートと彼女の強硬派の叔父たちがフランスからやってくるのを待つことにしたら、一体どうするんだ？　彼らのなすがままでいいのか？」

「キングズブリッジの男が四百人ばかり集まったところでどうにもならないだろう」

では、四百人は集まるんだな、とネッドは満足した。これこそが必要な情報だった。予想以上の人数じゃないか。「自分だけがイングランドで唯一の勇気あるプロテスタントだと思ってるのか？」ネッドは言い、声をさらにひそめた。「イングランドのすべての町にきみたちのようなグループがあって、ハットフィールドへ進軍してエリザベスを護る準備をし、彼女の命令を待つだけの状態でいるんだぞ」

ダンの顔に初めて希望――復讐の希望ではあったが――が輝いた。「本当か？」

かなりの誇張ではあったが、まったくの嘘でもなかった。ネッドは言った。「正しいと心から信じている形で礼拝する自由を欲するのであれば、そして、生きたまま焼き殺される恐怖に常に怯えることなくそれをしたいのであれば、きみは戦う準備をしなくてはならない。剣を取って戦う準備をな」

ダンが考えながらうなずいた。

「もう一つ、きみがしなくてはならないことがある」ネッドはつづけた。「スウィシン伯爵とサー・レジナルドが何を企んでいるか、それを監視することだ。何であれ普段と違うこと――たとえば武器の備蓄とかだ――を彼らがしたら、ハットフィールドのおれのところへ急使を寄越してくれ。情報の早さが鍵なんだ」

ダンは何も言わなかった。ネッドは彼を見つめて返事を待った。わかったと言ってほしかった。ようやく、ダンが答えた。「考えてみるよ」そして、去っていった。

ネッドはもどかしかった。ダンが父親を殺された復讐に乗り気にならないはずがないという自信があった。キングズブリッジの市民を結集し、彼らを率いてエリザベスのために戦うことでその復讐を果たすはずだと疑わなかった。サー・セシル・ウィリアムにも自信満々にそう言った。自信過剰だったのだろうか。

母のところへ戻ろう、ネッドは気落ちして広場を引き返した。半分まできたところで気づくと、ロロ・フィッツジェラルドと向かい合っていた。「女王について、何か知ってることはないか？」ロロが訊いてきた。

ネッドは言った。「重病だ」

「エリザベスがイングランドの女王になったら、プロテスタントを認めるという噂がある」非難の口調だった。

「噂だろ？」ネッドはこの種の議論をするつもりがなかったから、ロロを迂回しようとした。

だが、ロロはふたたび立ちふさがった。「それに、イングランドを異端に変えたがっているという噂まである。彼女の父親のようにな」そして、攻撃的に顎を突き出した。「本当なのか?」

「だれがそんなことを言ってるんだ?」

「考えてみろよ」ネッドと同じぐらい易々と質問を無視できるロロが言った。「彼女がそんなことをしようとしたら、反対するのはだれだ。もちろん、ローマだ」

「そうだな」ネッドは応えた。「プロテスタントについての教皇の方針は根絶だからな」

ロロが両手を腰に当て、喧嘩腰で身を乗り出した。ネッドが小学生のころから知っている形、だれかをいじめようとしている形だった。「スペイン国王も反対するだろう。彼は世界一金を持っていて、世界一力のある人物だ」

「そうかもな」スペインの立場はそれほど簡単ではないが、フェリペ国王がエリザベスを弱体化させる危険は確かにあった。

「それに、フランス国王もだ。たぶん、世界で二番目に力のある人物だ」

「ふむ」それも実在する危険だった。

「言うまでもないが、ポルトガル国王とスコットランド女王もだ」

ネッドはこの議論に関心がない振りをしたが、ロロの言い分は腹が立つほど正しかった。ネッドはエリザベスがやろうとしていることを完璧に知っていたが、それを本当に実行したら、ヨーロッパの大半が彼女に敵対するはずだった。それはよくわかっていたが、ロロの要約は見事に正鵠《せいこく》を射ていた。

ロロがつづけた。「彼女を支持するのはだれだ？　スウェーデン国王とナヴァラ国王か？」ナヴァラはスペインとフランスのあいだの小さな王国だった。

「ずいぶん大袈裟な絵を描くんだな」

ロロが気持ちが悪くなるほど近づいてきた。その長身が威嚇するようにネッドにのしかかった。「これほど大勢の力を持った人物を味方につけた者を相手に喧嘩をしようなんて、彼女は恐るべき愚か者だな」

ネッドは言った。「ちょっと離れてくれないか、ロロ。さもないと、約束してやるが、おまえをこの両手で持ち上げて投げ捨てなきゃならなくなる」

ロロがはっきりしない顔になった。

ネッドは友好的とも取れる仕草で、片手をロロの肩に置いた。「二度は言わないぞ」

ロロは肩に置かれた手を押しのけたが、そのまま踵を返して去っていった。

「これがおれとエリザベスの乱暴者への対処の仕方だ」ネッドはロロの背中へ向けて言った。

トランペットがファンファーレを奏で、花嫁が登場した。

ネッドは息を呑んだ。彼女は本当に素晴らしかった。ドレスは淡いスカイブルーで、ペティコートはダークブルーだった。襟は後ろで扇のように高く立って、カールした髪の背景になっていた。宝石をちりばめた頭飾りは羽根が一本、まっすぐに立っていた。

ネッドの近くにいる娘たちの一団から賛嘆の呟きが漏れた。ネッドがうかがうと、彼女たちの顔にあるのは主に羨望だった。彼女たちが欲しいと思っている男全員がマージェリーしか眼中になかったことが、ネッドの頭に浮かんだ。彼女たちにとってはバートが一番の狙い目だっただろうから、マージェリーが勝者だと考えているに違いない。だが、それは大間違いだ。

サー・レジナルドが彼女の隣りを歩いていて、金糸の刺繍がある赤いシルクのきらびやかなダブレットが自慢げだった。ネッドはそれを見て腹が立った。あの服はすべて母の金で仕立てられたんだ。

ネッドは広場を横切ってくるマージェリーの表情を観察した。西の正面の大きな石畳を近づいてくるにつれて、以前より小さくなったように見え、絶望しているように見えた。彼女は何を考えているんだろう？　口元に薄く笑みを浮かべ、左右へ顔を向けながら、友人たちにうなずいている。自信ありげで誇らかにも見える。だが、ネッドにはわかっていた。優雅さは彼女のものではない。本当のマージェリーは茶目っ気があり、悪戯好きで、自分も面白がり、人を面白がらせてくれる。今日の彼女には笑いがない。演技をしているのだ。あの芝居でマグダラのマリアを演じた男の子のように。

彼女がネッドの前にさしかかったとき、目と目が合った。

彼女はネッドがここにきていることを知らなかったから、ショックを受けたようだった。うろたえて目を見張り、すぐに彼から顔を背けたが、冷静さは失われてしまっていた。貼りついていた笑顔がおぼつかなくなり、彼女の腕をつかんだが、反応が直後につまずいた。

ネッドは反射的に一歩踏み出し、彼女を助けようとした。だが、五ヤードの隔たりがあった。隣りを歩いているサー・レジナルドが彼女の腕をつかんだが、反応が一瞬一瞬遅く、助けるには腕の力が足りなかった。マージェリーはバランスを失い、両膝を突いてしまった。

群衆が息を呑んだ。凶兆だった。結婚式へ向かう途中で転ぶのは、これからの夫婦生活にとって何よりも縁起が悪いとされていた。

マージェリーはちょっとのあいだその姿勢のままで、息を整え、気持ちを立て直そうとした。そのあいだに、家族が彼女を取り巻いた。ネッドも大勢の人に混じり、彼らの肩越しにマージェリーが大丈夫かどうかを確かめようとした。もっと離れている人たちは、何が起こったのかと互いに訊き合っていた。

やがて、マージェリーが立ち上がった。脚に力も入り、表情にも落ち着きが戻っているようだった。彼女は周囲を見回し、あたかも自分の粗相《そそう》であるかのような恥ずかしそうな笑みを浮かべた。

そして、ついに一歩足を踏み出し、大聖堂のポーチへと歩き出した。

ネッドはその場を動かなかった。間近で式を見る必要はない。自分が愛した女性が別の男に人生を委ねるのだ。マージェリーは約束については真面目そのものだ。彼女にとって、誓いは神聖なものでしかない。「誓います」と言うとき、彼女は本気だ。おれは永久に彼女を失うんだ。

誓いが交わされたあと、全員が列を作り、結婚のミサのために大聖堂に入っていった。

ネッドは答唱を歌い、彫刻を施した柱とそびえ立つアーチを見たが、繰り返される柱と曲線のリズムも、今日は彼の傷ついた魂を癒してはくれなかった。バートはマージェリーを惨めにするだけだとネッドにはわかっていた。あのバートが、黄色いダブレットを着たあののろまの馬鹿が、マージェリーと同じベッドに入り、自分がしたいと願っていたすべてのことをするのだという悔しさが、何度も頭のなかで蒸し返され、押さえ込もうとどんなに頑張っても、完全には押さえ込めなかった。

そして、それが終わると、二人は夫と妻になるということだった。

ネッドは大聖堂を出た。いまや不確かなこともなく、希望もなかった。マージェリーのいない一生を送ることになると決まったのだった。

彼女以外を愛することはないという確信があった。一生独身でいるだろう。せめてもの慰めは、強く惹かれている新しい仕事があることだった。エリザベスのために働くことに取り憑《つ》かれていた。マージェリーとの一生を望めないのなら、エリザベスに身を捧げるのだ。信仰について寛容であるという彼女の理想は、もちろん、途方もなく過激だ。だれしもが自分の願うとおりの信仰をしてかまわないと布告したら、それは軽蔑すべき寛容さであり、完全に頭がどうかしていると、全世界の大半が見なすに決まっている。だが、おれに言わせれば、頭がどうかしているのはその大半のほうで、エリザベスのように考えている者だけが正気なのだ。

マージェリーのいない人生は悲しいけれども、無意味ではない。

スウィシン伯爵を撃退したことで、一度はエリザベスに好印象を与えることができた。いま、もう一度それをする必要があった。今度はダン・コブリーとキングズブリッジのプロテスタントを兵士として彼女の軍隊へ取り込むことで。

風の強い広場で足を止め、ダンを探して周囲を見回した。彼は大聖堂での結婚のミサにきていなかった。たぶん、その時間におれの提案を考えていたに違いない。あとどのぐらいの時間が必要なのか？　そのとき、墓地に彼の姿を見つけて、ネッドはそこへ行った。

もちろん、フィルバート・コブリーの墓はなかった。異端者はキリスト教徒としての埋葬を認められていなかった。ダンは祖父母のアダムとデボラ・コブリーの墓石の前に立っていた。「火刑のあと、こっそり灰を集めたんだ」ダンが言った。その顔は涙に濡れていた。「あの日の夕方、その灰をここへ持ってきて、闇に紛れて土に埋めた。これで、最後の審判の日に父と再会できる」

ネッドはダンを好きではなかったが、彼に同情しないではいられなかった。「アーメン」彼は言った。「だけど、最後の審判の日は遠い先のことだ。それまでのあいだ、われわれはこの地上で神の仕事をしなくちゃならないんだ」

「きみに協力するよ」ダンが言った。

「よかった！」ネッドは嬉しかった。任務を無事遂行できた。エリザベスも喜ぶだろう。

「すぐに〝うん〟と言うべきだったんだが、用心深くなっていたものだから」

そりゃそうだろう、とネッドは思った。経緯はどうでもいい。とにかくダンが仲間になってくれたんだ。ネッドは実際的な口振りに戻った。「十人の隊長を選抜して、それぞれに四十人を割り当ててもらいたい。全員が剣を持っている訳ではないだろうから、いい短剣とハンマーを見つけるよう言ってくれ。鉄の鎖も役に立つ武器になるかもしれない」

「それはプロテスタントの市民兵全員に与えている助言か？」

「そういうことだ。われわれは規律を守らなくてはならない。どこか広いところへ連れていって、行進の練習をさせてもらいたい。馬鹿馬鹿しいと思うかもしれないが、何であれ一斉に動くのに慣れるのはいいことなんだ」それは自分の経験や知識に基づいての言葉ではなく、セシルに教えてもらったことの受け売りだった。

「行進の練習ったって、だれかに見られる恐れがあるんじゃないか？」

「こっそりやれば大丈夫だ」

ダンがうなずいた。「もう一つ、スウィシンとフィッツジェラルド家が何を企んでいるか知りたいんだったな」

「とても知りたい」

「あいつら、ブリュッセルへ行ったぞ」

ネッドは動揺した。「何だって？　いつ？」

「四週間前だ。うちの船に乗ったからわかったんだ。取りあえずアントワープまで行って、ガイドを雇ってブリュッセルへ向かい、帰りもうちの船を使った。結婚式の延期を恐れていたみたいだが、三日前に帰ってきた」

「フェリペ国王がブリュッセルにいるんだったな」

「そうだと思う」

ネッドはこれをウィリアム・セシル式に分析しようとし、一つ一つ関連づけて考えていった。スウィシンとフィッツジェラルド家がフェリペ国王に会いたがる理由は何か？　メアリー・チューダーが死んだあと、だれがイングランドを支配するかを話し合うためだ。彼らはフェリペにどういう話をしたのか？　女王になるべきはメアリー・ステュアートであって、エリザベス・チューダーではない、だ。

メアリーを支持してくれるよう頼んだに違いない。もしフェリペがうんと言ったのなら、エリザベスは窮地に立つことになる。

セシルの反応を見て、ネッドの懸念はさらに募った。

「フェリペ国王がエリザベスを支持してくれるとは期待していなかったが、関わってこないことを願っていたんだがな」セシルは不安げだった。

「彼がメアリー・ステュアートを支持しないとしたら、その理由は何でしょう？」

「彼はイングランドがフランス国王の叔父たちに支配されるのを心配している。フランスをあまり強大にさせたくないんだ。一方で、イングランドをカトリックのままにしておきたいのは山々で、その板挟みになっているというわけだ。だから、私としては、メアリー・ステュアートを支持すると決めるような話に関わってほしくないんだ」

そのことについて、ネッドは考えたことがなかった。セシルは驚くほど頻繁に、おれが思いもつかなかった指摘をする。おれは学ぶのは早いかもしれないが、国際外交の複雑さをものにするのは無理なんじゃないだろうか。

セシルは終日むっつりして、スペイン国王の介入を防ぐためにはどうすればいいか、何を言えばいいかを考え、ネッドをともなってフェリア伯爵に会いに行くことにした。

ネッドは一度、フェリアに会っていた。遡っての夏、そのスペインの廷臣がハットフィールドへきたときである。エリザベスは彼に会うのを喜び、その訪問は彼の主人であるフェリペ国王が容赦なく自分に敵対することはないという印かもしれないと考えたのだった。彼女は自分の魅力を全開にしてフェリアを応接し、彼は半ばエリザベスに恋をして帰っていった。しかし、国と国との関係という世界では、確かなことなど何一つない。フェリアがエリザベスに魅了されたことがどれほどの意味を持つのか、ネッドにはわからなかった。彼はそつのない外交官であり、だれに対しても丁重だが、その仮面の下は冷酷に違いなかった。

フェリアはロンドンにいることがわかった。

ロンドンはアントワープ、パリ、あるいはセビーリャと較べると小さな都市だったが、成長しつつあるイングランド経済の活発な中心だった。一本の道がテムズ川に沿って西へ伸び、宮殿や庭のある屋敷の前を通って、川辺へと下っていた。町から二マイルのところに独立都市のウェストミンスターがあって、そこが政治の中心をなしていた。ホワイト・ホール、ウェストミンスター・ヤード、そして、セント・ジェイムズ宮殿があり、貴族、議員、廷臣が、商人が事業を展開できる法律を徹底的に議論していた。

フェリアはホワイト・ホール・パレスと呼ばれている、雑多な建物が不規則に広がる一画に住居を持っていた。セシルとネッドは運がよかった。フェリアはブリュッセルの主人のところへまさに帰ろうとしているところだった。

セシルのスペイン語は流暢《りゅうちょう》とは言えなかったが、幸いなことにフェリアは不自由なくイングランド語を話した。セシルはたまたま通りかかったので、敬意を表するために立ち寄らせてもらった振りをし、フェリアはそれを信じる振りをして丁重に二人を迎えた。セシルとフェリアは腹の内を探り合うかのようにして、しばらく決まりきった会話がつづいた。

上辺は何事もないかのようだったが、その下では運命が切迫していた。フェリペ国王はカトリック教会を支持することが自分の聖なる務めだと信じていた。そうであるならば、彼がスウィシンとサー・レジナルドに説得されてエリザベスに敵対するのはまったくあり得ることだった。

形式的なやりとりが終わると、セシルが切り出した。「ここだけの話ですが、イングランドとスペインは、フランスとスコットランドをほとんど打ち負かそうとしています」

セシルは妙なことを言う、とネッドは気になった。スペインとフランスの戦争で、イングランドはほとんど何もしていない。勝とうとしているのはスペインだ。それに、スコットランドはほぼ無関係だ。だが、どちらが味方かをフェリアに思い出させようとしてのことなのだろう。

フェリアが言った。「もう勝ったも同然です」

「フェリペ国王はお喜びでしょう」セシルが応じた。

「国王はイングランドからきている人々が支援してくれたことに感謝しています」と、フェリア。

セシルが了解を示してうなずき、本題に入った。「ところで、伯爵、最近、スコットランドのメアリー・ステュアート女王と接触なさいましたか？」

ネッドはその質問に驚いた。あらかじめ聞かされていないことだった。

フェリアも驚いたようだった。「いや、そんなことはしていません。一体なぜ私に彼女と接触させたいのですかな？」

「いや、あなたが接触すべきだと言っているのではありません――ですが、私ならそうするでしょうね」

「なぜ？」

「彼女はただの娘かもしれないけれども、次のイングランド女王になるかもしれませんからね」

「エリザベス王女についても同じことが言えるでしょう」

ネッドは内心で眉をひそめた。エリザベスをただの娘だと考えているのなら、フェリアは判断を誤っている。人が言っているほどの切れ者ではないのかもしれないぞ。

セシルはその言葉を無視した。「実は、フェリペ国王がスコットランドのメアリーがイングランドの王位に就くための支援を依頼されていると、私はそう理解しているのです」

そして間を置き、それを否定するチャンスをフェリアに与えた。フェリアは何も言わなかった。おれの推測は当たったな、とネッドは結論した。スウィシンとレジナルドはメアリー・ステュアート支持をフェリペに頼んでいる。

セシルがつづけた。「私があなたなら、メアリー・ステュアートにははっきり目に見える形での介入を依頼するでしょう。彼女が統べるイングランドが立場を変えることはない、フランスとスコットランドに肩入れしてスペインに敵対することはしないと保証するよう、要請するでしょうね。結局のところ、この段階でスペインの勝利を阻止できる展開はそれしかないわけですから」

ネッドは驚嘆した。セシルの想像力はこれほどまでの物語を作り出していたのか、フェリアを怯えさせ、ひいては彼の主人のスペイン国王を怯えさせる物語を。

フェリアが言った。「もちろん、そんなことが実際に起こり得るとは考えておられないでしょうな?」

「いや、必ずそうなると考えています」セシルが言った——もっとも、そんなことは露ほども考えていないという確信がネッドにはあったが。「メアリー・ステュアートは形の上ではスコットランドの女王ですが、実際には母親が摂政としてその役目を代行しています。そして、メアリーの夫はフランスの王位を継ぐことになっています。イングランド女王としてはスペインに味方し、フランス王妃としてはスペインに敵対する。そんなことができるわけがありません。彼女は必ずやイングランドをスペインに敵対させるでしょう——いま、それを阻止すべく手を打たない限りは」

フェリアが考える様子でうなずいた。「そして、あなたはそのための手を提案しにみえたと、そういうことではありませんか?」

セシルは肩をすくめた。「ヨーロッパ随一と評判の高い外交官であるあなたに助言するなど、畏れ多すぎます」セシルもまた、必要とあればそつなく振る舞うことができた。「しかし、メアリー・ステュアートをイングランド女王にすべく支持してほしいというイングランドのカトリックからの要請をフェリペ国王が本気で検討なさっているのであれば、まず最初に、イングランド女王になった暁にはスペインに対して宣戦布告をしないと保証するようおっしゃるかもしれません。それを彼女を支持する条件になさればいいのです」

「そうかもしれませんな」フェリアははっきり肯定も否定もしなかった。

ネッドは困惑した。セシルはメアリー・ステュアートを支持しないようフェリアに頼むことになっていたのではなかったか？　それなのに、フェリペ国王がどうすれば主要な問題を克服できるかを提案しているように思われる。おれに見えていないことがまだあるのだろうか？

セシルが立ち上がった。「お話しする機会をいただいてありがとうございました。よい航海をお祈りします」

「あなたならいつでも歓迎しますよ。愛すべきエリザベスによろしくお伝えください」

「必ず伝えます。彼女も喜ぶでしょう」

外へ出るや、ネッドは訊いた。「私には理解できません！　メアリー・ステュアートに保証を求めるなどという、敵を助けるような役に立つ提案をなさったのはなぜなんでしょう？」

セシルは笑みを浮かべた。「まず、フランスのアンリ国王は、義理の娘がそんな約束をすることを絶対に認めないよ」

ネッドの頭には浮かんだこともない考えだった。メアリー・ステュアートはまだ十五歳に過ぎない。自分一人では何もできないはずだ。

セシルがつづけた。「一つ目、彼女が保証したところで、それには何の価値もない。王位に就いたあとで破棄すればいいだけのことだ。それを止めることはだれにもできないからな」

「そして、フェリペ国王はその二つの瑕疵《きず》に気づくはずだと」

「気づかなければ、フェリア伯爵が指摘するさ」

「では、なぜここで提案なさったんですか?」

「メアリー・ステュアートを支持する危険をフェリアとフェリペに気づかせる、一番の早道だからだ。フェリアは私の提案を採用はしないだろうが、スペインを護るために何ができるか、いま、ほかの方法を懸命に考えているはずだ。フェリペもすぐにそれを考えはじめるだろう」

「え、彼らは何をするんでしょう?」

「それはわからない――だが、何をしないかはわかる。彼らはスウィシン伯爵とサー・レジナルドに協力することはしない。メアリー・ステュアートのための運動に自分たちの影響力を行使することはしない。そうなれば、われわれにとって、先ははるかに明るくなる」

メアリー・チューダー女王は徐々に、また、堂々と、地上での生から出ていきつつあった。巨大なガレオン船がゆっくりと停泊位置を出ていくように。彼女がロンドンはセント・ジェイムズ宮殿の自室のベッドで弱っていくにつれて、ハットフィールドのエリザベスを訪れる者が増えていった。貴族や裕福な実業家の代理人がやってきて、信仰の迫害をいかに不本意に思っているかを訴えた。ほかの者たちはメッセージを届けてきて、彼女のためなら何でもすると申し出た。エリザベスは一日の半分を費やし、秘書を督励して、自分への忠誠を申し出てくれた大勢の人々へ短い手紙を送って感謝を表わし、友情を固めた。わたしは精力的な王になる、最初から助けてくれた人々のことは決して忘れない、という意味のことがすべての手紙に認《したた》められていた。

ネッドとトム・パリーは軍事的な準備の責任者だった。ブロケット・ホールという最寄りの屋敷を徴発して司令部にし、そこから地方の町のエリザベス支援者と連絡を取り合って、カトリックの反乱に対処する準備をした。ネッドは集めることのできる兵士の数を合計し、それぞれのグループがハットフィールドに着くまでの時間を計算して、彼らのための武器を見つけるという問題と格闘した。

フェリア伯爵と接触するという、セシルの巧妙な介入が効果を現わしていた。フェリアは十一月の第二週にイングランドへ戻ってきて枢密院――王の最も力のある助言者グループ――と接触し、フェリペ国王は次期王位継承者としてエリザベスを支持すると彼らに告げた。メアリー王妃は何であれできる範囲において、夫の決定を受け容れたようだった。

そして、フェリアがハットフィールドへやってきた。

彼は満面に笑みを湛え、囚われの女性にいい知らせを届けてくれた。スペイン人は世界一裕福な人たちで、フェリアも金の裏地が見えるよう繊細にぎざぎざの切れ目を入れた赤のダブレットを着ていて、黒のクロークは裏地が赤で金の刺繍が施されていた。こんなに嬉しそうな人物を、ネッドは初めて見た。

「マダム、贈り物をお持ちいたしました」フェリアが言った。

部屋にいるのはエリザベスとフェリア、そして、セシル、トム・パリー、ネッドが同席していた。

エリザベスは贈り物は好きだが、不意打ちは嫌いだったので、用心深く言った。

「ご親切に」

「わが主人でもあり、あなたの主人でもあるフェリペ国王からの贈り物です」

フェリペは形の上では依然としてエリザベスの主人だった。なぜなら、メアリー・チューダーはまだ生きていて、いまもイングランドの女王であり、それ故、彼女の夫はイングランドの王ということになるからだ。だが、それを思い出させられたことを、エリザベスは喜ばなかった。ネッドはその印を見た――顎が一瞬上がり、白い額にかすかに皺《しわ》ができ、彫り物が施されたオーク材の椅子のなかで、ほとんどそれとわからないぐらい身体が強ばった。が、フェリアはそれを見落とした。

フェリアがつづけた。「フェリペ国王はイングランドの王位をあなたに与えることとされました」そして、一歩下がってお辞儀をした。拍手喝采か、キスを期待しているかのようだった。

エリザベスは落ち着いているようだったが、懸命に考えているのがネッドには見て取れた。フェリアは確かにいい知らせを持ってきてくれた。だが、ずいぶんと見下した言い方だった。エリザベスは何と答えるだろう？　フェリアがすぐに付け加えた。

「よろしければ、私に最初にお祝いを申し上げさせてください――陛下」

エリザベスは堂々とうなずいたが、依然として何も言わなかった。そういう沈黙が悪い兆しであることを、ネッドは知っていた。

「フェリペ国王のこの決定は枢密院にも伝えてあります」フェリアがさらに付け加えた。

「姉は死のうとしていて、わたしは女王になることになった」エリザベスが言った。「打ちひしがれても喜ぶべきか、ただ嬉しいと思うべきか悲しむべきか、いまのわたしはわからないでいます」

たぶん準備していた言葉だろう、とネッドは思った。

フェリアが言った。「メアリー女王は、病の床に伏しておられるにもかかわらず、夫の選択を承認なさることができました」

彼の態度が微妙に変わったことにネッドは気づき、いまの言葉は嘘だろうと本能的に疑った。

フェリアがつづけた。「あなたを次のイングランド女王に指名するについて、メアリー女王は一つの条件を付けられました。イングランドをカトリックのままにすると約束するという条件です」

ネッドはがっかりした。その条件を呑んだら、エリザベスは自分の治世の最初から両手を縛られたも同然だ。ジュリアス司教やサー・レジナルドがキングズブリッジでしたいようにしつづけられるということだ。

ネッドはセシルをうかがった。動揺しているようではなかった。やはり、フェリアが嘘をついていると考えているのかもしれない。かすかだが面白がっている色が顔にあり、期待の目がエリザベスを見ていた。

長い沈黙がつづき、フェリアがそれを破った。「この決定にあなたが満足されたと、フェリペ国王とメアリー女王にお伝えしてよろしいでしょうか?」

エリザベスがようやく言葉を発した。鞭で打つような声だった。「いいえ、伯爵、伝えてはなりません」

フェリアが頬を打たれたかのような顔をした。「しかし……」

エリザベスは抵抗の隙を与えなかった。「わたしが女王になるとしたら、それは神に選ばれたからです。フェリペ国王ではありません」

ネッドは歓声を上げたかった。

彼女がつづけた。「わたしが統べるとしたら、それはイングランドの人々の同意によってであって、瀕死の姉の同意によってではありません」

フェリアは雷に打たれたかのようだった。

エリザベスの嘲りが辛辣《しんらつ》になった。「王位についたら、わたしは慣習に則って宣誓をします。でも、それはイングランドの主権者に対してです――それに、フェリア伯爵がわたしに提案してくださった約束を付け加えることはいたしません」

さすがのフェリアも今度ばかりは言葉を失った。

彼はカードを出す順番を間違えた、とネッドは気がついた。枢密院云々の話をする前に、カトリックをそのままにすると約束するよう要求すべきだった。だが、もう手後れだ。おそらく、とネッドは考えた。フェリアはエリザベスとの初対面のとき、彼女の蠱惑《こわく》的な振る舞いを誤解して、強い考えを持った男なら簡単に操ることのできる弱い女性だと勘違いしたのだ。だが、実はその逆で、操ったのは彼女のほうだったということだ。

フェリアは馬鹿ではないから、一瞬にしてすべてを理解したようだった。いきなり萎《しぼ》んで、空っぽのワインを入れる革袋のようになった。何かを言おうとして思いとどまるというようなことを繰り返した。状況を変えるべき言葉を思いつかないのだろう、とネッドは推測した。

エリザベスが惨めなフェリアに救いの手を差し伸べた。「わざわざ足を運んでいただいて感謝します、伯爵。フェリペ国王にくれぐれもよろしくお伝えくださいな。それから、望みは薄いかもしれないけれど、わたしたちはメアリー女王のために祈ります」

面会の終わりを告げるその言葉を、フェリアは可能な限りの優雅さで受け取って部屋を出ていった。

ネッドは思わずにんまりした。スウィシン伯爵のことを考え、小さな声でセシルに言った。「まあ、エリザベスを過小評価して痛い目にあったのはフェリア伯爵が最初ではありませんがね」

「そうだな」セシルが応えた。「そして、最後でもあるまいよ」

マージェリーは九歳のとき、おまえは修道女になるのだと言われた。

そして、畏敬の念に打たれながら、大叔母のシスター・ジョアンに導かれて信心深い日々を送った。大叔母は屋敷の上階に祭壇のある部屋を持ち、祈りの数珠を手放さず、権威と、自立と、目的を持って生きていた。

女子修道院は男子修道院と同じくヘンリー八世によって解体され、メアリー・チューダー女王は再建をできずにいた。しかし、それはマージェリーが野心を諦めた理由ではなかった。実を言うと、思春期になったとたんに、独身主義を貫いて生きていくことは自分にはできないとわかったのだった。男の子のことが――たとえ彼らが愚かな振る舞いをしたとしても――気になった。彼らの大胆さと強さとユーモアが好きで、自分の身体を憧れの目で見つめられると興奮した。微妙なニュアンスや隠された意味を何も知らないことさえ好きだった。彼らのごまかしのないまっすぐさには魅力的な何かがあり、女の子はときとして恐ろしく狡かった。

というわけで、修道女になる計画は諦めた。だが、使命に身を捧げるという生きていく上での理想には、依然として見切りがつけられないでいた。それで、シスター・ジョアンにその思いを打ち明けた。彼女がニューカースルへ引っ越す日、衣類や本、宝石類が四輪の荷車に積み込まれているあいだのことだった。「それについては心配は無用よ」シスター・ジョアンは年の割にはしっかりしていて、背もたれの長い木のストゥールに坐っていた。「神はあなたのための目的を持っていらっしゃるわ、わたしたちみんなのための目的を持っていらっしゃるんだから」

「でも、わたしのための目的はどうすれば見つけられるの?」

「何を言ってるの、あなたに見つけられるわけがないでしょう!」シスター・ジョアンは言った。「あなたはただ待っていなくちゃならないの。神はお急ぎにならないんだから」

マージェリーは自制すると誓ったが、自分の人生は自制の練習をしているようなものだと感じはじめてもいた。両親に服従し、自制して、バートと結婚した。あれから二週間、伯爵が所有するスモール・アイランドの家で夫と暮らしていた。その間《かん》に、両親に服従したように自分に服従することを、バートが期待していることがはっきりした。どこへ行くか、何をするかを自分一人で決めて、執事に指示するようにマージェリーに指示した。もっと力を合わせる夫婦になれるとは期待していなかったが、そういう考えはそもそもバートの頭にないようだった。徐々にそれとなくバートを変えていけばいいと思ったりもしたが、彼は恐ろしいほどに父の伯爵に似ていた。

マージェリーの誇り高い家族がニューカースルへ同行した。サー・レジナルド、レディ・ジェーン、ロロである。彼らはいまや伯爵の親戚であり、貴族階級と繋がりができて大いに喜び、満足していた。

サー・レジナルドとロロは、スウィシン伯爵と何としても相談をしたがってもいた。ブリュッセルへの旅が不首尾に終わったのだ。フェリペ国王は彼らの話を聞き、彼らの見方に同意してくれたように思われたが、だれかほかの人間がそのあとで彼を説得したらしく、最終的には自分の力を行使してエリザベスを支持したのだった。マージェリーが見ても、ロロがひどく落胆しているのがわかった。

ニューカースルへ向かっているあいだ、レジナルドとロロは次にどうするかを相談した。残された頼みの綱は、メアリー・チューダーが世を去ったらすぐに、エリザベスに対して武装蜂起《ほうき》することしかなかった。どのぐらいの数の兵隊をスウィシン伯爵が集められるかを知る必要があったし、スウィシンを支持すると信じられるカトリックの貴族を見極めなくてはならなかった。

マージェリーは困っていた。彼女の目に映っているプロテスタントは傲慢な異端者で、何百年も前からの教会の教えに瑕疵を見つけられるぐらいには自分たちは優秀だと思い込んでいる者たちだった。だが、彼女はその一方で、キリスト教徒同士が殺し合うべきではないと信じてもいた。しかし、ニューカースルが前方に見えてくるにつれて、頭は世俗の懸念に支配されはじめた。スウィシン伯爵は男やもめだから、いまやシャーリング子爵夫人のわたしがあの家のレディということになる。わたしはまだたったの十六で、あのお城のやり方をほとんど知らない。母のレディ・ジェーンに色々教えてもらって、いくつか計画は作ったが、現実に直面することを思うと不安でならなかった。

バートは先乗りしていて、フィッツジェラルド一行が着いてみると、二十人ほどの使用人が中庭で待っていた。彼らは馬で乗り入れたマージェリーを拍手と喝采で迎えてくれ、歓迎されていると思わせてくれた。彼らは男ばかりの家で働くのを好まず、女性の色が加わるのを楽しみにしているのかもしれなかった。そうであってほしかった。

スウィシン伯爵とバートが出てきて迎えてくれた。バートがマージェリーにキスをし、スウィシン伯爵も同じことをした、だが、唇はいつまでも頬から離れず、身体は押しつけられたままだった。そのあと、三十歳ぐらいの豊満な女性をスウィシンに紹介された。「サル・ブレンドンだ。わが屋敷の家政婦で、何事についてもおまえを助けてくれる。子爵夫人を案内して差し上げろ、サル。われわれ男たちは話すべきことが山ほどある」

レジナルドとロロを屋敷内へ同行しようとしながらも、伯爵はその途中でサルの尻に触るのを忘れなかった。サルは驚いた様子も不快な様子も見せなかった。マージェリーと母のレディ・ジェーンはそれに気づき、顔を見合わせた。サルは家政婦以上の役をしているに違いなかった。

「お部屋へご案内します」サルが言った。「こちらです」

マージェリーは屋敷のなかをもっと見て回りたかった。以前、最も近いところではクリスマスの十二番目の日、すなわち顕現日にきてはいたが、何しろ広いので、部屋がどう配置されているかをもう一度確認する必要があった。「その前に、まず厨房を見せてちょうだい」彼女は言った。

サルがためらい、苛立たしげな顔をしながら言った。「承知しました」

母娘はサルに案内されて屋敷に入り、厨房へ向かった。そこは暑く、湯気が立ちこめていて、あまりきれいではなかった。年配の使用人がストゥールに坐り、大きなジョッキから何かを飲みながら、料理人たちの仕事を監督していたが、マージェリーに気づくと、いかにも気が進まないという様子でのろのろと立ち上がった。

サルが料理長を紹介した。「メイヴ・ブラウンです」

猫が一匹、テーブルの上にいて、ハムの残りを用心深くつついていた。マージェリーはすぐさまその猫を捕まえて床に下ろした。

メイヴ・ブラウンが腹立たしげに言った。「たくさん鼠を捕ってくれる猫なんですがね」

マージェリーは言い返した。「ハムを食べさせなければ、もっとたくさん捕ってくれるんじゃないかしら」

年配の従者がコールドビーフ、ワインの水差し、パンを盆に並べはじめた。マージェリーは肉を一切れ口に入れた。

従者が言った。「それは伯爵のためのものです」

「それに、味もいいわね」マージェリーは言った。「あなた、名前は？」

「コリー・ナイトです」従者が答えた。「四十年、子供のころからずっと伯爵にお仕えしています」自分のほうが上だ、おまえなんか新参者に過ぎないと言わんばかりの様子だった。

「わたしは子爵夫人です」マージェリーは咎めた。「わたしと話すときは〝マイ・レディ〟を忘れないように」

長い間があったあとでようやくコリーが言った。「承知しました、マイ・レディ」

「では、子爵の住居へ行きましょう」マージェリーは促した。

サル・ブレンドンが先導した。大広間にさしかかると、十歳か十一歳ぐらいの女の子が片手にブラシを持ったまま、いい加減に床を掃いていた。「箒《ほうき》は両手で握りなさい」マージェリーは通り過ぎながらぴしりと咎めた。女の子は驚いたようだったが、言われたとおりにした。

階段を上がり、廊下の一番奥へ向かった。寝室は角部屋で、二つの脇部屋へつづくドアがあった。マージェリーは一目でそれが気に入った。一方の脇部屋はバートが泥のついたブーツを脱いで着替えるために使えばいいし、もう一方の脇部屋はわたしの私室にして、そこで着替えや髪を整える手助けをメイドにしてもらえばいい。

だが、どの部屋も汚れていた。窓は一年も拭いていないようだったし、毛布の上に大きな犬が二頭——年取った犬と若い犬と——寝そべり、床に糞が落ちていた。バートが自分の部屋で好きにさせているに違いなかった。壁に裸の女性の絵が掛かっていたが、花も緑も、フルーツやレーズンを盛った皿も、香りを放つ乾燥させたハーブや花びらを入れた深皿もなかった。椅子の上には洗濯物が積み上げられ、血塗《ちまみ》れのシャツも混じっていた。ずいぶん前からそのままになっているようだった。

「これはひどいわね」マージェリーはサルに言った。「わたしの持ってきたものを開く前に、ここをきれいにしましょう。箒とシャベルを持ってきてちょうだい。まずあなたがやることは、犬の糞の片付けよ」

サルが両手を腰に当て、反抗的な顔で言った。「わたしがお仕えしているのはスウィシン伯爵です。まず伯爵にお話しになってください」

マージェリーのなかで何かがぱちんと音を立てて折れた。わたしはあまりに長いあいだ人の言いなりになってきた。父母、ジュリアス司教、バートの。でも、サル・ブレンドンの言いなりにはならない。この一年封印していた怒りが沸騰した。手を振り上げ、したたかにサルの頬を平手打ちした。掌《てのひら》が頬に当たる音があまりに大きかったので、犬の一頭が飛び上がった。サルがショックで悲鳴を上げながら尻餅《しりもち》をついた。

「わたしに向かって二度とそんな口はきかないように」マージェリーは言った。「あなたがどういう人かはわかってるわ。伯爵が酔ったときにあなたを性の相手にしているというだけで、自分を伯爵夫人だと思っているような女なのよね」図星を指されたとサルの目が言っているのを見て、マージェリーはいまの非難が事実だったことを確認した。「いまやこの屋敷の女主人はわたしで、あなたはわたしに従うの。もしまたトラブルを起こしたら、即座にここを出ていってもらいます。あなたはあっという間にキングズブリッジの売春宿に落ち着くことになるんでしょうね。たぶんあなたの本来の居場所にね」

サルが反抗の誘惑に駆られているのがありありと見て取れた。顔が怒りで朱に染まり、殴り返さんばかりだった。が、ためらった。新たな義理の娘に無礼な使用人を馘《くび》にしてくれと頼まれたら、伯爵も今日ばかりは拒否できないだろうと気づいたに違いなかった。サルが分別を取り戻し、表情も変わって、畏れ入って謝罪した。「……お赦しください、マイ・レディ。すぐに箒を持って参ります」

サルが部屋を出ていくと、レディ・ジェーンが小声で娘に言った。「上出来よ」

マージェリーは拍車の隣りに乗馬用の鞭があるのを見つけて手に取り、寝そべっている犬のところへ行った。「出て行きなさい、薄汚ない獣《けだもの》」そして、慣れた手つきで鞭を振るった。鞭打たれた痛みよりショックのせいで二頭とも飛び上がり、腹立たしげに、しかし慌てて部屋を出ていった。

「戻ってきたら許しませんからね」マージェリーは言った。

ロロは潮目がメアリー・ステュアートに不利に変わりつつあると考えることを拒否した。なぜそんな馬鹿なことがあり得るんだ、と憤懣やるかたなく自問した。いま、イングランドはカトリックの国で、メアリーは教皇の支持を取り付けているんだぞ？　というわけで、彼はその日の午後、スウィシン伯爵からカンタベリー大司教のポール枢機卿に送ってもらうことにして手紙を書いた。エリザベス・チューダーに対しての武装蜂起を祝福してくれるよう、大司教に頼む手紙である。

いまや暴力しか望みはなかった。フェリペ国王はメアリー・ステュアート支持を翻し、エリザベス支持に回ってしまった。ロロにとって、フィッツジェラルド家にとって、イングランドの真のカトリックにとって、それは災厄を意味した。

「これは反逆行為にならないか？」スウィシンがペンを取りながら訊いた。

「大丈夫です」ロロは答えた。「エリザベスはまだ女王ではありません、だとすれば、王に対しての反乱を企んだことにはなりません」しかし、ロロにはわかっていた――もし自分たちが敗北し、エリザベスが勝利して王位につけば、そんなことは無用の区別だてだと見なすだろうことを。そうであるならば、自分たちはみな処刑される恐れがあることを。だが、こういうとき、男はどっちの側に立つかを決めなくてはならなかった。

スウィシンは署名をしたが、迷いなくというわけではなかった。ペンを置いたとき、この手紙に自分の名前を書くより暴れ馬を調教するほうが簡単だったのではないかと思ったほどだった。

ポールは病気だが、手紙を口述することぐらいは間違いなくできるはずだ、とロロは考えていた。スウィシンへの返事で何と言ってくるだろう？ ポールはイングランドの司教のなかで最強硬派のカトリックであり、彼なら必ず蜂起を支持してくれる、とロロはほとんど確信していた。そうなれば、スウィシンと彼を支持する者の行ないは、教会によって合法と見なされる。

スウィシンの信頼する二人の人物が手紙を預かり、ロンドン近郊の大司教の住まい、ランベス宮殿へ届けることになった。

サー・レジナルドとレディ・ジェーンはキングズブリッジへ戻ったが、ロロは伯爵のところにとどまった。一切の手違いがないようにしたかったのだ。

大司教からの返信を待つあいだ、スウィシンとバートは武装兵を集める作業に取りかかった。イングランドじゅうのカトリックの伯爵が同調してくれるはずで、その連合軍は無敵だと、ロロは計算していた。

スウィシン伯爵はいまもシャーリング州の数百の村の領主であり主人であって、中世の祖先と同じ絶対の権威を持っていた。スウィシンとバートはそういう村のいくつかを直接訪れた。それ以外のところでは伯爵の使用人が布告を読み上げ、教区の聖職者は同じメッセージを説教の形で信徒に伝えた。十八歳から三十歳までの独身男性は、斧、大鎌、鉄の鎖を持ってニューカースルへ召集された。

ロロにはこういう経験がなかったから、果たして人が集まるかどうか予測がつかなかった。

しかし、反応は彼を興奮させるに十分だった。すべての村が六人の若者を送ってきたのである。その若者たちもやる気満々だった。間に合わせの武器も、それを携えた若者たちも、十一月の畑ではさして必要とされなかった。プロテスタントの運動は都市部のものであり、保守的な地方では根付いていなかった。それに、彼らにとって、これまで生きてきた記憶のなかで最も刺激的なことだった。だれもがその話をしていた。まだ髭の生えていない少年や年寄りは、自分たちが役に立てない悔しさに涙を流した。

軍隊は長くはニューカースルにとどまれないし、いずれにせよ、ハットフィールドまでは距離があった。というわけで、ポール大司教からの返信がまだないにもかかわらず、見切り発車するしかなかった。途中、キングズブリッジを通り、そこでジュリアス司教の祝福を受ける手筈になっていた。

スウィシンは隊列の先頭で馬にまたがり、バートがその隣りに、ロロが後ろにつづいた。キングズブリッジに着いたのは三日目、町に入ろうとした隊列は、マーティンの橋のそばで停止した。ロロの父親、市長のサー・レジナルドがそこで出迎えていた。バラの長老参事会員が同行していた。

「残念だが」レジナルドがスウィシンに言った。「難しいことになった」

ロロは馬を前に進め、先頭に出てスウィシンやロロと轡《くつわ》を並べて訊いた。「一体何なんです?」

父親は諦めているようだった。「馬を下りて一緒にきてくれればわかる」

スウィシンは早くも短気を起こしそうだった。「これが聖なる十字軍を迎えるやり方か!」

「わかっています」レジナルドが言った。「信じていただきたいが、私だって悔しいのです。ですが、ともかく一緒にきてください」

スウィシン、バート、ロロの三人は馬を下りた。スウィシンがそれぞれの隊の隊長を呼んで金を渡し、居酒屋の〈スローターハウス〉からビールの樽を持ってこさせてみんなで楽しむように言った。

レジナルドを先頭に橋を渡って町に入ると、大通りを上ってマーケット広場へ向かった。

そこには仰天するような光景が広がっていた。

露店は閉じられ、応急の構造物は取り払われて、広場そのものがきれいに片付けられていた。四十本から五十本の、直径六インチから八インチの頑丈な切り株が冬の固い地面にしっかりと埋め込まれていて、その周りに数百人の若者がいた。ロロがさらに驚いたことに、その全員が木製の剣と盾《たて》を持っていた。

軍隊の訓練だった。

一人のリーダーが一段高くなったステージで実際に手本を見せ、右腕と左腕を戦場で効果的なリズム――だろうとロロには思われた――で交互に使い、木製の剣と盾で切り株を攻撃した。その手本が終わると、全員がそれを、その順番通りに真似をした。

ロロはオックスフォードで似たような訓練を見た記憶があった。女王メアリー・チューダーがスペインの戦争を支援するために、イングランド軍をフランスへ派遣する準備をしていたときだった。切り株は〝ペル〟と呼ばれ、しっかり坐っていて、殴り倒すのが難しかった。最初のうち、訓練を受けていない男たちは闇雲に剣を振り回すばかりで、動かないペルにすらかすりもしないことすらときどきあった。だが、すぐに慎重に狙いを付けることを覚え、しっかりと命中するようになっていった。何日かこの訓練をすれば、どうにもなりそうにない者でさえ、多少は危険な兵士に変えられると複数の軍人が言うのを、ロロは聞いたことがあった。

訓練をしている者のなかにダン・コブリーを見つけ、ロロはパズルの最後のピースがはまった。

これはプロテスタントの軍隊だ。

もちろん、自分たちではそうは呼んでいないだろう。スペインの侵攻に対抗すべく準備をしているのだと主張するかもしれない。サー・レジナルドもジュリアス司教もそんな戯言《たわごと》を信じるはずはないだろうが、だからといって何ができる？ 仮にここにいる連中が法を犯しているとしても——たぶん、そうではないだろう——、町の見張りは十二、三人しかいないのだから、何百人もを逮捕して牢屋にぶち込めるはずがない。

若者たちがペルを攻撃し、急速に狙いが正確かつ効果的になっていくのを見て、ロロは絶望的な気分になりながら言った。「これは偶然なんかじゃない。われわれの軍隊の接近を聞きつけて、邪魔をすべく人を集めたんだ」

レジナルドが言った。「スウィシン伯爵、あなたの軍隊が町に入ったら、通りで大ど朝飯前だ」


衝突が起こりますよ」

「わが屈強な村の若者たちなら、あの軟弱な町のプロテスタントどもを叩きのめすなど朝飯前だ」

「長老参事会はそれを認めていません」

「臆病者の言うことなど無効だ」スウィシンが言った。

「私にはその権利がありません。それに、もしやろうとしたら、私を逮捕すると言われているのです」

「では、逮捕させてやれ。われわれが牢屋から出してやる」

バートが言った。「そのためには、あのろくでもない橋を渡らなくてはなりませんよ」

「渡ればいいだろう」スウィシンが怒鳴った。

「われわれのほうも大勢を失うことになります」

「あいつらはそのためにいるんだ」

「しかし、そうなったら、だれがわれわれをハットフィールドへ連れていってくれるんですか？」

ロロはスウィシンの顔を見た。彼の性格では撤退はない、たとえどんなに分が悪かろうともまずあり得ない。表情を見る限りでは、どうしたものか決めかねて激怒しているようだった。

バートが言った。「よそでも同じことが起こっているんじゃないかな。プロテスタントが戦いの準備をしているという意味ですけど」

それはロロの頭になかった。スウィシンに軍隊を集めることを進言したとき、プロテスタントも同じことを考えるだろうと推測すべきだった。手際のいいクーデターで首尾よく終わるはずが、血なまぐさい内戦に直面することになろうとは。イングランドの人々は内戦など望んでいないだろうし、それを始めた者たちを敵と見なす可能性が十分にある。

どうやら、村から集めた若者たちを故郷へ帰さざるを得なくなりそうだった。

近くの〈ベル・イン〉から男が二人出てきて、急いで近づいてきた。レジナルドは彼らを見て、大事なことを思い出しスウィシンに言った。「あなたへのメッセージです」彼は言った。「この二人は一時間前に着いたんですが、行き違う恐れがあるからここにいるほうが確実だと待たせておいたんです」

ロロは彼らの顔を見て、スウィシンがランベス宮殿へやった者たちだとわかった。ポール大司教は何と言ってきたのか？　それ次第ですべてが決まる可能性がある。前向きな返事なら、スウィシンの軍隊はハットフィールドへ進軍をつづけられるかもしれない。そうでなければ、ここで解散するのが賢明かもしれない。

二人の急使のうちの年かさのほうが言った。「枢機卿は返事をくださいませんでした」

ロロはがっくりした。

「返事をくださらなかったとはどういう意味だ?」スウィシンが腹を立てて問い詰めた。「何かおっしゃったに違いない」

「われわれの相手をしてくださったのは枢機卿の下におられるロビンソン司教座聖堂参事会員だったのですが、大司教は病が重くて手紙を読めない、まして、返事をするのは論外だとのことでした」

「何たることだ、大司教は死の瀬戸際にいらっしゃるのか!」スウィシンが言った。

「そのようです、ご主人さま」

これはとんでもない事態だぞ、とロロは思った。イングランドの主導的ウルトラ・カトリックが、国の歴史の転換点にあるはずのいま、瀕死の床にある。この事実はすべてを変えてしまう。エリザベスを拉致《らち》し、メアリー・ステュアートを迎えるという計画は、ここまでは成功の見込みが大いにある、楽観していい事業のように思われた。だが、いまは自殺行為に思われる。

ときどき、とロロは考えた。運命は悪魔に味方することがあるらしい。

ネッドはロンドンへ移り、セント・ジェイムズ宮殿に足繁く通って、メアリー・チューダー女王のニュースを待った。

十一月十六日、彼女の衰弱がいきなりひどくなった。陽が沈みもしないうちに、プロテスタントはその日を〈希望の水曜日〉と呼びはじめた。翌朝の夜明け直前、ネッドは赤煉瓦造りの背の高い門衛詰め所の前で寒さに震える群衆のなかにいた。そのとき、使用人がメッセージを携えて急いで出てくると、小声で告げた。「お逝《い》きになりました」

ネッドは道路を渡って、居酒屋〈コーチ・アンド・ホースィズ〉へ行った。そこで鞍付きの馬を一頭頼み、メッセンジャーのピーター・ホプキンズを起こした。ホプキンズが着替えて朝食代わりのエールを大きな達磨《だるま》瓶から飲んでいるあいだに、メアリー・チューダー逝去を知らせるメモをエリザベスに宛てて書き、ハットフィールドへ向かうホプキンズを見送った。

門衛詰め所の前へ戻ると、群衆がどんどん増えつづけていた。

それから二時間、重要な廷臣や、あまり重要でないメッセンジャーが忙しく出入りするのを見ていた。しかし、ニコラス・ヒースが現われると、そのあとについていった。

おそらく、ヒースはイングランド一、力を持った男だった。ヨーク大司教であり、メアリー女王の大法官であり、国家の官印である国璽《こくじ》の所持者だった。セシルはエリザベスのために彼を取り込もうとしたが、中立の立場を崩せずにいた。いまやそのヒースも、どちらにつくか旗幟《きし》を鮮明にしなくてはならないはずだった。

ヒース一行は短い距離を馬でウェストミンスターへ向かった。そこでは、朝の会議のために議員が集まっているはずだった。ネッドもほかの者たちに混じり、彼らを追って走った。すでにウェストミンスターの前には人の群れができていた。そこにいる庶民院議員と貴族院議員をすべて貴族院に集めて話をする、とヒースは知らせた。

ネッドはヒース一行に紛れ込もうとして警備員に止められ、意外そうな振りをして言った。「私はエリザベス王女の代理だ。この集まりに出席して、内容を報告するよう命じられている」

警備員はそれでも通してくれようとしなかったが、揉めているのを聞きつけたヒースが介入した。「きみには会ったことがあるな、青年。確か、サー・ウィリアム・セシルと一緒だったと思うが」

「おっしゃるとおりです、大司教猊下」それは事実だったが、ネッドはヒースの記憶力に驚かされた。

「通してやりなさい」ヒースが警備員に言った。

議会が召集されているという事実は、王位継承が間を置かずして行なわれる可能性があることを意味していた。ヒースがエリザベスを支持していれば、尚更だった。彼女は人気があり、メアリー・チューダー女王の妹であり、ロンドンからわずか二十マイルのところにいる。それに対して、メアリー・ステュアートはイングランドでは有名ではないし、夫はフランス人で、パリにいる。そういう事情を考慮すれば、エリザベスのほうが有利だ。

しかし、教会はメアリー・ステュアートびいきだった。

全員が同じ問題を話し合っているときの活発なやりとりが議場に響いていたが、ヒースが立ち上がったとたんに静かになった。

「今朝、天に召された卓越したレディ、われらがメアリー女王に神のお慈悲のあらんことを」彼は言った。

そこにいる全員が一斉にため息をついた。だれもがすでに知っているか、噂を聞いているかだったが、改めて事実だと確認されると気持ちが沈んだ。

「しかし、われわれには万能の神を讃えるとともに、喜んでいただくという大事な仕事があります。神は真の、法を守る、正しい人物への王位継承をわれわれに委ねていらっしゃるのですから」

議場が重苦しい静寂に覆われた。ヒースは次の女王の名前を告げようとしている。しかし、それはどちらの名前なのか？

「レディ・エリザベス」彼は言った。「だれよりも法を守る、正しい人物であり、疑う必要のない人物です！」

とたんに議場に大きなどよめきが上がり、ヒースが話をつづけているにもかかわらず、聞いている者はいなかった。大司教はエリザベスを支持し、〝法を守る〟人物と呼んだ——教皇の裁定とは正反対の決定を下した。すべては終わった。

議場には何人か異議を叫ぶ者もいたが、ネッドの見る限りでは、歓声を上げている議員がほとんどだった。議会がエリザベスを選んだということでもあった。形勢がはっきりしないあいだは気持ちを明らかにするのを恐れていたのかもしれない。そしていま、その自己規制は解かれていた。セシルはエリザベスの人気を過小評価していたのかもしれない、とネッドは思った。浮かない顔で、拍手にも歓声にも加わらず、黙って腕組みをしているだけの者もいたが、少数派だった。残りの者はみな喜んでいた。内戦は避けられた。外国人が王になることもないだろうし、火刑も終わるはずだ。気がついてみると、ネッド自身が歓喜の輪に加わっていた。

ヒースは枢密院のほとんどをともなって議場を出ると、外の階段の上に立ち、待ちかまえている群衆に同じ布告をした。

そして、ロンドン市内でもう一度同じことをすると告げた。しかし、そこを立ち去る前に、ネッドを手招きして言った。「この知らせを携えて、いますぐハットフィールドへ馬を走らせるがよかろう」

「承知しました、大司教猊下」

「日没までには私もお目通りできるだろうと、エリザベス女王にそう伝えてくれ」

「ありがとうございます」

「途中で道草を食ってお祝いなどするなよ、何よりもこのメッセージを届けるのを優先するんだ」

「承知しています、サー」

ヒースは去っていった。

ネッドは〈コーチ・アンド・ホースィズ〉に駆け戻り、数分後にはハットフィールドへの途についた。

足取りのしっかりした、いい雌馬で、ネッドは走らせたり歩かせたりを交互に繰り返した。急ぐあまり、無理をさせて乗り潰したりはしたくなかった。速さは重要ではない、ヒースより先に着けばいいのだ。

出発したのは朝の十時ごろで、午後の三時には、ハットフィールド宮殿の赤煉瓦の切妻屋根が前方に見えてきた。

おそらくホプキンズはもう着いているはずだから、メアリー・チューダー逝去はすでにみんなが知っているだろう。だが、新女王がだれに決まったかは知らないはずだ。

中庭へ馬を乗り入れると、そこにいた数人の馬番が同時に叫んだ。「どんな知らせでしょう？」

最初に知るべきはエリザベス本人だとネッドは考え、馬番には何も言わずに、無表情を装いつづけた。

エリザベスはセシル、トム・パリー、ネル・ベインズフォードと客間にいた。全員が緊張し、沈黙して、乗馬用の分厚いクロークを着たまま入室したネッドを見つめた。

ネッドはエリザベスに歩み寄った。無表情をつづけようとしたが、笑みをこらえられなかった。エリザベスがその表情を見て取り、かすかに口元を緩めて笑みを返した。

「あなたがイングランド女王です」ネッドは言い、帽子を取ってひざまずくと、腰を深く曲げてお辞儀をした。「陛下」

＊＊＊

われわれは喜んだ。なぜなら、自分たちがどれほどの厄介ごとを招き寄せることになるかを知らなかったからだ。もちろん、それは私だけではない。私は若かったし、ほかの人たちは私より年上で、私より知恵があったのだから。しかし、われわれの誰一人、未来を見ていなかった。

警告はすでに発せられていた。エリザベス女王がどれだけ多くの敵と向き合うことになるかを、ヨーロッパの指導者のなかで彼女を支持する者が痛ましいほどに少ないことを、ロロ・フィッツジェラルドは私に教えていた。私はそれを気にもしなかった。だが、あいつは、信心家ぶったあのろくでなしは、正しかった。

一五五八年という重要な年に私たちがしたことは、政治的な争い、内戦、侵攻を引き起こした。後年、絶望の深みで、自分たちのしたことに価値はあったのだろうかと私は何度も自問した。人々は自分が望む形での信仰を許されるべきだという簡単な考えが、エジプトの十の疫病よりも人々を苦しめることになろうとは。

いま私にわかっていることを当時の私が知っていたら、私は同じことをしただろうか？

腹立たしいが、答えはイエスだ。

第二部　一五五九年―一五六三年

9

六月の好天の金曜日、シテ島の南側を、一方の側に翼棟を持つ大聖堂、もう一方の側にきらめく川を見てそぞろ歩きながら、シルヴィー・パロはピエール・オーモンドに言った。「わたしと結婚したいの？ それとも、結婚したくないの？」

彼の目が一瞬狼狽《ろうばい》するのを見て、シルヴィーは満足した。これは滅多にないことだった。彼は常に冷静沈着で、それを乱すのは簡単ではなかった。

しかし、その狼狽はもしかして見間違ったのかもしれないとシルヴィーが思ってしまいそうになったほど瞬時に消え、傷ついたような顔が言った。「結婚したいに決まってるだろう、愛しい人。どうしてそんなことが訊けるのかな？」

シルヴィーはとたんに後悔した。ピエールをどうにもならないほどに愛していたから、どんな形であれ動揺するのを見るのは嫌だった。いま、ブロンドの前髪が川からのそよ風に嬲《なぶ》られて、彼はことさらに可愛らしかった。それでも、シルヴィーは気持ちを強く持ち、いま抱えている疑問にこだわった。「婚約してから一年以上経っているのよ、長すぎるわ」

シルヴィーの日々で、これ以外はすべて順調だった。父の本屋は繁盛していて、川の反対側、大学地区に二軒目を出そうとしていた。非合法のフランス語版聖書や、ほかの禁書の取引はもっとうまくいっていた。プロテスタントの家族に一冊か二冊売るために、シルヴィーがムル通りの秘密の倉庫へ行かない日はほとんどなかった。パリでもどこでも、新たなプロテスタントは咲きはじめた春の花のように増えつつあり、真の福音が広まることと相俟《あいま》って、パロ家は十分な利益を手にしていた。

しかし、ピエールの行動は謎のままで、それがシルヴィーを悩ませていた。

「勉強を終えてしまわなくてはならないんだけど、妻のある学生が勉強をつづけることをモワヌ神父が拒否しているんだ」いま、ピエールが言った。「きみもそれを聞いて、待つと言ってくれたじゃないか」

「一年はね。夏の講義はあと何日かで終わりでしょ。両親は賛成してくれているし、それなりにお金もあるわ。少なくとも子供ができるまでは店の上に住めばいい。でも、あなたは何も言わない」

「母に手紙を書いたんだ」

「聞いてないわ」

「母の返事を待ってるんだ」

「何を訊いたの？」

「パリへ出てきて結婚式に出席できるかどうかをだよ」

「できなかったら？」

「それについての心配はそうなったときにしよう」

シルヴィーは納得したわけではなかったが、取りあえずその問題は置いておくことにして訊いた。「公式な式はどこで挙げる？」ピエールがノートルダムの塔を見上げ、シルヴィーは笑って言った。「あそこは駄目よ。貴族のための場所だもの」

「それなら、教区教会かな」

「そのあと、本当の結婚式をわたしたちだけの教会で挙げるのね」森の古い狩猟小屋のことだった。フランスのいくつかの町では、いまやプロテスタントが堂々と礼拝をしていたが、パリはまだそうはいかなかった。

「あの侯爵夫人も招待しなくちゃ駄目なんだろうな」ピエールが面白くなさそうに眉をひそめた。

「建物がご主人のものだから……」あのとき、侯爵夫人ルイーズの扱いを過って機嫌を損ねて以来、ピエールは関係を修復できていなかった。実はその努力はしたのだが、冷ややかさが増しただけに終わっていた。笑ってすませてくれることをシルヴィーは願ったが、ピエールはそういかないらしく、逆にさらに腹を立てた。彼女のフィアンセは外からは自分に自信がありそうに見えるけれども、社交的な軽蔑に対しては、それがどんな種類のものであれ、深く傷つくのが本当のようだった。

シルヴィーはその弱さを知ってますます愛が深くなったが、理由はよくわからないものの、頭を痛めることにもなった。

「まあ、仕方がないんだろうな」ピエールが言った。声は明るかったが、表情は暗かった。

「新しい服を買うの？」ピエールは服を買うのが大好きで、シルヴィーもそれをわかっていた。

ピエールが笑みを浮かべた。「プロテスタントとしては、灰色の地味なコートを持っているべきだろ？」

「そうね」ピエールは真面目な信徒で、毎週の礼拝に欠かさず出席していた。信徒全員をすぐに覚え、パリのほかのグループの面々と会うことにも熱心で、その礼拝にまで顔を出していた。五月にパリで開かれる全国教会会議――フランスのプロテスタントがそういう会議をするのは初めてのことだった――にもどうしても行きたいと言ったが、その準備は極度に秘密裏に進められていて、昔からの信者しか招待されなかった。その会議への出席は拒否されたものの、彼はコミュニティのメンバー全員にすっかり受け容れられていて、シルヴィーにはそれが嬉しかった。

「たぶん、プロテスタントの黒っぽい服専門の仕立屋がいるはずだよね」ピエールが言った。

「いるわ、サン・マルタン通りのドゥブーフよ。父がそこを使ってるわ。もっとも、母に行けと言われたときだけだけどね。毎年新調するだけの余裕はあるのに、そういうことにお金をかけないの、虚飾だって言ってね。ウェディング・ドレスは買ってくれるでしょうけど、大喜びでってわけじゃないと思うわ」

「お父さんに買ってもらえなかったら、ぼくが買ってやるよ」

シルヴィーはピエールの腕を捕まえて足を止めさせ、キスをした。「あなたって素敵」

「そして、きみはパリで一番の美人だ。いや、フランスで、だな」

シルヴィーは笑った。それは事実ではなかったが、彼女は白い襟のついた黒い服を着ていて、それは人を魅了せずにいなかった。プロテスタントの色は、たまたまではあるが、彼女の黒い髪と肌の色に合っていた。そのとき、目的を思い出し、真面目な顔に戻って言った。「あなたのお母さまから返事がきたら……」

「何だい？」

「日取りを決めなくちゃね。お母さまの返事がどうであろうと、わたしはこれ以上待てないわ」

「わかった」

一瞬だったが、ピエールの同意を信じていいものかどうかわからず、シルヴィーはためらいがちに念を押した。「ほんとに？」

「もちろんだよ。日取りを決めると約束する！」

シルヴィーは安堵して笑った。「愛してる」そして、またキスをした。


いつまでこの状態をつづけられるかわからなくなったぞと気を揉みながら、ピエールは父親の本屋の入口までシルヴィーを送っていき、北へ歩いてノートルダム橋を右岸へ渡った。川からの風は止んでいて、すぐに汗が滲んできた。

普通ではないぐらい長く彼女を待たせているのは確かだし、それはおれもわかっている。彼女の父親は普段より機嫌が悪いし、常に愛想よく迎えてくれる彼女の母の話し方もぶっきらぼうになりつつある。シルヴィー本人はまだおれに夢中だが、その彼女でさえ不満を抱きはじめている。三人とも、おれが彼女を弄んでいるのではないかと疑っているのだ。そして、もちろん、そのとおりだ。

だが、彼女のおかげで実りは豊かになりつづけている。おれの黒革のノートはいま、パリのプロテスタントの名前と、やつらが異端の礼拝をしているところの住所が数百も並んでいる。

今日でさえ、彼女はおれにボーナスをくれた。プロテスタントの仕立屋だ！　まさかと思いながらも一応訊いてみただけだったが、勘は当たった。愚かなシルヴィーは、その名前と住所まで口にしてくれた。これは極めて貴重な手掛かりになる可能性がある。

シャルル枢機卿のファイルはすでに分厚くなっていたが、意外なことに、ただ一人のプロテスタントも逮捕していなかった。ピエールは近いうちに、いつ逮捕に踏み切るのかを訊いてみるつもりだった。

いま、ピエールはシャルル枢機卿に会いに向かっているところだったが、少し時間に余裕があった。それで、サン・マルタン通りへ寄り道し、レネ・ドゥブーフの店を見つけた。外からは何の変哲もないパリの家のように見えたが、窓は普通より大きく、ドアに看板が掛かっていた。ピエールはなかに入った。

店内は驚くほど整然として秩序だっていた。部屋は色々なものがぎっしりと、しかし、きちんと整理して置いてあった。シルクの反物とウールの服が棚の上に丁寧に並べられ、ボタンを入れた深皿が色ごとに分類されて、引き出しはすべてに中身を示す札が貼ってあった。

禿頭の男がテーブルに覆い被さるようにして、慎重に布地に鋏《はさみ》を入れていた。その鋏はばね仕掛けで大きく、とても切れ味がよさそうだった。奥ではきれいな女性が鉄製のシャンデリアの下に坐り、十二本の蠟燭の明かりのなかで縫製作業をしていた。

もしかして〝妻〟と名札が貼ってあるんじゃないだろうな、とピエールは思った。プロテスタントのカップルをいまさら加えても大したことにはならないが、この店の客に出くわす可能性があるのではないか。

男が鋏を置いてピエールに応対し、ドゥブーフだと名乗った。彼は切れ目の入ったピエールのダブレットをしげしげと見て、専門家の目で鑑定しているように見えた。プロテスタントにしては派手すぎると思われるのではないかと、ピエールは不安だった。

ピエールは名前を告げてから言った。「新しいコートが必要なんだ。あまり派手なのではなくて、ダークグレイがいいかな」

「承知しました、お客さま」仕立屋が用心深い声で応えた。「もしかしたら、どなたかの推薦でしょうか？」

「印刷屋のジレ・パロだ」

ドゥブーフが気を許した。「彼のことならよく知っています」

「これから、私の義理の父になるんだ」

「それはおめでとうございます」

よし、受け容れられたぞ。最初の一歩だ。

ドゥブーフは小男だったが、重い反物をいくつか、慣れた様子で楽々と棚から降ろした。ピエールは灰色が混じったほとんど黒のものを選んだ。

残念なことに、客は現われなかった。このプロテスタントの仕立屋をどうやったら役に立てられるだろう、とピエールは考えた。一日じゅう、ここで客がくるのを待っているわけにはいかない。ここを見張らせることはできる——ギーズ家の警備隊長のガストン・ル・パンなら、こっそりやってくる男を見つけることができるはずだ——が、出入りする者の名前がわからなければ意味がない。ピエールは必死で考えた。この発見を活用する術が何かあるはずだ。

仕立屋が上質の革紐を手にしてピエールの採寸を始め、肩幅、腕の長さ、胸囲を測って、色のついたピンをその紐に留めていった。「見事な身体をお持ちですね、ムッシュ・オーモンド」彼が言った。「コートがとてもよくお似合いになると思いますよ」ピエールはお世辞を無視した。どうすればドゥブーフの客の名前を手に入れることができるか、頭にはそれしかなかった。

採寸が終わると、ドゥブーフが引き出しからノートを出した。「住所を教えていただけますか、ムッシュ・オーモンド？」

ピエールはノートを見つめた。そりゃそうだ、ドゥブーフは客がどこに住んでいるかを知る必要がある、さもないと、コートを注文したのに気が変わって取りにこないですませる客が出てこないとも限らない。それに、たとえドゥブーフが驚異的な記憶力を持っていて、すべての客とすべての注文を憶えていられるとしても、文字にした記録がなかったら、支払いのときにごねる客が出てきても不思議はない。これほどまでに几帳面《きちようめん》なドゥブーフのことだ、記録に留めていないはずがない。

このノートのなかを見なくてはならない。そこに記されている名前と住所は、おれが突き止めて黒革のノートに書き込んでいるすべてのプロテスタントと一緒に、そこに並んでしかるべきだ。

「住所を、ムッシュ?」ドゥブーフが繰り返した。

「コレージュ・デザムだ」

ドゥブーフがインク壺が乾いていることに気がつき、当惑の笑いを小さく漏らして言った。「申し訳ありません、インクを取って参りますので、少々お待ちを」そして、奥へ消えていった。

ノートのなかを見るチャンスだが、妻にもどこかへ行ってもらうほうがいい。ピエールは部屋の奥へ行って声をかけた。妻は十八ぐらいで、夫のほうは三十ぐらいか。

「できれば――ワインを少しもらえないかな、風が強くて喉が渇いてしまって」

「承知しました、ムッシュ」彼女は縫製作業の手を止めると、部屋を出ていった。

ピエールは仕立屋のノートを開いた。期待していたとおり、客の名前と住所、さらに、注文された衣服の種類、生地の種類、貸してある金額が書き込んであった。そのなかには、すでにピエールが特定しているプロテスタントも含まれていた。興奮が募った。ここにはパリの異端者の半分の名前があるのではないか。シャルル枢機卿にとって、恐ろしく貴重な資産になるはずだ。自分のダブレットの下に滑り込ませたかったが、それは無分別に過ぎた。その代わりに、できるだけ多くの名前を記憶しようとした。

その最中に、背後からドゥブーフの声が聞こえた。「何をしているんです？」

仕立屋は真っ青になって怯えていた。そりゃそうだろう、とピエールは思った。テーブルにノートを置いていくという危険な過ちを犯したんだから。ピエールはノートを閉じて微笑した。「申し訳ない、つい好奇心に負けてしまったんだ」

ドゥブーフの声が厳しくなった。「私の大事なものなんです」動揺しているな、とピエールは見て取った。

彼は明るい口調で応えた。「あなたの顧客の大半が私の知り合いだとわかったよ。友人があなたの懐を潤しているとは嬉しい限りだ！」ドゥブーフは笑わなかった。笑えるはずがないということだった。

直後、ドゥブーフが新しいインク壺を開け、ペンを浸して、ピエールの名前と住所を書き込んだ。

妻が戻ってきて、ワインのカップをピエールに渡した。「どうぞ、お客さま」ドゥブーフが言った。「ありがとう、フランソワーズ」

いい身体をしてるじゃないか、とピエールは思った。一体何がよくてこの年上のドゥブーフの妻になったんだろう。金を持った亭主となら安定した生活ができると思ったのかもしれないな。もちろん、愛したという可能性もないではないが。

ドゥブーフが言った。「一週間後にきていただければ、新しいコートの試着ができるようにしておきます。代金は二十五リーヴルになります」

「素晴らしい」今日はこれ以上の情報は得られないだろうと考え、ピエールはワインを飲み干して店を出た。

ワインでは渇きを癒せなかったので、近くにあった居酒屋へ入り、ビールを大ジョッキで注文した。ついでに紙を一枚買い、羽根ペンとインクを借りた。そして、ビールを飲みながら、丁寧に文字を書き付けていった——〝レネ・ドゥブーフ、仕立屋、サン・マルタン通り。フランソワーズ・ドゥブーフ、妻〟。そのあと、あのノートを見て記憶できた限りの名前をすべて付け加えた。インクが乾くのを待って、紙をダブレットにしまった。あとで、黒革のノートに書き移すつもりだった。

シャルル枢機卿はこの情報をいつ使うつもりなんだろう、とピエールはビールを飲みながら待ちきれない思いだった。いまのところは名前と住所をためることで満足しているようだが、ときがきたら一気にプロテスタントの排除にかかるはずだ。大虐殺の日になるだろう。おれも枢機卿の勝利を分かち合うんだ。だが、と彼は居酒屋のストゥールの上で落ち着かなげに身じろぎした。数百人の男女が投獄され、拷問され、もしかすると生きたまま焼き殺されることだってあるかもしれない。プロテスタントのほとんどは独りよがりの気取り屋で、そういうやつら——とりわけ、侯爵夫人のルイーズ——が苦しむのを見るのは楽しみだが、おれに親切にし、狩猟小屋の教会で歓迎し、自宅に招き、下心のあるおれの質問に正直に答えてくれた人たちを手ひどく騙していることを思うと心苦しくはある。つい一年と半年前、おれは好色な未亡人を食いものにした。いや、もっと前だったか。

ピエールはジョッキを空にして店を出た。サンタントワーヌ通りはそんなに遠くなかった。そこで武芸競技大会が行なわれていて、パリはまたもや羽目を外したお祭り気分だった。スペインと条約が調印され、アンリ二世王は戦争に負けなかった振りをして平和を祝っていた。

サンタントワーヌ通りはパリで最も広い通りで、それが武芸競技大会に使われている理由だった。片側は巨大な、しかし、いつ倒れても不思議はなさそうなトゥルネル宮殿で、その窓に王族や貴族が群れになって見物していて、金のかかっている色とりどりの衣装が明るい絵のようにずらりと並んでいた。反対側は普通の人々が競技大会を見ようと押し合いへし合いし、色褪せはじめた安ものの茶色の服のせいで、耕された冬の畑のようだった。彼らは立ち、自分で持ってきたストゥールに坐り、窓台か屋根に用心深くうずくまっていた。武芸競技大会は壮大な見せ物であるだけでなく、高貴な生まれの競技者が怪我をしたり、あるいは死ぬことまであり得るという、付加的な魅力まで持ち合わせていた。

ピエールが宮殿に入ると、オデットが盆に載ったケーキを差し出した。二十歳ぐらいのメイドで、肉体は官能的だが顔は不細工だった。そのオデットが、媚《こ》びた笑みを浮かべてピエールを見た。並びの悪い歯が露わになった。簡単にやらせると評判だったが、ピエールは使用人階級の女に興味はなかった。それなら故郷のトナンス・レ・ジョワンヴィルでも手に入る。それでも、彼女を見るのは嬉しかった。憧れのヴェロニクが近くにいることを意味しているからだ。「おまえのご主人はどこにおられる？」彼は訊いた。

オデットがふくれっ面になって答えた。「上の階よ」

廷臣の大半は上の階にいた。窓から馬上槍試合を見下ろせるからだ。ヴェロニクは貴族の娘の一団と、テーブルでフルーツ・コーディアルを飲んでいた。ギーズ兄弟の姪で、一族のなかで最も身分が低かったが、貴族は貴族だった。シルクとリネンの混紡の淡いグリーンのドレスを着ていて、それはあまりに軽く、彼女の完璧な容姿の周りで浮いているかのように見えた。そういう高貴な生まれの女性が裸で自分の腕のなかにいることを想像すると、ピエールは気が遠くなりそうだった。これがおれの結婚したい女性だ、プロテスタントの商工業者階級の印刷屋の娘ではない。

初対面のときのヴェロニクはさりげないとはいえピエールを見下した様子だったが、徐々にきちんと応対してくれるようになっていた。彼が地方聖職者の一人息子だということはみんなが知っていたが、同時に、力を持ったシャルル枢機卿に近いことも、枢機卿から特別な地位を与えられていることも知っていた。

ピエールはヴェロニクにお辞儀をし、武芸競技大会を楽しんでいるかと訊いた。

「そうでもないわ」が、彼女の答えだった。

ピエールは最大に魅力的な笑顔を作った。「男が馬に乗って疾走し、相手を落馬させるのを見るのが好きではないんですか？　変だな」

彼女が笑った。「わたしは踊るほうがいいわ」

「私もです。幸い、今夜は舞踏会がありますけどね」

「待ちきれないわ」

「そこでお目にかかるのを楽しみにしています。叔父上のシャルル枢機卿とお話がありますので、失礼します」

そこを離れながら、ピエールは満足を感じていた。短い遭遇だが、好感触を得ることができた。笑ってくれて、ほとんど同等に扱ってくれた。

シャルルは脇の部屋で、ギーズ家のものであるブロンドの髪の少年と一緒にいた。シャルルの甥のアンリで、八歳、スカーフェイスの長男だった。この少年がいつの日かギーズ公爵になるかもしれないとわかっていたから、ピエールは少年にお辞儀をし、ご機嫌を伺った。「ぼくを馬上槍試合に出してくれないんだ」少年が言った。「絶対にできるのに。馬に乗るのはうまいんだから」

シャルルが言った。「行きなさい、アンリ。もうすぐ別の種目が始まる。見逃したら損だぞ」

アンリが退出し、シャルルはピエールに椅子を示した。

この一年半、ピエールはシャルルのスパイとして仕事をしていた。その間《かん》に関係に変化が生じ、シャルルはピエールが名前と住所を集めてくることを感謝するようになっていた。パリの隠れプロテスタントに関する枢機卿のファイルは、ピエールが参加する前よりはるかに充実の度を増していた。シャルルがいまもピエールを下に見て軽蔑している可能性もなくはなかったが、それはだれに対してもそうであって、ピエールの判断を尊重しているように思われるときもあった。ときどき二人だけで全般的な政治問題について話し合い、シャルルがピエールの意見に耳を傾ける場合さえあった。

「大発見です」ピエールは言った。「プロテスタントの大半がサン・マルタン通りの仕立屋を使っていて、そこの主人の小さなノートに彼ら全員の名前と住所が書いてあるのです」

「金脈を発見したか！」シャルルが言った。「あいつら、よくもぬけぬけとやってくれているじゃないか」

「そのノートを持って逃げてしまおうかと思いました」

「おまえの正体がばれてしまっては困る、まだ駄目だ」

「承知しています。いつか、必ずあのノートを手に入れておみせします」ピエールはダブレットの内懐から紙を取り出し、シャルルに手渡した。「ですが、記憶できた限りの名前と住所を書き留めておきました」

シャルルがそれに目を通した。「よくやった」

「その仕立屋にコートを注文しなくてはなりませんでした」ピエールは値段を上げた。「五十五リーヴルです」

シャルルが財布からエキュ金貨を二十枚出してピエールに与えた。一枚あたり二・五リーヴルの価値があった。「さぞやいいコートなんだろうな」

ピエールは訊いた。「あの変質者どもをいつ捕まえるのですか？　すでに数百人に及ぶパリのプロテスタントの名前と住所がわかっているのに？」

「まあ、そう急《せ》くな」

「ですが、異端者一人一人は大した敵でなくても、敵は敵です。なぜ取り除いてしまわないのですか？」

「彼らに鉄槌《てっつい》を下すときは、それをやっているのがギーズだと世間に知らしめたいんだ」

なるほど、そういうことか、とピエールは納得した。「ギーズ家がウルトラ・カトリックの忠誠を勝ち取るためですね？」

「それから、寛容を擁護する連中——中間派《ムアイエヌール》だ——もプロテスタントだということにしてやるんだ」

狡猾だな、とピエールは感心した。ギーズ家最大の敵は寛容を擁護する者たちだ。彼らは一族の強さの土台を丸ごと崩しかねない。そういう連中ははっきりとどっちかへ押しやってしまわなくてはならない。シャルルの政治的狡猾に、ピエールは何度となく感心させられていた。「ですが、どうすれば私たちが人に異端行為者の烙印《らくいん》を押せるようになるのでしょう？」

「いつの日か、若きフランソワが国王になる。だが、いまはまだ、そうあれかしという段階だ。それを現実のものにするには、まず彼をカトリーヌ王妃から独立させ、彼の妻であり、われわれの姪である、メアリー・ステュアートの完全なる支配下に置く必要がある。そうなるとき……」シャルルがピエールのメモを振って見せた。「それがこれを使うときだ」

ピエールはがっかりした。「あなたの考えがそんなに長期的なものだとは気がつきませんでした。そうだとすると、私のほうに問題が生じます」

「なぜ?」

「シルヴィー・パロと婚約して一年以上が経ち、引き延ばしの口実が尽きかけているのです」

「結婚すればよかろう」シャルルが突き放した。

ピエールはぞっとした。「プロテスタントを妻にして一生を過ごしたくはありません」

シャルルが肩をすくめた。「なぜ?」

「結婚したい女性がいるのです」

「ほう? それはだれだ?」

この仕事の報酬として何が望みかをシャルルに話してもいいころだろう、とピエールは判断した。「ヴェロニク・ド・ギーズです」

シャルルが声を上げて笑った。「この取るに足らない成り上がりが何をつけあがったことを。おまえが私の親戚と結婚するだと? 思い上がるのもいい加減にしろ。馬鹿も休み休み言え」

ピエールは額から喉まで真っ赤になるのがわかった。タイミングを間違えた。その結果、恥をかくはめになった。「そんなに無茶な野心でしょうか？」彼は訊いた。「彼女は猊下の遠い親戚に過ぎないはずですが？」

「彼女はメアリー・ステュアートの従姉妹で、メアリーはいつかはフランス王妃になるんだぞ！　おまえ、自分を何様だと思っている？」シャルルが用はすんだと手を振った。「もういい、行け」

ピエールは立ち上がり、退出した。

アリソン・マッケイは人生を楽しんでいた。メアリー・ステュアートの地位がフランソワの単なるフィアンセから実際の妻に格上げされたために、それに連れてアリソンの地位も高くなった。二人の使用人も、ドレスも、お金も増えていた。人々はメアリーにもっと深く、もっと長く、片足を引いてお辞儀をするようになった。彼女はいまや疑いの余地のない王族であり、メアリーはそうであることを愛していたし、アリソンも愛していた。そして、この先もこれが変わることはないはずだった。なぜなら、いつの日か、メアリーはフランス王妃になるのだから。

今日、メアリーとアリソンはトゥルネル宮殿最大の広間の最大の窓の前にいた。そこで、メアリーの義理の母のカトリーヌ王妃が謁見式を行なっていた。おそらく大金がかかったであろう、金と銀の生地で仕立てられた、凝ったデザインのたっぷりしたドレスを着ていた。午後の遅い時間だったが、窓が開け放たれ、そよ風を迎え入れていた。

国王が入ってきた。温かい汗の強い臭いが一緒だった。カトリーヌを除く全員が起立した。アンリは幸せそうだった。妻と同じ四十歳で、男盛りであり、ハンサムで、強くて、エネルギーに満ちていた。馬上槍試合を好み、今日も勝利したのだった。偉大な将軍、ギーズ公爵のスカーフェイスまで落馬させていた。「もう一番だけ」彼がカトリーヌに言った。

「もう時間も遅いでしょう」カトリーヌが決して抜けることのない、強いイタリア訛りのあるフランス語で制した。「それに、あなたは疲れていらっしゃるわ。そろそろお休みになったほうがよろしくはなくて?」

「しかし、私が戦うのはおまえのためなんだぞ!」アンリが言った。

しかし、その言葉を信じる者はいなかった。カトリーヌは顔を背け、メアリーは眉をひそめた。アンリが槍に白と黒のリボンをつけているのを、すでに全員が見ていた。それはポワティエ家のダイアンの色だった。ダイアンはアンリが結婚して一年もしないうちに彼を誑《たら》し込み、それからの二十五年、カトリーヌはそれに気づかない振りをしつづけていた。ダイアンはずいぶん年上で——あと何週間かで六十になるはずだった——、いまのアンリはほかにも愛人を抱えていたが、ダイアンがそうでなくなることはなかった。カトリーヌはそれに慣れていたが、アンリは妻を傷つけていることにいまだに無頓着だった。

アンリが甲冑《かっちゅう》を着けるために部屋を出ていくと、レディたちが会話を再開した。その声が低く響くなか、カトリーヌがアリソンを手招きした。病弱なフランソワのいい友だちでいてくれたことで、王妃はすでにアリソンに心を許していた。いま、カトリーヌはみんなに半ば背を向け、内々の話であることを示して、小声で言った。「もう一年と二カ月よ」

何の話か、アリソンにはすぐにわかった。メアリーとフランソワが結婚してからの時間だった。「まだ妊娠していらっしゃいません」アリソンは答えた。

「何かそうならない原因でもあるの？　あなたなら知ってるでしょう」

「そんなことはないとおっしゃっています」

「でも、あなたはその言葉を信じていないわね」

「何を信じればいいかがわからないのです」

「最初のうちは、わたしもなかなか妊娠しなかったわ」カトリーヌが言った。

「本当ですか？」アリソンは驚いた。アンリとのあいだには十人も子供がいるではないか。

王妃がうなずいた。「わたしは到底正気でいられなかった——あのマダムが夫を誘惑したあとは尚更だった」みんながダイアンと呼んでいる女性のことだった。「わたしは夫を敬愛していたし、それはいまも変わらないわ。でも、あの女はわたしから夫を奪った。それで、赤ちゃんが出来たら取り戻せるかもしれないとわたしは考えた。彼はいまもわたしのベッドへくるの——あとでわかったんだけど、そうするよう、あの女が夫に命令したんですって」アリソンは眉をひそめた。聞くだに辛い話だった。

「でも、わたしは妊娠しなかった」

「それで、どうなさったんですか?」

「わたしは十五で、家族ははるか遠く離れたところにいた。何とかしなくちゃと必死だった」カトリーヌがさらに声をひそめた。「それで、二人がしているところを盗み見たの」

アリソンはショックを受け、当惑した——そんな内緒にしておくべき話を聞かされるなんて。しかし、カトリーヌは話してしまう気分のようだった。〝私が戦っているのはおまえのためだ〟というアンリの考えなしの言葉が、王妃の心に奇妙な変化をもたらしたのかもしれなかった。

「アンリとのやり方が間違っているんじゃないかと考えた。それで、マダムが何か違うやり方をしているかどうかを見たくなったの」カトリーヌはつづけた。「二人がべッドに行くのは大抵午後だった。わたしは二人がしているところが見える場所をメイドに見つけさせた」

何というおぞましい図だろう、とアリソンは思った。夫と愛人が一緒にベッドにいるところを、王妃がどこかに隠れて盗み見ているなんて。

「あれを見ているのはとても辛かった。だって、夫があの女を大事にしているのが見え見えだったんですもの。でも、学ぶべきことは何もなかった。二人はわたしの知らないゲームをして、最終的に、わたしと夫がやるのと同じやり方をしただけだった。一つ違うのは、夫は彼女とのほうがよほど楽しそうだったことね」

カトリーヌの声は苦く乾いていた。感情的ではなかったが、アリソンは涙が出そうだった。カトリーヌの心はばらばらに壊れたに違いない。訊きたいことはいくつもあったが、この内密な告白の雰囲気が壊れるのが怖かった。

「わたしはあらゆる治療を試みた。そのなかには反吐《へど》の出そうなものもあった。馬や牛の糞を性器に湿布するとかね。でも、何一つとしてうまくいかなかった。そのとき、ファルネル医師に出会った。そして、わたしが妊娠しない理由がわかった」

アリソンは勢い込んで訊いた。「それは何だったんですか?」

「国王のあれは太いけど短いの――そこそこではあるけど、長くはない。だから、十分に奥まで入らず、処女膜を破ることができなかった。その結果、精液が最後まで上ってこられなかった。それで、ファルネルが特殊な器具で膜を破ってくれた。一カ月後、わたしはフランソワを身ごもった。あっという間にね」

宮殿の外の群衆から大きな歓声が上がった。まるでいまの話を聞いていて、ハッピーエンドを喜んだかのようだった。きっと国王が次の試合のために馬に乗って登場したのだろう、とアリソンは推測した。カトリーヌがアリソンの膝に手を置いた。この瞬間をもう少し長く引き延ばしたいと思っているかのようだった。「ファルネルは亡くなったけど、息子も優秀さでは引けを取らないわ」彼女は言った。「メアリーを彼に診せなさい」

どうして直接言わないのだろう、とアリソンは訝った。

それを見透かしたかのようにカトリーヌが言った。「メアリーは誇りが高いでしょう。わたしに不妊を疑われていると思って、きっと気分を害するはずよ。こういう助言は、義理の母からでなく友人から聞くほうがいいの」

「わかりました」

「わたしに免じてやってくれるわね」

命令すればすむことを要請に変えるのは王妃の気遣いだった。「もちろんです」アリソンは答えた。

カトリーヌが立ち上がって窓のところへ行った。アリソンを含めた部屋にいる全員が彼女の周りに集まり、外を見た。

通りの真ん中あたりに狭い走路が造られ、両端が柵で塞がれていた。その一方に国王の愛馬のマルフルーがいて、もう一方の端ではモンゴメリー伯爵がやはり愛馬のガブリエルにまたがっていた。馬同士が衝突しないよう、走路の真ん中が柵で仕切られていた。

戦場の真ん中で、国王がモンゴメリー伯爵に何かを話していた。その言葉は宮殿の窓際からは聞こえなかったが、何やら言い争っているようだった。武芸競技大会はほとんど終わっていて、見物人も引き上げはじめていたが、アリソンの推測では、戦うことが好きな国王は最後の一戦をやると言っているに違いなかった。そのとき、国王が声を張り上げ、全員に聞こえるように言った。「これは命令だ！」

モンゴメリーが従順にお辞儀をし、冑《かぶと》をかぶった。国王も同じことをして、二人はそれぞれ走路の端へと別れた。アンリがヴァイザーを下ろした。アリソンはカトリーヌがつぶやくのを聞いた。「それをしっかりと留めるのよ、最愛の人」国王がヴァイザーが飛んでいってしまわないよう、留め具を捻った。

アンリは焦れていて、トランペットが鳴るのを待たずに馬の腹を蹴って突進した。モンゴメリーもそれに倣った。

二頭とも戦争専用に作られた軍馬で、大きく、恐ろしく力が強く、蹄の音は巨人が巨大なばちで地面を叩いているかのようだった。興奮と恐怖で、アリソンは心臓の鼓動が速くなった。群衆が口々に喚声を上げるなか、二頭の馬はリボンを翻しながら速度を上げ、馬上の二人が中央の柵の向こうへ槍を突き出した。槍の先端は丸くなっていて相手を傷つける心配はなく、ただ鞍から突き落とすだけだった。これが男だけのゲームでよかった、とアリソンは思った。わたしには怖くてとてもできない。

モンゴメリーと国王が馬上で立ち上がり、馬の腹を脚でしっかりと挟んで上半身を前に乗り出した。鈍い、おぞましい音がし、モンゴメリーの槍が国王の冑に激突して、ヴァイザーを吹っ飛ばした。衝撃でヴァイザーの留め具が外れたのだと、アリソンは瞬時に理解した。槍が二つに折れた。

馬は二人を乗せたまま凄まじい勢いで走りつづけ、直後にモンゴメリー伯爵の折れた槍の先端がふたたび国王の顔を打った。国王は鞍にまたがったままぐらつき、意識を失ってしまったのではないかと思われた。カトリーヌが恐怖の悲鳴を上げた。

スカーフェイス公爵が柵を跳び越えて国王へと走り、数人の貴族が彼につづいた。彼らは馬を宥めて大人しくさせ、重たい甲冑をまとっている国王を苦労して鞍から下ろして、地面に横たえた。

シャルル枢機卿が兄のスカーフェイスのあとを追い、ピエールもすぐそのあとにつづいた。そろそろと冑を脱がせると、一目で重傷であることがわかった。顔は血にまみれて、長くて太い木の破片が片方の目に突き刺さっていた。ほかにも顔と頭に破片が食い込んでいた。身じろぎもせずに横たわったままで、痛みに麻痺してほとんど意識がなかった。こういう事故に備えて配置されていた専属の医師が、ようやく国王の横に膝を突いた。

シャルルは国王の顔を長いあいだじっと見つめたあと、後ろへ下がってピエールにつぶやいた。「助からないな」

ピエールは当惑した。これはギーズ家にとって何を意味するのか？　ギーズ家の運命がおれの運命なのに？　国王が死ねば、シャルルがついさっきおれに話してくれた長期計画は水泡に帰してしまう。ピエールのなかで、不安がパニックに変わりつつあった。「早すぎる！」思わず口走り、その声が妙に甲高いことに気づいて、もっと落ち着いた口調にしようとしながら言った。「フランソワではこの国を統べられません」

全員が国王のことしか気にしていないにもかかわらず、シャルルはさらに群衆から遠ざかって、だれにも聞かれることがないようにした。「フランスの法によれば、十四歳になれば王位に就くことができる。フランソワは十五歳だ」

「確かにそのとおりですが」ピエールは必死で考えはじめた。パニックはあっという間に姿を消し、理性が取って代わった。「フランソワを助ける者が必要でしょうし」

彼は言った。「だれであれ最も彼に近い助言者が、事実上のフランス国王になるはずです」思い切って枢機卿に近づき、切迫した小さな声で言った。「枢機卿、あなたがその助言者にならなくてはいけません」

シャルルに鋭い顔で見られたが、ピエールはその意味を理解した。自分が考えてもいなかったことをピエールに指摘されて、驚いているのだった。「そのとおりだな」シャルルがゆっくりと言った。「だが、普通に考えれば、それはブルボン家のアントワーヌだ。彼が第一王太子だからな」第一王太子というのはフランス国王の直接の男子子孫のことで、そういう男性は王家そのものの外に存在する最高位の貴族であり、ほかのどの貴族よりも上位にあった。

「それは絶対にだめです」ピエールは言った。「もしアントワーヌがフランソワ二世王の首席助言者になれば、ギーズ家の力が失われてしまいます」そうなったら、おれも一巻の終わりだ、と彼は内心で付け加えた。

アントワーヌはフランスとスペインのあいだに位置する小国、ナヴァラの王だった。もっと重要なのは、モンモランシー一族と組んでギーズ家の最大のライヴァルとなっているブルボン家の家長だということだった。宗教的には流動的だが、ブルボン・モンモランシー同盟は異端行為に対してギーズ家より強硬の度合いが低い傾向があり、それゆえ、プロテスタントに支持されていた――もっとも、常に歓迎されるとは限らない形の支持ではあったが。もしアントワーヌが少年王を支配下に置いたら、ギーズ家は無力になってしまうはずであり、それは考えるだに耐えられないことだった。

シャルルが言った。「アントワーヌは馬鹿だ。それに、プロテスタントではないかと疑われている」

「そして、何より重要なのは、彼がパリにいないことです」

「そうだ。あいつはパウにいる」ナヴァラ国王の住居はピレネー山脈の麓《ふもと》、パリから五百マイル離れたところにあった。

「ですが、日没までにはメッセンジャーが知らせを持って向かうでしょう」ピエールはしつこく言い募った。「あなたならアントワーヌを制することができるはずです。しかし、そのためには急いで行動する必要があります」

「姪のメアリー・ステュアートと話さなくてはならんな。彼女は次のフランス王妃だ、必ずや新国王を説得して、アントワーヌを助言者として受け容れずにすむようにしてくれるだろう」

ピエールは首を横に振った。シャルルは考えていたが、ピエールはその先を行っていた。「メアリーは美しい子供です。こんな重要なことを子供に任せるわけにはいきません」

「では、カトリーヌだ」

「彼女はプロテスタントに寛容です。アントワーヌを助言者にすることに反対しないかもしれません。私にもっといい考えがあります」

「何だ、話してみろ」

シャルルは自分と同等であるかのようにピエールの話を聴いた。ピエールは心地いい満足を覚えた。おれの政治的洞察力は、フランスで最も有能な政治家の尊敬を勝ち得たぞ。「あなたとあなたの兄上を国王の主導的助言者にしてくれたら、ポワティエ家のダイアンを宮廷から永遠に追放してやると、カトリーヌに言うのです」

シャルルが長いあいだ考えたあとで、ゆっくりとうなずいた。とてもゆっくり、一度だけ。


アリソン・マッケイはアンリ国王の怪我を内心喜んでいた。怪我を気遣って回復を祈る意味での地味な白の服を着て、ときには無理矢理涙を流したりしたが、それはあくまでも見せかけに過ぎなかった。内心は浮き立っていた。メアリー・ステュアートがもうすぐフランス王妃になる。わたしはフランス王妃の親友だ！

アンリ国王はトゥルネル宮殿に運び込まれ、集まった廷臣が病室を取り巻いた。すぐにというわけではなかったが、それでも最終的な結果は疑いの余地がなかった。医師団の一人にアンブロワーズ・パレ、ギーズのフランソワ公爵の頬から槍の穂先を引き抜き、傷を残して、公爵の綽名《あだな》の由来を作った外科医がいた。破片が片目を貫いただけで、致命的な感染症に罹《かか》りさえしなければ、国王は助かったかもしれない、と彼は言った。だが、実は先端がさらに奥まで進んで脳に侵入していた。パレは四人の死刑囚を使って実験をし、彼らの目に破片を突き刺して同じ傷を作り出したが、四人とも死んでしまった。というわけで、国王も望みはないということだった。

間もなくフランソワ二世国王になるはずの、メアリー・ステュアートの十五歳の夫は、子供のようになってしまっていた。ベッドにひっくり返り、わけもわからず呻き、尋常でないリズムで身体を揺すった。壁に頭をぶつけるのだけはやめさせなくてはならなかった。子供のころから彼の友だちのアリソン・マッケイでさえ、あまりの役立たずぶりに苛立ちを覚えるほどだった。

カトリーヌ王妃は、夫を失うことになると告げられ、真の夫婦とは言えない夫婦であるにもかかわらず、気持ちが乱れていた。しかし、一方では冷酷な側面を見せ、自分のライヴァルのポワティエ家のダイアンが国王と会うことを禁じた。王妃がシャルル枢機卿と深く話し込んでいるところを、アリソンは二度目撃していた。精神的な慰《い》撫《ぶ》を試みているのかもしれないが、王位継承をスムーズに行なう相談であるほうが可能性が高いような気がした。二度とも、ピエール・オーモンドが同席していた。一年かそこら前にどこからともなく現われ、シャルルのそばにいることがどんどん多くなっている、ハンサムで謎めいた若者である。

七月九日の朝、アンリ国王に対して最後の終油《しゅうゆ》の秘跡が行なわれた。

その日の一時を過ぎてすぐ、メアリーとアリソンが城の自分たちの部屋で昼食をとっているとき、ピエール・オーモンドが入ってきて、メアリーにお辞儀をして言った。「国王の容態が急速に悪化しています。いますぐ行動しなくてはなりません」

彼ら全員が待っていた瞬間だった。

メアリーは取り乱した様子も見せず、ヒステリーも起こさなかった。ごくりと唾を呑むと、ナイフとスプーンを置いて、口元をナプキンで軽く押さえた。「わたしは何をしなくてはならないのかしら？」アリソンは自分が仕えている人の態度を誇りに思った。

ピエールが言った。「王妃は夫たる国王を助けなくてはなりません。いまはギーズ公爵が王のおそばにいらっしゃいます。これからすぐに、カトリーヌ王妃とともにルーヴルへ移ります」

アリソンは言った。「新国王の代わりをする方を占有しようとしているわけね」

ピエールが鋭い目でアリソンを見た。こういう男なのだ、とアリソンは気がついた。見えるのは重要な人物だけ、それ以外はいないも同然というわけだ。いまは値踏みする目に変わっていた。「そのとおりです」彼が言った。「王妃もフランソワ公爵とシャルル枢機卿と同意見です。この危機のとき、フランソワ王太子はほかのだれでもなく、妻に助けを求めなくてはなりません」

そんなの戯言《たわごと》に決まっている、とアリソンは確信した。ギーズ兄弟は新国王に自分たちのほうを向かせたがっているに決まっている。メアリーはその隠れ蓑に過ぎない。王の死のあとの不確かな瞬間、力を持つのは新国王その人ではなく、新国王を自分の手に入れている男だ。だから、わたしは〝占有〟という言葉を使ったのだ。それによって、何が起ころうとしているかをわたしが知っていることを、ピエールに気づかせることができた。

メアリーはこのことをわかっていないだろう、とアリソンは推測した。だが、それは問題ではない。ピエールの計画はメアリーのためになる。二人の叔父と結んだら、彼女はもっとずっと強くなる。一方で、ブルボン家のアントワーヌがフランソワを自分のものにすれば、彼は間違いなくメアリーを脇へ押しやろうとするはずだ。というわけで、物問いたげに見るメアリーに、アリソンはかすかにうなずいてやった。

メアリーが言った。「いいでしょう」そして、立ち上がった。

アリソンはピエールの顔を見てわかった。彼はわたしとのささやかなやりとりを予期していたに違いない。

アリソンはメアリーと一緒にフランソワの部屋へ行った。ピエールもついてきた。

ドアの前で武器を持った男たちが警備に当たっていた。アリソンが彼らのリーダーのガストン・ル・パンに気がついた。厳《いか》つい顔をした、ギーズ家が雇っている荒くれ者の親玉だ。必要とあらば、力ずくでフランソワを自分たちのものにするのも厭わないということね、とアリソンは推理した。

フランソワは泣きながら、使用人に手伝ってもらって着替えをしていた。それをスカーフェイス公爵とシャルル枢機卿が焦れて見守っていた。直後に、カトリーヌ王妃が入ってきた。これが力を握ろうとしているグループなんだ、とアリソンは気づいた。フランソワの母親はメアリーの二人の叔父と取引をしたんだ。

彼らを止めるとすれば、それはだれだろう、とアリソンは考えを巡らせた。一番の候補者はモンモランシー公爵で、彼はフランス治安官の肩書を持っている。でも、モンモランシーの誠実な同盟者、ブルボン家のアントワーヌは反応が遅く、まだパリに到着していない。

ギーズ家は有利な位置にいる、とアリソンは見ていた。それなのに、いますぐ行動しようとしている。それは正しい。状況はあっという間に変わり得る。有利さは有利なうちに使わなければ意味がない。

ピエールがアリソンに言った。「新国王と新王妃はすぐにもルーヴル宮殿の王族の住居へ移ることになります。ギーズ公爵はポワティエ家のダイアンのスイートへ引っ越し、シャルル枢機卿はモンモランシー公爵の部屋を自分のものになさいます」

抜かりがないわね、とアリソンは感心した。「では、ギーズ家は国王と宮殿を両方持つことになるわね」

満足そうなピエールを見て、これは彼のアイディアだったのかもしれないとアリソンは思った。

そして、付け加えた。「そして、ライヴァルになるはずの一族を手際よく無力化した」

ピエールが言った。「ライヴァルになるはずの一族なんていませんよ」

「そうよね」アリソンは言った。「わたしったら、何て馬鹿なのかしら」

ピエールがアリソンを見たが、その目には尊敬のようなものがあった。彼女はそれが嬉しく、この抜け目のない、自信満々の若者に惹かれていることに気づいた。この男となら同盟を結べるかもしれない、と彼女は思った。そして、それ以上のものも。人生の大半をフランスの宮廷で過ごしてきて、彼女自身、結婚についても貴族と同じ見方をするようになっていた。愛の繋がりより戦略的な同盟である。わたしとピエールが組んだら、侮り難いカップルになれるかもしれない。それに、考えてみれば、朝、こういうハンサムな男性の隣りで目を覚ますのも悪くない。

一行は大きな階段を下り、広間を横断して、石段の上に出た。

門の向こうではパリ市民が群れになり、何が起こるかを見ようと待っていた。フランソワが姿を現わすと、歓声が上がった。彼が間もなく自分たちの王になることを、市民も知っているのだった。

前庭に馬車が待機していて、護っているのはギーズ家に雇われている荒くれ者どものほうが数が多かった。アリソンは気づいたのだが、だれがどの馬車に乗るかが、そこにいる群衆の全員に見えるようになっていた。

ガストン・ル・パンが最初の馬車のドアを開けた。ギーズ公爵がフランソワをともなってゆっくりと前に進んだ。群衆はスカーフェイスを知っていたし、彼が新国王の担当であることを目の当たりにしたということだった。これも慎重に振り付けられたのだ、とアリソンは気がついた。

フランソワが馬車に近づき、一段しかないステップを上がってなかに入った。笑いものになるようなことがなくてよかったと、アリソンは大いに安堵した。

カトリーヌとメアリーが二台目の馬車へ歩いていった。ステップの前でメアリーが足を止め、カトリーヌに先を譲った。だが、カトリーヌは首を横に振って動かなかった。

頭を高く掲げて、メアリーは馬車に乗り込んだ。

ピエールは聴罪司祭でもあるモワヌ神父に訊いた。「愛していない女性と結婚するのは罪でしょうか?」

モワヌ神父は顎が張ってがっちりした体格の、五十代の聖職者だった。コレージュ・デザムの彼の書斎には、シルヴィーの父親の本屋よりも多くの本があった。かなり軟弱な知識人だが、若者と混じるのを喜び、学生にも人気があって、ピエールがシャルル枢機卿のためにしていることについてもすべてを知っていた。

「そんなことはない」モワヌが答えた。強いカナリア・ワインを好むせいで、いくらか声がしわがれていた。「貴族はそういう結婚をするのが義務のようなものだ。国王が自分の愛する女性と結婚したら、それこそ罪に当たるかもしれないぐらいだ」そして、小さく笑った。多くの教師のご多分に漏れず、彼も逆説が好きだった。

しかし、ピエールは笑う気になれなかった。「私はシルヴィーの人生を台無しにすることになります」

モワヌはピエールに好感を持っていた。その好感は肉体的な接触があればさらに強まるはずだったが、ピエールが男を愛する性質《たち》でないことはすぐにわかった。だから、思いを込めて背中を軽く叩く以上のことはしなかった。いま、モワヌは口調を抑え、真面目に応えた。「なるほど。きみは自分が神の意志を行なうべきかどうかを知りたいわけだ」

「そうなんです」良心に苦しめられることは滅多になかったが、シルヴィーにしようとしているほど酷《むご》い仕打ちはだれにもしたことがなかった。

「聴きなさい」モワヌが言った。「四年前、おぞましい過ちが犯された。アウグスブルクの宗教和議と呼ばれるもので、それによって、ドイツの諸侯は自分がそれを望めば、異端であるルター主義を選択してもいいことになった。世界で初めてプロテスタントが罪でない場所の存在が許されたわけで、それはキリスト教信仰にとって破滅的災厄だ」

ピエールはラテン語で言った。「〝一人の支配者のいるところ、一つの宗教〟ですね」

モワヌがつづけた。「神聖ローマ皇帝カール五世は、この和議によって宗教的な争いに終止符が打たれるのではないかと考えた。ところが、どうなった？　今年の初め、イングランドの呪うべきエリザベス女王は、自分が統べる哀れな者たちにプロテスタントの信仰を強要した。いま、彼らは秘跡による慰撫を奪われているんだ。そして、寛容が拡大している。これがおぞましい真実なのだよ」

「そして、われわれは何としてもそれを阻止しなくてはなりません」

「まさにいまの言葉のとおりだ。〝何としても〟阻止しなくてはならない。そしていま、国王が新しくなり、若い彼はギーズ家の強い影響力の下にある。天はわれわれに断固たる措置をとる好機を与えてくださったのだ。いいかね、私はきみがどう思っているかをわかっている。分別のある者ならだれでも、人が焼き殺されるのを見たがりはしない。きみから聞いた限りでは、シルヴィーは普通の娘のようだ。やや好色に過ぎるきらいはあるかもしれんがね」モワヌがまた小さく笑い、重々しい口調に戻った。「あらゆる点で、哀れなシルヴィーは邪悪な両親の犠牲者でしかない。異端者のなかで育ったのだからな。だが、それこそプロテスタントの手口なのだ。他者を改宗させるのがな。そして、その犠牲者は不滅の魂を失うことになる」

「では、私がシルヴィーと結婚し、彼女を裏切っても、何ら過ちを犯したことにならないと、そういうことでしょうか」

「過ちを犯すどころか、その逆だ」モワヌが言った。「きみは神の意志を実践しようとしているんだ。断言するが、それは天国で報われる」

それこそピエールが聞きたい言葉だった。「ありがとうございます」

「きみに神の祝福がありますように、息子よ」モワヌが言った。


シルヴィーは九月の最後の日曜日にピエールと結婚した。

土曜日に教区教会でカトリックの結婚式を挙げたが、シルヴィーにとっては、それは意味がなかった。法律の要求に従っただけで、それ以上の何物でもなかった。二人は土曜の夜を別々に過ごした。日曜が本当の結婚式で、それはプロテスタントの教会として使われている森の狩猟小屋で行なわれた。

夏から秋へ移行しつつある穏やかな日で、曇っていたが、雨は降らなかった。シルヴィーのドレスは控えめな紫がかった灰色で、その色が彼女の肌と目を輝かせるのだとピエールは言った。ピエール自身はドゥブーフが仕立てたコートを着て、圧倒的に美しかった。ベルナール牧師が式を執り行ない、ニーム侯爵が証人になった。誓いを終えて、シルヴィーは安堵せずにいられなかった。ようやく人生が始まったような気がした。

そのあと、出席者全員が招待されて本屋へ戻り、店とアパートの上階に溢れんばかりになった。その週、シルヴィーと母は料理の準備にかかりきりだった。サフラン・ブロス、生姜《しょうが》を添えたポーク・パイ、チーズと玉ねぎのタルト、カスタード・ペストリー、林檎のフリッター、マルメロのチーズ。父は見紛うばかりに愛想がよく、平底のグラスにワインを注ぎ、料理を勧めた。全員が立ったまま飲み食いをしたが、新婚夫婦とニーム侯爵夫妻には、ダイニングテーブルに着く特権が与えられていた。

シルヴィーにはピエールが少し緊張しているように見えた。それは珍しいことで、大抵の場合、どんなに大きな社交的集まりのときもだれよりもリラックスして、男性の話にはじっと耳を傾け、女性を魅了し、どういう形であれ、彼の赤ん坊は見目麗しいに違いないと言わせないではいなかった。だが、今日は落ち着きがなかった。二度も窓のところへ行き、大聖堂の鐘が時を告げると、びっくりして飛び上がった。町の真ん中にプロテスタントが集まっているのを気にしているのかもしれない、とシルヴィーは推測した。「リラックスしなさいよ」彼女は言った。「これはただの普通の結婚披露宴よ。わたしたちがプロテスタントだなんてだれも知らないんだから」

「そうだな」ピエールが神経質な笑みを浮かべた。

シルヴィーの頭は今夜のことでほぼ一杯だった。とても楽しみではあるが、不安がないわけではなかった。「処女を失うのはそんなに痛くないし、一瞬よ」と母は教えてくれていた。「なかにはほとんどそうとわからない人もいるの。出血しなくても心配はいらないわ――全員がそうなるわけじゃないんだから」それはそんなに心配ではなかった。ピエールと肉体的に一つになりたくてたまらなかった。同じベッドで、だれに気兼ねすることもなく、心ゆくまで彼にキスをし、彼に触りたかった。心配なのは、自分の身体をピエールが愛してくれるかどうかだった。自分の身体が完璧ではないような気がしていた。銅像の女性は常に胸の大きさが左右同じだけれど、わたしの胸はそうではない。絵に描かれている裸の女性は秘められた部分がほとんど見えず、ときどきうっすらと和毛《にこげ》に覆われているだけだけれど、わたしのその部分はぽってりしていて毛深い。最初に見たとき、彼はどう思うだろう？　こんなこと、恥ずかしすぎて母にも相談できない。

ルイーズ侯爵夫人に訊いてみようか？　彼女は三つ年が上なだけだし、胸もずいぶん豊かだ。でも、そんなことを訊けるほど近しくはないと思って諦め、それならどうしようかと考えはじめた矢先に、邪魔が入った。階下でいくつもの大きな声がした。そして、だれかが悲鳴を上げた。妙なことにピエールがまた窓際へ行ったが、音は疑いの余地なく建物のなかのものだった。ガラスの割れる音が聞こえた。何事だろう？　争っているように聞こえる。だれかが酔っぱらったのか？　わたしの結婚の日をよくも台無しにできるわね。

侯爵夫妻の顔に怯えが現われた。ピエールは真っ青になっていた。彼は窓を背にして立ち、開け放しのドアの向こうの踊り場と階段を見ていた。シルヴィーが階段のほうへ目をやると、見知らぬ男が上がってこようとしていた。革製の袖のない短い胴着《ジャーキン》を着て、棍棒を持っていた。これは結婚式の客の酔ったあげくの喧嘩なんかじゃない、当局が踏み込んできたのだ。怒りは恐怖に変わった。階段を上がってくる乱暴者に怯えて、シルヴィーは食堂へ駆け戻った。

男は追いかけてきた。背は低かったが力の強そうな体格で、片方の耳がほとんどなく、恐ろしそうな顔だった。それでも、華奢な五十五歳のベルナール牧師が男の前に立ちふさがり、勇敢にも訊いた。「だれだ？　用は何だ？」

「おれはガストン・ル・パン、ギーズ家の警備隊長だ。そして、おまえは神を冒瀆する異端者だ」男が棍棒を振り下ろした。ベルナールは逃れようと顔を背けたが、背中を一撃されて倒れ込んだ。

ル・パンは壁のなかへ潜り込もうとしているかのようなほかの客へ目を移した。「ほかに質問のあるやつはいるか？」だれも一言も発しなかった。

さらに二人の荒くれ者が入ってきて、ル・パンの後ろに立った。

不可解なことに、ル・パンがピエールに声をかけた。「侯爵はどいつだ？」

シルヴィーは困惑した。一体どういうこと？

もっと不可解なことに、ピエールがニーム侯爵を指さした。

ル・パンが言った。「隣りにいる胸のばかでかい女が女房だな？」

ピエールが黙ってうなずいた。

シルヴィーは天と地がひっくり返ったような気がした。自分の結婚式が暴力の悪夢になってしまった。見かけどおりの人間がだれもいない悪夢に。

ルイーズ侯爵夫人が立ち上がり、憤然としてル・パンを咎めた。「よくもそんな無礼なことが言えるわね！」

ル・パンが横面《よこつら》をひっぱたいた。彼女は悲鳴を上げて椅子に尻餅をつき、泣き出した。叩かれた頰が赤くなっていた。

老侯爵がでっぷりした身体で立ち上がろうとしたが、無駄だと気づいて坐り直した。ル・パンがあとにつづいて入ってきた男たちに命じた。「あの二人を連行しろ。絶対に逃がすなよ」

侯爵夫妻が部屋から引きずり出された。

まだ倒れたままのベルナール牧師が、ピエールを指さして言った。「この悪魔、おまえはスパイだったんだな！」

シルヴィーの頭のなかで、すべてが収まるところへ収まった。この逮捕劇を仕組んだのはピエールだったんだ。ここにいる人たちを裏切るために潜入してきたんだ。わたしに恋をしている振りをしたのも、ここにいる人たちを信用させるためだったんだ。結婚の日取りをいつまでも決めずに引き延ばしていたのも、今日という日を待つためだったんだ。

彼女は呆然とピエールを見つめた、そこにいるのは、一度は愛した男、正体は人でなし、だった。片腕を切り落とされ、血が流れ出ている切り口を見ているような気がした――ただし、このほうがはるかに痛みがひどかった。台無しにされたのはわたしの結婚だけじゃない、わたしの全人生だ。死にたかった。

シルヴィーはピエールに迫った。「よくもこんなことができたわね？」彼女は絶叫し、何をするつもりなのか自分でもわからないまま飛びかかった。「このイスカリオテのユダ、裏切り者！　よくもこんなことを！」

　そのとき、後頭部を殴られて意識を失った。


「戴冠式ですが、問題が一つあります」ピエールはシャルル枢機卿に言った。

二人はヴィエイユ‐デュ‐タンプル通りにあるギーズ家の広大な屋敷の、小振りだけれども豪華な客間にいた。ピエールがシャルルと、彼の兄の顔に傷のあるフランソワと初めて会ったところだった。それ以来、シャルルは絵画を買い増していて、すべて聖書の一場面を描いたものではあるにせよ、ずいぶん性的でもあった。アダムとイヴ、スザンナと長老たち、ポテパルの妻。

　シャルルはピエールの言うことに耳を傾けることがときどきあり、上品な長い指を持つ手をもういいというように軽く一振りして黙らせることもあった。今日は前者の雰囲気のようだった。「話してみろ」

ピエールは引用した。「〝フランソワとメアリー、神の恩寵によってフランス、スコットランド、イングランド、そして、アイルランドの王と女王〟です」

「実際、そのとおりだろう。フランソワはフランス国王であり、メアリーはスコットランドの女王だ。そして、継承権と教皇の権威によって、メアリーはイングランドとアイルランドの女王でもある」

「その言葉はあの二人の新しい家具調度のすべてに刻まれ、メアリーの新しい食事用の皿に浮出し文字で記されることになります。それをみんなが見ることになるわけですが、そこにはイングランド大使も含まれます」

「何が言いたいんだ？」

「それはメアリー・ステュアートが正統なイングランドの女王であることを世界に知らしめることになり、エリザベス女王を敵に回すことになりますが」

「それがどうした？　エリザベスはわれわれの脅威ではほとんどあるまい」

「しかしながら、それで、われわれは何を成し遂げられるでしょう？　イングランドを敵にするなら、われわれにとっての得がなくてはなりません。さもなければ、われわれ自身を害するだけです」

シャルルの長い顔に強欲が現われた。「われわれは神聖ローマ帝国を建てたカール大帝以来最大のヨーロッパ帝国を支配することになるんだ。それはスペインのフェリペより大きい。なぜなら、彼の領土はあちこちに散らばっていて、それ故に統治が不可能だからだ。ところが、新生フランス帝国はまとまっていて、富と力が集中されている。われわれはエディンバラからマルセイユまでを支配し、北海からビスケー湾までの海を掌握するんだ」

ピエールは危険を覚悟で議論に踏み切った。「もしわれわれが本気であったなら、われわれの意図をイングランドに知られずにすんだはずです。いま、彼らは警戒しています」

「そうだとして、やつらに何ができる？　エリザベスが支配しているのは貧乏な未開の国で、軍も持っていないんだぞ」

「海軍を持っています」

「取るに足りない海軍だ」

「ですが、島を攻撃する難しさを考えると……」

シャルルがさっと手を振り、この話にはもう関心がないことを示した。「もっと切迫した問題へ移ろう」そして、公印が捺《お》された厚手の紙をピエールに差し出した。「おまえの婚姻無効宣告書だ」

ピエールはありがたく宣告書を受け取った。床入りをしていないのだから障碍《しょうがい》はないにしても、無効宣告書を手に入れるのは簡単ではないはずだった。ピエールは安堵した。「ずいぶん早くやっていただけたのですね」

「私はだてに枢機卿でいるわけではないからな。それに、あの式をやってのけたおまえの勇気に免じてのことでもある」

「あれをやった価値はありました」シャルルとピエールが計画して組織化した一連の急襲で、数百人のプロテスタントがパリじゅうで逮捕されていた。「あいつらの大半が科料で放免されたとしてもです」

「改宗した者を火刑にするわけにはいかないからな――ニーム侯爵夫婦のような貴族なら尚更だ。ベルナール牧師は死ぬことになる――拷問されても改宗を拒んだんだ。それから、あの印刷工房でフランス語版聖書の一部が見つかった。おまえの前妻の父親も、たとえ改宗したとしても罰せられずにはすまないだろう。ジレ・パロは火刑だ」

「すべてがギーズ家を英雄にしますね」

「おまえのおかげだ、礼を言う」

ピエールは感謝のお辞儀をした。胸は誇りに満ち、深い満足を覚えていた。これこそおれが望んだことだ。この国で最大の力を持った人物の最側近になること。いまそれが叶った。勝利の瞬間だ。得意さが表に出ないよう、苦労しなくてはならなかった。

シャルルが言った。「だが、おまえの婚姻無効宣告書の発効を急がせたのには別の理由がある」

ピエールは訝った。今度は何だろう？　おれと同じぐらい狡猾な人物は、パリではシャルルだけだが？

シャルルがつづけた。「おまえに結婚してほしい女性がいるんだ」

「何ですって！」ピエールは呆気にとられた。予想もしていないことだった。ヴェロニク・ド・ギーズがすぐに頭に浮かんだ。シャルルは気が変わったのか？　おれを彼女と結婚させることにしたのか。希望が頭をもたげた。二つの夢がともに叶うなんてことがあるものだろうか？

シャルルが言った。「私の甥のアランが、まだ十四のくせにメイドを誑し込んで妊娠させてしまった。まさか結婚させるわけにはいかないからな」

頭をもたげた希望は無残に打ち砕かれ、ピエールは意気消沈した。「メイドですか？」

「アランは政略結婚をすることになっている、ギーズ家全員がそうなんだ。まあ、私のような聖職者と呼ばれる者は別だがな。だが、メイドを何とかしてやりたい。おまえなら似たような環境の生まれだから、きっとわかってくれるな？」

ピエールは気分が悪くなった。おれとシャルルが楽しんでいた勝利が、おれの地位をギーズ家の一員に近いところまで押し上げてくれるのではないかと思っていたのに。それどころか、実際には彼らのはるか下にとどまっていたのだと思い知らされるなんて。「私をメイドと結婚させたいのですか？」

シャルルが笑った。「死刑を宣告されたような声を出さなくてもいいだろう！」

「メイドと結婚するくらいなら、終身刑のほうがまだましです」しかし、どうする？　シャルルは真っ向から逆らわれるのを好まない。この結婚を拒否したら、せっかく開きかけている出世という花を枯らしてしまうことになるのではないか？

「年金を出そう」シャルルが言った。「月に五十リーヴル――」

「金は望みではありません」

大胆にもさえぎられて、シャルルが眉を上げた。「それは本当か？　では、何が望みなんだ？」

一つ、この結婚を承諾する価値のある見返りがあることに、ピエールは気がついた。

「私自身がピエール・オーモンド・ド・ギーズを名乗る権利です」

「彼女と結婚しろ、いずれわかる」

「駄目です」いまやすべてが危険にさらされているのはわかっていた。「結婚証明書に記される私の名前は、ピエール・オーモンド・ド・ギーズでなくてはなりません。さもなければ、私はサインしません」シャルルを相手に、これほど大胆になったことは一度もなかった。息を詰め、爆発を恐れながら、反応を待った。

シャルルが言った。「おまえはよほど言い出したら聞かない愚か者のようだな？」

「それを認めていただけなかったら、以後、あなたのお役には立てないと思います」

「そのようだな」シャルルが沈黙し、少し考えたあとで言った。「いいだろう、認めよう」

ピエールは安堵で力が抜けた。

シャルルが言った。「たったいまから、おまえはピエール・オーモンド・ド・ギーズだ」

「ありがとうございます」

「娘は廊下の並びの隣りの部屋にいる。顔を合わせに行け」

ピエールは立ち上がって出口へ向かった。

シャルルが付け加えた。「優しくするんだぞ、キスをしてやれ」

ピエールは返事をせずに部屋を出ると、束の間、その場で立ち尽くした。緊張しながらも、すべてを受け容れようとした。高揚すべきか、落胆すべきか、よくわからなかった。望まない結婚を逃れたと思ったとたんに、またもや望まない結婚を押しつけられるとは。だが、いまやおれはギーズだ！

ピエールは気持ちを立て直した。自分の妻になる女性だ、見ておくほうがいい。きっと下層階級だろうが、アラン・ド・ギーズをその気にさせたぐらいだから可愛いかもしれない。もっとも、十四の子供の性的興味を引くのに大したものはいらない。一番の魅力はそんなふうに見せることなんだから。

隣りの部屋まで廊下を歩いて、ノックもせずにドアを開けた。

少女がソファに坐り、顔を覆ってすすり泣いていた。使用人の質素な服装で、かなりふくよかだった。妊娠のせいかもしれない、とピエールは思った。

部屋に入ってドアを閉めると、少女が顔を上げた。

ピエールは彼女を知っていた。あの不美人のオデット、ヴェロニクの使用人。結婚を認めてもらえなかった少女のことを、常におれに思い出させずにはいない娘。

オデットがピエールだと気づき、涙の下から勇敢にも笑って見せた。並びの悪い歯が露わになった。「あなたがわたしの救世主なの？」彼女が言った。

「神よ、お助けください」ピエールは言った。


ジレ・パロの火刑のあと、シルヴィーの母は鬱になった。

シルヴィーにとっては、それが最もショッキングなトラウマだった。ピエールの裏切りより大きく気持ちを揺さぶられ、父の処刑以上と言ってもいいぐらい悲しかった。シルヴィーのなかでは、母は決して崩れることのない堅い岩、シルヴィーの人生の土台だった。子供たちが怪我をしたら軟膏《なんこう》を塗ってくれ、空腹のときには腹を満たしてくれ、父の火山のような癇癪を宥めてくれた。しかし、いまのイザベラはなす術もなく、終日、椅子に坐っていた。シルヴィーが火をおこすと、それを見ているだけだった。シルヴィーが食事の準備をしたら、それを機械的に口に運ぶだけだった。シルヴィーが着替えさせてやらなかったら、一日じゅう、下着姿でいた。

印刷したばかりのフランス語版聖書の一部が工房で見つかったときに、ジレの運命は決まった。印刷された紙は、ページに裁断されて製本されるばかりになっていた。そのあと、ムル通りの秘密の倉庫へ運ばれるはずだったが、間に合わなかったのだ。それで、ジレは有罪になった。異端を行なっただけでなく、それを奨励した罪だった。情状は酌量《しやくりよう》されなかった。

教会からすると、聖書は禁書のなかでも最も危険なものでしかなかった。フランス語やイングランド語に翻訳され、ある一節がどのようにプロテスタントの教えの正しさを証明しているかを説明する註《ちゆう》がついていたら尚更だった。聖職者は、普通の人々は神の言葉を正しく解釈できないから導きが必要だと主張していた。プロテスタントは、聖書は人々の目を開き、聖職者の過ちを教えてくれると主張していた。双方とも、聖書を読むことがヨーロッパを覆っている信仰上の争いの中心的な問題だと捉えていた。

ジレの雇い人たちは、印刷されたあの紙束のことは何も知らないと主張した。自分たちはラテン語の聖書と、そのほかの許されている仕事しかしていない。ジレはきっと、夜、自分たちが帰ってから、一人で印刷作業をしていたに違いない、と。彼らは同じように科料を課せられたが、死の罰は免れた。

異端の罪で処刑された場合、その人物が所有していたものは一切合財《いっさいがっさい》没収される。この法律は一律に適用されているわけではなく、解釈も統一されているわけではなかったが、ジレ家はすべてを失い、妻と娘は困窮《こんきゅう》することになった。ライヴァルの印刷業者に乗っ取られる前に、何とか店から現金は持って出たものの、衣服を返してほしいと懇願しに戻ってみると、何もかも売り払われてしまっていた。中古衣料の大きな市場があるのだった。母と娘はいま、一間しかないアパートで暮らしていた。

シルヴィーは本を売るために育てられ、服を作るためには育てられていなかったから、針仕事は苦手だった。というわけで、昔から無一文の中流階級の女性の最後の頼みの綱である、裁縫で収入を得ることもできなかった。唯一手に入れられたのは、プロテスタントの人々の衣服の洗濯をする仕事だった。大勢が逮捕されたにもかかわらず、大半はいまも真の信仰を守っていて、科料を払ったあと、すぐにまた密かに集まるところを見つけ、遅滞なく礼拝を再開していた。古くからシルヴィーを知っている人たちはしばしば通常の洗濯代より多く払ってくれたが、それでも二人分の食料と燃料を維持するには十分でなく、本屋から持ってきたお金も徐々に心細くなっていった。そして、厳しい寒さの十二月、パリの高いところにある狭い通りを凍てつく寒風が吹きすさぶ日、ついに財布が空になった。

ある日、シルヴィーがジャンヌ・モーリアックのシーツをセーヌ川で洗いながら、凍るように冷たい水に痛む手の、あまりの辛さに涙を止められずにいると、通りかかった男が五スーを差し出して、自分の一物をくわえてくれと言った。

シルヴィーが黙って首を横に振って洗濯をつづけていると、男はやがて去っていった。

しかし、彼女はそのことを考えるのをやめられなかった。五スー、六十ペニー、四分の一リーヴル。薪を一束、豚の脚を一本、パンを買える。それだけあれば、一週間は保つ。男のものをくわえるだけでいい。辛さだっていまやっていることと大して違わないだろう。確かに罪ではあるが、手がこんなに痛いときに、罪にかまっていられるわけがない。

シルヴィーは洗い終えたシーツを持って帰り、部屋にかけて干した。薪がほとんど底を突いた。明日はもう洗濯物を乾かすことができない、いかにプロテスタントでも、濡れたままのシーツにお金を払ってはくれないだろう。

その夜、シルヴィーはほとんど眠れないまま、男性はなぜわたしを欲しがるのだろうと考えた。その振りをしただけではあるが、ピエールですらそうだった。自分を美人だと思ったことは一度もないし、いまは痩せて、身体を拭くこともしていない。でも、川岸の男はわたしを欲しがった。もしかしたら、ほかの男性もそうかもしれない。

朝、最後のお金をはたいて卵を二つ買った。残っていた薪の破片を掻き集めて燃やし、卵を茹で、先週の残りの悪くなりかけたパンと一緒に、母と一つずつ食べた。そして、ついに何もなくなった。あとは餓死を待つだけだった。

神は与え給う、とプロテスタントは常に言う。だが、与えてはくださらなかった。髪を梳《と》かし、顔を洗った。鏡がなかったから、どう見えているかはわからなかった。ストッキングを裏返して汚れを隠して穿き、家を出た。何をするかは自分でもわかっていなかった。通りを歩いたが、言い寄ってくる男はいなかった。もちろん、いるはずがない、そもそも理由がない。わたしのほうから誘うしかなさそうだ。通りかかる男たちに笑みを投げたが、反応は返ってこなかった。とうとう、一人にこう言ってみた。「五スーでどうです? あなたのものをしゃぶりますよ?」男は当惑を顔に浮かべてシルヴィーを見ただけで、足早に歩き去った。胸をもっと露わにすべきかもしれないが、寒かった。

赤い古着のコートを着た若い女性が通りを急いでいた。いい服装の中年の男が一緒で、彼女は逃げられるのを心配しているかのように腕を絡ませていた。その女が厳しい顔でシルヴィーを見た。ライヴァルだと思っているのかもしれなかった。声をかけようかと思わなくもなかったが、彼女のほうは男と一緒にどこかへ行くことしか頭にないようで、こう言うのが聞こえた。「そこの角を曲がったらすぐよ、愛しい人」そうか、とシルヴィーは気がついた。客を捕まえることに成功したとしても、わたしには彼を連れていくところがない。

気がついてみると、ムル通りにいた。通りの向かい側に、パロ家が禁書を隠していた倉庫があった。人通りは多くないが、売春婦との取引には裏通りのほうが都合がいいかもしれない。そのとき、一人の男が足を止め、シルヴィーに声をかけてきた。

「いいおっぱいだな」

シルヴィーは心臓が跳ねた。どう答えなくてはならないかはわかっていた。「口でするだけなら五スーです」吐き気がした。本当にやるつもり？　しかし、寒くて空腹だった。

男が訊いた。「本番はいくらだ？」

それは考えてもいなかった。どう答えればいいかわからなかった。

ためらっているのを見て、男が焦れた。「部屋はどこだ？　近くか？」

母のいるところへ連れて帰るわけにはいかない。「部屋はありません」

「おまえ、馬鹿か」男は吐き捨てて去っていった。

シルヴィーはいまにも泣いてしまいそうだった。わたしは馬鹿だ、こんなこともできないなんて。

そのとき、通りの向かいの倉庫が目に留まった。

禁書はたぶん焼却処分されただろう。新しい印刷業者があの倉庫を使っているかもしれない。あるいは、だれかに貸しているかもしれない。

だけど、鍵は緩んだ煉瓦の奥にいまもあるはずだ。あの倉庫をわたしの〝部屋〟にできるかもしれない。

シルヴィーは通りを渡った。

そして、側柱の隣りの二分の一の大きさの煉瓦を引っ張って外し、なかに手を入れた。鍵はそこにあった。その鍵を取り出して、煉瓦を元に戻した。

倉庫の入口の前のごみを足で片付けると、鍵を使ってなかに入り、ドアを閉めて閂をかけてからランプを灯した。

以前と変わっているところはないようだった。床から天井まで積み上げてある樽はいまもそのままで、樽と壁のあいだにはシルヴィーがやろうとしていることのためには十分な空間があった。床は粗いけれども石が敷いてあり、恥ずかしいことをする秘密の部屋にできそうだった。

樽が埃をかぶっているところからすると、この倉庫はもう使われていないように見えた。空の樽はいまも同じ場所にあるのだろうか、とシルヴィーは考えた。動かそうとしてみると、簡単に持ち上がった。

樽の奥には本を収めた箱がそのまま残っていた。突飛《とっぴ》な可能性がシルヴィーの頭に浮かんだ。

箱を開けてみると、フランス語版の聖書がぎっしり並んでいた。

どうしてこんなことになっているのか？　わたしも母も、新しい印刷業者がすべてを自分のものにしたとばかり思っていた。でも、この倉庫のことを知らなかったのだ。シルヴィーは眉をひそめて考えた。父は秘密を守ることについて、常々口やかましかった。この倉庫のことは、父の下で働いている雇い人にも教えていなかった。そして、結婚するまではピエールにも教えてはならないと、わたしにも厳命した。

わたしと母以外、この倉庫のことはだれも知らないのだ。

それなら、本はまだここにあるに違いない――何百冊も。

これは貴重なものだ――これを買う勇気のある人たちをわたしが見つけさえすればいいということだ。

シルヴィーはフランス語版聖書の一冊を手に取った。通りで手に入れたいとわたしが願っていた五スーより、この一冊のほうがはるかに高い価値がある。

昔、わたしはこれを粗い方形のリネンで包み、紐をかけたものだった。シルヴィーは倉庫を出て慎重に鍵をかけ、鍵を隠した。

そして、新たな希望に胸を膨らませて歩き出した。

アパートに帰ると、母が冷えた煖炉を見つめていた。

本は値が張るけれど、買ってくれるとすればだれだろう？　もちろん、プロテスタントだけだ。昨日洗った、ジャンヌ・モーリアックのシーツが目に留まった。彼女はサン・ジャックの外れの狩猟小屋で礼拝をしていたときの参加者で、夫のルクは船荷の仲介人――それがどういうものかはわからないが――だった。彼に聖書を売ったことはないけれど、買う余裕は間違いなくあるはずだ。でも、シャルル枢機卿がプロテスタントを大勢逮捕してから半年しか経っていないのに、その勇気があるだろうか？

シーツは乾いていた。母に手伝わせてそれを畳むと、そのなかに聖書を隠して、モーリアックの家へ持っていった。

モーリアック家の人たちが昼食をとっているときに着くよう、時間を合わせた。シルヴィーの粗末な服を見て、厨房で待つようメイドが言った。しかし、シルヴィーは必死だったから、メイドの阻止を振りきって食堂へ向かった。ポーク・カツレツの匂いが、痛いほどに空腹を思い出させてくれた。

ルクとジャンヌは息子のジョルジュと一緒に食卓についていた。ルクが明るくシルヴィーを迎えた。彼はいつでも快活だった。ジャンヌは油断のない顔に変わった。彼女は一家のブレーキ役で、夫や息子のユーモラスな悪意のない冗談を苦々しく思うことがよくあるようだった。若いジョルジュはかつてはシルヴィーに憧れていたが、いまは彼女を見ることがほとんどできないでいた。いまのシルヴィーはもう繁盛している印刷業者の娘ではなく、ただの貧乏人だった。

シルヴィーはシーツをほどき、聖書をルクに見せた。彼が一番買うと言ってくれそうだと計算してのことだった。「確か、フランス語版はまだお持ちではありませんんでしたよね」彼女は言った。「これは特に美しい版なんです。父も自慢していました。どうぞ、手に取って見てください」顧客に本を手に取らせさえすれば、買ってくれる可能性がぐっと高くなることを、シルヴィーはとうの昔に学んでいた。

ページをめくるにつれて、ルクが賛嘆の表情を浮かべた。「私たちもフランス語版を持つべきだな」彼は妻に言った。

シルヴィーはジャンヌを見た。「きっと主もお喜びになるでしょう」

ジャンヌが言った。「それは非合法のものよ」

「プロテスタントであること自体が非合法じゃないか」夫が言った。「隠しておけばいいだけのことだ」そして、シルヴィーを見た。「いくらかな?」

「父は六リーヴルで売っていました」

高すぎると言わんばかりに、ジャンヌが不同意の呻きを漏らした。

シルヴィーは言った。「ですが、いまのわたしはこういう有様ですから、五リーヴルでどうでしょう」そして、息を詰めて待った。

ルクが曖昧な顔をした。「四と言ってくれたら……」

「それで結構です」シルヴィーは言った。「その聖書はあなた方のものです。あなたの心に神の祝福がありますように」

ルクが財布からテストンと呼ばれる銀貨を八枚取り出した。一枚が十スー、半リーヴルの価値があった。

「ありがとうございます」シルヴィーは言った。「それから、シーツの洗濯代金をお願いします。十ペニーです」もう小銭は必要なかったが、洗っているときの手の痛みを思い出し、その見返りをもらってもいいだろうと考えたのだった。

ルクが微笑し、ディクサインと呼ばれる小さな硬貨を一枚——十ペニーの価値があった——シルヴィーに渡した。

そして、ふたたび聖書を開いた。「わたしのパートナーのラディゲがこれを見たら、羨ましがるだろうな」

「この一冊しかないんです」シルヴィーは急いで言った。プロテスタントの書籍は稀《き》少《しょう》であるからこそ高値を維持できるのであり、たくさんあると人に教えてはならないと、父から教えられていた。「もう一冊見つかったら、ムッシュ・ラディゲのところへお持ちします」

「よろしく頼む」

「でも、あなたが安く手に入れたことは黙っていてくださいね」

ルクが意味ありげに微笑した。「いずれにしても、彼がきみに代金を払うまでは黙っていよう」

シルヴィーはルクに礼を言って引き上げた。

安堵のあまり力が抜けて、大喜びするエネルギーを見つけることができなかった。目についた居酒屋に入り、ビールの大ジョッキを注文した。それをあっという間に飲み干すと、大騒ぎをしていた空腹の虫がいくらか静かになった。シルヴィーはふらふらしながら店を出た。

家の近くでハム、チーズ、バター、パン、林檎、ワインの小瓶を買った。そのあと、薪を一束買い、少年に十ペニーやって運ばせた。

アパートに帰り着くと、母がびっくりして大量の買い物を見つめた。

「ただいま、お母さん」シルヴィーは言った。「問題解決よ」

一五五九年のクリスマスの三日後、ピエールは大むくれにむくれて二度目の結婚をした。

この結婚は形だけのものだと、彼は断固として思い定めていた。祝う振りすらするつもりはなかった。客も招待しなかったし、結婚の朝食も計画しなかった。哀れな男に見られたくなかったから、新しいダークグレイのコートを着た。適当に地味で、気分にぴったりだった。教区教会へは、予定時間ちょうどに着いた。ぎょっとしたことに、ヴェロニク・ド・ギーズがいた。

彼女は小さな教会の後ろのほうに、オデットの友人と思われるギーズ家のメイド六人と一緒に坐っていた。

これ以上の最悪はないぞ、とピエールは憤懣やるかたなかった。よりにもよって、ヴェロニクにおれの恥辱を目の当たりにされるとは。おれが本当に結婚したかったのはあの女だ。彼女と話し、魅了し、社会的な立場が同等だという印象を与えるために最善を尽くした。シャルル枢機卿が残酷に明言したとおり、それは夢物語だった。しかし、おれがメイドと結婚するところを実際に見られるのは、辛すぎるし、耐え難い。

思いは見返りへ移った。この試練の最後に、おれは結婚証明書に新しい名前を書くことになっている。ピエール・オーモンド・ド・ギーズだ。おれの最大の願望だったことだ。高位のギーズ家の一人として認められ、それを奪い去ることはだれにもできない。他人の子を孕《はら》んでいる不美人のメイドと結婚することになるが、それでも、おれはギーズだ。

ピエールは歯を食いしばり、辛さに耐えることを誓った。

式は短く、聖職者は最小限の謝礼しか与えられなかった。ヴェロニク一行は式の最中もくすくす笑っていた。何が面白いのかわからなかったが、ピエールは自分が嗤われているようにしか思えなかった。オデットはひっきりなしに肩越しに彼女たちを見て、自分もにやにや笑っていた。古い墓地の墓石のようにぎっしり並んであちこちに傾いている、並びの悪い歯を露わにして。

式が終わると、彼女はハンサムで野心満々の花婿の腕につかまり、誇らしげな顔で教会を出た。自分が新郎に――新郎の意に反して――押しつけられたことを忘れているようだった。自分が彼の愛と情愛を勝ち得たと自分を偽っているのか？

あたかもそれが可能であるかのように。

新郎新婦は教会から、シャルル枢機卿が二人に提供した控えめな新居まで歩いた。〈サンティティエンヌ〉という居酒屋の近くで、このレ・アレ界隈はパリ市民が日常の買い物をするところだった。肉、ワイン、古着、何でも揃っていたが、富裕層のものはなかった。招待されてもいないのに、ヴェロニクとメイドたちがついてきた。一人などワインを一本持っていて、新居で新郎新婦の健康を祈って乾杯すると言ってきかなかった。

ようやくその一行が引き上げたとき、そこには結婚式の夜に新郎新婦がすると期待されていることをこの二人も早くしたくてたまらないだろうというような、露骨で下《げ》卑《び》た冗談が残されていた。

ピエールとオデットは上階に上がった。寝室は一つしかなく、ベッドも一つしかなかった。この瞬間まで、自分は妻と普通の性的な関係をもつかどうかという問題を回避していた。

オデットが横になった。「ああ、わたしたち、ようやく結婚したのね」そして、ドレスを脱ぎ捨てて裸になった。「さあ、最高の夜にしましょうね」

ピエールは完全に嫌になった。あまりの下品なポーズを見せつけられて、これ以上ないぐらいうんざりした。そして、ぞっとした。

その瞬間、この女と身体を合わせることなどできないとわかった。今夜も、これから先も、ずっと。

10

バーニー・ウィラードはほとほと軍隊が嫌になっていた。食べ物はひどく、暑すぎるか寒すぎるかのどちらかしかなく、この長いあいだに目にした女は、捨て鉢で哀れな非戦闘従軍娼婦だけだった。バーニーの中隊長はゴメス船長で、この残忍で横暴な大男は、規律を乱した者を鉄の手で殴るのを楽しみにしていた。最悪なのは、もう何カ月も、だれにも給料が払われていないことだった。

スペインのフェリペ国王が金の問題をどうして抱えることになったのか、バーニーには理解できなかった。世界一の金持ちなのに、常に破産している。ペルーで銀を積んだガレオン船団がセビーリャの港へ入るところを、バーニーはかつて目撃していた。あの銀はどこへ行ったのか？　軍隊へはきていないが？

二年前にセビーリャを逃れたあと、〈ホセ・イ・マリア〉はネーデルラントというところへ航海した。フランスとドイツのあいだ、ヨーロッパの北の海沿いあり、十七の州が緩やかに結びついている小国で、バーニーには解きほぐすことのできない歴史的理由でスペイン国王が支配していた。そこにフェリペの軍隊が駐屯《ちゅうとん》して、フランスとの戦争を戦っていたのだった。

バーニー、カルロス、エブリマは金属加工の専門家だということで砲手にされ、大砲の保守営繕《えいぜん》と発射を担当させられていた。いくつかの戦闘を目の当たりにしたことはあったが、砲手は白兵戦《はくへいせん》には参加しないのが普通で、三人とも怪我もしないで戦争を生き延びたのだった。

一五五九年四月にスペインとフランスのあいだで講和が成立し、フェリペは一年近く前にスペインに帰ったが、軍隊はそのまま残された。信じられないほど繁栄しているネーデルラント人にちゃんと税金を払わせるためだろう、とバーニーは推測していた。しかし、その軍隊は倦《う》み、恨みがましく、反抗的になっていた。

ゴメス船長の中隊はレイエ川の畔《ほとり》のコルトリークの町に駐屯していた。そこの人々は兵士を好いていなかった。外国人で、武器を持っていて、喧しく酔っぱらい、給料が出ないので盗みを働くからである。ネーデルラント人は終始、頑なに不従順でありつづけていた。スペインの軍隊に帰ってほしいと思っていて、それを兵士たちに隠そうともしなかった。

バーニー、カルロス、エブリマの三人は、軍隊を抜けたかった。バーニーにはキングズブリッジに心地いい実家と家族があり、彼らに再会したかった。カルロスはセビーリャを逃げ出す前に新しい溶鉱炉の開発に成功していたから、それをもってすればいつかは金持ちになれるはずだったが、そのためには製鉄産業に復帰する必要があった。エブリマが将来をどう考えているかはバーニーにはわからなかったが、兵士で一生を終えるつもりがないことは確かだった。しかし、脱走は簡単ではなかった。毎日大勢が脱走を試みていたが、捕まれば銃殺刑の恐れがあった。バーニーは何カ月も前から機会をうかがっていたが、それらしい隙はまるで見つからず、ついには慎重になりすぎているのではないかと自分を疑いはじめるありさまだった。

その間《かん》、彼らは多すぎるほどの時間を居酒屋で過ごした。

エブリマは賭け事が好きで、ささやかな持ち金が増える夢を見ながら、憑かれたようにすべての金を失う危険を冒しつづけた。カルロスは懐が許す限りワインを飲み、バーニーの弱点は女だった。コルトリークの旧市場にある居酒屋〈サン・マルタン〉には、三人それぞれのためのもの――カード・ゲーム、スペインのワイン、可愛いバー・メイド――が揃っていた。

バーニーはバー・メイドのアヌークがフランス語で話す夫の愚痴を聞き、カルロスは午後をグラス一杯のワインで我慢し、エブリマは〝鉄の手〟・ゴメスと二人のスペイン兵二人に勝って持ち金を増やした。ゴメスと二人の兵士はしたたかに飲みつづけ、勝っても負けても大声で喚《わめ》いたが、エブリマは静かだった。本気のギャンブラーで、慎重を旨として、高すぎる賭けも、安すぎる賭けも絶対にしなかった。負けるときもあったが、勝つときのほうが多く、それは相手が馬鹿げた危険を冒すからに過ぎなかった。今日、運はエブリマについていた。

アヌークが厨房へ消えると、カルロスがバーニーに言った。「スペインの陸軍も海軍も、大きさが統一された同じ砲弾を採用すべきなんだ。イングランドはそうしてる。二十種類の大砲のために二十種類の大きさの砲弾を作るより、同じ大砲と、同じ大きさの砲弾を造るほうが安くすむからな」いつもどおり、二人はスペイン語で話した。

バーニーは言った。「そうすれば、間違えて大きすぎる砲弾を小さすぎる大砲に込めることもなくなるわけだ――スペイン軍は一度ならずその失敗をしている」

「そういうことだ」

エブリマが立ち上がり、賭けの相手に言った。「おれはここまでにします。みなさん、付き合っていただいてありがとうございました」

「待てよ」ゴメスが不機嫌な声で言った。「勝ち逃げは許さん」

ほかの二人も同意し、一人が叫んだ。「そうとも！」もう一人が拳でテーブルを殴りつけた。

「明日にしませんか」エブリマが言った。「ここまでずっとやりつづけだし、おれは一杯やりたいんですよ。その余裕ができたのでね」

「いいから、もう一勝負だ。買ったら倍、負けたら何もなしでどうだ」

「もう賭ける金がないでしょう」

「おまえに借りるさ」

「借りは敵を作りますよ」

「うるさい！」

「やめておきましょうよ、船長」

ゴメスが立ち上がり、テーブルをひっくり返した。身長は六フィート、がっちりした体格で、顔はシェリー・ワインで赤くなっていた。「やると言ってるんだ！」彼が怒鳴った。

何が起こるかわかっている客が脇へ退いた。

バーニーはゴメスのほうへ一歩進んで、穏やかな声で言った。「船長、一杯奢りましょう。あなたのはこぼれてしまいましたからね」

「引っ込んでろ、イングランドの野蛮人が」ゴメスが吼《ほ》えた。スペイン人はイングランド人を北の蛮族と見なしていた。イングランド人がスコットランド人を蛮族と見なしているように。「勝ち逃げなんかさせてたまるか」

「まあ、いいじゃないですか」バーニーは落ち着いてというように両腕を広げた。「どこかで終わりにしなくちゃならないでしょ？」

「終わるのは、おれが終わると言ったときだ。おれは船長だぞ」

カルロスが加わり、憤然として言った。「それはフェアじゃないな」彼は不正に腹を立てずにいられないところがあったが、それは自分が一度ならずそういう目にあってきたからかもしれなかった。「カードで勝負をしているときは全員が平等だ」その指摘は間違っていなかった――それが士官が兵と賭け事をするときのルールだった。

「あなたもわかっているでしょう、ゴメス船長。知らないとは言わせませんよ」

エブリマが言った。「ありがとうございます、カルロス」そして、倒れたテーブルから一歩離れた。

「戻れ、この黒い悪魔」ゴメスが言った。

エブリマが喧嘩を買うことは滅多になかった。相手は遅かれ早かれ肌の色を持ち出して侮辱すると決まっていて、それは始まる前からわかっていることだった。幸い、エブリマは稀有《けう》な自制心を持っていて、挑発に乗ることはほとんどなかった。いまも、ゴメスの嘲りに反応することなく背中を向けた。

荒くれ者のご多分に漏れず、ゴメスは無視されるのが我慢ならなかった。逆上してエブリマを後ろから殴ろうとした。酔っていて狙いが定まらず、拳は頭を掠《かす》めただけだった。だが、鉄の義手を握った拳だったために、エブリマはよろけて膝を突いた。

ゴメスはエブリマに迫った。明らかに二撃目を加えるつもりだった。カルロスがゴメスを後ろから捕まえ、羽交い締めにしようとした。ゴメスは暴れた。カルロスも力は強かったが、ゴメスのほうが勝《まさ》っていて、ついに腕を振りほどいた。

そして、無事なほうの手で短剣を抜いた。

バーニーもカルロスの応援に加わり、二人して何とかゴメスを取り押さえて、その隙に何とか、まだふらふらしている様子のエブリマに立ち上がってもらおうとした。だが、ゴメスはバーニーとカルロスを振り払い、短剣を高くかざしてエブリマに詰め寄った。

これはもはや居酒屋の喧嘩ではない、とバーニーは気づいて恐ろしくなった。ゴメスは殺すつもりだ。

カルロスがゴメスの短剣を握っているほうの腕を捕まえたが、ゴメスは鉄の義手のほうの腕を一振りして、カルロスを横に吹っ飛ばした。

しかし、カルロスはそれで二秒、ゴメスを遅らせることに成功した。その間《かん》に、バーニーは自分の武器、長さ二フィートの丸い鍔《つば》のついたスペインの短剣を抜くことができた。

ゴメスの短剣を握っているほうの腕は空中にあり、鉄の義手のほうの腕はバランスを取るために横へ伸ばされて、正面は無防備だった。

ゴメスがまだふらふらしているエブリマの剝き出しの首を狙って短剣を振り下ろし

た瞬間、バーニーは自分の短剣を大きく一振りし、切っ先は弧を描きながらゴメスの胸の左側に突き刺さった。

幸運な一撃か、あるいは、ひどく不運な一撃かもしれなかった。特に狙ったわけではなかったが、鋭い鋼鉄の両刃《もろは》の短剣はゴメスの肋《あばら》のあいだに滑り込み、胸を深々と貫いていた。苦痛の咆吼は一秒もしないうちに不意に止んだ。バーニーが短剣を引き抜くと、そのあとから鮮紅色の血が噴き出した。切っ先が心臓に届いたんだ、とバーニーは気がついた。直後、ゴメスが木が倒れるように床に崩れ落ち、力を失った指から短剣が離れた。

バーニーは恐怖に囚われて凝視した。カルロスは呪詛《じゅそ》の言葉を吐き捨てた。ようやく頭がはっきりしたエブリマが訊いた。「われわれは何をしたんですか？」

バーニーは膝を突き、ゴメスの首に手を当てた。脈はなかった。傷口からの出血も止まっていた。「死んでる」バーニーは言った。

カルロスが言った。「おれたちは士官を殺したわけだ」

バーニーはゴメスのエブリマ殺しを阻止したのだが、それを証明するのは難しいだろうと思われた。バーニーは店のなかを見回したが、目撃者たちはわれ先に出ていこうとしていた。

真相を明らかにしようとする者などいないはずだった。これは居酒屋の喧嘩で、兵が士官を殺した。情状酌量は軍には存在しなかった。

バーニーが気がつくと、店主が十代のボーイに西部フランドル訛りで指示をし、ボーイが急いで店を出ていくところだった。「市の保安隊を呼びに行ったぞ」バーニーは言った。

カルロスが言った。「あいつらがいるのはたぶんシティ・ホールだ。ここにいたら、五分もしないうちに逮捕される」

バーニーは言った。「そうなったら、おれは死んだも同然だ」

「おれもだよ」カルロスが応じた。「おまえに加勢したからな」

エブリマが言った。「アフリカ人が正しく裁かれることはありませんからね」

それ以上の話し合いはなしにして、三人は出口へ走り、市場へ飛び出した。バーニーが見ると、曇り空の向こうで陽が沈みはじめていた。いいことだった。わずか一分か二分で薄暮が訪れる。

彼は叫んだ。「港へ向かうんだ!」

三人は猛然と広場を突っ切ると、川へと下るレイエ通りへ入った。そこは栄えている町の中心で、人、馬、荷を積んだ手押し車、重い荷物を背負って頑張る運搬人で混雑していた。「走るのはやめよう」バーニーは言った。「目立つのはまずい、おれたちがどっちへ行ったか、だれにも憶えていてもらいたくないからな」

早足でもまだ怪しげではあった。剣を携えているから、兵士だとわかるかもしれない。衣服はそれらしくなくて、記憶に残ることはないかもしれないが、バーニーは背が高いし、赤い髯が藪《やぶ》のように密生している。それに、エブリマはアフリカ人だ。だが、もうすぐ夜になる。

三人は川に着いた。「船が必要だ」バーニーは言った。彼は帆走が大好きで、ほとんどどんなタイプの船でも操ることができた。見ると、たくさんの船が水際に舫《もや》われ、川の真ん中で錨《いかり》を降ろしていた。だが、無防備なまま船を置きっぱなしにする馬鹿者はまずいるはずがなかった。外国の軍隊が町に大勢いるとわかっていれば尚更だ。大型船は必ず見張りを立てていたし、小型の手漕ぎの舟もオールを外し、舟そのものは鎖で木に繋がれていた。

エブリマが言った。「姿勢を低くしましょう。何があろうと、人に見られるわけにはいきません」

三人は泥に膝を突いた。

バーニーは必死で周囲に目を凝らした。時間がない。保安隊が河畔の捜査を始めるまでどのぐらいあるだろう？

小さな舟なら木に繋いである鎖を切ることもできるだろうが、オールがなくては下流へ流されるしかなく、舵《かじ》を取ることもできない。簡単に捕まってしまう。平底船へ泳いでいって、見張りを倒し、錨を上げるほうがまだましかもしれない。だが、時間がかかる。高価な船であればあるほど、追跡も厳しくなるだろう。バーニーは言った。「わからないが、橋を渡って、出くわした最初の道を通って町を出るべきかもしれないな」

そのとき、筏《いかだ》が目に留まった。

ほとんど使い物にならないのではないかと思われる、十二、三本の木の幹をロープで繋いだだけのもので、人一人が眠れるかどうかの低い庇がついていた。筏の上に立ち、流れに身を任せながら、長い棹を操って舵を取るのだった。薄暮のなかで隣りを見ると、釣りをするときに使うのかもしれないロープとバケツのようなものが置いてあった。

「あれを使おう」バーニーは言った。「優しく扱うんだぞ」

そして、両膝を突いたまま川へ滑り込んだ。カルロスとエブリマもつづいた。

一気に深さが増して、あっという間に顔を出しているのがやっとになった。そのとき、筏がほとんど覆い被さってきた。三人はその縁をつかんで身体を引き上げた。ショックと恐怖に怯える老人の叫びが聞こえた。カルロスが老人に馬乗りになり、何とか押さえ込んで、これ以上助けを呼ぶ声を上げられないよう口を塞いだ。バーニーは老人が取り落とした棹を、それが流されてしまう前に危うくつかんで、筏を流れの真ん中へ進めていった。見ると、エブリマが老人のシャツを引き裂いて口に押し込み、巻いてあったロープを伸ばして手首と足首を縛《いまし》めた。うまくチームとして機能しているな、とバーニーは思った。大砲の保守営繕と発射を、力を合わせてやってきた賜物だ。

バーニーはあたりを見回した。見える限りでは、この筏の乗っ取りを目撃した者はいなかった。これからどうする？

バーニーは言った。「これから——」

「黙って」エブリマが制した。

「どうした？」

「気をつけて話してください。何一つ漏らさないように。あの老人はスペイン語がわかるかもしれません」

バーニーはエブリマの言わんとするところを理解した。いずれ、老人は自分の身に起こったことをだれかに話すだろう。殺してしまえば話は別だが、三人ともそんなことは考えていない。だれに筏を乗っ取られたかを訊かれるに決まっているから、老人に知られることが少なければ少ないほどいい。エブリマはおれやカルロスより二十も歳上で、彼の知恵がおれたちの勇み足を防いでくれたのはこれが初めてではない。

バーニーは訊いた。「しかし、あの老人をどうする？」

「上陸するまでは一緒にいます。そのあと、両手両足を縛り、猿轡《さるぐつわ》を嚙ませて川の岸に置き去りにします。たぶん無事に発見されますが、それは夜が明けてからでしょう。そのころには、われわれは十分に遠くまで行っているはずです」

筋道立った計画だ、とバーニーは感心した。

それで、そのあとはどうする？　夜に移動し、昼は隠れていることにしよう。コルトリークから遠ざかれば遠ざかるほど、当局はおれたちを見つけにくくなる。そのあとは？　おれの記憶が正しければ、この流れはシェルト川に合流し、シェルト川はアントワープへと下っているはずだ。

バーニーはアントワープには親戚がいた。いまは亡き父の従兄弟のヤン・ウォルマン。考えてみれば、カルロスもヤン・ウォルマンの親戚だった。メルコーム―アントワープ―カレー―セビーリャという貿易の繋がりが、四人の縁者――バーニーの父親のエドマンド・ウィラード、エドマンドの弟のディック叔父、カルロスの父親、そして、ヤン――によって構築されていた。

アントワープへたどり着ければ、たぶん大丈夫だ。

闇が落ちた。バーニーは夜の移動を楽観していたが、実際は闇のなかで筏を操るのは難しかった。老人はランタンを持っていなかったし、持っていたとしても使うわけにはいかなかった。明かりが人の目に留まる恐れがあるからだ。あるかないかわからないほどかすかな星明かりが雲のあいだから射していた。ときどき川の前方が見えることもあれば、何も見えないまま筏が川岸にぶつかりそうになって、慌てて棹で岸を突いて離れなくてはならないこともあった。

バーニーは奇妙な気分に囚われ、なぜだろうと訝り、そして、思い出した。おれは人を殺したんだ。そんなおぞましい事柄が意識から抜け落ち得たのは奇妙だったが、思い出すとショックでしかなかった。バーニーは自分の気持ちがこの夜のように暗くなるのを感じ、苛立ちを覚えた。ゴメスが倒れたときのことがよみがえった。まるで床に崩れ落ちるより早く、命が彼から出ていったかのようだった。

初めて人を殺したわけではなかった。前進してくる軍隊に向かって遠くから砲弾を放ち、何十人もが倒れ、即死したり、助からない怪我をするところを見てきていた。だが、それで気持ちが揺れることはなぜかなかった。死ぬときの顔を見ていないからかもしれない。ところが、ゴメスの場合はぞっとするような至近距離で、直接自分が手を下した。短剣の切っ先がゴメスに当たり、貫通していったときの手首の感触がいまも残っていた。生きて打っている心臓から鮮紅色の血が噴き出すところを、まぶたにはっきり浮かべることができた。ゴメスは憎むべき男で、彼の死は人類にとって祝福すべきだろうが、バーニーはそこまでいいほうに思うことができなかった。

月が出て、雲の隙間から間欠的に明るさを恵んでくれた。そのおかげで視界が良好なときを選び、可能な限り最高の判断が出来る瞬間に、人里から最も遠く離れていると思われる場所に老人を置き去りにした。エブリマが川から十分離れた、地面が乾いているところまで運んでいき、なるべく楽な姿勢でいられるようにしてやった。彼が小声で老人に話しているのが、たぶん謝っているのだろう、筏にいるバーニーに聞こえてきた。それは当然だった。こんな目にあわされるようなことを、あの老人は何もしていないのだから。バーニーは硬貨がぶつかり合う音を聞いた。

エブリマが戻ってきて、バーニーは筏を出した。

カルロスがエブリマに言った。「おまえ、ゴメスに勝った金をあの爺さんにくれてやったんだろ？」

月明かりのなかで、エブリマが肩をすくめた。「われわれは彼の筏を盗みました。彼はこれで生計を立てていたんです」

「これで、おれたちは無一文だ」

「あなたたちは前から無一文です」エブリマがぴしりと言った。「そして、いまやおれも無一文です」

バーニーは追っ手のことをもう少し考えた。どれほど本気で追ってくるだろう？ 市当局は殺人を喜ばないだろうが、被害者も加害者もスペインの兵隊だ。コルトリークの議会は外国人を殺した外国人を追跡するのに金をかけるだろうか？ スペイン軍に捕まったのなら処刑されるに違いないが、わざわざ追跡チームを組織してまで犯人狩りをするだろうか？　形だけやって見せて、すぐに諦める可能性だって十分にあるんじゃないか？

エブリマはしばらく黙って考えていたが、やがて、重い口振りでカルロスに言った。

「はっきりさせなくちゃならないことがあるんですが」

「何だ？」

「われわれはもう軍を抜けました」

「捕まらなかったら、という条件付きだけどな」

「〈ホセ・イ・マリア〉に乗船したとき、あなたは士官に、私のことを自由民だと言いましたよね」

カルロスが答えた。「わかってる」

バーニーは緊張を感じ取った。二年間、エブリマは正規兵として待遇されてきた。エキゾティックな外見ではあるけれども、ほかの兵士が奴隷でないように、彼も奴隷ではなかった。では、いまの身分は何なのか？

エブリマがカルロスに訊いた。「あなたの目では、おれは自由民ですか？」

〝あなたの目では〟という言葉が、バーニーは気になった。それは、自分の目では、自分は自由民だという意味だった。

カルロスがそれをどう感じるか、バーニーにはわからなかった。エブリマが奴隷かそうでないかという話は、〈ホセ・イ・マリア〉に乗船したあのとき以降、話し合われたことがなかった。

長い間があって、カルロスが答えた。「おまえは自由民だよ、エブリマ」

「ありがとうございます。理解し合うことができて嬉しいですよ」

カルロスが否定したら、エブリマはどうするつもりだったんだろう、とバーニーは思った。

雲が割れはじめ、明るさが増した。バーニーは流れの真ん中に筏を置きつづけることができ、移動速度も速くなった。

しばらくして、カルロスが言った。「ところで、この川はどこへ向かっているんだ？」

「アントワープだ」バーニーは答えた。「おれたちはアントワープへ行く」

カルロスを信じたものかどうか、エブリマにはわからなかった。自分の主人から友好的な言葉をかけられて、それを信用するのは賢明ではない、というのがセビーリャの奴隷の信条だった。虜囚にしつづける、無賃労働を強いる、従順でないと言って放り出す、自分の好きなときにレイプする、そういうことをしててんとして恥じない主人は、ためらうことなく嘘をつく。カルロスはそういう主人とは違っていたが、では、どう違うのか？　その疑問の答えは、これからのエブリマの人生がどうなるかで決まるはずだった。

ゴメスに殴られた頭がいまも痛かった。恐る恐る触ってみると、鉄の義手が当たったところに瘤《こぶ》ができていた。だが、意識もはっきりしていたし、目眩《めまい》もしなかったから、何でもないことにした。

夜明け、三人は川が小さな森を抜けるところで止まると、筏を引き上げ、枝で覆って隠した。そして、一人が見張りをし、二人が睡眠を取ることにした。エブリマは、目が覚めたら鎖に繋がれている夢を見た。

三日目の朝、遠くにアントワープの大聖堂の高い塔が見えた。三人は筏を捨て、それが勝手に流れていくのを見送ったあと、最後の数マイルを歩いた。まだ大丈夫だと、決まったわけではないぞ、とエブリマは自分を戒めた。すぐに捕まって投獄され、スペイン軍に引き渡されて、形だけの裁判を受けたあと、〝鉄の手〟・ゴメス殺害の罪でさっさと処刑されることだってあるかもしれない。しかし、往来の多い道を歩いていても、三人のスペイン人兵士のことを聞いている者はいないようだった。一人は赤毛で、一人はアフリカ人で、コルトリークで船長を殺して逃げた三人のことを。

主として町から町へニュースを伝えるのは、大半を商取引の情報が占める商人の回報だった。エブリマは字が読めなかったが、そういう回報に――政治的に大きな意味を持つ場合だけだが――犯罪のニュースが含まれることを、カルロスに教えられて知っていた。暗殺、暴動、クーデターなどである。外国人兵士が関わっている居酒屋の喧嘩は、ほとんど関心の外のはずだった。

アントワープが四方を水に囲まれていることに、エブリマは三人で郊外を探検しているときに気づいた。西はシェルト川の大きな流れがあり、東と北と南は壁を巡らした水路で本土と隔てられていた。その水路を渡る手段は、防御を固めた門へ直接つづく橋しかなかった。それはここが世界一裕福な町であり、したがって、当然十分な守りが固められているということだった。

コルトリークであったことを知らないとしても、門の警備員はわれわれを通してくれるだろうか？　ぼろを着て、飢え、剣を携えた三人を？　不安に戦《おのの》く友人として？

しかし、エブリマが安堵したことに、警備員は裁判を逃れて逃げている三人を探している気配もなかった。三人の外見を疑わしげな目で見たものの――二年前に〈ホセ・イ・マリア〉に乗り込んだときと同じ服だった――、自分たちはヤン・ウォルマンの親戚だとバーニーが言うと、不審はあっという間に溶けてなくなり、住まいへの行き方まで教えてくれた。それはずいぶん遠くに見える、高い聖堂の近くだった。

島は細長い桟橋が鋸歯《きょし》状に並び、運河が格子状に伸びていた。賑やかな通りを歩きながら、ヤン・ウォルマンは無一文の従甥《いとこおい》二人とアフリカ人一人をどんなふうに迎えてくれるだろうかと心配だった。嬉しい驚きを与える突然の訪問者ではないのではないか。

ヤン・ウォルマンの住まいは、列をなしている背の高い上質な家の一軒だった。不安を抱えてドアをノックすると、使用人が出てきて、怪しむ目で三人を見た。が、そのあとすぐにヤンが現われ、両腕を広げて歓迎してくれた。彼はバーニーに言った──「私が子供のときの、いまは亡き父が若かったころと、本当にそっくりになったな」ヤン自身はウィラード一族のものである赤毛と、金褐色の目を持っていた。

コルトリークの居酒屋でのことは、負担になるといけないので黙っていることにして、給料を払ってもらえないからスペイン軍を逃げてきたことにした。ヤンはその話を信じ、給料を払ってもらえない兵士には逃げる権利があるとさえ考えているようだった。

ヤンは三人が飢えているのを知って、ワイン、パン、コールドビーフを食べさせてくれた。そのうえ、風呂を使わせてくれ、きれいなシャツまで貸してくれて、愛想よく、しかし、率直に言った──だって、三人とも臭いんだよ。

エブリマはこういう家は初めてだった。宮殿というほど広くはなかったが、たくさんの部屋があった。町の真ん中の住居としては尚更だった。そして、家具調度をはじめとして、高価なものが所狭しと置かれていた。縁付きの大きな壁鏡、トルコ絨毯《じゅうたん》、凝った装飾のヴェニスのガラス製品、何種類もの楽器、精妙な磁器の水差しと深皿、どれも使うためというより、見せるためのもののようだった。絵画もエブリマが知っているものとは違っていた。ネーデルラント人は自分たちのような人々を描いた絵が好きなように思われた。自分たちが暮らしているのと同じような居心地のいい部屋で、リラックスして本を読み、カードに興じ、音楽を楽しむ人々を描いた絵が。スペインでは聖書の予言や伝説の人々を描くのが普通だが、ここでは、それよりも自分たちの生に興味があるかのようだった。

エブリマが与えられた部屋はバーニーやカルロスの部屋より狭かったが、使用人と一緒に寝ろとは言われなかった。このことについてエブリマは、自分の身分をヤンが知らないからだろうと結論した。

その夜、三人はヤンの家族とテーブルを囲んだ。妻のヘニー、娘のイムケ、小さな三人の息子のフリッツ、イェフ、そして、ダーン。

彼らの言葉は色々な言語が混じっていた。ネーデルラントの南部と西部は主にフランス語、それ以外のところはこの地のさまざまな方言が使われていて、ヤンは商人のご多分に漏れず、いくつもの言語を操ることができ、そこにはスペイン語とイングランド語も含まれていた。

ヤンの娘のイムケは魅力的な十七歳、幸せそうな豊かな笑顔とカールした金髪の持ち主で、きっと若いころのヘニーがこうだったのだろうと思わせた。彼女はすぐにバーニーが好きになったらしく、カルロスがどんなに頑張っても相手にしてもらえないだろうことは、エブリマにも明白だった。バーニーがにやりと悪戯っぽい笑みを浮かべると、女の子は魂を奪われるのだった。エブリマの見立てでは、カルロスは手堅く、信頼できて、いい夫になるはずだった。だが、それを見抜けるほど賢い十代の娘はほとんどいないだろうと思われた。エブリマ自身は若い娘に興味がなかったが、ヘニーは好きだった。聡明で優しそうに見えたのだ。

スペイン軍に参加した経緯をヘニーが知りたがり、エブリマはスペイン語とフランス語、そして、知っている方言をまじえて、それを語りはじめた。その大半はずいぶん面白く脚色されていて、テーブルを囲む全員がすぐに聴き入ることになった。その話のなかには新しい溶鉱炉のことも含まれ、その開発に当たっては、カルロスと自分は同等のパートナーだったかのような口振りで事細かに語って聞かせた。そして、一気に空気を送り込むことで火力が上がって温度が上昇し、鉄鉱石から鉄が溶けて持続的に流れつづけるので、一日に一トンの鉄を生産できるのだと、その仕組みまで説明した。エブリマが話しながら観察すると、ヤンの顔に尊敬が浮かんでいた。

ウォルマン家はカトリックだったが、セビーリャの教会がカルロスをどう扱ったかを知って恐怖した。そういうことはアントワープではあり得ないとヤンは言ったが、果たして本当だろうかとエブリマは疑った。スペインもネーデルラントも一人の同じ教皇を戴いているではないか。

ヤンは新型溶鉱炉に興奮し、エブリマとカルロスを自分の金属供給者のアルベルト・ウィレムセンにできるだけ早く、できれば明日にも、是非とも会わせたいと言った。

翌朝、彼らは全員で、桟橋の近くのあまり賑やかでない界隈へと歩いていった。アルベルトは控えめな家に、妻のベッツィエ、陰気な八歳の娘のドリケ、彼の妹のエヴィ、十歳ぐらいだろうか、エヴィの息子のマトゥスと暮らしていた。アルベルトの住まいはセビーリャのカルロスの昔の住まいと驚くほどよく似ていて、通路が仕事場になっている裏庭へつづき、そこに溶鉱炉、鉄鉱石、石灰、石炭が備蓄されていた。カルロス、エブリマ、バーニーがここに新型溶鉱炉を建設することにアルベルトはすぐに同意し、ヤンは必要な金を貸すと約束した。

それからの数日と数週間で、彼らは町を知ることができた。エブリマはネーデルラントの人々の勤勉さに目を見張った。貧乏人だけでなく——貧乏人はどこでも勤勉にならざるを得ない——、裕福な人々もそうだった。ヤンは町で最も裕福な一人であるにもかかわらず、週に六日働いた。これだけの富があれば、スペイン人ならさっさと田舎へ引っ込み、大きな農場を買い、財産管理人を雇って小作料を取りたてさせて、自身の白百合のような指を卑しい金に触れさせずにすむようにするに違いなかった。のみならず、自分の娘を貴族に嫁がせ、孫が肩書を得られるようにしたがるはずだった。ネーデルラントの人々は肩書などには無頓着らしく、金を好んだ。ヤンは鉄と銅を買い、武器や弾薬を製造していた。また、イングランドから羊毛を買い、それをウールの衣料品にしてイングランドへ売っていた。さらにまた、利益の出る貨物、作業場、農場、居酒屋に出資していた。そして、事業を拡大するために、収入以上の浪費をしている司教や王子に金を貸していた。もちろん、その金には常に利子がついた。高利貸し行為に対する教会の禁令は、ここでは無視されていた。

異端もまた、アントワープの人々には無関係だった。町にはユダヤ教徒、イスラム教徒、プロテスタントが大勢いて、自分たちが何者であるかを着るものによっておおっぴらに明らかにしていたし、信仰とは関係なく、同等に事業を行なっていた。民族も多岐にわたり、バーニーのような赤毛もいれば、エブリマのようなアフリカ人も、薄い髭を蓄えた、明るい褐色の肌のトルコ人も、青黒色のまっすぐな髪と黄色い肌を持った中国人もいた。アントワープはだれをも排除しなかった。唯一嫌われるのは、借金を返さない者だった。エブリマはここが好きになった。

エブリマが自由でいることについて、ここではだれも何も言わなかった。毎日カルロスとバーニーと一緒にアルベルトの裏庭へ行き、毎晩ヤンの家で全員で食事をした。日曜は、一家と教会へ行き、午後はみんなが昼食にワインを飲んで寝ている隙にそっと抜け出し、町の外のどこかに水の儀式ができるところを見つけた。だれからも奴隷呼ばわりされたことはなかったが、それ以外の点では、セビーリャにいたときの人生と似たような懸念があった。

アルベルトの裏庭で仕事をしていると、彼の妹のエヴィがたびたびやってきて一緒に休憩した。四十ぐらいか、小柄だが太っていて――栄養の行き渡ったネーデルラント人の中年女性は大抵そうだった――、青緑色の目にははっきりしたきらめきがあった。三人全員と話をしたが、一番多いのは年の近いエブリマだった。好奇心が旺盛で、アフリカの生活のことを質問し、詳しく話せとせがみ、エブリマが記憶を掘り返さなくてはならない場合もあった。子持ちの未亡人だから、たぶん夫を求めているのだろう。カルロスとバーニーは彼女が関心を持つには若すぎるから、もしかしておれに探りを入れているのかもしれない、とエブリマは疑わざるを得なかった。エリサと別れて以来、女性とは縁がなかったが、ずっとこのままでいいとは思っていなかった。修道士のような人生は何としても避けたかった。

ひと月かかって新型溶鉱炉が完成し、その実験の準備ができたとき、ヤンの一家とアルベルトの一家が揃って見学にやってきた。

そういえば、とエブリマは思い出した。このタイプの炉を稼働させたことは一度しかない。二度目がうまくいく保証はない。失敗したら、おれたちはいい笑いものだ。もっとよくないのは、おれたちの将来が潰《つい》える大失態になってしまうことだ。いま気がついたが、おれはここにとどまって、ここでずっと暮らしたいと薄々願っていたんじゃないのか。だとすると、エヴィの目の前で自分を貶《おとし》めるのは絶対に嫌だ。

カルロスが溶鉱炉に火を入れ、エブリマは鉄鉱石と石灰を投入して、バーニーが引き具をつけた二頭の馬に鞭を入れて鞴《ふいご》を動かしはじめた。

前回と同じく、長い時間をじりじりしながら待たなくてはならなかった。

カルロスとバーニーは不安で居ても立ってもいられずそわそわしていたが、エブリマは苦労しながらも、いつもの無表情を保った。一枚のカードにすべてが懸かっているような気がした。

見学者たちが退屈しはじめた。エヴィは生意気盛りの子供たちのことをへニーと愚痴りはじめ、ヤンの三人の息子はアルベルトの娘を追いかけて裏庭を走りまわった。アルベルトの妻のベッツィエが、オレンジを盆に載せて持ってきてくれた。

エブリマは緊張のあまり、食べるどころではなかった。

そのとき、動きがあった。

溶けた鉄が溶鉱炉の下の部分から姿を現わし、用意されている石造りの通り道へとじりじりと流れていった。最初はもどかしいほどに速度が遅かったが、徐々にしっかりした速い流れになり、地面に彫ったインゴット形の穴に溜まっていった。エブリマは鉄鉱石と石灰を溶鉱炉の上から追加した。

アルベルトの驚きの声が聞こえた。「あれを見ろ——途切れることなく流れつづけてるぞ！」

「そのとおりです」エブリマは言った。「材料を投入しつづける限り、流れが途切れることはありません。あなたに鉄を供給しつづけます」

カルロスが警告した。「あれは銑鉄です、精錬しなくちゃ使えませんよ」

「それはわかってるが」アルベルトが言った。「だが、それでも凄い」

ヤンが信じられないという声で言った。「スペイン国王はこの発明を鼻であしらったのか？」

カルロスが答えた。「フェリペ国王の耳には届いてもいないんじゃないですかね。でも、セビーリャのほかの製鉄業者が脅威に感じたんです。スペインの連中は変化を好みませんからね。経営者が非常に保守的で頑迷固陋《ころう》なんです」

ヤンがうなずいた。「だから、フェリペ国王は私のような外国人から、あんなにたくさんの大砲を買わなくちゃならないんだろうな、スペインの産業が十分な生産力を持っていないから」

「そのうえ、アメリカからスペインに到着した銀が、すぐにまた出て行ってしまうことが不満なんです」

ヤンが微笑した。「まあ、われわれはスペインのお偉方じゃなくて、ネーデルラントの商人だから、なかで一杯やりながら事業の話をしようじゃないか」

全員が家に入り、テーブルを囲んだ。ベッツィエがビールと冷たいソーセージを出してくれた。イムケは子供たちに干しぶどうを与えて静かにさせた。

ヤンが言った。「この新しい溶鉱炉が生み出す利益は、私がきみたちに融資した金の返済にまず使うべきだな、利子付きでだぞ」

カルロスが答えた。「もちろんです」

「そのあとの儲けはきみたちとアルベルトで分けるべきだ。そうだろ?」

エブリマは〝きみたち〟という言葉がわざと曖昧に使われていることに気がついた。おれがカルロスやバーニーと同等のパートナーかどうか、ヤンはわからずにいるんだ。

屈辱はすぐに雪《すす》がなくてはならない。エブリマは言った。「われわれ三人が一緒にあの溶鉱炉を建設したんです、カルロスとバーニーと、そして、私でね」

全員がカルロスを見た。エブリマは息を詰めた。カルロスがためらった。これが本当の試験だ、とエブリマは気づいた。筏の上で〝おまえは自由民だ、エブリマ〟と言うのは無料《ただ》だが、いまはそういかない。ヤン・ウォルマンとアルベルト・ウィレムセンの前で同等だと認めたら、それは確約したことになる。

そして、おれは本当に自由民になる。

ようやく、カルロスが答えた。「では、四つに分けましょう。アルベルト、バーニー、エブリマ、そして、私です」

エブリマは心臓が大きく跳ねたが、それでも表情は変えなかった。エヴィの目を見ると、喜んでいるのがわかった。

バーニーが爆弾を落としたのはそのときだった。「おれは除外してくれ」彼は言った。

カルロスが訝った。「おまえ、何を言ってるんだ?」

「あの溶鉱炉を開発したのはあんたとエブリマだ」バーニーは言った。「おれは何もしていない。いずれにせよ、アントワープにとどまるつもりもないしな」

エブリマはイムケの喘ぎを聞いて思った――彼女は落胆しただろうな、バーニーに恋をしていたんだから。

カルロスが訊いた。「どこへ行くんだ?」

「故郷《くに》へ帰る」バーニーが言った。「もう二年以上も家族と連絡を取ってないんだ。アントワープへ着いたおかげでヤンに教えてもらえたんだが、カレーを奪われたせいで母はすべてを失った。母とネッドはもう家業をつづけていない、つづけられる事業がないんだ。それで、ネッドはエリザベス女王の廷臣の秘書のようなことをしている。母と弟に会いたいんだ。二人が元気でいることを確かめたいんだよ」

「キングズブリッジへはどうやっていくんだ？」

「ちょうどいま、コーム・ハーバーの船がアントワープにきている。ダン・コブリーが所有している〈ホーク〉という船で、船長はジョナス・ベーコンだ」

「乗れないだろう――金を持ってないんだから」

「昨日、一等航海士のジョナサン・グリーンランドと話をした。子供のころから知っているんだ。そうしたら、船の鍛冶屋と大工をしていた乗組員が航海の途中で死んでしまって、欠員が出たということで仕事がもらえた。コーム・ハーバーへ戻るあいだだけだけどな」

「しかし、イングランドへ戻って、どうやって生活していくんだ？　だって、家業はもう駄目なんだろ？」

バーニーが悪魔でさえ心を奪われるかもしれない、イムケのような娘を虜にせずにはおかない、あの悪戯っぽい笑みを浮かべた。「わからないけど、何か考えるさ」

〈ホーク〉が海へ出て、乗組員が操船以外のことを考えられるようになるやいなや、バーニーはジョナサン・グリーンランドを質問攻めにした。

ジョナサンはこの前の冬をキングズブリッジで過ごし、つい数週間前に船に戻ったところだったから、最新のニュースをすべて知っていた。キングズブリッジにいるあいだに、バーニーの実家を訪ねてもいた。バーニーの母のアリスがいつものように海の向こうのことを聞きたがるだろうと考えたからだ。彼女は大きな家の客間で大聖堂の西の正面を見ていた。昔の帳簿に囲まれていたが、それを開いてもいず、何もしていなかった。バラ議会の集まりに出ているようだったが、何も話さなかった。仕事をしていない母を、バーニーは想像できなかった。記憶にある限り、母は取引、割合、儲け、そして、自分が完全に理解して納得した交易で金を儲けるという挑戦が生き甲斐だった。この変わりようは不吉だった。

ジョナサンによれば、サー・レジナルド・フィッツジェラルドはアリスの破産を仕組んだ張本人で、いまも市長でありつづけ、プライアリー・ゲートと名づけた新しくて馬鹿でかい屋敷に住んでいた。しかし、ジュリアス司教は力を失っていた。エリザベス女王が約束をすべて翻し、イングランドをプロテスタントに返したのだった。彼女は至上権承認の宣誓を全聖職者に要求し、イングランドの教会の最高統治者である自分への忠誠を誓わせた。拒否すれば反逆の罪を犯したと見なされた。下級聖職者はほとんど全員が要求に従ったが、旧カトリックの司教の大半はそれを拒否した。処刑することもできたのだが、エリザベスは信仰を理由に人は殺さないと誓っていて、それを守りつづけていた――ここまでは。ほとんどの司教が地位を剝奪《はくだつ》され、ジュリアスはキングズブリッジの北のセント・マークス教会に付属している家で、二人か三人の元修道士と一緒に暮らしていた。彼が土曜の夜になると〈ベル・イン〉で酔っぱらい、話を聞いてくれる者なら誰彼なしに真のカトリックの信仰がもうすぐ戻ってくるはずだと言い張っているのを、ジョナサンは目撃していた。哀れな姿だったとジョナサンは言ったが、バーニーにしてみれば、あの有害な老いぼれ司教にはもっと悲惨な運命がふさわしかった。

ジョナサンは海の生活の魅力も説明してくれた。彼は船に乗っているときのほうがくつろいでいた。日焼けし、身体つきも引き締まって、足も手も力が強く、艤装の時は鼠のように敏捷だった。フランスとの戦争の末期、〈ホーク〉はフランス船を捕らえた。乗組員は戦利品をベーコン船長とダン・コブリーと分かち合い、ジョナサンは給料のほかに六十ポンドのボーナスを手にした。彼は夫を亡くした母のためにキングズブリッジに家を買い、また同じことがあるのを期待して船に戻った。

「でも、もう戦争はないでしょう」バーニーは言った。「いまフランスの船を捕まえたら、海賊行為で有罪ですよ」

ジョナサンが肩をすくめた。「そう遠くないうちに、イングランドはまた戦争をするさ」そして、ロープをたぐり、結び目が絶対に緩んでいないことを確かめはじめた。

海賊についてあまり事細かに訊かれたくないんだ、とバーニーは推測した。

彼は話題を変え、弟のことを尋ねた。

ジョナサンの話はこうだった――ネッドはクリスマスにキングズブリッジへ帰ってきた。黒の新しくて高級なコートを着て、二十歳より年上に見えた。サー・ウィリアム・セシルの下で文書を扱う責任者をしていて、二十歳という若さにもかかわらず宮廷内で力を増しつつある、とキングズブリッジの人々は言っている。クリスマスの日に大聖堂でネッドと話したが、大したことはわからなかった。自分が女王のために何をしているかをはっきり語らず、たぶん国と国との外交という秘密の仕事に関わっているのではないか。

「二人に早く会いたくてたまりませんよ」バーニーは言った。

「気持ちはわかるよ」

「あと二日です」

ジョナサンが別のロープを検め、顔を背けた。

アントワープからコーム・ハーバーまで海峡を渡るあいだに戦いに巻き込まれることはないだろうとだれもが思っていたが、バーニーは船賃代わりの仕事をすべきだと考え、〈ホーク〉の武器をいつでも使えるようにしておくつもりだった。

商船もほかの船と同じく大砲が必要で、船乗りは危険な仕事だった。戦時には当事国の船は敵の船を攻撃していいことになっていて、大国はどこも、平時と同じぐらい戦時があった。平時に同じことをすれば海賊行為と呼ばれたが、だからといって遠慮する者はいなかった。というわけで、どの船も自分で自分を守れなくてはならなかった。

〈ホーク〉は十二門の砲を備えていた。銅製のミニオンと呼ばれる小型の砲で、四ポンド弾を発射することができた。ミニオン砲は上甲板のすぐ下の砲列甲板に左右六門ずつ配置されていて、木製の壁に開けられた四角い穴を通過して飛んでいくことになっていた。この設備のために、船の設計が変更された。古い船の場合、こういう砲門を造ると、構造上深刻な弱体化が生じるはずだった。しかし、〈ホーク〉は平板張りで、内部の骨格が頑丈な木材でできていて、外殻の厚板をその骨格に皮膚が肋を覆うようにして打ちつけることで、しっかりした強度を維持していた。このタイプの構造には付加的な利点があり、敵の砲弾が船体に複数の穴を開けることができたとしても、必ずしも沈むわけではなかった。

バーニーは砲を掃除して油をくれ、車輪が滑らかに動くようにしてから、死んでしまった前任の鍛冶屋が残した道具を使ってちょっとした修理をした。そのあと、砲弾の備蓄を確かめた。どの砲も同じ口径で、鋳鉄《ちゆうてつ》の砲弾も互換性があった。

最も重要な仕事は、火薬をいい状態に維持することだった。特に海では湿気を含みやすかったから、木炭を入れた粗く編んだ袋を砲列甲板の天井に吊るし、空気を乾燥させることにした。もう一つの危険は、火薬の成分――硝石《しょうせき》、木炭、硫黄――が、時間の経過で分離してしまうことだった。より重たい硝石が下へ沈んでしまって、うまく混じり合ったままでなくなり、無害になってしまうのである。バーニーはスペイン軍にいたときに、週に一度、火薬の樽の天地を逆さまにすることを習得していた。

それだけでなく、砲の射程距離を測ることまでした。バーニーとしては砲弾を無駄使いしたくなかったが、ベーコン船長が何発か撃つよう命じた。どの砲も左右に耳の形をした取っ手がついている砲耳に載せられ、砲耳は砲架の溝を切った支えに取り付けられて、簡単に砲身を上に向けたり下に向けたりできるようになっていた。砲身を四十五度上に向けると――それが最大射程角度だった――、ミニオン砲は四ポンド砲弾を一マイル近く、約千六百ヤード飛ばすことができた。角度を変えてそれを維持するのは、砲身の尾部の楔《くさび》だった。発射角が水平のとき、砲弾は約三百ヤード先の海面に水しぶきを上げた。砲身が水平な状態から角度を七度上げるたびに二百ヤードちょっと距離が伸びることがわかった。スペイン軍から鉛直線のついた鉄の分度器と角度を測るための湾曲した定規を持ち出していたから、その長い補助棒を砲身に差し込んで砲の角度を正確に測定することができた。陸ではそれで問題なかったが、海は常に揺れが生じているから、正確さが減じるのは仕方がないことだった。

四日目、ついにやることがなくなり、気がついてみると、甲板でまたジョナサンと一緒にいた。船は湾を横断していた。海岸は左舷前方にあった。それは〈ホーク〉がヴェステルシェルデの河口を出て英仏海峡へ入ってからずっとそうだった。バーニーは航法の専門家ではなかったが、そろそろ右舷前方にイングランドの海岸があっていいはずだった。「あとどのぐらいでコーム・ハーバーに着くんですか？」彼はジョナサンに訊いた。

ジョナサンが肩をすくめた。「わからん」

バーニーの頭を嫌な可能性がよぎった。「われわれはコーム・ハーバーへ向かっているんですよね？」

「最終的にはな」

バーニーは懸念が募った。「最終的には？」

「ベーコン船長が教えてくれないんだ。おれだけじゃなくて、だれにもな」

「だけど、コーム・ハーバーへは帰らないかもしれないと思ってるみたいじゃないですか」

「海岸線を見ろ」

バーニーは目を凝らした。湾の奥、海岸のすぐ近くに小さな島があった。海から急角度で立ち上がっていて、危なっかしそうな頂きに、大きな教会が巨大な鷗のようにとまっていた。何だか見憶えがあるような、とバーニーは困惑しながら気がついた。いや、実際に見たことがある——しかも、二度。モン・サン・ミッシェルだ。一度目は三年前、セビーリャへ行く途中、二度目は二年前、スペインからネーデルラントへ戻る途中だ。「スペインへ行こうとしてるんですね？」彼はジョナサンに訊いた。

「そうらしいな」

「どうして教えてくれなかったんでしょうか？」

「知らなかったんだよ。それに、おれたちには砲手が必要だったんだ」

何のために砲手が必要なのかは、バーニーにも見当がついた。船の鍛冶屋といったって大してすることもないのになぜベーコンが自分を雇ったのか、これで説明がついた。「つまり、あんたとベーコンはおれを騙して乗組員にしたんですね」

ジョナサンがまた肩をすくめた。

バーニーは北を見た。コーム・ハーバーはその方向、六十マイル先にあった。視線を島の教会に転じると、そこまでは一マイルか二マイル、波の高さは少なくとも三フィート、泳いで行くのは無理だとわかった。自殺行為だ。

しばらくして、バーニーは言った。「だけど、セビーリャからはコーム・ハーバーへ帰るんでしょ？」

「そうかもしれない」ジョナサンが言った。「そうでないかもしれない」

（上巻終わり）

◉訳者紹介　**戸田裕之（とだ　ひろゆき）**
1954年島根県生まれ。早稲田大学卒業後、編集者を経て翻訳家に。訳書に、フリーマントル『顔をなくした男』、アーチャー『15のわけあり小説』『クリフトン年代記』（全7部）『嘘ばっかり』『運命のコイン』（以上、新潮文庫）、フォレット『巨人たちの落日』『凍てつく世界』『永遠の始まり』（以上、ソフトバンク文庫）、ミード『雪の狼』（二見文庫）、ネスボ『レパード』（集英社文庫）など。

火の柱（上）

発行日　2020年3月10日　初版第1刷発行

著　者　ケン・フォレット
訳　者　戸田裕之

発行者　久保田榮一
発行所　株式会社 扶桑社

〒105-8070
東京都港区芝浦1-1-1　浜松町ビルディング
電話　03-6368-8870(編集)
　　　03-6368-8891(郵便室)
www.fusosha.co.jp

印刷・製本　図書印刷株式会社

ISBN 978-4-594-08436-3　C0197